Se préparer au bac de français

PREMIÈRE

À télécharger et à écouter : les podcasts des cours
+
Une carte mentale pour bien retenir

Une réalisation de rue des écoles

Avec la collaboration de :
Marie-Antoinette Bissay
Aurélie Briquet
Ambre Cordet
Valérie Corrège
Glen Grainger
Adélaïde Jacquemard
Nicolas Le Flahec
Alain Malle

La réforme du baccalauréat

Depuis la session 2020, le baccalauréat a changé pour les élèves de première. Principales nouveautés : les séries générales (L, ES et S) ont disparu au profit de spécialités, le contrôle continu des classes de première et de terminale compte désormais pour 40 % dans la note finale et un grand oral est introduit en terminale.

Le fonctionnement général

Une moyenne générale de 10 sur 20 au minimum est toujours nécessaire pour obtenir le baccalauréat. Il n'y a pas de note éliminatoire ou de note plancher. Un oral de rattrapage est possible lorsque la moyenne obtenue se situe entre 8 et 10 sur 20.

Le socle commun et les spécialités

Les programmes de français (en première), de philosophie (en terminale), d'histoire-géographie, d'enseignement moral et civique, d'enseignement, de langues vivantes 1 et 2 et d'éducation physique et sportive sont communs à toutes les classes de la voie générale.

En première, les élèves choisissent trois spécialités dans la liste suivante, en fonction des propositions de leur établissement :

- arts ; écologie, agronomie et territoires ;
- histoire-géographie, géopolitique et
- sciences politiques ;
- humanités, littérature et philosophie ;
- langues et littératures étrangères ;
- mathématiques ;
- numérique et sciences informatiques ;
- physique-chimie ;
- sciences de la vie et de la Terre ;
- sciences de l'ingénieur ;
- sciences économiques et sociales.

Seules deux des trois spécialités sont conservées en terminale et font l'objet d'une épreuve.

Le contrôle continu : 40 % de la note finale

Le contrôle continu des classes de première et terminale compte pour 40 % de la note finale du baccalauréat.

Les épreuves terminales

En première, une épreuve anticipée de français, comprenant un écrit et un oral est organisée au mois de juin. En terminale, les élèves doivent passer deux épreuves de spécialité à la fin du mois de mars, une épreuve écrite de philosophie et un grand oral au mois de juin.

SOMMAIRE

LE COURS À ÉCOUTER

Complétez vos révisions en téléchargeant et en écoutant les podcasts des cours, pour étudier en toute liberté où que vous soyez.

LE ROMAN ET LE RÉCIT DU MOYEN ÂGE AU XXIe SIÈCLE

ABBÉ PRÉVOST, *MANON LESCAUT*

Manon Lescaut ou l'*Histoire du chevalier des Grieux et de Manon Lescaut* selon son titre premier est un court récit qui s'insère dans un ensemble romanesque plus vaste, dont il constitue le septième et ultime tome : les *Mémoires d'un homme de qualité*, publiés entre 1728 et 1731, narrant la vie du marquis de Renoncour, personnage inventé par le tumultueux Antoine François Prévost, dit abbé Prévost. *Manon Lescaut* se présentait donc au début comme un simple récit enchâssé dans l'histoire du marquis de Renoncour. Et pourtant, cette « addition », selon le terme employé par le marquis dans son « Avis de l'auteur », a très vite et durablement dépassé en notoriété l'œuvre dans laquelle elle venait s'insérer.

La rencontre de Des Grieux et Manon Lescaut, gravure d'Hubert-François Gravelot.

Une simple digression ?

De la parenthèse narrative au « petit ouvrage »

À première vue, Manon Lescaut semble n'être qu'une **parenthèse narrative** dans les *Mémoires d'un homme de qualité*, destinée à procurer au lecteur le « plaisir d'une lecture agréable ». Le narrateur premier, le marquis de Renoncour, interrompt ainsi le récit de sa propre vie pour retranscrire celui que lui fit le chevalier des Grieux, qu'il rencontra à Pacy au détour d'un voyage d'affaires. À ce stade, la rencontre avec des Grieux, auquel il vient en aide en lui ouvrant sa bourse, ne relève encore que du fait divers, vite oublié. Mais, deux plus tard, le marquis retrouve le chevalier à Calais et ce dernier lui raconte enfin toute son histoire : le relais narratif peut alors s'effectuer. Le marquis en tant que narrateur passe à l'arrière-plan et c'est désormais la voix de des Grieux qui se fait entendre.

Le récit acquiert de l'ampleur puisque le marquis affirme qu'il écrivit l'histoire de des Grieux « presque aussitôt après l'avoir entendue, et qu'on peut s'assurer, par conséquent, que rien n'est plus exact et plus fidèle que cette narration ». Cette **promesse d'exactitude et de fidélité** engage la longueur de ce récit (nous en connaîtrons tous les détails) et sa véracité (c'est le héros lui-même qui raconte ce qui lui est arrivé). L'histoire du chevalier des Grieux prend une nouvelle envergure et c'est ce qui justifie son autonomie puisqu'elle sera publiée à part des *Mémoires* comme l'explique le marquis dans son « Avis de l'auteur ».

Des « aventures de fortune et d'amour » au « traité de morale »

Pourtant, on pourrait ne voir dans *Manon Lescaut* que la narration d'« aventures de fortune et d'amour » comme l'écrit le marquis. Il est vrai que *Manon Lescaut* possède une parenté avec le **roman picaresque** qui narre les nombreuses aventures d'un « pícaro », ce terme espagnol signifiant « coquin », « voyou », « voleur ».

Or s'il est d'ascendance noble (ce que n'est pas, dans la tradition, le « pícaro »), le chevalier des Grieux se conduit bel et bien **comme un escroc et une canaille**. Manon, elle, est une friponne comme le dit le vieux G... M..., qui n'hésite pas à monnayer ses charmes. Quant à son frère, c'est une crapule avérée, qui fait entrer des Grieux dans un cercle de tricheurs. Des Grieux et Manon enchaînent en outre à une vitesse effrénée les bonnes et les mauvaises fortunes.

Tout cet univers rappelle immanquablement celui du roman picaresque et évoque même les aventures de Moll Flanders, l'héroïne éponyme du roman de Daniel Defoe. Mais cette atmosphère picaresque est aussi contrebalancée par les personnages du père du chevalier, de son meilleur ami Tiberge ou

PARCOURS

Personnages en marge, plaisirs du romanesque.

COURTISANES ET PROSTITUÉES : PLAISIR ET INTERDIT

Durant le XIXe siècle, un personnage attire particulièrement les regards des romanciers : celui de la « femme de mauvaise vie », courtisane ou prostituée. Sa représentation connaît plusieurs variations au cours du temps, de la femme sans cœur à la femme au grand cœur, de la femme fatale à la victime, mais elle reste un personnage en marge qui interpelle ou dérange.

LA DAME AUX CAMÉLIAS (1848) – ALEXANDRE DUMAS FILS

Pour écrire ce roman, Alexandre Dumas fils s'est inspiré de *Manon Lescaut* (1731) de l'abbé Prévost qu'il présente ouvertement comme l'intertexte de son livre. Au début de l'histoire, le narrateur acquiert aux enchères un volume de *Manon Lescaut* sur la première page duquel figure une étrange dédicace, signée du nom d'« Armand Duval » : « Manon à Marguerite, Humilité. » Marguerite, celle qu'on surnomme « la dame aux camélias » est donc une réécriture par Alexandre Dumas fils du personnage de Manon. Mais Marguerite possède sur Manon une « supériorité de cœur » comme l'affirme son amant Armand Duval. Ce roman devint immédiatement un best-seller et inspira au compositeur italien Giuseppe Verdi l'un de ses opéras les plus célèbres, *La Traviata* (1853).

encore du Père supérieur de la prison Saint-Lazare qui assurent **la dimension morale** d'un roman se donnant pour « un traité de morale, réduit agréablement en exercice » et « un exemple terrible de la force des passions ».

« Un exemple terrible de la force des passions »

Un nouveau couple mythique

Car ce que crée l'abbé Prévost avant toute chose avec ce roman, c'est un nouveau couple d'amoureux mythiques, destinés à s'inscrire durablement au Panthéon des grands amoureux de la littérature. L'abbé Prévost semble le désirer ouvertement, car le récit est ponctué d'allusions à **la beauté de ce couple**, qui ne cesse de toucher les cœurs.

Dès la première séparation forcée de des Grieux et Manon, l'hôte et les domestiques de l'auberge de Saint-Denis, lorsqu'ils revoient passer seul des Grieux sous la garde de son frère, ne peuvent s'empêcher de déplorer son malheur. La même émotion face à ce couple pousse le valet de l'Hôpital où est enfermée Manon à leur venir en aide. Même le vieux G... M..., au plus fort de sa colère, est obligé d'en convenir : « Les pauvres enfants ! [...] Ils sont bien aimables l'un et l'autre. ». Tout au long du roman, les remarques sur la beauté touchante de ce couple d'« enfants » et sur la force de leur amour en dépit de leurs malheurs ne cessent de mettre en valeur leur singularité, autrement dit, de les hisser au niveau du mythe.

Une tragédie chrétienne ?

Mais la légende de ce couple tient aussi en grande partie au caractère malheureux de leur amour. Or, à la différence des autres grands amoureux, **leurs malheurs proviennent essentiellement d'une raison interne à leur couple** : le goût de Manon pour les plaisirs et le luxe. Dès que l'indigence menace, elle n'hésite pas à quitter des Grieux qui, quant à lui, ne parvient pas à se séparer d'elle.

Ces deux héros sont les **proies de leurs passions**, incapables de tirer parti de leurs erreurs, au point que « l'on se demande la raison de cette bizarrerie du cœur humain, qui lui fait goûter des idées de bien et de perfection, dont il s'éloigne dans la pratique ». De cette répétition des mêmes erreurs par les héros surgit l'idée de « fatalité » (« fatum » en latin). En des termes à coloration chrétienne tels que « Ciel », « Destinée » ou « Fortune », le chevalier, traité de « janséniste[1] » par Tiberge, explique en effet régulièrement sa vie par l'idée d'un destin déjà écrit, auquel il ne peut échapper, comme les héros des tragédies antiques.

Impuissant face à ce qu'il décrit comme une volonté divine, des Grieux est d'autant plus perplexe que c'est alors qu'ils voulaient faire approuver leur amour au Ciel par un mariage que Manon et lui se sont définitivement perdus.

3. Un roman moral ?

La lutte entre la vertu et l'amour

De fait, des Grieux est sans cesse confronté à la **contradiction qui règne entre vertu et amour**, qu'il tente de réconcilier. Ses nombreuses disputes (au sens propre et au sens rhétorique du terme qui signifie « débat, discussion argumentée ») avec son ami Tiberge figurent ce déchirement intérieur de des Grieux entre son amour pour Manon et sa propension naturelle à la vertu, indiquée dès le début du roman : « J'ai l'humeur naturellement douce et tranquille [...] et l'on me comptait pour des vertus quelques marques d'aversion naturelle pour le vice. » L'évêque d'Amiens lui propose même de renoncer à l'ordre de Malte et de prendre l'habit ecclésiastique, ce qu'il s'apprête à faire après la première trahison de Manon, guidé par Tiberge. Le chevalier affirme que ses résolutions étaient empreintes de « sainteté » et qu'il ressentait une véritable « joie intérieure » en les accomplissant.

Son incompréhension est ainsi d'autant plus grande lorsqu'il s'aperçoit qu'il lui a suffi de revoir Manon pour que tout s'écroule. En dépit de sa disposition naturelle à la vertu et de la honte qu'il éprouve parfois, des Grieux ne peut résister à son amour.

Une apologie de l'amour ?

Dans son « Avis de l'auteur », Renoncour légitime l'histoire de Manon et du chevalier par l'intérêt moral qu'elle présente : « On y trouvera peu d'événements qui ne puissent servir à l'instruction des mœurs. » Plus, cette histoire doit être un « exemple qui puisse servir de règle à quantité de personnes, dans l'exercice de la vertu ».

Certes, dans ce récit, la morale est sauve puisque des Grieux et Manon reçoivent les « châtiments du Ciel » annoncés par Tiberge : ils se retrouvent seuls et sans ressources en Amérique, et Manon meurt transie de froid dans une plaine américaine sans même un arbre pour l'abriter. La fin de ce roman semble donc édifiante. Pourtant, la constance de l'amour de des Grieux, ses défenses de plus en plus émouvantes et persuasives de l'amour (comme la dernière qu'il adresse à son père) et ce que l'on pourrait appeler la conversion finale de Manon (qui se repent sincèrement des peines qu'elle a causées au chevalier) forment une **puissante apologie de l'amour**.

Malgré toutes les erreurs qu'ils commettent, jamais des Grieux ni Manon ne s'en trouvent réellement noircis.

1. Partisan de la doctrine de Jansénius pour qui il existe une prédestination divine qui limite le libre arbitre humain.

NANA (1880) – ÉMILE ZOLA

C'est une tout autre vision de la courtisane que propose, quelques années plus tard, le roman d'Émile Zola. *Nana* raconte la vie d'Anna Coupeau, fille malheureuse de Gervaise et de Coupeau (dont l'histoire était narrée dans *L'Assommoir* en 1877). Très mauvaise actrice, Anna, surnommée « Nana », rencontre pourtant un succès mondain extraordinaire grâce à sa beauté très sensuelle. Elle mène ainsi une vie de femme entretenue et connaît le luxe grâce au comte Muffat. Mais les malheurs s'enchaînent bientôt. Avec *Nana*, Zola décrit sans concession la noirceur de la condition de courtisane, tout en faisant de son héroïne l'incarnation d'une époque jugée décadente.

L'ASTRAGALE (1965) – ALBERTINE SARRAZIN

Il faut attendre le XXe siècle pour que des autrices se mettent elles aussi à représenter la prostitution dans des œuvres de fiction, souvent d'inspiration autobiographique. *L'Astragale* d'Albertine Sarrazin connut dès sa publication un succès notoire. Il raconte l'évasion d'Anne, qui, en sautant du mur de la prison, s'est brisé un os du pied appelé « astragale ». Sur le bord de la route, elle est prise en stop par Julien, lui aussi ancien détenu. Ils s'éprennent l'un de l'autre. Mais après quelque temps de vie commune, Julien ne tarde pas à être à nouveau emprisonné. Anne doit alors se débrouiller seule et ne voit d'autre recours que de se prostituer. Dans ce roman autobiographique, Albertine Sarrazin fait entendre une voix et un point de vue féminins inédits sur la prostitution, dressant un portrait de prostituée se détachant des figures habituelles.

Dissertation

« Plus on lit *Manon Lescaut*, et plus il semble que tout cela soit vrai, vrai de cette vérité qui n'a rien inventé, et qui est toute copiée sur nature. S'il y a un art, c'est qu'il est impossible au lecteur de sentir l'endroit où la réalité cesse, et où la fiction commence. Ce livre, avec tous ses étranges aveux, et avec l'espèce de mœurs si particulières qu'il présente, ne plaît tant que par le parfait naturel, et cet air d'extrême vérité. » Dans quelle mesure ces remarques de Sainte-Beuve dans ses *Causeries du lundi* (t.9, novembre 1853) correspondent-elles à votre lecture de *Manon Lescaut* ?

Charles Augustin Sainte-Beuve (1804-1869).

Introduction

Analyse du sujet :

Selon Sainte-Beuve, la principale qualité du roman de l'abbé Prévost tient à l'impression de vérité qui s'en dégage, au point que le lecteur en oublierait qu'il s'agit d'une fiction. Cependant, bien des éléments de ce récit rappellent sa forme romanesque et battent en brèche l'idée qu'il serait d'un « parfait naturel ». Peut-on alors affirmer, comme semble le faire Sainte-Beuve, que l'abbé Prévost parvient à dépasser la dimension romanesque de son œuvre ?

Annonce du plan :

Indéniablement, *Manon Lescaut* donne une « impression de vérité » au lecteur. Mais ce dernier ne peut s'empêcher de remarquer les ressorts romanesques sur lesquels repose cette œuvre. Pourtant, paradoxalement, l'invraisemblance dont elle relève est peut-être ce qui contribue à lui donner un « air d'extrême vérité ».

Le plan développé

I. Une « impression de vérité »

A. Une histoire donnée comme vraie

Avant même le début de l'histoire, un soin très minutieux est consacré à la faire apparaître comme véridique. Tout d'abord, elle fait partie d'un ensemble romanesque qui est lui-même présenté comme de véritables mémoires, ceux du marquis de Renoncour. Ce dernier munit *Manon Lescaut* d'un « Avis de l'auteur » dans lequel il commence par prendre ses distances avec le métier d'écrivain en débutant ainsi l'une de ses phrases : « Tout éloigné que je suis de prétendre à la qualité d'écrivain exact. » Le marquis de Renoncour se désigne comme un écrivain amateur, un simple auteur de mémoires et non un romancier, ce qui accrédite bien sûr le fait que l'*Histoire du chevalier des Grieux et de Manon Lescaut* n'est pas plus une invention que ses mémoires et qu'il ne fait, comme il l'assure, que retranscrire le récit que lui fit le chevalier. Il déploie la même stratégie argumentative lorsqu'il déclare que sa narration est « fidèle jusque dans la relation des réflexions et des sentiments, que le jeune aventurier exprimait de la meilleure grâce du monde ». Louer l'élégance langagière du chevalier, c'est alléguer qu'elle n'est pas le fruit d'un travail d'écrivain mais qu'elle émane d'une expression spontanée et naturelle.

B. Une confession : le « parfait naturel » du narrateur des Grieux

De fait, plusieurs critiques, comme Sainte-Beuve, ont remarqué et loué la simplicité de la langue employée dans ce livre : « Le mérite du style est d'être lui-même si coulant, si facile, qu'on peut dire en quelque sorte qu'il n'existe pas. Ce sont les expressions les plus simples de la langue ; les mots de *tendresse*, de *charme*, de *langueur* y reviennent souvent [...]. » Le caractère spontané et oral du récit fait par le chevalier des Grieux au marquis de Renoncour produit une forte impression

CITATION

« Puis voici Manon Lescaut, plus vraiment femme que toutes les autres, naïvement rouée, perfide, aimante, troublante, spirituelle, redoutable et charmante. En cette figure si pleine de séduction et d'instinctive perfidie, l'écrivain semble avoir incarné tout ce qu'il y a de plus gentil, de plus entraînant et de plus infâme dans l'être féminin. Manon, c'est la femme tout entière, telle qu'elle a toujours été, telle qu'elle est, et telle qu'elle sera toujours. Ne retrouvons-nous point en elle l'Ève du paradis perdu, l'éternelle et rusée et naïve tentatrice, qui ne distingue jamais le bien du mal, et entraîne par la seule puissance de sa bouche et de ses yeux l'homme faible et fort, le mâle éternel. »

Maupassant, Préface de l'édition de *Manon Lescaut*, Paris, Launette, 1885.

ZOOM SUR...

LE PARATEXTE

Le paratexte regroupe l'ensemble des éléments qui accompagnent une œuvre comme les titres et sous-titres, la dédicace, la préface, la postface, les notes, la prière d'insérer, etc. Ces éléments permettent d'éclairer la lecture de l'œuvre.

de naturel. Les nombreux moments d'introspection de des Grieux y concourent également puisque celui-ci ne cache pas les revirements de son cœur comme après une discussion avec Tiberge : « La vertu eut assez de force, pendant quelques moments, pour s'élever dans mon cœur contre ma passion, et j'aperçus du moins, dans cet instant de lumière, la honte et l'indignité de mes chaînes. Mais ce combat fut léger et dura peu. La vue de Manon m'aurait fait précipiter du ciel. » La difficulté du chevalier à terminer son récit et sa façon d'en abréger la fin lui confèrent aussi un aspect véridique : « Pardonnez, si j'achève en peu de mots un récit qui me tue. »

Le paratexte de l'œuvre, le style et les émotions de des Grieux créent l'illusion d'un récit vrai et authentique. Mais certains éléments de ce récit s'avèrent trop étudiés pour le détacher tout à fait de l'univers romanesque.

II. Un récit bien romanesque

A. Une stratégie d'auteur bien connue

Si le marquis de Renoncour prend soin de justifier par divers arguments la véracité du récit du chevalier des Grieux, et si ses arguments peuvent paraître convaincants, il s'agit néanmoins d'une stratégie d'auteur bien connue à l'époque de l'abbé Prévost et même à la mode. Dans ce contexte, l'insistance du marquis de Renoncour à vouloir prouver l'aspect véridique de cette histoire risque de la dénoncer comme fictionnelle. Ainsi, alors qu'il certifie comme nous l'avons vu, n'être pas un « écrivain exact », il introduit un précepte d'Horace extrait de son *Art poétique*, « *Ut jam nunc dicat jam nunc debentia dici, Pleraque differat, ac praesens in tempus omittat* », qui contraste fortement avec sa protestation d'amateurisme. De même, la façon dont il résume l'histoire qu'il s'apprête à raconter est caractéristique d'un travail de fiction, comme le suggère notamment l'emploi du verbe « peindre » dans l'expression « J'ai à peindre ». L'on pourrait encore citer comme représentative l'expression « C'est rendre un service considérable au public que de l'instruire en l'amusant » qui est une reprise d'un précepte d'Aristote (adopté en première instance par les écrivains classiques au XVIIe siècle) : « *Placere et docere.* » Enfin, la façon d'achever la première partie de l'histoire en prétextant le besoin de repos du chevalier tout en promettant « quelque chose de plus intéressant dans la suite de son histoire » n'apparaît pas tant comme vraisemblable que comme un subterfuge romanesque.

B. Des artifices romanesques

Or, au cours du roman, plusieurs éléments relèvent trop fortement du romanesque pour n'être pas perçus comme tels. Tout d'abord, le rythme trépidant sur lequel s'enchaînent les actions, bonheurs et malheurs, rappelle, nous l'avons dit, le rythme du roman picaresque. De surcroît, l'aspect spectaculaire de ces actions comme la double évasion du chevalier et de Manon, le meurtre inattendu du frère de Manon ou encore le duel final entre le chevalier et Synnelet en Amérique ont une couleur romanesque bien marquée. Les disputes morales et religieuses entre le chevalier et Tiberge, très rhétoriques, manquent également de naturel. Certains passages opèrent même une rupture de ton qui surprend, comme le tour joué par Manon au prince italien. Ce bon tour ne figurait pas dans la première édition comme le signale Sainte-Beuve : « Cette tendre et folâtre espièglerie n'était pas dans le premier récit, et c'est un petit épisode que Prévost a voulu rajouter après coup. » Mais Sainte-Beuve, en cohérence avec sa perception du roman, l'interprète comme « un souvenir sans doute » qui serait revenu à l'abbé Prévost. Pourtant, l'avertissement du marquis de Renoncour dans l'« Avis de l'auteur » accentue au contraire la dimension romanesque de cet ajout : « On y a fait aussi quelques additions qui ont paru nécessaires pour la plénitude d'un des principaux caractères. » Le souci de compléter le portrait de Manon découle plus d'une préoccupation d'auteur que d'une volonté de rendre justice à un être qui aurait réellement existé.

Contrairement à ce qu'allègue Sainte-Beuve, le romanesque dans *Manon Lescaut* reste perceptible. Mais, paradoxalement, ce sont aussi certaines invraisemblances romanesques qui donnent un « air d'extrême vérité » à cette œuvre.

III. Le rôle de l'invraisemblance : un « air d'extrême vérité »

A. L'amour de des Grieux : une constance déroutante et familière à la fois

L'opiniâtreté avec laquelle des Grieux aime Manon, trahison après trahison, épreuve après épreuve, a de quoi surprendre. Cette surprise légitime que peut éprouver le lecteur face à tant de constance est incarnée dans le roman par les personnages du père du chevalier et de Tiberge. Dès la première trahison de Manon, le père du chevalier se montre incrédule face à l'obstination de son fils : « Mon père était surpris de me voir toujours si fortement touché. Il me connaissait des principes d'honneur ; et ne pouvait douter que sa trahison ne me la fît mépriser. » Les nombreuses confrontations entre le chevalier et son père ou le chevalier et Tiberge permettent d'exprimer un étonnement justifié face à la fermeté de l'amour de des Grieux. Mais cette fermeté est justement si extraordinaire qu'elle dépasse les limites du romanesque. Et l'abbé Prévost en était bien conscient, comme il le donne à lire dans l'« Avis de l'auteur » de son marquis de Renoncour : ce dernier souligne à dessein les contradictions inconcevables du chevalier des Grieux dans le premier portrait qu'il en brosse. En fin de compte, le comportement invraisemblable de des Grieux ressemble à ceux que l'on rencontre dans la réalité sans les comprendre et c'est ce qui fait son intérêt, le roman prétendant répondre à cette question complexe : « Comment arrive-t-il donc qu'on tombe si facilement au niveau du commun des hommes ? »

B. Manon : une héroïne plus vraie que nature

Si l'amour inextinguible de des Grieux fascine, le personnage de Manon n'est pas en reste. Sa légèreté, son inconstance et en même temps l'attachement sincère qu'elle éprouve pour le chevalier forment un étrange mélange chez ce personnage qui reste bien souvent une énigme, un « Sphinx étonnant » comme l'a écrit Alfred de Musset dans son poème « Namouna » (1832). Manon, c'est celle qui est capable d'aller vendre ses charmes au vieux G... M... tout en prévoyant de faire installer le chevalier dans la même maison sous l'apparence d'un « pauvre petit frère orphelin » ; c'est celle qui est capable de tourner en ridicule un prince italien simplement pour en faire une offrande amoureuse au chevalier ; c'est celle qui est capable de promettre de duper le jeune G... M... tout en manquant de parole au chevalier et en lui envoyant une prostituée pour la nuit afin de le consoler. C'est l'inconséquence même de Manon qui en fait un personnage très réaliste, aussi opaque que peut l'être un être humain dans la réalité.

Conclusion

Manon Lescaut présente indubitablement des accents de vérité, portés par la sincérité sans apprêt du chevalier des Grieux. Mais plusieurs aspects comme le rythme du récit, son caractère spectaculaire ou rhétorique le marquent du sceau du romanesque. Et pourtant, ce sont les éléments les plus invraisemblables qui permettent à *Manon Lescaut* d'outrepasser ce romanesque, cette œuvre reprenant à son avantage l'adage de Nicolas Boileau : « Le vrai peut quelquefois n'être pas vraisemblable. »

BALZAC, *LA PEAU DE CHAGRIN*

La Peau de chagrin n'est pas le premier roman de Balzac, qui a déjà écrit et publié divers récits sous un pseudonyme et fait paraître en décembre 1829, une *Physiologie du mariage*, écrite par « un jeune célibataire », qui attire sur lui les regards et les éloges. La parution en 1831 de *La Peau de chagrin* vient confirmer le succès de l'auteur de la *Physiologie du mariage* et marque le début de la célébrité de Balzac qui s'affirme en tant que romancier. À cet égard, *La Peau de chagrin* apparaît comme un roman particulier, une sorte de somme littéraire, politique, sociale et philosophique dans laquelle Balzac livre une vision grimaçante de la société de son temps.

Portrait d'Honoré de Balzac.

La Peau de chagrin : plasticité[1] du genre romanesque

Dans le sillage et de Rabelais

Dans la partie intitulée « Le talisman », les retrouvailles de Raphaël et d'Émile sont placées sous le patronage de Rabelais, Émile rêvant d'une « joyeuse vie à la Panurge » et annonçant à Raphaël tandis qu'ils se rendent au dîner donné par le banquier Taillefer qu'ils vont faire « suivant l'expression de maître Alcofribas, un fameux *tronçon de chiere lie* ». Raphaël quant à lui a concentré toute sa philosophie dans deux mots de Rabelais : « Carymary, Carymara ».

Les références à Rabelais situent *La Peau de chagrin* dans la lignée d'œuvres romanesques hétéroclites, tant dans leur contenu, mêlant narration et réflexions philosophiques, que dans leur forme, empruntant à diverses sortes de récits.

Une forme ductile[2]

La Peau de chagrin, qualifiée de « roman philosophique », présente cependant une allure de « conte oriental » selon une expression que l'on retrouve dans les manuscrits de Balzac. De fait, l'origine de la peau de chagrin est orientale, Raphaël parlant d'une peau d'« onagre », c'est-à-dire d'un âne sauvage d'Iran, ancienne Perse, lieu où se déroulent plusieurs contes des *Mille et une Nuits*. Cette peau porte le cachet du roi oriental Salomon et les paroles qui y sont inscrites seraient en sanscrit[3], langue autrefois parlée dans le sud de l'Inde, dont provient une partie des contes des *Mille et une Nuits*. L'aspect merveilleux de *La Peau de chagrin*, représenté par le pouvoir de la peau, est cependant tempéré par de possibles interprétations rationnelles de cette histoire, qui tendent à l'installer dans une **tonalité fantastique**.

Outre sa proximité avec le conte, *La Peau de Chagrin*, a aussi des airs d'autobiographie

1 Plasticité : caractère souple et malléable d'une chose.
2 Ductile : qui peut être étiré sans se rompre.
3 En réalité, les paroles inscrites sur la peau de chagrin sont en arabe.

PARCOURS

Les romans de l'énergie : création et destruction.

« ÉNERGIE »

Le nom « énergie » vient du grec *energeia* qui signifie « force en acte » par opposition à la *dunamis*, « force en puissance ». Le verbe grec *energein* signifie « agir », « produire ».

PACTES AVEC LE DIABLE : RÊVES DE PUISSANCE

De nombreuses œuvres littéraires racontent l'histoire d'hommes ayant pactisé avec le diable afin d'obtenir une puissance surhumaine… à leurs dépens.

FAUST (1808) DE GOETHE

Faust est l'une des œuvres les plus célèbres de la littérature. Elle narre la façon dont le vieux Docteur Faust, pourtant éminent savant, succombe, dans un moment de désespoir, à la tentation de Méphistophélès (l'un des noms du Diable) qui lui propose de lui rendre sa jeunesse et de lui faire découvrir tous les plaisirs terrestres en échange de son âme.

PETER SCHLEMIHL (1813) DE CHAMISSO

Peter Schlemihl est un jeune homme pauvre qui rencontre un jour un étrange homme gris qui lui propose de donner une bourse magique qui jamais ne se vide, en échange de son ombre. Peter Schlemihl accepte ce qu'il croit être un marché à son avantage, mais l'absence de son ombre lui cause de sérieux ennuis.

MELMOTH OU L'HOMME ERRANT (1820) DE MATURIN

Ce roman raconte l'histoire de la famille Melmoth. Le jeune John Melmoth est appelé au chevet de son oncle mourant qui lui assure que leur ancêtre commun du XVIIe siècle est toujours en vie et lui demande de brûler son portrait. Après la mort de l'oncle, commence une série de récits enchâssés autour de cet ancêtre à la réputation sulfureuse. Chef-d'œuvre gothique, ce roman marqua plusieurs écrivains français dont Balzac (qui s'en inspira pour sa nouvelle, *Melmoth* fictive, lorsque Raphaël, dans un long monologue à peine interrompu par Émile, se lance dans le récit de sa vie dans la deuxième partie du roman, « La femme sans cœur ».

Enfin, *La Peau de chagrin* s'inspire aussi des récits romantiques et gothiques anglais et irlandais comme *Manfred* (1817) de Lord Byron ou *Melmoth ou L'Homme errant* (1820) de Maturin. Mais l'aspect irrationnel du roman de Balzac va de pair avec une représentation minutieuse de la société de son temps.

Un condensé de la société de son temps

La société croquée et vilipendée

Le succès rencontré par *La Peau de chagrin* à sa publication serait dû en grande partie à la justesse du **tableau de société** que brosse ce roman.

Dans ce roman, plusieurs personnages incarnent **des types de la société** et leur histoire personnelle représente quant à elle une partie de la grande Histoire. Par exemple, Taillefer qui aurait fondé sa fortune sur le meurtre, pendant la Révolution, « d'un Allemand et quelques autres personnes qui seraient [...] son meilleur ami et la mère de cet ami » et qui, sous le règne bourgeois de Louis-Philippe, est devenu, grâce à cet argent mal acquis, un puissant banquier. Quant à Fœdora, cette « femme sans cœur », Balzac en fait même l'incarnation de la société elle-même à la fin du roman.

Une désillusion politique

Or dans *La Peau de chagrin*, la peinture faite par Balzac de la société exprime une désillusion politique. Balzac résume par le truchement d'Émile **l'instabilité politique** de son époque et l'impasse où elle se trouve : « Le gouvernement, c'est-à-dire l'aristocratie de banquiers et d'avocats qui font aujourd'hui de la patrie comme les prêtres faisaient jadis de la monarchie, a senti la nécessité de mystifier le bon peuple de France avec des mots nouveaux et de vieilles idées, à l'instar des philosophes de toutes les écoles et des hommes forts de tous les temps. »

À travers les « mots nouveaux » donc, ce sont, en dépit des révolutions, les mêmes « vieilles idées » qui perdurent. Les aléas de la trajectoire du père de Raphaël (établi au cœur du pouvoir sous la monarchie, puis renversé par la Révolution, puis relevé par l'Empire et à nouveau renversé par la Restauration) figurent cette instabilité politique qui, en quelques années, plaça certaines familles au-dessus des autres pour les jeter ensuite à bas, puis les réintégrer ou les désintégrer définitivement.

Un précipité[4] du désir ?

Une déception épistémique[5]

La désillusion politique se double d'une déception épistémique dans *La Peau de chagrin*. Lorsque Raphaël se met à rechercher une solution scientifique au rétrécissement de la peau, **les savants qu'ils consultent se révèlent impuissants**. Monsieur Lavrille, éminent zoologue, après lui avoir débité tout ce qu'il sait sur l'espèce des canards puis tout ce qu'il sait sur l'onagre, lui conseille d'aller voir Planchette, le « célèbre professeur de mécanique », n'ayant, lui, rien d'autre à lui offrir qu'une « nomenclature », définie ironiquement par le narrateur comme « toute la science humaine ». Planchette quant à lui, malgré son ingénieuse explication de la presse hydraulique et l'expérimentation tentée avec celle-ci, se révèle tout aussi incapable d'aider Raphaël. Reste alors le chimiste Japhet chez lequel Planchette conduit Raphaël et qui commence par déclarer qu'il n'y a « rien de neuf » du côté de la chimie. Il serait pourtant ravi de découvrir la « diaboline » que pourrait contenir la peau de chagrin, qu'il tâte en premier lieu... avec sa langue ! Mais la peau lui résiste à lui aussi.

Ce tour des savants par Raphaël, en même temps qu'il permet de dresser un état des lieux humoristique des connaissances scientifiques du temps de Balzac, ne fait que souligner l'impuissance des savants.

D'une « théorie de la volonté » à un éloge paradoxal de la volonté ?

Lors de la rencontre inaugurale entre Raphaël et le vieil antiquaire du quai Voltaire, ce dernier soutient que « *Vouloir* nous brûle et *Pouvoir* nous détruit ; mais *Savoir* laisse notre faible organisation dans un perpétuel état de calme ». Or cette affirmation préliminaire est mise à mal durant le roman, la désillusion politique représentant la faillite du *pouvoir* et la déception épistémique représentant celle du *savoir*.

Raphaël quant à lui incarne la question du *vouloir*, d'une part parce qu'il est l'auteur d'une « Théorie de la volonté », d'autre part car la magie de la peau dont il devient le possesseur le confronte bien évidemment – et bien cruellement – à cette question du vouloir, de la volonté, du désir. Or si vouloir le tue car la peau rétrécit à chacun de ses désirs, ne pas vouloir le tue tout autant, le plongeant dans un **terrible** état végétatif.

Le roman semble ainsi s'achever sur **le regret de n'avoir pas su vouloir** : « Raphaël avait pu tout faire, il n'avait rien fait » et sur un dernier sursaut de volonté, Raphaël cède au désir représenté par Pauline.

4 Précipité : dépôt résultant de la précipitation d'un corps dans un liquide.

5 Épistémique : relatif aux connaissances. L'« épistème » est l'ensemble des connaissances détenues par un groupe social à un moment donné.

réconcilié, en 1835), Baudelaire (qui avait le projet d'en proposer une nouvelle traduction), Lautréamont (qui emprunta à Melmoth les traits de son héros Maldoror) et André Breton (qui rédigea la préface de la nouvelle édition de 1954).

FRANKENSTEIN OU LE PROMÉTHÉE MODERNE (1818) DE MARY SHELLEY

Frankenstein est, elle aussi, comme *Faust*, une œuvre mondialement connue, au point que l'on en oublie souvent le nom de son autrice, Mary Shelley. Dans ce roman, le savant Victor Frankenstein crée, à partir de membres humains pris à des cadavres, une créature d'apparence à la fois humaine et monstrueuse. Ayant réussi à lui donner la vie, il prend peur face à sa créature et l'abandonne, ce qui ne sera pas du goût de cette dernière.

LE PORTRAIT DE DORIAN GRAY (1891) D'OSCAR WILDE

Au XIXe siècle, le thème du portrait vivant est très répandu. Oscar Wilde reprend ce topos[1] littéraire dans son roman : à Londres, le peintre Basil Hallward fait le portrait du jeune dandy Dorian Gray. À la fois fasciné par son portrait et jaloux de celui-ci, Dorian émet le vœu qu'il vieillisse à sa place. Plus que simplement vieillir, le portrait va alors porter tous les stigmates[2] de la mauvaise vie que commence à mener Dorian sous l'influence de Lord Henry, s'étant aperçu du pouvoir magique du tableau.

1. Un topos (des topoï) : lieu commun littéraire.
2. Stigmates : traces, marques laissées par dégradation.

Dissertation

« Ce que les hommes appellent chagrins, amours, ambitions, revers, tristesse, sont pour moi des idées que je change en rêveries ; au lieu de les sentir, je les exprime, je les traduis ; au lieu de leur laisser dévorer ma vie, je les dramatise, je les développe, je m'en amuse comme de romans que je lirais par une vision intérieure ». Dans quelle mesure ces propos tenus par le vieil antiquaire au début de *La Peau de chagrin* vous semblent-ils correspondre au travail d'écriture mené par Balzac dans ce roman ?

Illustration de *La Peau de chagrin* par Adrien Moreau.

Introduction

Analyse du sujet :

Les propos du vieil antiquaire, rapportés à la littérature, présentent le roman comme un ensemble de « rêveries » destinées à « amuser ». Le roman, s'il est défini comme étant une œuvre de fiction en prose, est aussi souvent caractérisé de façon péjorative comme une histoire fantasque, dénuée de toute vraisemblance. La remarque du vieil antiquaire semble recouvrir ces deux acceptions. Si, par certains aspects, *La Peau de chagrin* peut correspondre à cette perception du roman, d'autres aspects de cette œuvre se révèlent cependant plus complexes à décrypter, requérant une lecture active : peut-on dire que Balzac prend pour point de départ la mauvaise réputation du roman afin de renouveler ce genre littéraire et d'en approfondir la portée ?

Annonce du plan :

Certes, avec *La Peau de chagrin*, Balzac joue de la liberté offerte par le genre romanesque pour laisser libre cours à son imagination et s'amuser. Mais l'amusement tourne bien souvent à la satire, livrant un reflet fidèle et critique de la réalité. De ce fait, *La Peau de chagrin* apparaît comme une œuvre engagée au sens où elle prétend non seulement offrir une « vision intérieure » au lecteur, mais aussi une plus grande acuité.

Le plan développé

I. Un jeu de l'imagination

A. Le choix du fantastique : une invraisemblance assumée

L'énumération du vieil antiquaire, « chagrins, amours, ambitions, revers, tristesse », dit le projet de totalisation qui est celui du roman, qui souhaite concentrer dans un même livre toutes les passions et les idées humaines. Cette somme hétérogène de sentiments et de pensées se trouve rassemblée dans *La Peau de chagrin* grâce au choix du fantastique, qui permet l'alliage de situations disparates en éliminant par avance toutes les contraintes liées à la question de la vraisemblance. Si le début du roman commence de manière réaliste par la description de l'errance désespérée d'un jeune homme ayant résolu de se jeter dans la Seine, il prend une tout autre tournure dès lors que le héros franchit le seuil du magasin d'antiquités : en acceptant l'existence de la mystérieuse peau de chagrin, le lecteur accepte alors le changement de tonalité du roman et s'engage à souscrire à toutes les fantaisies auxquelles il plaira au romancier de céder. Aussi passe-t-on presque sans s'en étonner et non sans plaisir de la description terne et triste des rues et mauvais lieux de Paris à celle, brillante et fastueuse, de la demeure du banquier Taillefer, de la pauvreté la plus sordide à l'opulence la plus surprenante, comme dans un conte oriental.

B. Un amusement : où tous rient et se moquent

Si Balzac s'amuse à changer du tout au tout les couleurs de sa palette en quelques pages, sa malice était déjà décelable avant l'apparition de la peau de chagrin, par l'autodérision du héros – se rappelant par exemple que « lord Castlereagh avait satisfait le plus humble de nos besoins avant de se couper la gorge » – et par les remarques ironiques du narrateur, feignant d'admirer le « laconisme parisien » des entrefilets signalant les suicides qui ferait « pâli[r] », « les drames » et « les romans » ou situant le magasin d'antiquités « quai Voltaire » alors même qu'il va y être question de superstition. Le héros lui-même, nous l'avons dit, ne manque pas d'autodérision : ainsi, quand il entre dans le magasin d'antiquités, son âme de « poète » semble se repaître de « voir par avance les ossements de vingt mondes ». Quant aux autres personnages, ils se font eux aussi volontiers sarcastiques : le vieil antiquaire au premier chef bien sûr, mais Émile également, incapable de prendre Raphaël au sérieux, et qui finit d'ailleurs par se brouiller avec lui à cause d'une « plaisanterie » à la fin de la partie « Une femme sans cœur » : « Tu es déjà stupide, tu ne comprends pas une plaisanterie. Il ne te manque plus que de croire à ta peau de chagrin ». Cette dernière boutade lancée par Émile à Raphaël paraît se doubler d'une boutade lancée par l'auteur au lecteur quant à l'histoire qu'il lui raconte.

La Peau de chagrin se donne d'abord au lecteur comme une pure œuvre de fiction, destinée à lui procurer un plaisir de divertissement, comme l'y invite le ton narquois du narrateur et des personnages. Mais ce surplomb moqueur des uns et des autres sert aussi une représentation fidèle et satirique de la réalité.

II. Un reflet satirique de la réalité

A. Un portrait de société fidèle : l'intérêt mène le jeu

Tout en appartenant au fantastique, *La Peau de chagrin* développe une représentation fidèle de la réalité de l'époque, mettant en scène l'instabilité politique d'alors, par le biais de parcours tels que celui du père de Raphaël, et consignant les évolutions sociales qui se font jour comme le pouvoir sans cesse grandissant de l'argent. C'est en effet l'intérêt qui mène le jeu et, comme le mesure trop bien Raphaël, l'être se rapporte à l'avoir. Ainsi, ce n'est pas comme il le prétend, pour « être utile » à son « *carus alumnus*1 » que son ancien professeur vient lui rendre visite au début de la dernière partie du roman, « L'agonie », mais bien parce qu'il a, lui, un service à lui demander. Pour avoir eu des opinions un peu trop royalistes avant la révolution de Juillet, le professeur Porriquet se retrouve persécuté et banni de sa chaire, en ayant à charge son neveu. Porriquet vient donc demander à Raphaël, qu'il retrouve pourtant vieilli et exsangue, un emploi de proviseur pour subvenir à ses besoins et à ceux de son neveu. La visite de courtoisie et d'amitié, qui commençait par les plus grands éloges du cher ancien élève, s'est vite transformée en « visite intéressée » comme l'avoue le vieux professeur. Cette scène en dit long sur le fonctionnement mercantile de cette nouvelle société auquel sont soumis même les esprits cultivés et savants.

B. Un état des lieux critique : le temps des nomenclatures

Alors que la fortune fait la puissance, le savoir, lui, semble stagner et perdre en crédit. Si l'attitude de Porriquet envers Raphaël révèle sa servilité après la révolution de Juillet, les trois savants que consulte ce dernier afin d'étirer par des moyens scientifiques la peau de chagrin, dévoilent, eux, les limites de leur savoir. Les connaissances du zoologue Lavrille se résument vite à leur aspect de « nomenclature » définie ironiquement par le narrateur comme « toute la science humaine ». Or, une nomenclature, comme l'indique l'étymologie de ce terme issu des mots latins « *nomen* » qui signifie « nom » et « *calare* » qui signifie « appeler », consiste simplement à trouver des noms aux êtres ou faits observés. Ce n'est donc pas sans ironie que Raphaël rétorque au chimiste Japhet annonçant qu'il n'y a « rien de neuf » en chimie et que « la salicine, l'asparagine, la vauqueline, la digitaline ne sont pas des découvertes » : « Faute de pouvoir inventer des choses [...], il paraît que vous en êtes réduits à inventer des noms. » La science a plus qu'un simple pouvoir de nomination qui ne résout rien aux questions soulevées, comme le prouvent les expériences infructueuses menées sur la peau de chagrin. Notons en passant l'état des lieux scientifique réalisé par Balzac, au fait des dernières actualités, recherches sur la digitaline comprises, alors même que celles-ci ne seront développées en France qu'après la publication de *La Peau de chagrin*. Certes, la liste des connaissances s'allonge, mais en science comme en art – le magasin d'antiquités tenant lieu d'inventaire des œuvres d'art –, cette longue liste paraît stérile.

En dépit de sa trame fictionnelle, *La Peau de chagrin* brosse un tableau complet de la société des années 1830, dont Balzac fait saillir les défauts et les manques. Il inaugure par là un renouvellement romanesque en modifiant à la fois le rôle du roman et le rôle du lecteur.

III. Une œuvre engagée ?

A. Une nouvelle voie littéraire : le dépassement du romantisme

Dans l'histoire littéraire, *La Peau de chagrin* se situe à la charnière de deux courants littéraires, le romantisme et le réalisme, comme si le rétrécissement de cette peau d'onagre, coïncidait avec l'évanouissement progressif du romantisme. À plusieurs reprises dans ce roman, des héros romantiques, qu'il s'agisse d'écrivains ou des personnages qu'ils ont créés, sont évoqués. C'est le cas dès le début du récit que Raphaël fait à Émile dans la deuxième partie du roman, affirmant : « Moi, j'ai souvent été général, empereur ; j'ai été Byron, puis rien ». En convoquant les figures de l'empereur Napoléon Ier et de Byron, Raphaël se présente comme un romantique. Lord Byron (1788-1824), poète, incarna le romantisme britannique par sa personne et par ses œuvres, comme *Manfred* (1817). Dans ce drame, Manfred, rongé par la culpabilité après avoir tué la femme qu'il aimait, s'est retiré dans les Alpes où il trouvera la mort. Or, contrairement aux héros romantiques, Raphaël n'obtient pas de la nature l'apaisement qu'il recherche et ses tentatives pour finir sa vie comme un héros romantique rendu à la nature échouent. Lorsqu'il part en cure au lac du Bourget, entrant ainsi en intertextualité2 avec le poème « Le Lac » de Lamartine (1790-1869), Raphaël n'y trouve pas le repos espéré et est persécuté par les autres curistes. Lorsqu'il s'enfuit à Mont-Dore et croit pouvoir se cacher et vivre en paix dans ses montagnes, il en est chassé par l'indiscrétion des habitants du lieu. Les échecs de Raphaël condamnent la voie du romantisme.

B. Le lecteur interpellé

La Peau de chagrin entend aussi faire évoluer la place et le rôle du lecteur, le conviant à une lecture active. Différents indices sont disséminés au cours du récit, diverses pistes esquissées que le lecteur est invité à examiner et interpréter. La prédiction lancée par Pauline à Raphaël, « Vous épouserez une femme riche ! [...], mais elle vous donnera bien du chagrin. Ah ! Dieu ! elle vous tuera » est offerte à la sagacité du lecteur qui peut alors l'interpréter de trois façons : Raphaël épousera Fœdora, mais elle le tuera, Raphaël épousera Pauline, mais elle le tuera ou ce ne sont là que des paroles prononcées dans « une sorte de croyance aux folles superstitions de sa mère », Pauline étant taxée de crédulité par Raphaël. Dans un premier temps, Raphaël donne finalement raison à Pauline en lui avouant que Fœdora le tue. Mais à la fin du roman, c'est Pauline qui s'accuse d'avoir tué Raphaël, son mari. Vérité ? Superstition obstinée ? Aucune solution n'est donnée au lecteur qui peut décider que Pauline est coupable ou superstitieuse. Ce n'est là qu'un exemple parmi d'autres du travail de réflexion et d'interprétation auquel Balzac incite son lecteur : le jeu avec l'ambivalence propre au fantastique, qui fait coexister deux univers paraissant s'exclure, engage, dans une plus large mesure, à percevoir les différentes facettes dont se compose la réalité afin de mieux en appréhender la complexité.

Conclusion

La Peau de chagrin se présente comme une œuvre d'imagination et de fantaisie. Mais l'amusement dont elle fait profession se double d'une représentation minutieuse et critique de la société des années 1830. Avec cette œuvre, Balzac ébauche déjà les grandes lignes de son esthétique et de son éthique littéraires, nouant des liens particuliers avec son lectorat qu'il interpelle malicieusement.

1 « carus alumnus » : « cher élève » en latin.

2 Intertextualité : c'est lorsqu'un texte littéraire cite ou évoque un autre texte littéraire.

Colette, *Sido* suivi de *Les Vrilles de la vigne*

Regroupées en une même publication, les œuvres de Colette intitulées *Sido* et *Les Vrilles de la vigne* n'ont pourtant pas été conçues pour être éditées ensemble. *Sido*, publié pour la première fois en 1930, est un récit autobiographique narrant des souvenirs d'enfance de Colette. *Les Vrilles de la vigne*, dont la première publication date de 1908 et qui connut plusieurs variations au cours de ses rééditions successives, est un recueil de textes brefs et divers. Pourtant, des liens se tissent entre ces textes, tous deux aiguillés par le désir de capturer et faire renaître des instants voués sinon à l'indifférence et à l'oubli.

Portrait de Colette, vers 1896, par Ferdinand Humbert.

Saisir sur le vif : écrire le mouvement

Le goût de l'anecdote…

Sido comme *Les Vrilles de la vigne* se composent d'un ensemble de courtes scènes qui correspondent au **goût de l'écrivaine pour l'anecdote**. Dans *Les Vrilles de la vigne*, Colette se livre à des récits très hétérogènes : partie de pêche dans la baie de Somme (« Une partie de pêche »), récital d'une cantatrice dans un salon mondain (« La Dame qui chante »), confidences de Valentine, son « amie convenable » (de « Belles-de-jour » à « La Guérison »), répétition de pantomime (« Music-Halls »), etc.

Certes, la forme de cette œuvre se prêtait à cette **grande variété de sujets**, mais l'on retrouve cette façon de passer d'une anecdote à l'autre dans *Sido*, qui collecte les souvenirs d'enfance au fil d'une promenade mémorielle : sorties en solitaire à l'aube, dialogues de sa mère en rose des vents au milieu de son jardin avec ses voisins postés aux quatre points cardinaux, merle se gavant de cerises sous le regard admiratif de celle-ci, visites chez la fascinante Adrienne, « parties de campagne » organisées par son père, entretien avec une spiritiste, fugues de son frère Léo, bons tours joués par les deux frères, etc.

Les souvenirs dans *Sido* ne s'ordonnent pas selon une chronologie, mais répondent à une écriture thématique qui rayonne autour des différentes figures mises en avant dans les trois sections de l'œuvre – la mère, le père, la fratrie – donnant lieu à des micro-récits ciselés qui invitent le lecteur à se concentrer sur la myriade de détails qu'ils reproduisent.

… et de l'anecdotique

On retrouve en effet dans ces différents récits **une attention particulière portée au détail et** à l'éphémère qui se déploie dans une savoureuse richesse lexicale, une quête du mot juste et coloré, le plus à même de rendre compte de l'extraordinaire profusion de la vie. Le lecteur curieux bénéficiera par exemple d'un véritable cours de botanique, les noms de plantes les plus diverses parsemant les deux ouvrages, des communs « géraniums », « digitales », « lilas » ou « bégonias » aux plus méconnus « orpin », « ombelle », « croix-de-Malte »,

PARCOURS

La célébration du monde.

LES GENRES POÉTIQUES DE LA CÉLÉBRATION

- **Ode** : du grec « odè » signifiant « chant », l'ode est un poème ancien, hérité de l'Antiquité, accompagné de musique et remis au goût du jour en France à la Renaissance. L'ode se compose généralement de strophes identiques par le nombre et la mesure des vers : elle peut par exemple être construite de strophes de dix vers – appelées dizains – formées de vers de dix syllabes – appelés décasyllabes. L'ode sert à célébrer, dans une tonalité lyrique (« ode anacréontique ») ou héroïque (« ode pindarique »), une personne, un sentiment, une chose. Au XVIe siècle, le poète français Ronsard se fait connaître grâce à ses *Odes* (1550).
- **Hymne** : du grec « humnos » signifiant « chant », l'hymne, plus libre dans sa forme que l'ode, est un poème lyrique à la gloire d'une déesse ou d'un dieu, d'une personne, de la nature, d'un sentiment, d'un événement, d'une idée. Ce genre est surtout employé à la Renaissance ; Ronsard écrit également un recueil d'*Hymnes* (1555-1556) célébrant aussi bien des personnes que les saisons ou les éléments du monde comme le ciel et les astres.

DIRE LA BEAUTÉ DU MONDE : SAND, ALAIN-FOURNIER, GIONO, CENDRARS

Au sein de la littérature française, plusieurs auteurs se sont attachés à décrire la beauté de leur région d'origine tels George Sand, Alain-Fournier ou Giono. D'autres, grands voyageurs comme Blaise Cendrars, chantent la beauté du monde qu'ils ont parcouru.

« bâtons de Saint-Jacques » ou « coqueret-alkékenge ». C'est presque en scientifique que Colette restitue dans ses écrits la variété de la flore qu'elle côtoie.

Mais **c'est en peintre qu'elle en décrit les moindres nuances et variations**, comme dans « Le Dernier Feu » : « Et les violettes elles-mêmes, écloses par magie dans l'herbe, cette nuit, les reconnais-tu ? Tu te penches, et comme moi tu t'étonnes ; — ne sont-elles pas, ce printemps-ci, plus bleues ? — Non, non, tu te trompes, l'an dernier je les ai vues moins obscures, d'un mauve azuré, ne te souviens-tu pas ? [...] Plus mauves... non, plus bleues... Cesse cette taquinerie ! Porte plutôt à tes narines le parfum invariable de ces violettes changeantes et regarde, en respirant le philtre qui abolit les années, regarde comme moi ressusciter et grandir devant toi les printemps de ton enfance !... ». L'anaphore de l'impératif « regarde » dans ce texte résume à la fois une qualité essentielle de Colette et son ambition de la transmettre à ses lecteurs.

De l'art de l'observation au don de pénétration

(Se) forger le regard : portraits-paysages

Tout en racontant dans ces deux œuvres la **formation de son propre regard** (le « regarde » adressé à Missy dans « Le Dernier Feu » fait écho au « regarde » adressé par sa mère à Colette dans la scène du merle et des cerises dans *Sido*, par exemple), Colette souhaite aussi forger le regard de ses lecteurs. Son talent pour la peinture des paysages se retrouve dans les portraits qu'elle brosse des êtres qui l'entourent comme celui de Léo, « sylphe de soixante-trois ans ».

Entre tous peut-être, les **portraits de femmes** qui constellent ces deux livres jouissent du talent de paysagiste de Colette : les femmes admirées, aimées sont dépeintes comme des femmes-paysages, irradiantes de l'univers versicolore et fragrant qu'elles portent en elles, avec elles. C'est Sido et le vent du sud, « empanaché de graines, de sable, de papillons morts, raciné au désert de Libye », entre les « hortensias, le frêne pleureur et le très vieux noyer ». C'est Missy dans « Nuit blanche », dont le lit partagé avec Colette est un « frais vallon » au « parfum compliqué ». Ces portraits de femmes-paysages expriment l'acuité du regard de Colette, qui décèle en chaque être le monde qu'il recèle.

Voir au-delà des apparences

Très tôt, Colette manifeste le désir de voir au-delà des apparences. L'anecdote de la chrysalide de paon-de-nuit dans *Sido* peut être perçue comme représentative de ce désir. Colette avait promis à sa mère qu'elle ne déterrerait pas ce qui avait été enfoui puis oublié dans un pot, bulbes de crocus ou chrysalide de paon-de-nuit car cela serait fatal à la seconde. Mais ni l'une ni l'autre ne s'illusionnent : « Elle savait que j'étais sa fille, moi qui ne pensais pas à notre ressemblance, et que déjà je cherchais, enfant, ce choc, ce battement accéléré du cœur, cet arrêt du souffle : la solitaire ivresse du chercheur de trésor. [...] La chimère de l'or et de la gemme n'est qu'un informe mirage : il importe seulement que je dénude et hisse au jour ce que l'œil humain n'a pas, avant le mien, touché... »

Il s'agit bien de « toucher » du regard ce qui n'a pas encore été découvert. De (sa)voir ce qu'il y a au tréfonds des choses, des êtres. Colette ne dissimule pas l'origine maternelle de ce legs, elle qui avait auparavant qualifié sa mère de « pythonisse » « ayant plongé au fond d'autrui » après la visite des Vivenet.

Un hymne à la liberté

L'affirmation d'une « sauvagerie »

Dès l'enfance, dans *Sido*, Colette se présente, comme elle le fait de ses frères et de sa sœur également, comme une enfant sauvage, se levant et se promenant seule à l'aube, suivant dans les bois « un grand circuit de chien qui chasse seul », se régalant de l'eau de « deux sources perdues ».

Cette **sauvagerie naturelle**, Colette la revendique dans *Les Vrilles de la vigne*, refusant de se conformer aux usages, aux bienséances mortifères comme elle le clame dans « Toby-Chien parle » : « Je veux faire ce que je veux. Je veux danser nue, si le maillot me gêne et humilie ma plastique. [...] Je veux faire ce que je veux. Je ne porterai pas des manches courtes en hiver, ni de cols hauts en été. Je ne mettrai pas mes chapeaux sens devant derrière et je n'irai plus prendre le thé chez Rimmel's, non... Redelsperger, non... Chose, enfin. Et je n'irai plus aux vernissages. » « Toby-Chien parle » raconte avec humour, à travers le dialogue de son chien et de sa chatte, le tournant pris par Colette.

Humour, ironie, provocation : le plaisir du jeu

De la même façon, c'est à la chatte Nonoche que Colette confie le soin de faire sa déclaration d'indépendance : Nonoche qui sèvre brutalement son fils trop grand, Nonoche prête à d'autres noces. Difficile de ne pas prêter à ce texte une **teinte ironique**, voire provocatrice lorsque l'on considère la dédicace à Willy, le premier époux de Colette, usurpateur, trompeur, et qu'elle finira par haïr.

Dans *Les Vrilles de la vigne*, Colette rompt avec une certaine image d'elle-même (incarnée par son double « Claudine » dans « Le Miroir » par exemple) et se fait ostentatoire avec exultation : l'enjouement, le jeu et le « je » de la femme de scène l'emportent, contre les conventions qui voulaient la museler ; la femme de lettres y gagne aussi en liberté, s'aventurant sur de nouveaux terrains.

GEORGE SAND ET LE BERRY

George Sand (1804-1876), ou Aurore Dupin de son nom de naissance, a passé son enfance chez sa grand-mère maternelle dans le domaine de Nohant, où elle retournera vivre ses dernières années. Dans ses romans comme *La Mare au diable* (1846), *La Petite Fadette* (1849) ou *Les Maîtres sonneurs* (1853), elle offre de riches descriptions du Berry, de ses coutumes et de ses habitants.

ALAIN-FOURNIER ET LA SOLOGNE : *LE GRAND MEAULNES* (1913)

Alain-Fournier (1886-1914), mort brutalement à 27 ans durant la Première Guerre mondiale, a pourtant laissé à la postérité une œuvre majeure : *Le Grand Meaulnes*. Ce roman raconte l'histoire d'Augustin Meaulnes, par la voix de François Seurel, le fils du directeur d'école où Augustin est entré en pension. À travers leurs aventures, c'est toute la poésie évanescente de l'adolescence qu'immortalise Alain-Fournier, dans des paysages oniriques et fascinants s'inspirant de la Sologne et du Berry dont il était originaire.

GIONO, MANOSQUE ET LA PROVENCE

Le premier roman de Jean Giono (1895-1970), intitulé *Colline* (1929), rencontre immédiatement un grand succès et inaugure le début d'une trilogie baptisée *Trilogie de Pan*, où Giono donne vie aux paysages de Provence dont la présence s'impose densément aux personnages. Dans *Le Hussard sur le toit* (1951), qui appartient au Cycle du Hussard et commence à Manosque, ville natale de Giono, l'écrivain se livre encore une fois à une somptueuse peinture de la Provence qui lui était chère.

Commentaire

Maison de Colette dans l'Yonne.

Vous commenterez ce texte issu de Les Vrilles de la vigne.

Autrefois, le rossignol ne chantait pas la nuit. Il avait un gentil filet de voix et s'en servait avec adresse du matin au soir, le printemps venu. Il se levait avec les camarades, dans l'aube grise et bleue, et leur éveil effarouché secouait les hannetons endormis à l'envers des feuilles de lilas.

Il se couchait sur le coup de sept heures, sept heures et demie, n'importe où, souvent dans les vignes en fleurs qui sentent le réséda, et ne faisait qu'un somme jusqu'au lendemain.

Une nuit de printemps, le rossignol dormait debout sur un jeune sarment, le jabot en boule et la tête inclinée, comme avec un gracieux torticolis. Pendant son sommeil, les cornes de la vigne, ces vrilles cassantes et tenaces, dont l'acidité d'oseille fraîche irrite et désaltère, les vrilles de la vigne poussèrent si drues, cette nuit-là, que le rossignol s'éveilla ligoté, les pattes empêtrées de liens fourchus, les ailes impuissantes…

Il crut mourir, se débattit, ne s'évada qu'au prix de mille peines, et de tout le printemps se jura de ne plus dormir, tant que les vrilles de la vigne pousseraient.

Dès la nuit suivante, il chanta, pour se tenir éveillé :

Tant que la vigne pousse, pousse, pousse…
Je ne dormirai plus !
Tant que la vigne pousse, pousse, pousse…

Il varia son thème, l'enguirlanda de vocalises, s'éprit de sa voix, devint ce chanteur éperdu, enivré et haletant, qu'on écoute avec le désir insupportable de le voir chanter.

J'ai vu chanter un rossignol sous la lune, un rossignol libre et qui ne se savait pas épié. Il s'interrompt parfois, le col penché, comme pour écouter en lui le prolongement d'une note éteinte… Puis il reprend de toute sa force, gonflé, la gorge renversée, avec un air d'amoureux désespoir. Il chante pour chanter, il chante de si belles choses qu'il ne sait plus ce qu'elles veulent dire. Mais moi, j'entends encore à travers les notes d'or, les sons de flûte grave, les trilles tremblés et cristallins, les cris purs et vigoureux, j'entends encore le premier chant naïf et effrayé du rossignol pris aux vrilles de la vigne :

Tant que la vigne pousse, pousse…

Cassantes, tenaces, les vrilles d'une vigne amère m'avaient liée, tandis que dans mon printemps je dormais d'un somme heureux et sans défiance. Mais j'ai rompu, d'un sursaut effrayé, tous ces fils tors qui déjà tenaient à ma chair, et j'ai fui… Quand la torpeur d'une nouvelle nuit de miel a pesé sur mes paupières, j'ai craint les vrilles de la vigne et j'ai jeté tout haut une plainte qui m'a révélé ma voix !…

Toute seule éveillée dans la nuit, je regarde à présent monter devant moi l'astre voluptueux et morose… Pour me défendre de retomber dans l'heureux sommeil, dans le printemps menteur où fleurit la vigne crochue, j'écoute le son de ma voix… Parfois, je crie fiévreusement ce qu'on a coutume de taire, ce qui se chuchote très bas, puis ma voix languit jusqu'au murmure parce que je n'ose poursuivre…

Je voudrais dire, dire, dire tout ce que je sais, tout ce que je pense, tout ce que je devine, tout ce qui m'enchante et me blesse et m'étonne ; mais il y a toujours, vers l'aube de cette nuit sonore, une sage main fraîche qui se pose sur ma bouche… Et mon cri, qui s'exaltait, redescend au verbiage modéré, à la volubilité de l'enfant qui parle haut pour se rassurer et s'étourdir…

Je ne connais plus le somme heureux, mais je ne crains plus les vrilles de la vigne…

(Colette, *Les Vrilles de la vigne* © Librairie Arthème Fayard, 2004)

Introduction

Présentation de l'extrait :

Ce texte ouvre le recueil et lui donne son titre, *Les Vrilles de la vigne*. Ces deux caractéristiques, destinées à attirer l'attention du lecteur, lui confèrent d'emblée un statut particulier. En apparence simple histoire d'un rossignol ligoté par les vrilles d'une vigne, ce récit concentre des enjeux littéraires d'importance pour Colette, qui est alors à un tournant de sa carrière d'écrivaine.

Problématique et annonce du plan :

Peut-on qualifier ce récit de manifeste littéraire ? Déployant toutes ses qualités narratives, Colette semble se livrer à une réécriture à rebours du mythe du rossignol. Elle fait aussi de cette histoire un récit allégorique, racontant le réveil d'une écrivaine. Ce texte résonne enfin comme un art poétique, le chant se faisant la métaphore de l'écriture.

Le plan développé

I. Une réécriture à rebours

A. Le chant du rossignol : du jour à la nuit

Les Vrilles de la vigne se présente tout d'abord comme un récit étiologique[1] : « Autrefois,

1 Récit étiologique : récit qui cherche à expliquer les origines ou la signification d'un fait, d'un phénomène, d'un nom, etc.

le rossignol ne chantait pas la nuit » (l.1). L'adverbe de temps « autrefois » et l'emploi de l'imparfait d'habitude, ici en négation, laissent entendre que ce n'est plus le cas au moment de la narration. Le récit se poursuit, toujours à l'imparfait d'habitude, par la description des actions qui étaient auparavant coutumières au rossignol. Celui-ci chantait alors, comme l'alouette[2], dès les premières lueurs de « l'aube grise et bleue », puis tout le jour durant jusqu'au coucher du soleil. Les nombreux détails présents dans ces premières lignes servent à accréditer le récit. C'est un nouveau marqueur temporel, « Une nuit de printemps » (l.6), qui annonce le bouleversement amenant le rossignol à se faire chanteur nocturne. Le passé simple est employé pour raconter les étapes de cette transformation qui se clôt sur l'emploi du verbe « devenir » (l.17), marquant son achèvement, en même temps que celui de la partie étiologique de ce texte. Une autre métamorphose peut commencer.

B. Une métamorphose inversée

Après sa transformation en chanteur nocturne, le rossignol semble en effet subir une seconde métamorphose en se confondant avec la narratrice du récit qui agit comme lui. Cette métamorphose s'opère notamment grâce aux changements de déterminants et de pronoms. Ainsi, le rossignol, dans un premier temps désigné comme « le » rossignol (l.1, 6, 9) et représentant l'espèce des rossignols, devient dans un deuxième temps « un » rossignol (l.19). En même temps que s'effectue ce passage du déterminant « le » au déterminant « un », les pronoms personnels eux aussi changent : alors que le « il » (désignant le rossignol) dominait dans les premières lignes du récit, c'est le « je » (ou « j' » sous sa forme contractée) qui prend ensuite le dessus, dès la ligne 19, ligne charnière de ce texte. On assiste alors à une métamorphose inversée, le rossignol se changeant en femme, la narratrice, au contraire de ce qui se passe dans le mythe grec originel où une femme est changée en rossignol comme le raconte le poète latin Ovide dans *Les Métamorphoses*.

Débutant comme un récit étiologique racontant comment le rossignol est devenu un chanteur nocturne, ce texte acquiert une portée allégorique grâce à l'analogie[3] qui se dessine entre le rossignol et la narratrice, double de l'écrivaine qui tout à coup s'éveille.

II. Un récit allégorique : le réveil d'une écrivaine

A. Du rossignol à la narratrice : une initiation

Il s'opère entre le rossignol et la narratrice une initiation comme l'indiquent les jeux d'échos et de répétitions qui parcourent le texte. Ainsi, lorsque la narratrice vit la même expérience que le rossignol, les adjectifs « cassantes » et « tenaces » sont repris pour qualifier les « vrilles de la vigne » (l.8 et l.27) tandis que des synonymes font écho aux mots employés dans l'histoire du rossignol : « ligoté » (l.10) devient « liée » (l.27), les « liens fourchus » (l.9-10) deviennent des « fils tors » (l.29), les « cornes de la vigne » (l.7) deviennent « la vigne crochue » (l.34). On remarquera que, dans ce texte dévolu au chant, l'autrice joue aussi sur la proximité sonore entre ces synonymes. L'initiation reçue par la narratrice est également perceptible par le fait qu'elle peut traduire en mots les « notes d'or » (l.23) chantées par le rossignol et maîtrise donc le sens de son chant, donné aux lignes 14 à 16 et rappelé à la ligne 26 : « Tant que la vigne pousse, pousse... ».

B. Un chant émancipateur : une révélation

À la ligne 22, l'expression « Mais moi, j'entends encore » met en valeur le statut d'initiée de la narratrice, qui a même en quelque sorte volé son secret au rossignol, celui-ci ne sachant plus le sens de ce qu'il chante (l.22). Cette initiation provoque d'abord une rupture, comme le signalent les verbes « rompre » (l.28) et « jeter » (l.30), avant que celle-ci ne débouche sur une révélation : « une plainte qui m'a révélé ma voix !... » (l.30-31). Tout comme le rossignol qui devient un « chanteur éperdu » et paraît découvrir les potentialités de son chant, la narratrice découvre celles de sa voix. L'un et l'autre partagent alors ce secret de l'écoute de soi, le rossignol se taisant « comme pour écouter en lui le prolongement d'une note éteinte » (l.20), la narratrice se taisant elle aussi pour « écoute[r] le son de [s]a voix » (l.34).

L'analogie entre le rossignol et la narratrice permet d'exprimer le réveil de l'écrivaine qui pour la première fois entend sa voix et en comprend toutes les virtualités, ce qui l'amène à formuler une sorte d'art poétique, c'est-à-dire un ensemble de règles d'écriture.

III. Un art poétique

A. L'origine primordiale du chant

La répétition du verbe « chanter » aux lignes 21-22 à laquelle répond la répétition du verbe « dire » à la ligne 37 suggère que l'ivresse musicale du rossignol se communique à la narratrice : autant que le rossignol chante, la narratrice veut dire. Mais à la différence du rossignol, ivre de notes au point d'en oublier l'origine, la narratrice signale la nécessité de s'en souvenir grâce à la répétition de « j'entends encore » (l.23-24) et à l'antithèse entre les expressions mélioratives qui qualifient le chant virtuose du rossignol aux lignes 23-24 et l'expression « le chant naïf et effrayé » (l.24) qui met au contraire en avant l'aspect spontané et craintif de ce chant. Alors que le rossignol a oublié l'origine de son chant, la narratrice s'en souvient et la présente comme primordiale afin de produire des « notes d'or » (l.23) et non plus « un gentil filet de voix » (l.1). Elle explique ainsi que la beauté du chant provient de son origine terrifiante et qu'il faut s'en nourrir (l.33-34).

B. Du chant au cri : contre le silence

La narratrice souhaite désormais faire résonner toutes les façons de dire, comme l'exprime la richesse du lexique de la parole présent dans le texte, qui va de la « plainte » (l.30) au « cri » (l.39) en passant par le « murmure » (l.35), le « verbiage modéré » (l.39-40), la « volubilité » (l.40). La narratrice veut aussi « tout » dire comme elle le proclame par les gradations des lignes 34-35 et 37-38. Cette liberté de parole se fait lutte contre le silence : celui du « somme heureux » (l.28 et 41) et dangereux qui ressemble à la mort, celui des bienséances qui forcent à l'autocensure (« ce que l'on a coutume de taire », l.34-35). Cette lutte contre le silence, cette promotion du cri (l.24, l.34, l.39) évoquent encore le mythe de Philomèle dont la langue fut coupée par son beau-frère afin qu'elle ne puisse pas dire pas à sa sœur qu'il l'avait violée : selon la version grecque du mythe, Philomèle fut ensuite changée en rossignol. Le chant du rossignol qui fait ici renaître l'écrivaine apparaît donc comme un emblème de la voix féminine, à laquelle Colette souhaite donner son essor et son ampleur.

Conclusion

Ce texte qui ouvre le recueil auquel il donne son titre revêt une importance capitale : tout en ayant l'air d'un récit étiologique écrit à rebours, il possède une portée allégorique annonçant le réveil de l'écrivaine, qui revendique d'user à sa guise désormais de toutes les virtualités du langage.

2 Voir la célèbre scène 3 de l'acte V de *Roméo et Juliette* de Shakespeare.

3 Analogie : ressemblance.

Quiz : Le roman et le récit du Moyen Âge au XXIe siècle

Plusieurs réponses peuvent être correctes.

Définition(s) et évolution du genre romanesque du Moyen Âge à nos jours

1. Le mot « roman » :

☐ a. est de nos jours synonyme de prose.
☐ b. a toujours été utilisé pour désigner des ouvrages non versifiés.
☐ c. était autrefois utilisé pour désigner des ouvrages écrits en langue latine.
☐ d. pouvait au Moyen Âge faire référence à des récits oraux.

2. Lesquels de ces romans sont associés correctement au mouvement littéraire auquel ils correspondent ?

☐ a. *Le Père Goriot* : réalisme
☐ b. *De la Terre à la Lune* : naturalisme
☐ c. *Les Lettres persanes* : genre épistolaire
☐ d. *La Condition humaine* : science-fiction
☐ e. *L'Étranger* : genre épistolaire
☐ f. *Les Misérables* : naturalisme

3. Le roman pastoral :

☐ a. est le genre romanesque initié par Chrétien de Troyes, avec notamment *Le Chevalier à la charrette*.
☐ b. connaît un grand succès à partir de la Renaissance.
☐ c. met en scène des personnages en habits de bergers qui passent beaucoup de temps à parler d'amour.
☐ d. se déroule souvent dans un décor paisible inspiré de l'Antiquité grecque.
☐ e. se caractérise par la présence de personnages masculins virils et guerriers.

4. Qui est l'auteur de *L'Astrée* ?

☐ a. Cervantès
☐ b. Le Tasse
☐ c. Honoré d'Urfé

5. Le roman d'analyse :

☐ a. se développe en partie en réaction au roman pastoral, dont les personnages et les situations sont jugés peu crédibles dans leur perfection idyllique.
☐ b. est le genre romanesque dont *Clélie, histoire romaine*, de Madeleine de Scudéry, est l'archétype.
☐ c. s'attache à décrire avec précision les sentiments et la psychologie de ses personnages.

6. Lesquels de ces romans sont des romans par lettres ?

☐ a. *Clélie, histoire romaine*, de Madeleine de Scudéry
☐ b. *Julie ou la Nouvelle Héloïse*, de Jean-Jacques Rousseau
☐ c. *La Vie de Marianne*, de Marivaux
☐ d. *Le Roman comique*, de Paul Scarron
☐ e. *Les Liaisons dangereuses*, de Choderlos de Laclos

7. Lequel de ces romans n'est pas l'un des précurseurs du roman noir ?

☐ a. *Les Mystères de Paris* (Eugène Sue)
☐ b. *Une ténébreuse affaire* (Balzac)
☐ c. *Le Comte de Monte-Cristo* (Alexandre Dumas)

8. Quel auteur prétend poursuivre l'ambition du réalisme de manière plus scientifique encore ?

☐ a. Gustave Flaubert
☐ b. Émile Zola
☐ c. Guy de Maupassant

9. Qui a utilisé l'expression « Nouveau Roman » pour la première fois ?

☐ a. Alain Robbe-Grillet
☐ b. Jérôme Lindon
☐ c. Émile Henriot

10. Selon les écrits théoriques d'Alain Robbe-Grillet, de quoi a besoin le « Nouveau Roman » ?

☐ a. d'une intrigue
☐ b. de personnages précisément décrits
☐ c. d'une narration objective qui laisse au lecteur le soin de construire l'univers du roman
☐ d. de portraits psychologiques complets
☐ e. d'un narrateur omniscient

Le personnage de roman

11. Dans quel roman balzacien rencontre-t-on Lucien de Rubempré ?

☐ a. *Splendeurs et misères des courtisanes*
☐ b. *Eugénie Grandet*
☐ c. *Le Lys dans la vallée*

12. Qui est Vautrin ?

☐ a. l'époux d'Emma Bovary
☐ b. le personnage principal du roman *Le Rouge et le Noir*, dont on suit le parcours de son séjour au séminaire à sa vie parisienne
☐ c. un ancien forçat imaginé par Balzac

13. Dans quel roman croise-t-on des personnages nommés Rica et Usbek ?

☐ a. dans *Zadig* (Voltaire)
☐ b. dans *Les Lettres persanes* (Montesquieu)
☐ c. dans *Madame Bovary* (Gustave Flaubert)

14. Comment s'appelle la fille naturelle de Fantine et de Tholomyès, dans *Les Misérables* ?

☐ a. Cosette
☐ b. Gervaise
☐ c. Éponine

15. Qui est « Boule-de-Suif » ?

☐ a. un personnage de Jules Vallès, fils d'une mère paysanne et d'un père professeur, dont l'enfance est malheureuse et solitaire
☐ b. un personnage de Jules Renard, un jeune garçon mal aimé de sa mère
☐ c. un personnage de Maupassant, une jeune femme confrontée à la méchanceté de ses compagnons de voyage pendant l'occupation prussienne

16. Qui décrit le quotidien banal d'un couple ordinaire dans *Les Choses* ?

☐ a. Alphonse Daudet
☐ b. Nathalie Sarraute
☐ c. Georges Perec

17. Dans ce passage (l'*excipit*) du *Père Goriot*, comment la caractérisation du personnage est-elle effectuée ?

Eugène de Rastignac, étudiant désargenté, vient d'assister à l'enterrement du père Goriot, mort sans que ses filles ne soient venues le voir ou l'assister.

Rastignac, resté seul, fit quelques pas vers le haut du cimetière et vit Paris tortueusement couché le long des deux rives de la Seine, où commençaient à briller les lumières. Ses yeux s'attachèrent presque avidement entre la colonne de la place Vendôme et le dôme des Invalides, là où vivait ce vrai monde dans lequel il avait voulu pénétrer. Il lança sur cette ruche bourdonnante un regard qui semblait par avance en pomper le miel, et dit ces mots grandioses :
— À nous deux, maintenant !

Balzac, *Le Père Goriot*, 1834

☐ a. La caractérisation directe du personnage par son nom permet de comprendre qu'Eugène de Rastignac est un roturier. C'est la raison pour laquelle il n'a pu pénétrer le « vrai monde ».
☐ b. À part le nom du personnage, ce passage n'offre aucun élément de caractérisation directe.
☐ c. La seule technique de caractérisation indirecte à l'œuvre dans ce passage est la description.

18. Indiquez qui est l'auteur de la citation suivante : « Un type, dans le sens qu'on doit attacher à ce mot, est un personnage qui résume en lui-même les traits caractéristiques de tous ceux qui lui ressemblent plus ou moins, il est le modèle du genre. »

☐ a. Honoré de Balzac
☐ b. François-René de Chateaubriand
☐ c. Émile Zola

19. Étienne Lantier, l'un des héros du roman *Germinal* d'Émile Zola :

☐ a. mène la grève des mineurs jusqu'à la victoire.
☐ b. est embauché pour pousser les wagonnets dans une mine de charbon.
☐ c. est contremaître dans un atelier de chemins de fer, à Lille.
☐ d. est interprété par Renaud dans le film de Claude Berri adapté du roman.

20. Dans *La Peste* d'Albert Camus, Rieux :

☐ a. est médecin à Marseille.
☐ b. pousse les autorités municipales à mettre la ville en quarantaine, pour éviter la propagation de l'épidémie.
☐ c. aide Rambert, un journaliste parisien, à traverser les barrages pour rejoindre sa compagne restée à Paris.
☐ d. parvient à organiser les secours et à juguler l'épidémie en quelques jours.

21. Eugène de Rastignac :

☐ a. est un personnage de Balzac, qui apparaît notamment dans *Le Père Goriot* et *Illusions perdues*.
☐ b. est un jeune homme doux et réservé, sans ambition ni volonté.
☐ c. est l'amant de Delphine de Nucingen.
☐ d. devient banquier aux côtés du mari de son amante.
☐ e. reste pauvre toute sa vie.

Roman, récit et vision(s) du monde

22. Que peut-on dire de l'*excipit* d'*Une Vie*, de Guy de Maupassant ?

Jeanne, après une vie faite de désillusions (conjugales, maternelles…), reçoit une lettre de son fils. Cet enfant gâté, pour qui sa mère a tout fait mais qui a répondu à cet amour par un égoïsme toujours plus grand, lui annonce qu'il a eu un enfant, et que sa compagne est morte. Jeanne accepte de s'occuper de sa petite-fille.

Alors une émotion infinie l'envahit. Elle découvrit brusquement la figure de l'enfant qu'elle n'avait pas encore vue : la fille de son fils. Et comme la frêle créature, frappée par la lumière vive, ouvrait ses yeux bleus en remuant la bouche, Jeanne se mit à l'embrasser furieusement, la soulevant dans ses bras, la criblant de baisers.

Mais Rosalie, contente et bourrue, l'arrêta. « Voyons, voyons, madame Jeanne, finissez ; vous allez la faire crier. »

Puis elle ajouta, répondant sans doute à sa propre pensée : « La vie, voyez-vous, ça n'est jamais si bon ni si mauvais qu'on croit. »

☐ a. Cette fin de roman est extrêmement nuancée et laisse au lecteur la liberté de sa propre interprétation.

☐ b. Cette fin de roman est tranchée. Maupassant ne propose qu'une piste d'interprétation et elle est résolument optimiste, le personnage principal reprenant espoir grâce à cet enfant.

☐ c. Cette fin de roman laisse entrevoir un avenir radieux pour le personnage principal.

23. Comment peut-on définir le genre des Mémoires ?

☐ a. le récit fictif de la vie d'un personnage imaginaire

☐ b. le récit réel de la vie d'un homme de lettres, d'un artiste ou d'un inconnu

☐ c. le récit réel de la vie d'un personnage public

24. Que signifie la phrase de Guy de Maupassant : « Faire vrai consiste donc à donner l'illusion complète du vrai, suivant la logique ordinaire des faits, et non à les transcrire servilement dans le pêle-mêle de leur succession. » (Préface de *Pierre et Jean*, 1888) ?

☐ a. La réalité telle qu'elle apparaît dans les œuvres réalistes est nécessairement reconstruite.

☐ b. Les œuvres réalistes ont réussi à transcrire la réalité brute, exactement telle qu'elle est à l'extérieur du roman.

☐ c. L'ambition des réalistes est de montrer que la réalité est une pure illusion.

25. Voici un extrait de *La Guerre des Gaules*, œuvre dans laquelle Jules César retrace l'histoire de la conquête des Gaules. Il fait ici le récit du siège d'Alésia et de sa victoire sur le chef gaulois, Vercingétorix. Selon vous, pourquoi Jules César rédige-t-il son autobiographie à la troisième personne ? Quelle est son intention ?

César se hâte pour prendre part au combat. Reconnaissant son approche à la couleur de son vêtement [...] et apercevant les escadrons et les cohortes dont il s'était fait suivre [...], les ennemis engagent le combat. Une clameur s'élève des deux côtés, et une clameur aussitôt y répond de la palissade et de tous les retranchements. Les nôtres, renonçant au javelot, combattent avec l'épée. Soudain, les ennemis aperçoivent la cavalerie derrière eux. De nouvelles cohortes approchaient : ils prirent la fuite. Nos cavaliers leur coupent la retraite. Le carnage est grand. Sédullus, chef militaire des Lémovices et leur premier citoyen, est tué ; [...] on apporte à César soixante-quatorze enseignes ; bien peu, d'une armée si nombreuse, rentrent au camp sans blessure.

Jules César, *La Guerre des Gaules*, 58-52 av. J.-C.

☐ a. Il veut masquer son identité au lecteur et faire comme si *La Guerre des Gaules* avait été écrite par quelqu'un d'autre.

☐ b. Il veut présenter *La Guerre des Gaules* comme un ouvrage historique qui retrace les événements dans toute leur vérité de façon neutre et objective.

☐ c. Il veut montrer que *La Guerre des Gaules* est avant tout un récit de fiction dans lequel lui-même n'est qu'un personnage.

Corrigés

1. a, d. À l'origine, on appelle « roman » les récits écrits en « roman », c'est-à-dire en langue romane plutôt qu'en latin. Ces récits sont généralement versifiés et colportés par les troubadours et les trouvères, sous forme orale.

2. a, c, f. Le titre est un indice, qui oriente la lecture ; il peut mettre l'accent sur le personnage principal (le « protagoniste »), sur le thème, sur le genre, etc.

Le Père Goriot : ce titre est centré sur un personnage. Le « père » signale un personnage appartenant à une catégorie sociale pauvre ou médiocre, en tout cas un roturier ; il indique aussi, de façon plus subtile, le thème principal du roman : en effet, ce personnage n'existe que par ses filles, et ce sont elles qui le perdront. Roman réaliste donc, proposant une analyse à la fois sociale et psychologique.

De la Terre à la Lune : Jules Verne montre d'emblée, en prenant pour titre un trajet à l'époque inimaginable, que nous nous situons ici dans un roman de « science-fiction », d'anticipation.

Les Lettres persanes : le titre même évoque un roman épistolaire. Il s'agit en effet d'un roman épistolaire de Montesquieu, dans lequel des étrangers, venus découvrir l'Europe, racontent leurs étonnements à des compatriotes restés en Perse. Réflexions philosophiques ou morales, descriptions amusantes, critiques acerbes se succèdent.

La Condition humaine : ce titre philosophique montre bien l'ambition et l'engagement de ce roman d'André Malraux décrivant une période troublée de l'histoire chinoise.

L'Étranger : ce titre est avant tout paradoxal. En effet, il est centré sur un personnage — mais affirme en même temps que ce personnage est un inconnu. Pas de nom propre, pas de caractérisation : il s'agit donc d'un titre qui intrigue le lecteur.

Les Misérables : Hugo annonce par ce titre que ceux dont il va décrire le parcours sont des gens humbles, miséreux, mais aussi des gens méritant la pitié. Les personnages ne sont pas seulement vus pour leur individualité, mais aussi parce qu'ils représentent une catégorie sociale.

3. b, c, d. Le roman pastoral se développe à partir de la Renaissance, tandis que les divertissements de cour se font de moins en moins violents. Tous les personnages, masculins comme féminins, y sont sensibles et chastes.

4. c. C'est Honoré d'Urfé qui est l'auteur de *L'Astrée*. C'est une œuvre majeure du XVIIe siècle, un roman à tiroirs de près de 6 000 pages dont l'intrigue repose sur l'amour entre Astrée et Céladon.

5. a, c. Le roman d'analyse se développe en effet dans le contexte d'un mouvement de critique du roman pastoral. Mais *Clélie, histoire romaine* est plutôt un roman précieux. L'archétype du roman d'analyse est *La Princesse de Clèves* de Madame de La Fayette.

6. b, c, e. Attesté dès les premiers temps de la littérature, le roman épistolaire se développe essentiellement à partir du XVIIe siècle et reste extrêmement populaire jusqu'au XVIIIe siècle. Madeleine de Scudéry inclut des extraits de la correspondance de ses personnages, mais *Clélie, histoire romaine* n'est pas un roman par lettres à proprement parler. Quant au *Roman comique* de Paul Scarron, il mêle épisodes comiques et histoires d'amour enchevêtrées.

7. c. *Le Comte de Monte-Cristo* est plutôt considéré comme un roman d'aventure.

8. b. C'est Émile Zola qui est considéré comme le chef de file du naturalisme. Il explique s'être inspiré des principes énoncés par Claude Bernard dans son *Introduction à l'étude de la médecine expérimentale*.

9. c. C'est le journaliste Émile Henriot qui utilise pour la première fois le terme de « Nouveau Roman », pour critiquer un roman d'Alain Robbe-Grillet. Ce dernier, alors conseiller littéraire aux Éditions de Minuit, s'empare du terme et le reprend à son compte, notamment pour désigner le groupe d'auteurs qui partagent ses convictions littéraires.

10. c. Les auteurs du Nouveau Roman refusent la subjectivité et la psychologie. L'intrigue et les personnages ne leur paraissent pas indispensables.

11. a. Lucien de Rubempré est un personnage de *La Comédie humaine*. Il apparaît dans *Illusions perdues* et dans *Splendeurs et misères des courtisanes*. La particule de son nom évoque la noblesse du personnage, tandis que les sonorités nasales lui confèrent une certaine douceur.

12. c. L'époux d'Emma Bovary se prénomme Charles. Le personnage principal du roman *Le Rouge et le Noir* est Julien Sorel. Vautrin, personnage important de *La Comédie humaine*, est caractérisé par son nom seul, un nom marqué par des sonorités assez dures : le personnage imaginé par Balzac est non seulement un roturier mais aussi un ancien forçat.

13. b. Usbek et Rica sont deux voyageurs persans dont on suit la correspondance dans *Les Lettres persanes* de Montesquieu.

14. a. C'est Cosette, dont le diminutif évoque à lui seul la misère sociale d'une jeune enfant malheureusement confiée à une famille qui ne cesse de la maltraiter et de l'exploiter.

15. c. Boule-de-Suif est un personnage de Maupassant. La nouvelle commence dans la ville de Rouen, au cours de la guerre de 1870, alors que la ville est envahie par les Prussiens. Dix personnes, dont une jeune femme surnommée Boule-de-Suif, parviennent à prendre une diligence en direction du Havre…

16. c. Georges Perec raconte dans *Les Choses* la vie d'un jeune couple qui s'ennuie dans sa vie et qui voudrait plus de choses, sans pour autant se donner les moyens de ses ambitions. Les deux héros, Jérôme et Sylvie, portent des prénoms courants et très ordinaires, indice de la vacuité qu'ils emportent avec eux dans leurs pérégrinations.

17. b. Le personnage n'est pas roturier. Son nom montre qu'il appartient à la noblesse ; pourtant, il a apparemment échoué à entrer dans « le beau monde » de la société parisienne. Il apparaît comme un être sensible — puisque capable d'attachement pour un pauvre homme, mais aussi comme un solitaire (« resté seul »), et comme un ambitieux — à preuve, la phrase qu'il prononce à la fin de l'œuvre. Balzac utilise à la fois la caractérisation par l'action (situation, comportement), et le dialogue — dialogue d'autant plus frappant que l'interlocuteur de Rastignac est la ville tout entière… Enfin, on notera la position géographique choisie par Balzac : un cimetière, lieu de mort et où tous les hommes sont égaux ; mais un cimetière dominant Paris, un lieu élevé, exprimant tous les espoirs du héros.

18. a. Honoré de Balzac s'exprime ainsi dans la préface de son roman *Une ténébreuse affaire*. Certains personnages d'auteurs comme Émile Zola ou Honoré de Balzac sont si exemplaires d'un milieu donné qu'ils en deviennent des « types ».

19. b, d. Renvoyé de l'atelier de chemins de fer où il était ouvrier, Étienne Lantier part chercher du travail dans le bassin minier, où il est embauché pour pousser des wagonnets. Lorsque la direction de la mine décide d'une baisse de salaire arbitraire, Étienne Lantier pousse les ouvriers à se révolter et à faire grève. La direction ne cède pas et les soldats se mettent à tirer sur les manifestants.

20. b. Le docteur Rieux pousse les autorités municipales à fermer la ville.

21. a, c, d. Le personnage imaginé par Balzac est un jeune homme ambitieux, voire arriviste. Le baron de Nucingen avec lequel il travaille lui ouvre les portes du monde dans lequel il rêvait d'entrer.

22. a. Le personnage principal, malgré tout ce qu'elle a subi, retrouve avec cette enfant une forme de douceur et d'espoir. Cependant, la violence même avec laquelle Jeanne « crible » de baisers sa petite-fille peut préfigurer un recommencement de l'histoire. De plus, le romancier laisse les derniers mots à Rosalie, la servante : des mots qui sont un cliché, une sagesse populaire de la mesure — et tout se passe comme si l'auteur s'effaçait, affirmait renoncer à une « leçon » autre que celle des dictons.

23. c. Le mémorialiste est un personnage public qui a participé aux événements historiques de son temps en tant qu'acteur ou témoin et qui les relate afin de communiquer au lecteur son approche personnelle de l'Histoire.

24. a. Maupassant insiste sur l'expression « faire vrai », montrant ainsi que le romancier réaliste « fabrique » de toutes pièces un univers qui n'a que l'apparence du réel.

25. b. En parlant de lui-même à la troisième personne, il manifeste sa volonté de prendre de la distance avec les événements. Il semble ainsi s'engager à faire preuve de la plus grande objectivité et garantit au lecteur la vérité historique des faits qu'il relate.

LE THÉÂTRE DU XVIIe SIÈCLE AU XXIe SIÈCLE

Molière, *Le Malade imaginaire*

Le Malade imaginaire est la dernière pièce de Molière, créée le 10 février 1673 au théâtre du Palais-Royal : Molière, qui joue le rôle d'Argan, meurt juste après la quatrième représentation, le 17 février. On retrouve dans cette pièce tout ce qui caractérise son théâtre, depuis les emprunts formels à d'autres arts du spectacle comme la *commedia dell'arte* ou le ballet, jusqu'aux attaques en règle contre les mariages arrangés et les médecins. Comédie brillante par les fastes qu'elle déploie comme par la synthèse théâtrale qu'elle réalise, *Le Malade imaginaire* réaffirme plus que jamais les deux préceptes qui guidaient Molière : la volonté de plaire et la liberté de critiquer.

Portrait de Molière par Pierre Mignard, vers 1658.

Un divertissement royal

Un spectacle total

Comédie-ballet mêlant théâtre, musique et danse, *Le Malade imaginaire* **offre un spectacle total à son public** : pour la création de la pièce, Molière s'entoure du chorégraphe Beauchamp avec lequel il a déjà travaillé plusieurs fois et du jeune compositeur Marc-Antoine Charpentier, qui signe alors sa seconde collaboration avec lui. Danse et musique s'entremêlent ainsi à la comédie : un prologue ouvre la pièce tandis que chacun des trois actes est suivi d'un intermède chanté et dansé.

Ces scènes de ballet empruntent toutes à **des univers littéraires connus du public** : le prologue met en scène le monde de la pastorale, le premier intermède s'inscrit dans le sillage de la *commedia dell'arte* et de la farce, le deuxième puise dans la mode de l'orientalisme qui s'installe peu à peu en France et le dernier exploite la tradition du carnaval. Molière use des divers moyens artistiques et styles littéraires à sa portée afin de faire de cette comédie un modèle de divertissement.

Le plaisir, la meilleure ordonnance qui soit

Il écrit en effet cette pièce à l'occasion du carnaval, c'est-à-dire pour une fête dont les mots d'ordre sont liesse et exubérance. En outre, cette comédie-ballet a explicitement pour intention de « délasser [le roi] de ses nobles travaux » : « Après les glorieuses fatigues et les exploits victorieux de notre auguste monarque, il est bien juste que tous ceux qui se mêlent d'écrire travaillent ou à ses louanges, ou à son divertissement » (« prologue »). Depuis 1672, Louis XIV est en guerre contre la Hollande. *Le Malade imaginaire* affiche de la sorte **une volonté délibérée d'amuser et de divertir**.

Dans **une mise en abyme joliment orchestrée**, le frère d'Argan, Béralde, fait valoir les bienfaits du divertissement : « Je vous amène ici un divertissement, que j'ai rencontré, qui dissipera votre chagrin, et vous rendra l'âme mieux disposée aux choses que nous avons à dire. [...] et cela vaudra bien une ordonnance de Monsieur Purgon » (II, 9). Le divertissement égale l'« ordonnance » : c'est affirmer que, loin d'être anodin, il peut guérir de bien des maux.

PARCOURS

Spectacle et comédie.

LA COMÉDIE-BALLET

Spectacle mêlant théâtre, musique et danse, la comédie-ballet naît en 1661 sous l'impulsion de Molière et du compositeur italien Lully qui travaillent avec le chorégraphe Beauchamp à la création des *Fâcheux*. Ensemble, ils vont ainsi créer une petite dizaine d'œuvres dont certaines connaissent un grand succès comme *Monsieur de Pourceaugnac* (1669) et *Le Bourgeois gentilhomme* (1670). Mais en 1672, Lully rachète le privilège de l'Académie royale de musique et obtient ainsi le monopole sur tous les spectacles musicaux, délivrant l'autorisation ou non à d'autres d'en créer. Molière en est donc réduit à demander au roi la permission de travailler avec seulement quelques musiciens (six chanteurs et douze violons) pour *Le Malade imaginaire* en 1673.

LA COMMEDIA DELL'ARTE

La *commedia dell'arte* apparaît en Italie au XVIe siècle et conquiert l'Europe et même la Russie. Il s'agit d'un théâtre d'improvisation : les comédiens s'attribuent un personnage et improvisent à partir d'un canevas (une trame) simple, en inventant de petites scènes ou des *lazzi* (intermèdes comiques mimés, accompagnés parfois d'un maigre dialogue, sans rapport avec l'intrigue). Les histoires varient ainsi au gré des représentations. La *commedia dell'arte* met en scène des personnages types parmi lesquels on trouve les *zanni* (valets) tels qu'Arlequin ou Scapin, le vieillard avare et libidineux nommé Pantalon, le soldat fanfaron nommé Capitan, etc. La *commedia dell'arte* constitue une véritable source d'inspiration pour Molière et le théâtre français.

Du rire à la risée : satires véhémentes

Contre les mariages d'intérêt

Mais comme toujours avec Molière, le rire est un rire « aux dépens de » : certes, il s'agit de s'amuser, mais aussi, par le rire, **d'amener les hommes à se corriger de leurs défauts en les épinglant sur la scène**. La critique des mariages d'intérêt, sujet central de bien des farces, est une constante des pièces de Molière. Elle redouble cependant d'intensité ici en se dédoublant : deux mariages servent de cible, celui projeté par Argan de sa fille Angélique avec le jeune médecin Thomas Diafoirus et celui d'Argan lui-même avec la vénale Béline. Toinette puis Béralde tentent de le convaincre de ne pas marier Angélique dans son intérêt, mais dans celui de sa fille.

La réplique finale de Béralde dans la scène 3 de l'acte III prend même le tour d'une brève **moralité** : « je vous dirai que [...] pour le choix d'un gendre, il ne faut pas suivre aveuglément la passion qui vous emporte, et qu'on doit, sur cette matière, s'accommoder un peu à l'inclination d'une fille, puisque c'est pour toute la vie, et que de là dépend tout le bonheur d'un mariage ». La critique des mariages d'intérêt atteint son acmé lorsque Argan, contrefaisant le mort, découvre que, loin de le pleurer, Béline se réjouit de son décès et ne songe qu'à s'emparer de son argent (III, 12).

Les mauvais médecins tournés en dérision

Mais le principal point de mire de cette comédie intitulée *Le Malade imaginaire* est bien sûr constitué par **les excès des médecins**. Molière en croque (à pleines dents !) tous les défauts, depuis **le pédantisme** bien (ou mal) appris du jeune Thomas Diafoirus (dont le discours fleuri tourne court dès lors que la mémoire lui fait défaut, II, 6) jusqu'à **l'ignorance** crasse et dangereuse du médecin joué par Toinette (qui, à tout symptôme énoncé répond « le poumon » et à toute ordonnance prescrite par ses pairs s'exclame « ignorant », III, 10) en passant par **l'autoritarisme** despotique de Monsieur Purgon. Celui-ci ne mâche pas ses mots en qualifiant la désobéissance d'Argan d'« attentat contre la médecine », de « crime de lèse-Faculté » et passe du ton d'un juge proférant une sentence à celui d'un sorcier lançant une malédiction (III, 5).

La satire des mauvais médecins culmine dans **la savoureuse parodie** offerte par le dernier intermède, dans lequel des comédiens jouent des médecins et imitent leur parlure savante par un mélange de mots latins, français et de termes français latinisés de façon fantaisiste.

Se jouer des limites ou la liberté de tout jouer

L'art de contourner la censure

Sans cesse, Molière a été confronté à de violentes oppositions lors de la création de ses comédies. Au fil du temps, il a développé **un art de contourner la censure** dont il semble offrir une démonstration dans cette pièce.

Afin de parvenir à parler à Angélique malgré la surveillance d'Argan, Cléante, déguisé en maître de musique, a l'idée de chanter avec elle « un petit opéra qu'on a fait depuis peu » (II, 5) et qui est en réalité une invention personnelle : des « vers libres, tels que la passion et la nécessité peuvent faire trouver à deux personnes qui disent les choses d'eux-mêmes, et parlent sur-le-champ » explique-t-il à Argan **dans un discours à double sens** qui expose à Angélique le fonctionnement de son ingénieux système de communication. Cléante imagine une pastorale dont il calque l'intrigue sur ce qui s'est passé entre Angélique et lui, comme leur rencontre qu'il raconte (II, 5) en reprenant les éléments divulgués par l'héroïne un peu plus tôt (I, 4).

Ce faisant, il parvient non seulement à déclarer son amour à Angélique, mais aussi à obtenir d'elle l'assurance du sien, lui faisant répéter à l'envi des « je vous aime » et allant jusqu'à décrire clairement leur situation avant d'éveiller les soupçons d'Argan. Difficile de ne pas voir dans cette scène **une mise en abyme de l'art d'esquiver la censure**.

Défense de la liberté d'expression

Molière va encore plus loin dans la scène 3 de l'acte III : par un autre effet de mise en abyme, Béralde conseille à Argan d'aller voir les comédies de Molière. C'est l'occasion pour Molière auteur de **répondre à ses détracteurs** en expliquant, par l'entremise de Béralde, l'objet exact de ses railleries : « Ce ne sont point les médecins qu'il joue, mais le ridicule de la médecine », puis en revendiquant le droit à la satire.

Par un extraordinaire pied de nez, en jouant Argan, c'est-à-dire un personnage représentant ses adversaires qui dénigre à n'en plus finir ses comédies, Molière comédien ridiculise ces mêmes adversaires en même temps qu'il désamorce leurs critiques. Il fait ainsi miroiter en les réconciliant les divers sens de (se) jouer (de) : *s'amuser, interpréter un rôle, se moquer,* comme il le rappelle dans un clin d'œil à la scène 13 de l'acte III, avant un dernier intermède de théâtre dans le théâtre.

L'OPÉRETTE

Apparue en France au XIXe siècle, l'opérette est une pièce légère et courte (un ou deux actes), qui s'amuse à parodier des sujets sérieux en alternant parties parlées, parties chantées et danses burlesques.

LE MUSIC-HALL

Il s'agit d'un spectacle de variétés qui se développe en France vers 1848 et qui se compose de tours de chant, de numéros comiques et parfois d'attractions, attirant un public populaire, en quête d'un divertissement festif.

LA COMÉDIE MUSICALE

Héritée de la comédie-ballet, de l'opérette et de la revue de music-hall, la comédie musicale désigne une pièce et, plus tard, un film, mêlant prose, parlée et chantée, et danse. À la différence des précédents spectacles musicaux, la comédie musicale se détache de la musique classique et fait la part belle à d'autres styles de musique comme le jazz. Si certains historiens du genre font remonter ses débuts à *The Shop Girl* de George Edwardes en 1892 en Angleterre, la plupart d'entre eux s'accordent à donner à *The Black Crook* (1866), adaptation du mythe de Faust, les honneurs de la création du genre. L'avènement du cinéma parlant à la fin des années 1920 marque un tournant : à partir du *Chanteur de jazz* (1927) d'Alan Crosland, les comédies musicales connaissent un essor sans précédent et certaines d'entre elles deviennent des succès internationaux tels *Top Hat* (1935), *Chantons sous la pluie* (1952) et *West Side Story* (1961) pour n'en citer que quelques-unes.

Dissertation

La comédie n'est-elle qu'un divertissement ?

Vous répondrez à cette question en vous appuyant sur Le Malade imaginaire *de Molière ainsi que sur des lectures personnelles.*

Introduction

Analyse du sujet :

La comédie a souvent été considérée comme un spectacle léger : le but qu'elle affiche, faire rire le spectateur, l'a souvent reléguée au rang de simple distraction sans conséquence. Certes, la comédie fait rire à gorge déployée à partir de petits riens, de situations futiles, mais cela signifie-t-il pour autant qu'il ne faille pas la prendre au sérieux ?

Annonce du plan :

Nombre d'auteurs comiques ont revendiqué haut et fort le simple droit d'amuser par tous les moyens leur public. Néanmoins, le rire provoqué par la comédie est souvent un rire « aux dépens de » : un personnage, une situation suscitent la moquerie du spectateur, mettant ainsi en évidence un défaut, un ridicule. Cette capacité à faire rire que détient la comédie s'avère alors libératrice.

Le plan développé

I. La liberté d'amuser par tous les moyens

A. Des plaisanteries prosaïques

« Je voudrais bien savoir si la grande règle de toutes les règles n'est pas de plaire et si une pièce de théâtre qui a attrapé son but n'a pas suivi un bon chemin », dit Dorante dans la scène 6 de *La Critique de l'École des femmes* de Molière : assurément, le but de la comédie est l'amusement du public.

Pour ce faire, elle n'hésite pas à recourir au comique décrié, mais toujours efficace du « bas corporel ». *Le Malade imaginaire* lui consacre une place non négligeable en mentionnant les maux d'Argan et les ordonnances des médecins. Ce comique culmine lorsque Monsieur Purgon se met à maudire Argan à grand renfort de maladies digestives : de la « bradypepsie » à la « dyspepsie », de la « dyspepsie » à l'« apepsie », de l'« apepsie » à la « lienterie », etc. (III, 5).

B. Les fastes de la comédie : séduire et fasciner

Mais le divertissement que propose la comédie se traduit aussi par un art de séduire et fasciner le spectateur, comme c'est le cas avec la comédie-ballet qui ne ménage pas ses effets en mêlant théâtre, danse et musique.

Dans *Le Malade imaginaire*, le prologue et les trois intermèdes mettent en scène des univers très différents, de la pastorale au carnaval en passant par la *commedia dell'arte* et l'orientalisme. Outre l'animation produite par la musique et la danse, on imagine assez bien le faste des costumes, des maquillages, des lumières tel qu'a pu essayer de les reproduire Jean-Marie Villégier dans sa mise en scène au théâtre du Châtelet en mars 1990.

La comédie s'affirme comme un divertissement préoccupé seulement de plaire et d'amuser. Pourtant le rire qu'elle provoque n'est pas aussi bénin qu'il le semble.

II. Faire rire pour mieux dénoncer les travers du monde

A. Des pièces engagées

Sous couvert de faire (innocemment) rire le spectateur, bien des comédies pourraient être qualifiées de pièces engagées, car elles dénoncent, en les tournant en dérision, les injustices sociopolitiques de leur temps.

Les pièces de Molière en sont bien sûr un exemple : si dans *Le Malade imaginaire* il s'attaque au pouvoir excessif des médecins, dans *Tarfuffe*, l'une de ses pièces les plus polémiques, il s'en prend à l'influence abusive des faux dévots.

Un siècle plus tard, la comédie prend une teinte explicitement politique avec *Le Mariage de Figaro* de Beaumarchais. Dans son célèbre monologue, Figaro met à mal la société des trois ordres et des privilèges en invectivant le comte en son absence : « Parce que vous êtes un grand seigneur, vous vous croyez un grand génie ! ... noblesse, fortune, un rang, des places, tout cela rend si fier ! Qu'avez-vous fait pour tant de biens ? vous vous êtes donné la peine de naître, et rien de plus [...] » (V, 3).

B. Une école de sagesse

La comédie, en exagérant les manies d'un individu au point d'en faire un « type », se révèle aussi être une école de sagesse. S'ouvrant au plus fort de la crise monomaniaque d'un personnage qui tyrannise son entourage, elle mène peu à peu à sa défaite en ridiculisant au fur et à mesure toutes ses obsessions.

MOTS CLÉS

MISE EN ABYME

Fait pour un texte de se prendre lui-même pour objet ou de se représenter lui-même comme un élément de l'œuvre. Il y a « théâtre dans le théâtre » lorsque les personnages d'une pièce deviennent eux-mêmes spectateurs d'une pièce de théâtre à l'intérieur de celle à laquelle ils appartiennent.

PASTORALE

Récit qui raconte, dans un cadre champêtre, les amours de héros qui sont des bergers et des bergères. La pastorale s'inspire de la poésie grecque et latine de Théocrite et de Virgile et a nourri aussi bien le genre romanesque que le genre théâtral. Elle connaît un grand succès au théâtre à la Renaissance et continue à se développer au XVIIe siècle grâce à l'esthétique galante et précieuse, tout en s'étendant au genre de l'opéra.

CITATIONS

- « Les plus beaux traits d'une sérieuse morale sont moins puissants, le plus souvent, que ceux de la satire ; et rien ne reprend mieux la plupart des hommes que la peinture de leurs défauts. C'est une grande atteinte aux vices que de les exposer à la risée de tout le monde », Molière, préface de *Tartuffe*.

- « La musique n'ajoute pas peu d'ampleur à cette magnificence du rire ; surtout, elle le rend possible ; elle désarme la critique ; elle livre la raison aux folies des sens. En même temps, elle adoucit l'ironie, elle enlève à la parole railleuse ce qu'elle a toujours d'un peu sec », Romain Rolland, *Les Origines du théâtre lyrique moderne*.

Médecin tenant une seringue (gravure).

C'est le cas dans *L'École des femmes* de Molière, où Arnolphe incarne le stéréotype de l'homme qui craint d'être cocu au point d'élever une jeune fille dans le secret et l'ignorance de tout pour en faire une épouse docile.

Dans *Le Malade imaginaire*, la scène d'ouverture lors de laquelle Argan fait ses comptes et énumère à n'en plus finir tout ce qu'il a payé aux médecins, donne une juste idée de sa folie, dont les autres personnages tentent de le guérir en lui faisant prendre conscience de l'excès dans lequel il est tombé.

Le rire provoqué par la comédie est moins anodin qu'il ne le semble à première vue : le spectateur rit de personnages ou de situations qui lui apparaissent tout à coup risibles, car il en perçoit, par un effet de grossissement comique, tout le ridicule. C'est que le divertissement occasionné par la comédie permet, en lui faisant prendre de la distance, de libérer le spectateur.

III. Un rire libérateur : divertir ou l'art de détourner des pensées sombres

A. Le rire comme remède

Certes la comédie est un divertissement, mais un divertissement au sens fort du terme puisque celui-ci vient du latin *divertere* qui signifie « détourner ».

La comédie est ainsi ce qui permet de se détourner de ses ennuis, comme l'explique Françoise à Irénée dans *Le Schpountz* de Pagnol : « Quand on fait rire sur la scène ou sur l'écran, on ne s'abaisse pas, bien au contraire. Faire rire ceux qui rentrent des champs, avec leurs grandes mains tellement dures qu'ils ne peuvent plus les fermer ; [...] Ceux qui reviennent de l'usine, la tête basse, les ongles cassés, avec de l'huile noire dans les coupures de leurs doigts... » De fait, le divertissement apporté par la comédie est un remède qui vaut bien « une ordonnance » comme le déclare Béralde à Argan dans *Le Malade imaginaire* (II, 9).

B. Philosophie du rire : dépasser la crainte de la mort

Le divertissement comique permet aussi de dépasser certaines de ses peurs et, parmi elles, la plus répandue, celle de la mort.

C'est bien cette peur qui hante Argan : les multiples maladies qu'il s'invente n'en sont que l'expression. C'est une facétie imaginée par sa servante qui lui offre l'occasion d'apprivoiser sa crainte : Toinette, pour éprouver la véracité des sentiments de Béline puis d'Angélique à son égard, lui propose de faire semblant d'être mort.

Si Argan s'inquiète la première fois (« N'y a-t-il point quelque danger à contrefaire le mort ? », III, 11), il obtempère sans objection la seconde fois. Jouer au mort (et faire naître de belles frayeurs chez ses victimes en mettant fin à la plaisanterie !) lui permet de mettre la mort à distance et, ainsi, de surmonter sa phobie.

Conclusion

La comédie assume pleinement son caractère de divertissement en se donnant comme dessein premier de faire rire son public par tous les moyens et, comme mission, de parvenir à le détourner de ses idées noires : si le rire s'élève à partir de petits riens, par la dimension d'exutoire qu'il possède, il hisse celui qui le laisse s'échapper au-dessus des évènements et le réconcilie avec sa finitude.

ZOOM SUR...

Le baroque.
Ce courant littéraire apparaît à la fin de la Renaissance et s'éteint peu à peu avec les débuts du classicisme. Il est caractérisé par le recours à la mise en abyme, le goût pour les jeux sur la perspective et l'illusion d'optique et le choix de l'irrégularité, de l'asymétrie et du foisonnement. Ses thèmes de prédilection sont la hantise de la mort et la vanité de l'existence humaine.

Les Plaisirs de l'île enchantée.
Du 7 au 13 mai 1664 ont lieu de grandes fêtes au château de Versailles, commandées par Louis XIV, organisées par le duc de Saint-Aignan et conçues par le machiniste et décorateur Carlo Vigarani. Leur déroulement s'appuie sur un épisode du *Roland furieux* de l'Arioste, où la magicienne Alcine retient prisonniers dans son palais des chevaliers qui s'ingénient à inventer des amusements pour passer le temps. Durant les cinq journées que durent ces fêtes grandioses, toutes sortes de spectacles et divertissements se succèdent : défilés et courses équestres, illuminations et feux d'artifice, loteries, visites de la Ménagerie, ballets, comédies-ballets, comédies. Molière y donne quatre comédies : *La Princesse d'Élide*, *Les Fâcheux*, *L'Hypocrite* et *Le Mariage forcé*. *L'Hypocrite* est la première version de ce qui deviendra *Tartuffe* : en attaquant les faux dévots, Molière déclenche parmi la Cour un véritable scandale qui marque le début de l'affaire du *Tartuffe*.

Marivaux, *Les Fausses Confidences*

Créée à la Comédie-Italienne à Paris le 16 mars 1737, *Les Fausses Confidences* est la vingt-septième pièce de Marivaux, auteur reconnu alors âgé de 49 ans, et sa dernière comédie en trois actes. Lors de sa création, le succès n'est pas au rendez-vous : il faut attendre sa reprise au Théâtre-Français après la Révolution française pour qu'elle devienne l'une des œuvres de Marivaux les plus appréciées du public. Non sans raison : loin de se réduire à un simple badinage ou « marivaudage » comme cela a souvent été reproché au théâtre de Marivaux, cette comédie se fait le reflet de l'évolution de la société française, annonçant les bouleversements sociaux et politiques de la fin du siècle.

Portrait de Marivaux par Louis-Michel von Loo, 1753.

Une comédie grinçante

Persistance des formes traditionnelles du comique

On retrouve dans *Les Fausses Confidences* **les formes traditionnelles du comique** qui provoquent chez le spectateur un rire franc, comme le comique de mots (sur le verbe « donner », mal compris par Arlequin, I, 8) ou le comique de situation (Dorante se retrouve en un instant fiancé à Marton à cause de Monsieur Remy alors même qu'il projette de séduire Araminte, I, 4).

De même, Marivaux ayant toujours travaillé avec les comédiens du Théâtre-Italien, on trouve encore trace de l'influence de **la *commedia dell'arte*** dans cette pièce, notamment par le biais du personnage d'Arlequin, stéréotype du valet balourd et rustaud, uniquement intéressé par les victuailles et/ou la boisson et dont les bévues donnent lieu à de véritables saynètes comiques.

D'un valet à l'autre : du rire à l'inquiétude

C'est sous un tout autre jour que se présente le deuxième personnage de valet de cette comédie, Dubois. **Il s'oppose en tous points à Arlequin** et rappelle les personnages de serviteurs rusés que l'on trouve dans les comédies de Plaute. Car, à la différence d'Arlequin dont la balourdise ralentit l'action de la pièce, Dubois, lui, fait progresser l'intrigue. Plus encore, c'est lui qui, de bout en bout, en dirige le cours comme il le décrète dès le début de la pièce, en jurant à Dorante qu'il épousera Araminte : « vous réussirez, vous dis-je. Je m'en charge, je le veux, je l'ai mis là » (I, 2).

Là où Arlequin fait rire, **Dubois aurait tendance à troubler** : sa détermination, son habileté à feindre et à manipuler, si elles prêtent à sourire, ne font pas moins de lui un personnage inquiétant.

Le tableau d'une société en pleine mutation

La veuve émancipée

Avec cette comédie en apparence anodine, Marivaux saisit en réalité sur le vif les indices

PARCOURS

Théâtre et stratagème.

RHÉTORIQUE
Art du discours ou art d'argumenter, c'est-à-dire d'employer les mots pour convaincre et persuader son interlocuteur. Elle est un élément important des pièces qui reposent sur la réalisation d'un stratagème : sa réussite dépend en effet en grande partie de la capacité du personnage qui complote à influencer par la parole ses interlocuteurs.

APARTÉ
L'aparté désigne le discours qu'un personnage prononce sans être entendu des autres personnages (ce qui relève bien sûr d'une convention théâtrale). Entendu des spectateurs, l'aparté, qui dévoile les pensées de celui qui s'exprime, permet d'informer le public sur ses véritables motivations. Il révèle ainsi le double jeu de certains personnages, notamment ceux qui trament des machinations contre les autres.

DÉGUISEMENT (OU TRAVESTISSEMENT)
Changement d'identité (sexe et/ou condition sociale) d'un personnage par le biais d'un accessoire (costume et/ou port d'un masque). Le personnage peut vouloir dissimuler sa véritable identité (Rosalinde qui fuit la persécution de son oncle dans *Comme il vous plaira* de Shakespeare) ou usurper celle d'un autre personnage (Jupiter qui prend l'apparence d'Amphitryon dans la pièce de Molière). On retrouve ce procédé aussi bien dans la comédie que dans la tragédie. Le fait qu'un personnage ignore sa véritable identité est aussi considéré comme un déguisement (bien qu'inconscient) et donne lieu la plupart du temps au moment de la « reconnaissance », qui contribue à dénouer la situation.

d'une profonde et lente évolution de la société, comme autant de signes avant-coureurs de la Révolution française qui éclatera quelques dizaines d'années plus tard. Les rôles sociaux sont en effet en train de changer, comme le révèle l'héroïne de la pièce, Araminte, dont la situation reflète à la fois la difficulté du sort des femmes sous l'Ancien Régime et les premières manifestations de leur désir d'émancipation.

Le caractère d'Araminte s'affirme en effet au fil des scènes, en même temps que croît son amour pour Dorante. De son refus de le renvoyer (II, 11) à l'annonce de leur mariage (III, 13), c'est à une véritable fronde d'Araminte que l'on assiste, elle qui dénonce à haute voix les manœuvres dont elle fait l'objet : « il y a dans tout ceci des façons si désagréables, des moyens si offensants, que tout m'en choque » (III, 8).

Le valet affranchi

Outre Araminte, un autre personnage affermit peu à peu sa liberté d'action : Dubois. Valet de son état, il s'impose pourtant comme **le personnage maître de cette pièce**, dépassant de loin sa condition et surpassant, bien que le servant, son propre maître, Dorante.

La relation qui les lie ne manque pas **d'ambiguïté**. L'écart entre eux tend à se réduire puisque Dorante, personnage de plus haute condition, se fait engager au service d'Araminte, ce qui le place (bien qu'en tant qu'intendant il conserve un statut plus élevé que Dubois) au rang des serviteurs. La situation semble parfois bel et bien inversée entre Dubois et Dorante, Dubois n'hésitant pas à donner des ordres directs à son maître comme dans la scène 17 de l'acte II où il multiplie les recours aux formes impératives et oppose de sèches fins de non-recevoir à ses demandes.

Dans le piège des mots

La maîtrise du langage, un enjeu de pouvoir

Si Dubois paraît dominer de loin toutes les situations, c'est qu'à la différence de la plupart des personnages de cette pièce, il détient **une parfaite maîtrise du langage** comme une excellente connaissance de ses effets.

Arlequin prend les mots au pied de la lettre (I, 8). Marton parle trop et, pour son malheur, ne saisit que trop tard les doubles sens glissés par Dubois (I, 17 et III, 2) ou Dorante (II, 3). Quant à Madame Argante, elle se laisse aller à l'injure en traitant Dorante d'« impertinent » (III, 5), puis Monsieur Rémy, son oncle, de « bonhomme » (III, 6), lequel ne se prive pas de répliquer, en dépit de la différence de condition qui les sépare. Enfin, la parlure très policée, voire maniérée du Comte qui multiplie les litotes, s'avère désuète (III, 8) et le dessert auprès d'Araminte. Le rapport qu'entretiennent les personnages avec le langage est révélateur de **l'influence qu'ils exercent** au sein de leur microsociété.

Le doux poison des mots

En fin connaisseur de la puissance du langage, Dubois s'ingénie à distiller ses paroles à l'oreille d'Araminte afin d'éveiller en elle un tendre intérêt pour Dorante. Relatant les circonstances dans lesquelles Dorante se serait épris d'elle, il recourt **au topos de la rencontre à l'Opéra**. Il prend alors soin de rendre son récit vraisemblable en insistant sur un jour de la semaine (« c'était un vendredi, je m'en ressouviens ; oui un vendredi », I, 14) tout en passant sous silence la date exacte de cette rencontre : à la fois vraisemblable et romanesque, ce récit dont la véracité est invérifiable ne peut que flatter Araminte qui s'y laisse prendre.

De même, Dubois use de **tous les artifices possibles** pour exalter ses sentiments, comme la jalousie en lui inventant une rivale (I, 14) ou la connivence en lui faisant croire qu'elle détient le secret de la passion de Dorante à son insu (I, 14). Dubois évalue si bien le poids de sa parole qu'il n'hésite pas à en faire miroiter la valeur, par exemple dans la scène 10 de l'acte II où il se fait prier pour dire « un mot ».

Araminte, de plus en plus consciente **du pouvoir que les paroles de Dubois ont sur elle**, tente de s'en prémunir : « tais-toi donc, tais-toi » lui enjoint-elle (II, 12) avant de réitérer plus tard cette demande (II, 16 et III, 9). En dépit de ces dénégations, Araminte a déjà bu tout le poison de ses discours et s'est éprise de Dorante. En élève modèle, elle a cependant appris en observant son valet à manier le langage à son avantage, au point de « tendre un piège » (II, 12) à Dorante en lui dictant une fausse déclaration au Comte afin de le forcer à lui avouer son amour. Mais Dorante, bien qu'en apparence réduit au silence sur sa passion, se révèle lui-même très adroit avec les mots.

DRAME ROMANTIQUE ET CONSPIRATION

Dans la plupart des pièces de théâtre, les héros sont confrontés à un complot qu'ils doivent déjouer, comme dans *Marie Stuart* de Schiller, où Marie Stuart tente d'échapper à sa mise à mort décrétée par sa cousine Élisabeth Ire. Mais, avec la création du drame romantique au XIXe siècle, apparaissent des héros qui fomentent eux-mêmes des conspirations. C'est le cas d'Hernani, dans la pièce de Victor Hugo, qui, par vengeance, projette de tuer le roi Don Carlos. La pièce de Musset *Lorenzaccio* repose, elle, tout entière sur le dessein de Lorenzo d'assassiner son cousin le duc Alexandre de Médicis, tyran de Florence, afin de restaurer la république. Ce choix d'un héros conspirateur permet à Musset de représenter les tourments intérieurs de ce personnage romantique, déchiré entre la hauteur de ses idéaux et la cynique trivialité de la réalité.

LUTTES ET JOUTES AMOUREUSES

Outre la politique, l'amour est le grand inspirateur de ruses et de stratagèmes ingénieux. Les pièces de Marivaux en sont bien sûr un parfait exemple, les personnages n'hésitant pas à changer d'identité pour s'assurer de l'amour de l'élue de leur cœur (*L'Épreuve*) ou pour découvrir incognito leur futur(e) promis(e) (*Le Jeu de l'amour et du hasard*). L'amour est l'enjeu d'une véritable bataille pour réunir les deux jeunes amoureux (*L'École des femmes* de Molière ou *Roméo et Juliette* de Shakespeare), lorsqu'il n'est pas l'objet d'une lutte entre les amoureux eux-mêmes qui ne parviennent pas à s'avouer leur amour mutuel (*On ne badine pas avec l'amour* de Musset).

Commentaire

Vous commenterez ce texte issu de la pièce Les Fausses Confidences *de Marivaux.*

ARAMINTE. — Mais dans la situation où vous êtes, quel intérêt aviez-vous d'entrer dans ma maison, et de la préférer à une autre ?
DORANTE. — Je trouve plus de douceur à être chez vous, Madame.
ARAMINTE. — Il y a quelque chose d'incompréhensible en tout ceci ! Voyez-vous souvent la personne que vous aimez ?
DORANTE, *toujours abattu.* — Pas souvent à mon gré, Madame ; et je la verrais à tout instant, que je ne croirais pas la voir assez.
ARAMINTE, *à part.* — Il a des expressions d'une tendresse ! *(Haut.)* Est-elle fille ? A-t-elle été mariée ?
DORANTE. — Madame, elle est veuve.
ARAMINTE. — Et ne devez-vous pas l'épouser ? Elle vous aime, sans doute ?
DORANTE. — Hélas ! Madame, elle ne sait pas seulement que je l'adore. Excusez l'emportement du terme dont je me sers. Je ne saurais presque parler d'elle qu'avec transport !
ARAMINTE. — Je ne vous interroge que par étonnement. Elle ignore que vous l'aimez, dites-vous, et vous lui sacrifiez votre fortune ? Voilà de l'incroyable. Comment, avec tant d'amour, avez-vous pu vous taire ? On essaie de se faire aimer, ce me semble : cela est naturel et pardonnable.
DORANTE. — Me préserve le ciel d'oser concevoir la plus légère espérance ! Être aimé, moi ! Non, Madame. Son état est bien au-dessus du mien. Mon respect me condamne au silence ; et je mourrai du moins sans avoir eu le malheur de lui déplaire.
ARAMINTE. — Je n'imagine point de femme qui mérite d'inspirer une passion si étonnante : je n'en imagine point. Elle est donc au-dessus de toute comparaison ?
DORANTE. — Dispensez-moi de la louer, Madame : je m'égarerais en la peignant. On ne connaît rien de si beau ni de si aimable qu'elle ! Et jamais elle ne me parle ou ne me regarde, que mon amour n'en augmente.
ARAMINTE, *baisse les yeux et continue.* — Mais votre conduite blesse la raison. Que prétendez-vous avec cet amour pour une personne qui ne saura jamais que vous l'aimez ? Cela est bien bizarre. Que prétendez-vous ?
DORANTE. — Le plaisir de la voir quelquefois, et d'être avec elle, est tout ce que je me propose.
ARAMINTE. — Avec elle ! Oubliez-vous que vous êtes ici ?
DORANTE. — Je veux dire avec son portrait, quand je ne la vois point.
ARAMINTE. — Son portrait ! Est-ce que vous l'avez fait faire ?
DORANTE. — Non, Madame ; mais j'ai, par amusement, appris à peindre, et je l'ai peinte moi-même. Je me serais privé de son portrait, si je n'avais pu l'avoir que par le secours d'un autre.
ARAMINTE, *à part.* — Il faut le pousser à bout. *(Haut.)* Montrez-moi ce portrait.
DORANTE. — Daignez m'en dispenser, Madame ; quoique mon amour soit sans espérance, je n'en dois pas moins un secret inviolable à l'objet aimé.
ARAMINTE. — Il m'en est tombé un par hasard entre les mains : on l'a trouvé ici. *(Montrant la boîte.)* Voyez si ce ne serait point celui dont il s'agit.
DORANTE. — Cela ne se peut pas.
ARAMINTE, *ouvrant la boîte.* — Il est vrai que la chose serait assez extraordinaire : examinez.
DORANTE. — Ah ! Madame, songez que j'aurais perdu mille fois la vie, avant d'avouer ce que le hasard vous découvre. Comment pourrai-je expier ?... *(Il se jette à ses genoux.)*

Marivaux,
Les Fausses Confidences, Acte II, scène 15

Introduction

Présentation de l'extrait

Avertie par Dubois de l'amour que Dorante lui porte, Araminte a tenté une première fois dans la scène 13 de l'acte II de l'amener à lui avouer ses sentiments en lui faisant écrire une fausse déclaration au Comte : sans succès. Dans cette scène, Araminte vient d'apprendre de la bouche même de Dorante qu'il n'aime ni Marton ni le riche parti qui s'était présenté à lui, mais une troisième femme. Elle décide alors d'essayer une seconde fois de le pousser à dévoiler le nom de celle qu'il aime, non sans prendre le risque de trahir ses propres sentiments.

Problématique et annonce du plan

En quoi peut-on dire que Marivaux fait de cette scène d'aveu une véritable partie de jeu entre les deux protagonistes ? Araminte semble dans un premier temps mener la partie, en prenant l'initiative de soumettre Dorante à un interrogatoire amoureux. Mais celui-ci, fidèle aux règles de la galanterie, ne se déclare qu'à demi-mot, ne tombant pas dans le piège qu'elle lui tend. En fin de compte, ce pourrait bien être Araminte qui se laisse attraper.

Le plan développé

I. Un interrogatoire amoureux

A. Évaluer la profondeur des sentiments de Dorante

L'interrogatoire auquel Araminte soumet Dorante lui permet tout d'abord d'évaluer la profondeur de ses sentiments.

La passion avec laquelle Dorante évoque la femme qu'il aime provoque chez Araminte un fort mouvement de surprise comme l'indiquent, dans son premier aparté, l'exclamation et l'expression emphatique (« d'une tendresse »).

La stupéfaction d'Araminte ne fait que croître au fur et à mesure que les mots employés par Dorante pour décrire son amour gagnent en puissance. Lorsqu'elle dit ne questionner son intendant que « par étonnement » sur « une passion si étonnante », la dérivation qui fait passer d'« étonnement » à « étonnante » trahit l'intensité de sa surprise, tout comme l'emploi répété d'adverbes (« **si** étonnante » ; « Elle est **donc** »).

B. Amener Dorante à se déclarer

Informée de la passion de Dorante à son égard et ayant déjà échoué une première fois à la lui faire avouer, Araminte dans cette scène joue le tout pour le tout : ses neuf premières répliques (sur un total de douze) contiennent toutes une à deux questions, ce qui fait un total de treize questions dans ce court extrait !

Leur brièveté (quelques mots qui s'enchaînent parfois deux par deux) dit l'impatience d'Araminte comme la pression qu'elle exerce sur Dorante, à qui elle laisse à peine le temps de répondre.

Cet interrogatoire franchit un palier supérieur avec la répétition de « Que prétendez-vous » dans la même réplique, suivie par un échange de stichomythies (répliques brèves) entre Araminte et Dorante. C'est ensuite par l'abandon de l'interrogation au profit de l'impératif qu'un dernier palier est passé.

Quoique l'emploi de l'interrogation et de l'impératif place Araminte en position dominante dans ce dialogue, Dorante cependant ne faiblit pas et ne lui livre qu'un aveu à demi-mot.

II. Un aveu à demi-mot

A. Une déclaration galante

Refusant toute déclaration d'amour directe, Dorante n'en fait pas moins une déclaration galante à Araminte. En effet, Dorante ne se résout jamais à outrepasser le respect qu'il doit à Araminte selon les règles de la galanterie : étant d'une position sociale inférieure à la sienne, il ne peut lui parler de son amour sans risque de l'offenser.

Choisissant alors de ne jamais lui adresser directement sa déclaration, mais mentionnant toujours l'objet de son amour à la troisième personne du singulier, Dorante n'en recourt pas moins à tout le vocabulaire de la passion amoureuse. Il emploie ainsi le verbe « adorer » dans son sens fort ou encore le terme « transport » qui désigne une très vive émotion.

Il assure ne pouvoir décrire la femme aimée, car elle est au-dessus de tout (« On ne connaît rien de si beau ni de si aimable qu'elle ! ») et se dit par deux fois prêt à mourir plutôt que de trahir son secret.

B. Une ambiguïté savamment cultivée

Dorante n'en cultive pas moins l'ambiguïté, parsemant ses réponses évasives d'indications pratiques très précises.

Dans l'ordre, il annonce ainsi à Araminte que la femme qu'il aime est « veuve », puis qu'elle est d'« un état bien au-dessus du [s]ien » : autant d'éléments qui ne peuvent que confirmer Araminte dans l'idée qu'il lui parle d'elle.

Dorante va même plus loin en lui laissant entendre par deux fois qu'il se trouve chaque jour en présence de cette femme. Lorsque Araminte lui demande quel intérêt il a à travailler chez elle, il joue dans sa réponse sur le terme « douceur », qui appartient également au vocabulaire galant et amoureux.

Si Dorante paraît en mauvaise posture dans ce dialogue où Araminte tente de le mettre au pied du mur, ce n'est qu'à première vue, car, en réalité, tout se déroule selon son souhait.

III. Telle est prise qui croyait prendre…

A. Un coup d'avance

Araminte ne peut gagner la partie amoureuse qui se joue dans cette scène, car Dorante a pipé les dés : contrairement à ce qu'elle croit, il sait qu'elle a connaissance de son amour puisque Dubois, à sa demande, le lui a révélé.

C'est pour cette raison que Dorante peut se permettre des paroles ambiguës : parce qu'il sait qu'Araminte en saisira le double sens. Il maîtrise donc entièrement la situation dans cette scène, comme le confirme l'ironie comique qui perce dans cette réplique : « Hélas ! Madame, elle ne sait pas seulement que je l'adore. »

Autre indice de sa maîtrise de la situation, l'emploi anticipé et figuré du verbe « peindre » (« je m'égarerais en la peignant ») par lequel il amène peu à peu la conversation sur le portrait pictural qu'il a réalisé d'Araminte et qu'il a sciemment fait intercepter par Arlequin et Marton afin que son amour soit connu de tous. Ainsi Dorante, qui semblait respecter toutes les conventions sociales, les transgresse.

B. Araminte s'expose

Aussi Araminte est-elle en réalité dans cette scène celle qui s'expose et découvre malgré elle ses sentiments.

Son impatience, qui se manifeste par l'accumulation de questions et d'exclamations, est le signe de son intérêt pour Dorante. Ses dénégations (« Je ne vous interroge que par étonnement »), les précautions oratoires qu'elle prend (« par hasard » ; « si ce ne serait point ») et les ouvertures qu'elle ménage en direction de Dorante (« On essaie de se faire aimer, ce me semble : cela est naturel et pardonnable ») sont autant d'indices de sa tendresse pour lui.

Enfin, la multiplication des impératifs à la fin de l'extrait, en signalant sa détermination à faire avouer à Dorante son amour, achève de trahir celui qu'elle éprouve pour lui.

Conclusion

Marivaux, fidèle à sa conception de l'amour comme jeu entre les deux protagonistes, fait de cette scène une partie serrée entre Araminte et Dorante. Mais les dés ont été pipés dès le début par Dorante, et l'aveu progressif qu'il fait de son amour à Araminte n'est en réalité que l'une des fausses confidences qui émaillent cette pièce, rappelant que, au théâtre, il ne saurait y avoir de véritables confidences.

Jean-Luc Lagarce, *Juste la fin du monde*

Juste la fin du monde est l'une des dernières pièces de théâtre de Jean-Luc Lagarce, écrite peu de temps après qu'il a appris sa séropositivité. Les notes de création conservées dans son *Journal* révèlent que cette pièce s'intitulait à l'origine *Quelques éclaircies*. Si la trame reste la même (un homme décide de rendre visite à sa famille pour lui annoncer sa mort prochaine), l'évolution du titre manifeste le changement de tonalité de l'œuvre : l'optimisme esquissé par les éclaircies laisse place à un sentiment de fin du monde, perçu tantôt comme tragique, tantôt comme dérisoire.

Jean-Luc Lagarce

Du drame familial à la comédie de la famille

Une reconnaissance manquée

Le retour du héros dans la maison familiale après plusieurs années d'absence s'accompagne d'un désir : celui **d'être reconnu par les siens**. Il peut être compris comme une volonté de donner à ses proches une seconde chance de le connaître (*re-connaître* prend alors le sens de *connaître une seconde fois*) et de leur permettre de découvrir ses qualités (*reconnaître* prend alors le sens d'*obtenir la considération des autres*).

Sur le plan dramaturgique, **la « reconnaissance » est aussi un procédé théâtral**, employé habituellement à la fin d'une pièce pour en permettre le dénouement. Or, dans cette pièce, tout se joue dès le début : Louis doit se faire reconnaître par ses proches et il a un secret à leur avouer. Mais il ne parvient à faire ni l'un ni l'autre. C'est son frère, Antoine, qui entérine cette reconnaissance manquée : « tu ne sais pas qui je suis, / tu ne l'as jamais su, / ce n'est pas ta faute et ce n'est pas de la mienne / non plus, moi non plus, je ne te connais pas [...] / on ne se connaît pas » (partie 1, sc. 11). Si toute reconnaissance est impossible, c'est que les personnages avouent ne s'être jamais connus. Ils se révèlent prisonniers des rôles qu'ils se sont attribués les uns aux autres.

Une vaine tentative de dé-jouer

Le retour de Louis peut de ce fait apparaître comme **une tentative de dé-jouer** : déjouer l'intrigue qu'il prévoit, dé-jouer la distribution des rôles. Lorsqu'il a entrepris son voyage, il savait déjà quelle tournure allaient prendre les événements : « c'est exactement ainsi, / lorsque j'y réfléchis, / que j'avais imaginé les choses, / vers la fin de la journée, / sans avoir rien dit de ce qui me tenait à cœur / – c'est juste une idée mais elle n'est pas jouable » (partie 2,

PARCOURS

Crise personnelle, crise familiale.

TRAGÉDIE ET FAMILLE

Dans la tragédie, le héros ou l'héroïne tente vainement d'échapper à une malédiction familiale. Ainsi, l'histoire des grandes familles tragiques de la mythologie gréco-romaine que sont les Atrides (Agamemnon, Ménélas, Clytemnestre, Iphigénie, Oreste et Électre) et les Labdacides (Œdipe, Jocaste, Étéocle et Polynice, Antigone, Ismène) ont inspiré les trois grands auteurs tragiques grecs, Eschyle, Sophocle et Euripide. Eschyle s'intéresse aux Labdacides dans *Les Sept contre Thèbes* et aux Atrides dans l'*Orestie*. Sophocle consacre trois pièces aux Labdacides, *Antigone*, *Œdipe roi*, *Œdipe à Colone* et une aux Atrides, *Électre*. Euripide quant à lui s'intéresse aux Atrides avec *Électre*, *Oreste*, *Iphigénie en Tauride* et *Iphigénie à Aulis*. La tragédie explique le destin funeste du héros ou de l'héroïne tragique par leur ascendance : ils sont condamnés à expier malgré eux des crimes commis par leurs ancêtres, comme Phèdre encore, protagoniste des pièces de Sénèque et de Racine.

LUTTES FRATRICIDES

Sujet à la fois mythologique (Romulus et Rémus) et biblique (Caïn et Abel), la lutte entre deux frères a souvent été représentée sur scène. Le combat entre Étéocle et Polynice, les fils d'Œdipe, a par exemple inspiré Eschyle (*Les Sept contre Thèbes*) et Racine (*La Thébaïde*). C'est encore ce thème qui intéresse Racine dans sa tragédie *Britannicus* qui met en scène l'assassinat de Britannicus par son frère Néron.

sc. 1). Prévoyant tout ce qui va advenir, Louis voudrait en contrarier le cours et imposer une nouvelle trame à l'histoire familiale. Mais il réalise vite que ce projet n'est pas « jouable » : il est condamné, comme les autres, à endosser son costume habituel.

Car chacun joue en effet **sa comédie familière et familiale**. Louis est le frère aîné « désirable et lointain, distant » (intermède, sc. 5), Antoine, le frère au « mauvais caractère, borné » (partie 1, sc. 4), Suzanne, la petite sœur qui parle trop, la mère, celle qui ressasse et Catherine, la belle-sœur « simple, claire, précise » (partie 1, sc. 7). Chaque personnage énonce un jugement sur les autres dont aucun ne peut se libérer, comme le déclare Antoine à Louis : « car tu le voudrais, tu ne saurais plus t'en défaire, tu es pris à ce rôle » (partie 2, sc. 3). À tel point que Suzanne, la petite sœur, indique à Louis le moment de la conversation où il faudrait qu'il lui dise « Ta gueule, Suzanne » et que celui-ci, pour respecter le jeu de rôles, s'exécute (partie 1, sc. 7).

Une pièce sans action

Une structure statique

L'une des particularités de cette pièce est l'absence d'action qu'elle présente : il ne se passe rien, **les seuls actes observables sont des actes de langage**. La structure de la pièce repose sur des scènes comme juxtaposées, une suite de paroles isolées : soit le dialogue ne prend pas entre les personnages dans les scènes de groupe, soit la parole est confisquée par un seul personnage durant une scène entière, donnant lieu à une succession de **monologues**. La parole solitaire de Louis vient régulièrement ponctuer la pièce : au début (prologue), à la fin (épilogue) et au début de la seconde partie (sc. 1).

Au centre de la pièce survient l'intermède, comme dans un hors-temps, un hors-lieu, à mi-chemin entre le rêve et le fantasme, contribuant à fragmenter un peu plus la temporalité, à disloquer le réel. Pas de péripéties, pas de coups de théâtre, il n'est question que de langage : de la volonté de dire, de l'incapacité de dire.

Paroles en l'air

Tout comme aucune action ne s'engage, aucune parole ne se réalise : **le langage ne fait que sanctionner l'impossibilité de l'action**. Les personnages ne font que dire ce qu'ils feraient *si*, énoncer ce qu'ils diraient *si* : « Je souhaite quant à moi, / ce que je souhaitais, / je serais heureux de pouvoir... » (partie 1, sc. 6). Les nombreuses **épanorthoses**, le plus souvent exprimées par des changements de temps et de modes des verbes, indiquent le caractère velléitaire des paroles prononcées.

De la velléité au **mensonge**, il n'y a d'ailleurs qu'un pas et les personnages se complaisent en fausses promesses. La mère demande ainsi à Louis de mentir : « même si ce n'est pas vrai, un mensonge qu'est-ce que ça fait ? Juste une promesse qu'on fait en sachant par avance qu'on ne la tiendra pas » (partie 1, sc. 8).

Dire la lente paralysie de la vie

Dialogues de sourds-muets

Juste la fin du monde met en scène **l'échec du dialogue** : chacun se heurte à la difficulté de dire à l'autre ce qu'il voudrait exprimer. Louis le premier, dans la scène 5 de la première partie, avoue qu'il « ne trouve pas les mots » avant de conclure que sa famille l'aime comme un mort, « sans pouvoir ni savoir jamais rien [lui] dire ». Il est pris entre prières de parler et prières de se taire. Suzanne et la mère veulent qu'il se dévoile, qu'il raconte. À l'inverse, Catherine et Antoine lui intiment l'ordre de ne rien dire. À la difficulté pour Louis de parler répond **le refus d'Antoine d'écouter** : « tu voudras me parler / et il faudra que j'écoute / et je n'ai pas envie d'écouter » (partie 1, sc. 11).

Dès lors que l'un des personnages prend la parole, ou il s'excuse de le faire ou il s'emploie à fournir une interprétation des mots qu'il prononce, comme la mère qui ne cesse de commenter son propre discours : « ce que j'essaie de dire » (partie 1, sc. 4). Miné de toutes parts, le dialogue ne peut s'établir.

Observer l'inéluctable

Si les personnages ne parviennent pas à communiquer, c'est aussi que toutes leurs amorces de conversations **sont arrimées au passé**. Un passé que chacun recrée à sa façon, sur lequel chacun a son mot (définitif) à dire, comme l'explique la mère dans la scène 8 de la première partie. Pour chacun des personnages, il ne s'agit que d'exposer son point de vue, sa vérité, comme le permet au théâtre la focalisation zéro.

Pourtant cette pièce, et cela fait sa singularité, semble adopter une focalisation interne en privilégiant le point de vue de Louis qui, dépassant les limites du personnage de théâtre, se place en narrateur et en témoin d'une histoire qu'il raconte autant qu'il la (re) joue, brouillant les frontières entre les genres littéraires.

COMÉDIE ET FAMILLE

La comédie est elle aussi fondée sur des histoires de famille mais, par définition, plus légères. Le mariage en est la grande affaire et il s'agit pour le héros ou l'héroïne d'échapper à un mariage d'affaires conclu par son père ou sa mère afin d'épouser l'élu(e) de son cœur et fonder sa propre famille. La comédie se plaît alors à croquer les membres de la famille en « types » (souvent hérités de la *commedia dell'arte*) : la grand-mère parangon de morale chrétienne, le père avare ou hypocondriaque, la belle-mère vénale, la jeune fille innocente, le fils naïf, etc. On retrouve ces personnages dans différentes pièces de Molière comme *L'École des femmes*, *Tartuffe*, *Le Médecin malgré lui*, *Le Malade imaginaire*, etc. Dans la comédie comme dans la tragédie, le héros ou l'héroïne tentent d'échapper à l'emprise familiale.

TROIS SŒURS, CINQ SŒURS

Dans le théâtre du XXe siècle, le personnage de la sœur représente souvent le type de la femme qui n'a pas réussi à vivre sa vie, déchirée entre aspirations personnelles et fidélité à l'ordre familial (dont elle finit par rester prisonnière). Plusieurs auteurs se sont plu à mettre en scène des fratries uniquement composées de sœurs qui attendent indéfiniment dans leur maison que quelque chose arrive, comme Tchekhov avec *Les Trois Sœurs*, García Lorca avec *La Maison de Bernarda Alba* et Lagarce avec *J'étais dans ma maison et j'attendais que la pluie vienne*.

Dissertation

Louis est-il un héros tragique ?

Vous répondrez à cette question en vous appuyant sur Juste la fin du monde *de Jean-Luc Lagarce ainsi que sur des lectures personnelles.*

Introduction

Analyse du sujet :

Selon le critique Jacques Morel, « le héros tragique entend s'affirmer dans le présent d'une action, fût-elle désespérée. Il n'existe que dans la mesure où il refuse d'être condamné seulement parce qu'il est homme, et veut mériter sa mort ou sa grâce par un acte libre » (*La Tragédie*). Parce qu'il affirme dans le prologue vouloir « paraître pouvoir là encore décider » et se donner « l'illusion d'être responsable de [lui]-même et d'être [...] [s]on propre maître » alors qu'il se sait condamné, Louis peut apparaître comme un héros tragique : à la veille de sa mort, il s'obstine à essayer de renouer les liens avec sa famille. Mais ce qui advient dans cette pièce n'a cependant rien d'une tragédie : personnages, actions, lieu, situations ne sont pas ceux de ce genre dramatique. Louis peut-il encore de ce fait être considéré comme un héros tragique ?

Annonce du plan :

Du héros tragique, Louis possède à la fois le destin funeste et l'absence d'espoir. L'histoire dans laquelle il évolue n'est pourtant que celle d'une famille comme les autres. Néanmoins, par l'émotion qu'il provoque, par l'angoisse et le désespoir qui l'étreignent, Louis porte indéniablement en lui une part de tragique.

Le plan développé

I. Une lutte sans espoir

A. Un héros condamné

Comme les héros tragiques, Louis est par avance condamné. Il sait qu'il n'y aura pas d'autre issue pour lui que la mort.

Il ne cherche pas à s'y dérober, à se leurrer mais au contraire à reprendre une certaine maîtrise du cours de sa vie en projetant d'annoncer la nouvelle à ses proches : « dire, / seulement dire, / ma mort prochaine et irrémédiable, / l'annoncer moi-même, en être l'unique messager » (prologue).

Se faire le messager de sa disparition à venir c'est, par le langage, regarder la mort en face et la dépouiller de son pouvoir de terreur. Mais ce n'est en aucun cas la contrer et l'épilogue s'ouvre sur ces mots de Louis : « Je meurs quelques mois plus tard, / une année tout au plus ».

B. Une histoire déjà écrite

Tout comme il se sait condamné, Louis n'ignore pas qu'il se lance, en revenant dans la maison familiale, dans une cause perdue, car tout est déjà joué d'avance : « c'est exactement ainsi, / lorsque j'y réfléchis, / que j'avais imaginé les choses, / vers la fin de la journée, / sans avoir rien dit de ce qui me tenait à cœur / [...] je repris la route » (partie 2, sc. 1).

Il ne peut alors qu'observer les choses se dérouler de la façon dont il l'avait prévue, vérifier ses hypothèses, se laisser entraîner à inventer ce qui aurait pu être : « On les devine par avance, / on s'amuse, je m'amusais, / on les organise et on fait et on refait l'ordre de leurs vies » (partie 1, sc. 10).

Comme le héros tragique, Louis ne peut ni échapper à une fin funeste ni changer le cours des choses. Mais à la différence de lui, il n'est confronté qu'à de simples événements familiaux.

II. Une simple histoire de famille

A. La banalité du quotidien

Juste la fin du monde ne met en scène que la banalité du quotidien familial. Les personnages racontent des anecdotes qui ressemblent à celles de nombreuses autres familles.

La mère rappelle ainsi à ses enfants les habituelles promenades dominicales avec leur père : « Pas un dimanche où on ne sortait pas, comme un rite, / je disais cela, un rite, / une habitude » (partie 1, sc. 4).

Elle se complaît à donner des détails d'une trivialité bien éloignée de la tragédie, comme lorsqu'elle décrit la façon qu'avait le père de laver sa voiture : « Le matin du dimanche, il la lavait, il l'astiquait, un maniaque, / cela

MOTS CLÉS

DRAME

En grec, *drama* signifie à la fois « action » et « conflit ». Le mot « drame » désigne donc toute forme d'action théâtrale, celle-ci reposant sur un conflit originel. Ce n'est qu'à partir du XVIIIe siècle, avec la création du drame bourgeois, que ce terme se met à désigner un nouveau genre théâtral, autre que la tragédie et la comédie. À la suite du drame bourgeois, diverses sortes de drames voient le jour : drame romantique, drame symboliste et drame moderne. Ce dernier met en scène l'impossibilité de l'action humaine face à l'adversité sous toutes ses formes (déterminisme social, hantise de la mort, usure du temps, etc.).

MONOLOGUE

Le monologue désigne le moment où le personnage, seul en scène, se parle à lui-même. En vérité, le monologue de théâtre est toujours en partie un dialogue : à l'intérieur de son discours solitaire, le personnage peut s'adresser à un autre personnage absent (être aimé, ennemi, Dieu, etc.) ou discuter avec lui-même, comme si deux parties différentes de lui entretenaient un dialogue (conflit interne). En outre, il ne faut pas oublier que le monologue a toujours au moins un récepteur (ou auditeur), car il est écouté par les spectateurs.

SOLILOQUE

À la différence du monologue, le soliloque désigne le discours du personnage qui ne produit aucun effet de communication. Lorsqu'il soliloque, le personnage est souvent dans un état second (rêve, ivresse, folie, angoisse, etc.). Le soliloque serait « le monologue moderne [qui] enferme le personnage dans la subjectivité d'un vécu sans transcendance ni communication » (Gérard Genette, *Figures III*).

lui prenait deux heures » (partie 1, sc. 4). Par cette description des petites choses de la vie, corollaire de l'absence de toute transcendance dans cette pièce, *Juste la fin du monde* se trouve très éloignée de la tragédie.

B. Les sempiternelles disputes familiales

De même, les seules actions qui ponctuent la pièce sont des disputes familiales, celles qui durent et se renouvellent entre les membres de la famille depuis des années et d'autres, qui surgissent tout à coup.

Le retour de Louis provoque en effet plusieurs brouilles entre Antoine et Suzanne qui rythment la pièce, Antoine accusant sa sœur de se retourner contre lui depuis que Louis est arrivé : « Toute la journée tu t'es mise avec lui, / tu ne le connais pas » (partie 2, sc. 2).

Antoine s'en prend aussi à Louis, n'hésitant pas à le singer dans la scène 9 de la première partie, ce qui l'amène à répliquer : « Tu te payais ma tête, tu essayais ». Autant de chamailleries ordinaires et insignifiantes en comparaison des grandes altercations de la tragédie.

Alors que par le prosaïsme de l'histoire qu'elle représente, cette pièce s'oppose en tous points à une tragédie, Louis s'affirme comme un personnage tragique par la détresse qui l'habite et l'émotion qu'il suscite chez le spectateur.

III. Un désarroi tragique

A. L'incommunicabilité entre les êtres

Confronté à l'impossibilité de nouer un dialogue avec ses proches, Louis exprime une angoisse poignante dont l'intermède donne toute la mesure.

Le découragement qu'il éprouve se traduit par l'image d'une maison aux dimensions démesurées : « dans mon rêve encore, toutes les pièces de la maison étaient loin les unes des autres, / et jamais je ne pouvais les atteindre ». Cette maison aux pièces inatteignables traduit l'impression éprouvée par Louis de ne jamais pouvoir se rapprocher des siens.

Ces dialogues impossibles exacerbent son sentiment de solitude : « C'est comme la nuit en pleine journée, on ne voit rien, j'entends juste les bruits, j'écoute, je suis perdu et je ne retrouve personne ». L'égarement de Louis, la sensation d'être éloigné de tous et de tout sont portés au même paroxysme que la solitude du héros tragique.

B. L'horizon de la mort

C'est aussi le désespoir qui perce chez Louis lorsqu'il évoque sa propre mort – inexorable et de plus en plus proche – qui fait de lui un personnage saisissant.

Désespoir parfois mâtiné de révolte et d'ironie comme dans la scène 10 de la première partie, mais qui dissimulent mal le désir lancinant de s'en sortir, malgré tout : « Tous les agonisants ont ces prétentions [...] / donner de grands coups d'aile imbéciles, / errer, perdu déjà et / croire disparaître, / courir devant la Mort, prétendre la semer ».

C'est ce réflexe de peur et de désespoir d'un homme face à la mort (qui n'attend rien d'un quelconque dieu ni quelconque au-delà), auquel s'oppose la volonté de continuer à vivre, la force de narguer encore la camarde qui, bouleversant le spectateur, le hisse au rang de personnage tragique : « La Mort prochaine et moi, / [...] nous nous promenons, / nous marchons la nuit dans les rues désertes légèrement embrumées et nous nous plaisons beaucoup. / Nous sommes élégants et désinvoltes. »

Conclusion

Si, comme le héros tragique, Louis décide d'agir encore, alors même qu'il se sait condamné et qu'il n'ignore pas que tout est déjà écrit, il n'est certes pas le héros d'une tragédie, n'ayant à affronter à son retour dans la maison familiale que les mêmes éternelles disputes, les mêmes éternelles histoires, mille fois déjà ressassées. Mais lorsque Louis, aux prises avec la solitude et la mort à l'œuvre, laisse entendre la terreur qui l'étreint, il acquiert une véritable stature tragique : son visage vulnérable et abandonné devient celui de l'humanité tout entière et cet ultime cri – de joie, de vie – qu'il n'aura pas poussé ne peut que rappeler aux êtres humains le silence inéluctable qui les guette.

CITATIONS

ÉPANORTHOSE

Figure par laquelle le locuteur corrige immédiatement ce qu'il vient de dire, donnant l'impression qu'il formule sa pensée en même temps qu'il l'exprime. Ex. : « C'est un roc ! c'est un pic !… c'est un cap ! Que dis-je, c'est un cap ? C'est une péninsule ! », *Cyrano de Bergerac* (1897), Edmond Rostand.

RECONNAISSANCE (*ANAGNORISIS* EN GREC)

Découverte à la fin d'une pièce de théâtre de faits secrets ou ignorés et/ou de l'identité véritable d'un personnage. En révélant des vérités jusque-là inconnues, la reconnaissance permet le dénouement (le plus souvent heureux) de la pièce.

• « Que feront-ils de moi lorsque je ne serai plus là ? On voudrait commander, régir, profiter médiocrement de leur désarroi et les mener encore un peu. On voudrait les entendre, je ne les entends pas, leur faire dire des bêtises définitives et savoir enfin ce qu'ils pensent. » (Lagarce, *Juste la fin du monde*)

• « À moins que cette pièce ne soit à ce point habitée par la violence destructrice des événements et des rapports de domination qu'elle s'emploie à la détourner, héritière en ceci de la tragédie classique, où les catastrophes sont renvoyées au hors-scène non de ne pas exister mais d'exister trop fortement pour être soutenables, et où les mots s'offrent comme la possibilité ultime et irremplaçable de mourir en beauté. » (Catherine Brun, « Jean-Luc Lagarce et la poétique du détour : l'exemple de *Juste la fin du monde* »)

Quiz : Le théâtre du XVIIe siècle au XXIe siècle

Plusieurs réponses peuvent être correctes.

Les évolutions du genre théâtral

1. Quelles sont les principales caractéristiques de la comédie au XVIIe siècle ?

☐ a. Les personnages sont des nobles.
☐ b. La comédie aborde différents aspects de la vie familiale et sociale, restant généralement dans la sphère privée.
☐ c. La pièce se découpe obligatoirement en cinq actes écrits en vers.
☐ d. Le registre est comique et la fin, généralement heureuse.
☐ e. L'unité de temps, de lieu et d'action ne s'applique pas.

2. À quel genre appartient *Andromaque* de Racine ?

☐ a. C'est une comédie.
☐ b. C'est un mystère.
☐ c. C'est une tragédie.

3. Parmi les propositions suivantes, lesquelles sont des règles du théâtre classique ?

☐ a. la règle de la bienséance
☐ b. la règle du plateau
☐ c. la règle de la vraisemblance

4. Dans quelle pièce le dramaturge Jean Racine met-il en scène la passion incestueuse et malheureuse d'une femme pour son beau-fils ?

☐ a. *Phèdre*
☐ b. *Rhinocéros*
☐ c. *Britannicus*

5. Au XVIIe siècle, quelles sont les contraintes du genre tragique ?

☐ a. Il doit contenir au maximum trois actes.
☐ b. Il doit obéir à la règle des trois unités.
☐ c. Les personnages sont obligatoirement illustres ou au statut social élevé.
☐ d. Il doit être écrit en prose.
☐ e. L'action doit se situer dans le passé.
☐ f. Il doit s'affranchir des règles de la bienséance.
☐ g. Il doit faire intervenir des divinités sur scène.
☐ h. Le dénouement doit être malheureux.

6. Quel est le schéma actantiel des *Fourberies de Scapin* de Molière ? Complétez les pointillés à l'aide des termes : sujet, objet, adjuvant, opposant.

Le jeune Octave (...............) a épousé en secret une jeune fille pauvre et de naissance inconnue (...............) . Mais son père Argante (...............) a d'autres projets pour lui : il veut le marier à la fille de son ami Géronte. Heureusement, le rusé Scapin (...............) a plus d'un tour dans son sac pour faire échouer les projets d'Argante et faire triompher les intérêts d'Octave.

7. Lequel de ces personnages est un valet imaginé par Beaumarchais ?

☐ a. Figaro
☐ b. Bartholo
☐ c. Sganarelle

8. Le théâtre romantique :

☐ a. renoue avec les règles du théâtre classique : unité de lieu, de temps et d'action, règle de bienséance.
☐ b. n'existe que pour être joué sur scène.
☐ c. provoque des polémiques parmi lesquelles celle de « la bataille d'Hernani », qui est restée célèbre.

9. Voici la didascalie initiale de *Ruy Blas*, drame romantique de Victor Hugo. Que peut-on en dire ?

Le salon de Danaé dans le palais du roi, à Madrid. Ameublement magnifique dans le goût demi-flamand du temps de Philippe IV. À gauche, une grande fenêtre à châssis dorés et à petits carreaux. Des deux côtés, sur un pan coupé, une porte basse donnant dans quelque appartement intérieur. Au fond, une grande cloison vitrée à châssis dorés s'ouvrant par une large porte également vitrée sur une longue galerie. Cette galerie, qui traverse tout le théâtre, est masquée par d'immenses rideaux qui tombent du haut en bas de la cloison vitrée. Une table, un fauteuil, et ce qu'il faut pour écrire.

Victor Hugo, *Ruy Blas*, 1838

☐ a. Cette didascalie est assez imprécise.
☐ b. On ne connaît pas la classe sociale des personnages.
☐ c. Cette didascalie a une fonction symbolique, notamment grâce aux fenêtres et aux rideaux qui permettent de jouer sur la dimension du visible et de l'apparent, mais aussi du caché, de l'intime ou de l'inaccessible.

☐ d. Cette didascalie réclame du metteur en scène qu'il figure richesse et apparat sur scène. Mais on peut se demander s'il lui faut pour cela garder le mobilier « demi-flamand » qui risque de ne pas évoquer grand-chose dans l'esprit d'un spectateur moderne.

10. Parmi ces pièces de théâtre du XXe siècle, lesquelles proposent un renouveau de la tragédie ?

☐ a. *Knock* (1923) de Jules Romains (1885-1972)
☐ b. *Topaze* (1926) de Marcel Pagnol (1895-1974)
☐ c. *La Machine infernale* (1934) de Jean Cocteau (1889-1963)
☐ d. *La guerre de Troie n'aura pas lieu* (1935) de Jean Giraudoux (1882-1944)
☐ e. *Électre* (1937) de Jean Giraudoux (1882-1944)
☐ f. *Les Mouches* (1943) de Jean-Paul Sartre (1905-1980)
☐ g. *Antigone* (1944) de Jean Anouilh (1910-1987)

11. Le théâtre de l'absurde est illustré par les pièces de :

☐ a. Paul Claudel.
☐ b. Eugène Ionesco.
☐ c. Jules Romains.

12. Parmi ces pièces, lesquelles sont de Samuel Beckett ?

☐ a. *En attendant Godot* (1953)
☐ b. *Fin de partie* (1957)
☐ c. *Tous contre tous* (1953)
☐ d. *La Dernière Bande* (1958)
☐ e. *Oh les beaux jours* (1961)

Les procédés théâtraux

13. Au théâtre, qu'est-ce qui constitue un second niveau d'énonciation ?

☐ a. les monologues
☐ b. le dialogue entre les différents personnages de la pièce
☐ c. le dialogue avec le public

14. Comment appelle-t-on cette réplique du *Cid* ?

Don Diègue
Ô rage ! ô désespoir ! ô vieillesse ennemie !
N'ai-je donc tant vécu que pour cette infamie ?
Et ne suis-je blanchi dans les travaux guerriers
Que pour voir en un jour flétrir tant de lauriers ?
Mon bras qu'avec respect toute l'Espagne admire,
Mon bras, qui tant de fois a sauvé cet empire,
Tant de fois affermi le trône de son roi,
Trahit donc ma querelle, et ne fait rien pour moi ?
Ô cruel souvenir de ma gloire passée !
Œuvre de tant de jours en un jour effacée !
Nouvelle dignité fatale à mon bonheur !
Précipice élevé d'où tombe mon honneur !
Faut-il de votre éclat voir triompher le comte,
Et mourir sans vengeance, ou vivre dans la honte ?
Comte, sois de mon prince à présent gouverneur ;
Ce haut rang n'admet point un homme sans honneur ;
Et ton jaloux orgueil par cet affront insigne
Malgré le choix du roi, m'en a su rendre indigne.

Corneille, *Le Cid*, acte I, scène 4, 1636

☐ a. un quiproquo
☐ b. un monologue
☐ c. une tirade

15. Dans le langage théâtral, comment appelle-t-on ce type de dialogue ?

Célimène
Où courez-vous ?
Alceste
Je sors.
Célimène
Demeurez.
Alceste
Pourquoi faire ?
Célimène
Demeurez.
Alceste
Je ne puis.
Célimène
Je le veux.
Alceste
Point d'affaire.
Ces conversations ne font que m'ennuyer,
Et c'est trop que vouloir me les faire essuyer.

Molière, *Le Misanthrope*, acte II, scène 3, 1666

☐ a. une stichomythie
☐ b. un aparté
☐ c. une didascalie

16. Dans *L'Avare*, l'odieux Harpagon soupçonne son valet La Flèche de lui avoir dérobé de l'argent. Sur quel(s) ressort(s) comique(s) cet extrait repose-t-il ?

Harpagon
Attends. Ne m'emportes-tu rien ?
La Flèche
Que vous emporterais-je ?
Harpagon
Viens ça, que je voie. Montre-moi tes mains.
La Flèche
Les voilà.
Harpagon
Les autres.
La Flèche
Les autres ?

HARPAGON
Oui.
LA FLÈCHE
Les voilà.
HARPAGON *(désignant les chausses.)*
N'as-tu rien mis ici dedans ?
LA FLÈCHE
Voyez vous-même.
HARPAGON *(tâtant le bas de ses chausses.)*
Ces grands hauts-de-chausses sont propres à devenir les receleurs des choses qu'on dérobe ; et je voudrais qu'on en eût fait pendre quelqu'un.

Molière, *L'Avare*, acte I, SCÈNE 3, 1668

- ☐ a. le comique de mots
- ☐ b. le comique de gestes
- ☐ c. le comique de situation
- ☐ d. le comique de caractère

17. Comment pourrait-on interpréter le monologue suivant, en s'aidant des indices grammaticaux ?

HARPAGON *(il crie au voleur dès le jardin, et vient sans chapeau.)*
Au voleur ! au voleur ! à l'assassin ! au meurtrier ! Justice, juste Ciel ! Je suis perdu, je suis assassiné ! On m'a coupé la gorge, on m'a dérobé mon argent. Qui peut-ce être ? Qu'est-il devenu ? Où est-il ? Où se cache-t-il ? Que ferai-je pour le trouver ? Où courir ? Où ne pas courir ? N'est-il point-là ? N'est-il point ici ? Qui est-ce ? Arrête. Rends-moi mon argent, coquin. *(Il se prend lui-même le bras.)* Ah ! c'est moi. Mon esprit est troublé, et j'ignore où je suis, qui je suis, et ce que je fais. [...] N'y a-t-il personne qui veuille me ressusciter, en me rendant mon cher argent, ou en m'apprenant qui l'a pris ? Euh ? que dites-vous ? Ce n'est personne. [...] Que de gens assemblés ! Je ne jette mes regards sur personne qui ne me donne des soupçons, et tout me semble mon voleur. Eh ! de quoi est-ce qu'on parle là ? De celui qui m'a dérobé ? Quel bruit fait-on là-haut ? Est-ce mon voleur qui y est ? De grâce, si l'on sait des nouvelles de mon voleur, je supplie que l'on m'en dise. N'est-il point caché là parmi vous ? Ils me regardent tous, et se mettent à rire. Vous verrez qu'ils ont part sans doute au vol que l'on m'a fait.

Molière, *L'Avare*, acte IV, SCÈNE 7, 1668

- ☐ a. Ce monologue joue sur la double énonciation.
- ☐ b. Ce monologue souligne le ridicule du personnage.
- ☐ c. Ce monologue appartient au genre tragique.

18. Quel procédé stylistique utilise ici Bazile pour développer son idée ?

BAZILE
La calomnie, monsieur ! Vous ne savez guère ce que vous dédaignez ; j'ai vu les plus honnêtes gens près d'en être accablés. Croyez qu'il n'y a pas de plate méchanceté, pas d'horreurs, pas de conte absurde, qu'on ne fasse adopter aux oisifs d'une grande ville en s'y prenant bien : et nous avons ici des gens d'une adresse !... D'abord un bruit léger, rasant le sol comme hirondelle avant l'orage, pianissimo murmure et file, et sème en courant le trait empoisonné. Telle bouche le recueille, et piano, piano, vous le glisse en l'oreille adroitement. Le mal est fait ; il germe, il rampe, il chemine, et rinforzando de bouche en bouche il va le diable ; puis tout à coup, ne sais comment, vous voyez Calomnie se dresser, siffler, s'enfler, grandir à vue d'œil. Elle s'élance, étend son vol, tourbillonne, enveloppe, arrache, entraîne, éclate et tonne, et devient, grâce au Ciel, un cri général, un crescendo public, un chorus universel de haine et de proscription. Qui diable y résisterait ?

Beaumarchais, *Le Barbier de Séville*, acte II, SCÈNE 8, 1775

- ☐ a. la périphrase
- ☐ b. la métaphore filée
- ☐ c. l'oxymore

19. Parmi ces éléments, lesquels sont laissés au choix du metteur en scène ?

- ☐ a. le ton des personnages
- ☐ b. la musique
- ☐ c. la lumière
- ☐ d. les déplacements des personnages
- ☐ e. les répliques des personnages

Corrigés

1. b, d. La comédie, qui met en scène des bourgeois et non des nobles, a une forme plus libre que la tragédie et n'est pas forcément en vers. En revanche, l'unité de lieu, de temps et d'action s'applique.

2. c. *Andromaque* de Racine est une tragédie classique.

3. a, c. Les règles du théâtre classique sont celles de la vraisemblance, de la bienséance, et des trois unités (de temps, de lieu et d'action).

4. a. Dans cette pièce représentée pour la première fois en 1677, Racine reprend un récit antique.

5. b, c, e, h. À la suite de la querelle provoquée par *Le Cid* de Corneille, la tragédie française fut codifiée. Outre la règle des trois unités définie par Boileau, elle devait être écrite en alexandrins, vers noble par excellence, être nécessairement structurée en cinq actes et faire intervenir des personnages au statut élevé, issus de l'histoire gréco-latine ou chrétienne. La bienséance interdisait les actions basses sur scène (nourriture, mort), et la vraisemblance empêchait de faire venir sur scène des divinités.

6. Sujet - objet - opposant - adjuvant. Attention, selon le point du vue duquel on se place, ce schéma change. Ainsi, on peut également considérer qu'Argante est un sujet qui a pour objet de marier son fils à la fille de son ami Géronte (son adjuvant) et qui se voit contrarié par Scapin et Octave, ses opposants.

7. a. Figaro est le valet qui traverse l'œuvre de Beaumarchais. Bartholo est un personnage du *Barbier de Séville*, le tuteur de Rosine. Sganarelle est un personnage récurrent dans l'œuvre de Molière, notamment le valet de Dom Juan.

8. c. Le théâtre romantique refuse les « cages » et veut s'affranchir des règles du théâtre classique. Le théâtre de Musset, par ailleurs, est autant fait pour être vu et imaginé que pour être joué.

9. c, d. La didascalie frappe d'abord par sa précision. L'auteur cherche à donner au metteur en scène tous les éléments qui lui semblent nécessaires, et la marge de manœuvre de ce dernier paraît mince. On a ici, en effet, une indication de la classe sociale des personnages du drame (la noblesse), et de nombreuses notations concernant l'espace (que ce soit la mention de la ville ou le décor proprement dit), utiles ensuite pour l'action.
Mais la didascalie a également une fonction symbolique ; les fenêtres, les vitres (cloison ou porte vitrée), les rideaux, tous ces éléments mettent l'accent sur le transparent et le caché. Grâce à ce décor, des motifs s'installent d'emblée : nous sommes dans un univers où tout est visible (les rois et reines sont en effet toujours en « représentation »), mais où tout est, en même temps, inaccessible — ce que symbolisent la vitre et le rideau. Les personnages de ce drame (la reine, et Ruy Blas, un roturier) sont en effet vus et identifiés de tous — et pourtant, ils sont méconnus, leur personnalité intime reste un mystère.
Enfin, si le metteur en scène a donc, grâce à cette didascalie, une direction à suivre, certaines interrogations subsistent pour lui : faut-il, aujourd'hui, respecter le mobilier « demi-flamand » qui laissera froids des spectateurs du XXe siècle ou bien faut-il insister sur la richesse et l'apparat par un autre décor, plus contemporain ? Victor Hugo a choisi Madrid afin d'évoquer, dans sa pièce, le problème du pouvoir (problème politique, mais aussi problème du conflit entre la vie privée et la vie publique) sans être inquiété par la censure ; mais il savait que son public pourrait « traduire » la pièce et faire la comparaison avec le pouvoir du XIXe siècle français.

10. c, d, e, f, g. Dans la première moitié du XXe siècle, le théâtre s'inspire des grands mythes antiques et les actualise. Cette vogue offre au public de nouvelles tragédies. *Knock* est une satire de la médecine, *Topaze* une dénonciation du pouvoir corrupteur de l'argent.

11. b. Eugène Ionesco (1909-1994) est l'auteur de *La Cantatrice chauve* (1950), *La Leçon* (1951), *Les Chaises* (1952), par exemple. En refusant toute intrigue, toute réalité, en employant un langage déstructuré, vide, voire incohérent, le théâtre de l'absurde cherche à montrer l'absurdité de la vie et de la condition humaine.

12. a, b, d, e. *Tous contre tous* est une pièce d'Arthur Adamov. Lui, Ionesco et Beckett furent les chefs de file du théâtre de l'absurde.

13. c. Le texte de théâtre se distingue par une double énonciation : au premier niveau, les personnages conversent entre eux. Au deuxième niveau, les personnages et l'auteur s'adressent directement au spectateur.

14. b. Le célèbre monologue de Don Diègue prend place à la scène 4 de l'acte I. Le vieil homme vient d'être giflé par le Comte et, trop faible pour tirer son épée, n'a pu laver lui-même cet affront. Il déplore donc sa vieillesse et porte un regard plein d'amertume sur son glorieux passé.
On voit clairement ici que le monologue est un moment d'introspection et d'épanchement. Dans la tragédie, il intervient toujours à un moment critique où le personnage a besoin de réfléchir, de prendre une décision. En ce sens, il est un moteur essentiel de l'action dramatique.

15. a. Ce type de dialogue révèle généralement un échange d'une grande intensité.

16. a, b, d. Molière fait ici jouer plusieurs ressorts comiques : la réplique « les autres ? » relève du comique de mots ; le jeu de scène auquel se livrent les deux personnages (La Flèche montre ses mains, puis fait mine d'en montrer une autre paire, Harpagon le fouille, etc.) est un comique de gestes ; Harpagon fait preuve d'une extrême méfiance, dictée par son avarice (comique de caractère).

17. a, b. Une des particularités du texte théâtral est qu'il repose sur une situation de communication originale. Cette situation particulière porte le nom de double énonciation : le personnage et l'auteur sont énonciateurs en même temps ; de même, lorsqu'un personnage s'adresse à un autre personnage (ou à lui-même dans le cas d'un monologue), ses paroles sont aussi destinées au public. Dans ce monologue, le public est soudainement pris à parti comme s'il était un personnage de l'intrigue : Harpagon n'est plus seul en scène, nous l'accompagnons, comme une foule de moqueurs l'entourant.

18. b. Dans cette tirade fort célèbre, Bazile, le professeur de chant, utilise la métaphore filée (rapprochement de mots dans une relation de ressemblance qui se poursuit au fil du texte) de la musique. Les termes musicaux employés guident l'acteur dans sa diction et sa respiration. Les mouvements de cette tirade ont fortement inspiré Gioacchino Rossini (1792-1868) qui composa « l'air de la calomnie », un des moments les plus remarquables de son opéra-comique *Il Barbiere di Siviglia* (1816).

19. a, b, c, d. Même lorsque les didascalies sont précises, c'est au metteur en scène de décider de la manière dont les acteurs se déplacent et prononcent leur texte. C'est souvent lui, également, qui dirige les choix en matière de lumière et de musique.

LA POÉSIE DU XIXe SIÈCLE AU XXIe SIÈCLE

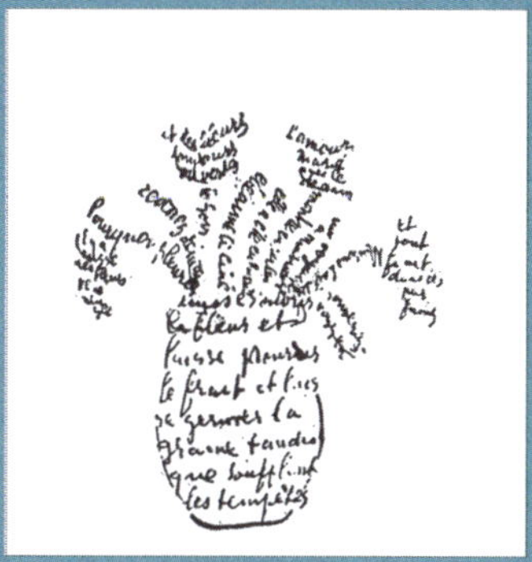

Victor Hugo, *Les Contemplations* (livres I à IV)

Victor Hugo.

Lorsque les poèmes des *Contemplations* sont publiés, en 1856, Victor Hugo est déjà un auteur reconnu et une figure politique importante. Écrit en grande partie durant son exil, ce recueil occupe une place bien particulière dans son œuvre colossale. Avec ces vers, Hugo trouve un espace capable d'accueillir le souvenir de sa fille morte en 1843. Dans sa préface, il précise que « ce livre doit être lu comme on lirait le livre d'un mort. » Il ajoute que le recueil se présente aussi comme « les Mémoires d'une âme ».

Itinéraire poétique

D'un livre à l'autre

Ce recueil est organisé avec soin, et les quatre premiers livres qui le composent n'échappent pas à cette règle. Chaque partie semble posséder **son unité et sa couleur**. Dans le premier livre, « Aurore », le poète peut installer un cadre bucolique ou encore évoquer « le firmament [...] plein de la vaste clarté » (I, 4). Sa voix se fait aussi ferme lorsqu'il s'agit de se dresser « contre un acte d'accusation » (I, 7). Le deuxième livre creuse souvent ce sillon, pour laisser s'épanouir cette « âme en fleur ». Les deux livres suivants sont plus sombres. Dans « Les luttes et les rêves », nous sommes loin du cadre champêtre. Hugo nous confronte à la souffrance, à la pauvreté, à la solitude ou à l'injustice, comme dans « Mélancholia » ou dans « Le maître d'études ». La voix poétique semble parfois vaciller, évoquant elle-même des « heures de doute » (III, 3). Cette voix se brise dans le livre IV, qui entame le cycle intitulé « Aujourd'hui ». Tout se passe comme s'il était impossible d'évoquer directement le « 4 septembre 1843 », jour de la mort de Léopoldine Hugo. Ces quelques poèmes pour sa fille, pour reprendre le titre de cette section, évoquent un passé heureux et un présent marqué par la tristesse, comme dans le cinquième poème : « Son regard reflétait la clarté de son âme. / [...] Et dire qu'elle est morte ! Hélas ! que Dieu m'assiste ! » Ce quatrième livre s'achève sur un hommage à Charles Vacquerie, qui venait d'épouser la fille du poète et qui s'est noyé avec elle en tentant de la sauver. L'amour se mêle donc à la tristesse.

Des jalons autobiographiques

L'itinéraire amenant le lecteur à passer d'un livre à l'autre semble d'autant plus organisé qu'il est accompagné de nombreuses dates. Hugo pose ici des jalons pour guider la lecture. C'est également ce que suggère la répartition en **deux grands ensembles** intitulés

PARCOURS

Les « Mémoires d'une âme ». Victor Hugo, dans la préface des *Contemplations*, annonce au lecteur que celui-ci s'apprête à lire les « Mémoires d'une âme ». Il fait ainsi de l'écriture lyrique une forme de témoignage utile à tous les lecteurs.

POÉSIE ÉPIQUE ET POÉSIE LYRIQUE

• La poésie appartient au registre épique lorsque le poète prend en charge l'histoire d'un peuple, ou les grands événements qui l'ont marquée, et qu'il les porte par sa voix. Il les fait résonner, les magnifie, et les transmet comme Ronsard dans *La Franciade* (1572).

• Le poète joue également un autre rôle qui lui fait dire les mouvements les plus intimes du cœur. Dans ce cas, le poète cherche par son lyrisme à exprimer les sentiments et émotions qui l'étreignent, positifs ou négatifs : bonheur, joie, espoir, plainte, regret, nostalgie, etc. Un texte lyrique peut être qualifié d'élégiaque s'il exprime la mélancolie. Le thème en est souvent le malheur en amour, la mort d'un être cher, ou la nostalgie due à l'exil. Joachim Du Bellay rédige par exemple Les Regrets (1558), recueil de sonnets exprimant la déception devant les mœurs romaines et la nostalgie du pays natal.

LA POÉSIE ENGAGÉE

Le poète peut associer lyrisme et dénonciation des travers de son temps. Lorsqu'il témoigne des événements de son époque, il exprime alors son horreur et son indignation en devenant à la fois un observateur et un juge. Ainsi, dans *Les Tragiques* (1615), Agrippa d'Aubigné dépeint les persécutions et les massacres des protestants ; les actions et le pouvoir de Napoléon

« Autrefois (1830-1843) » et « Aujourd'hui (1843-1855) ». L'organisation est si minutieuse que, dans le livre IV, le troisième poème évoque l'année du décès de Léopoldine : 43. Même si cette dernière n'est pas nommée, à l'inverse de Charles Vacquerie, le recueil comporte un grand nombre de liens explicites avec la vie du poète. **Ces rappels autobiographiques** donnent le sentiment que c'est bien son âme qu'il explore et met à nu sous nos yeux. Ils donnent à ce recueil des allures de mémoires.

Un voyage lyrique

Un « je » troublé

Le recueil, malgré quelques accents **polémiques**, est souvent **lyrique**. Hugo multiplie tout au long du recueil les références **au mythe d'Orphée**. « Oui, je suis le rêveur [...] et j'entends ce qu'Orphée entendit. », proclame-t-il par exemple (I, 27). Comme Orphée, le poète manie la lyre. C'est ce qu'annonce par exemple le deuxième poème du recueil : « Le poète s'en va dans les champs ; il admire, / Il adore ; il écoute en lui-même une lyre ». Le poète « écoute en lui-même » et nous invite à explorer les troubles du « je ». Les marques de la première personne du singulier sont nombreuses, ce qui permet d'inscrire ce recueil dans le registre lyrique et l'histoire du mouvement romantique.

Les émotions se heurtent souvent dans les quatre premiers livres. Certes, le « deuil » amène le poète à exprimer l'ampleur de sa douleur. Le lecteur est invité à **compatir**, c'est-à-dire à souffrir avec les différents personnages des *Contemplations*. Le poète se montre même sensible au calvaire d'un cheval agonisant « sous le bloc qui l'écrase et le fouet qui l'assomme ».

On n'oubliera toutefois pas que, fidèle à son esthétique faite de contrastes, Hugo manie avec brio **l'art du clair-obscur**. Un instant de lumière peut éclairer l'obscurité tandis que la noirceur du présent menace souvent la gaieté d'« autrefois ».

La lutte contre le silence

Ce **nouvel Orphée** doit cependant lutter pour imposer son chant. Si la voix du poète est ferme ou enjouée dans les premiers livres, elle apparaît de plus en plus **menacée par la tentation du silence**. C'est qu'il faut, pour Hugo, parvenir à dire l'indicible. C'est en ce sens que le blanc qui suit la date du 4 septembre 1843 impose un vide menaçant. Le poème suivant montre que ce gouffre a englouti trois années. Le poète parvient à reprendre la parole, mais il semble usé, d'autant que le deuil de sa fille rejoint le souvenir d'une mère partie trop tôt :

Il est temps que je me repose ;
Je suis terrassé par le sort.
Ne me parlez pas d'autre chose
Que des ténèbres où l'on dort !

Le temps se fige dans un présent qui n'avance plus, et les verbes au futur, dans bien des poèmes, sont associés à des marques de la négation.

C'est pourtant précisément en **exhibant ses fêlures** que le poète parvient à lutter contre ce silence qui pourrait avoir raison de sa parole. Un renversement s'opère alors, et les mots, sans nier la douleur ou le doute, l'emportent sur la page blanche. Le lien avec le lecteur, d'un bout à l'autre de ces quatre livres, a finalement raison de **la solitude dont se plaint un poète incompris**, attaqué ou brisé.

Ouvertures

Une quête métaphysique

Cette quête qui mène le « je » vers son passé prend aussi **des accents métaphysiques**. La voix poétique cherche souvent à « aller au bord de l'infini », comme l'annonce Hugo dès la préface et comme le souligne encore le titre du sixième et dernier livre. Souvent « le ciel s'ouvre à ce chant comme une oreille immense » et « l'infini tout entier d'extase se soulève » (I, 4). Ce terme d'extase fait particulièrement sens puisqu'il montre la capacité du « je » à sortir de lui-même pour s'avancer vers ce qui le dépasse.

Aussi le **poète évoque-t-il souvent Dieu** ou le ciel, et tout ce qui, en somme, représente l'infiniment grand, comme à la fin de « Billet du matin » : « Nous avons l'infini pour sphère et pour milieu, / L'éternité pour âge ; et, notre amour, c'est Dieu. » Cette âme voyage donc tout au long des *Contemplations*, pour aller dans le passé, mais aussi pour explorer d'autres univers et même d'autres corps.

D'un sublime à l'autre

Le sublime n'est pourtant pas toujours là où le lecteur l'attend. Un puissant mouvement traverse le recueil en nous ramenant sans cesse vers les êtres humains, qui font eux aussi partie de ce grand tout.

Si le romantisme a parfois été accusé de se concentrer sur le « moi », Hugo affirme dans sa préface que ce « moi » mène au « nous » : « Ce livre contient, nous le répétons, autant l'individualité du lecteur que celle de l'auteur. *Homo sum*. Traverser le tumulte, la rumeur, le rêve, la lutte, le plaisir, le travail, la douleur, le silence ; se reposer dans le sacrifice, et, là, contempler Dieu ; commencer à Foule et finir à Solitude, n'est-ce pas, les proportions individuelles réservées, l'histoire de tous ? »

CITATIONS

sont dénoncés dans *Les Châtiments* de Victor Hugo (1852).

LE « JE » LYRIQUE

Si les poètes peuvent reprendre en disant « je » des événements de leur vie, ils les recomposent librement. Ainsi, les dates indiquées à la fin des poèmes des *Contemplations* ne correspondent pas toujours aux dates d'écriture. Beaucoup de poèmes du premier livre ont par exemple été écrits entre 1853 et 1855 : Hugo crée ainsi un recueil ayant sa propre logique. Le « je » lyrique n'est pas uniquement autobiographique : il tend à devenir universel, puisque les poètes cherchent à exprimer des sentiments que chacun est susceptible d'éprouver.

- « Quand je vous parle de moi, je vous parle de vous. Comment ne le sentez-vous pas ? Ah ! insensé, qui crois que je ne suis pas toi ! » (Victor Hugo, *Les Contemplations*, préface)
- « Hypocrite lecteur, – mon semblable, – mon frère ! », (Charles Baudelaire, *Les Fleurs du mal*, 1857)
- « [J'] ai donné à ce qu'on nommait la muse, au lieu d'une lyre à sept cordes de convention, les fibres mêmes du cœur de l'homme, touchées et émues par les innombrables frissons de l'âme et de la nature. » (Lamartine, *Méditations poétiques*, 1820)
- « Ah ! frappe-toi le cœur, c'est là qu'est le génie ! » (Alfred de Musset, *Premières Poésies*, 1832)
- « Entrez en vous-même / Sondez les profondeurs où votre vie prend sa source. » (Rainer Maria Rilke, *Lettre à un jeune poète*, 1929)

Dissertation (sujet 2021)

Dans la préface des *Contemplations*, Victor Hugo décrit son recueil comme un miroir tendu aux lecteurs. En quoi cette image rend-elle compte de votre lecture des quatre premiers livres du recueil ?

Lamartine par Henri Decaisne, 1830.

Vous répondrez à cette question dans un développement organisé en vous appuyant sur les livres i à iv du recueil de Victor Hugo, sur les textes que vous avez étudiés dans le cadre du parcours associé et sur votre culture personnelle.

Introduction

L'analyse du sujet :

« La clarté du dehors ne distrait pas mon âme. » Ce premier vers du poème 22 du livre III des *Contemplations* dépeint la mélancolie du poète, hermétique au beau temps et à la gaieté extérieure. Son lyrisme passe par la première personne du singulier, « mon ». Mais la force du vers et du poème tient à ce que le lecteur se reconnaît en une telle mélancolie qui s'empare de son humeur entière. Qui n'a jamais vécu cette phase, ne serait-ce que brièvement ? Or, dans la préface des *Contemplations*, Victor Hugo décrit son recueil comme un miroir tendu aux lecteurs. Cette métaphore compare le reflet du miroir à l'identification du lecteur aux poèmes. Du moins, il y découvrirait une image de lui-même. Ainsi, les sentiments, les expériences, les souvenirs ou les périodes de vie évoqués dans les poèmes seraient non pas ceux du poète, mais ceux du lecteur. Derrière ce paradoxe apparent, Victor Hugo insiste sur le pouvoir universel de son lyrisme, qui concerne toute l'humanité. Peut-on pour autant appliquer cette métaphore aussi simplement ? En quoi cette image suffit-elle à décrire l'impression que produit la lecture des *Contemplations* ?

L'annonce du plan :

Nous montrerons que *Les Contemplations* reflètent toute vie humaine, dont celle du lecteur, pour ensuite souligner la dimension intime et personnelle du recueil, avant de mettre en évidence les équivoques poétiques de ce jeu de miroirs.

Le plan développé

I. *Les Contemplations*, un reflet de toute vie humaine

A. Les souvenirs

Comme un miroir tendu au lecteur, *Les Contemplations* reflètent toute vie humaine. Les moments que Victor Hugo a vécus touchent une fibre universelle. Les poèmes du deuxième livre « L'âme en fleur » retracent des moments délicats passés en compagnie de Juliette Drouet, parsemés de jeux et de conversations tendres. Par exemple, « Églogue » fait revivre une de leurs promenades en Sicile, qu'il compare poétiquement au vol de deux oiseaux. Tout lecteur ayant vécu cet éveil à l'amour se reconnaît dans cette comparaison. *[Autres exemples possibles : « La coccinelle » ; « Mon bras pressait ta taille frêle... » ; « Le lac », de Lamartine.]*

B. Les sentiments

À chaque souvenir est naturellement associé un sentiment, en miroir de l'expérience qu'en a pu faire le lecteur. La tristesse de la perte de Léopoldine, dans le livre IV, « Pauca meae », fait écho aux tragédies de la vie de chacun. Le poème « À Villequier » retrace en cent soixante vers toute l'incompréhension de Victor Hugo, qui paraît si naturelle, et si humaine. Ses réflexions sur la vie et la mort ne se cantonnent pas à lui, mais à tout être humain ayant vécu une expérience similaire. Son emploi du pronom « on » tend vers l'humanité. *[Autre exemple possible : n'importe quel poème du livre IV.]*

ZOOM SUR...

La fuite du temps en poésie.

DES ORIGINES ANTIQUES

La fuite du temps est un thème privilégié par les écrivains et philosophes antiques. *Fugit irreparabile tempus* (« Le temps fuit sans retour ») affirme ainsi Virgile dans ses *Géorgiques* (Ier siècle), ajoutant que l'homme, trop préoccupé qu'il est par des détails, tend à oublier que tout doit mourir. Dans la Rome antique, selon la légende, un esclave devait rappeler aux généraux triomphants qu'ils allaient mourir un jour : c'est le fameux *memento mori* (« souviens-toi que tu vas mourir »). Jouir de sa vie, voici alors pour certains le seul impératif auquel devrait obéir l'homme. Le poète romain Horace le résumait ainsi : *carpe diem* qui signifie « cueille le jour », soit « profite de chaque jour ».

POURQUOI LA POÉSIE ?

Le poème, par sa forme versifiée et souvent courte, se prête particulièrement bien à la mémorisation, à la récitation, et donc à la transmission, survivant en quelque sorte malgré le passage du temps. Il devient alors une sorte de souvenir qui traverse les âges et immortalise son objet. La poésie développera des images symbolisant le temps et la mort, devenues de véritables lieux communs, comme la fleur se fanant, ou encore les cours d'eau, fleuve ou rivière, s'écoulant à la manière du temps. Enfin, le poème, parce qu'il produit de nombreux effets esthétiques, est une forme d'hommage parfaite, célébrant pour toujours son sujet, notamment lorsqu'il s'agit d'une femme que le poète a autrefois aimée : le poème devient le souvenir élogieux de la dame.

LA JEUNE FILLE ET LA MORT

De nombreux poètes développent le thème de la jeune fille enlevée trop tôt par la mort. Ainsi les vers de la ballade « Las, mort, qui t'a fait si hardie... » de Charles d'Orléans. La mort

II. *Les Contemplations*, des souvenirs intimes

A. Une autobiographie poétique

Comment qualifier de miroir une œuvre qui se veut « les mémoires d'une âme » ? Avant de voir le reflet de sa propre vie, le lecteur s'immerge totalement dans celle de Victor Hugo. Certes, la chronologie est brouillée, et il serait difficile de parler de véritable autobiographie, tant les événements sont souvent simplement esquissés. Mais chaque poème peut être considéré comme l'expression d'un souvenir que seul le poète peut comprendre, comme « Lise », souvenir de jeunesse, « À Grandville, en 1836 », retour au temps d'avant l'exil ou « Mes deux filles », qui le replonge dans sa vie de père de famille. *[Autre exemple possible : un poème explicitement autobiographique.]*

B. Des sentiments uniques

Plus que des détails factuels, les poèmes lyriques expriment les sentiments liés aux souvenirs biographiques. Dans sa préface, Hugo explique : « La vie, en filtrant goutte à goutte à travers les événements et les souffrances, a déposé [ce livre] dans son cœur. » Une sorte d'opération magique conduit ainsi le poète à écrire directement ce que la vie a inscrit dans son cœur, et donc ses sentiments. La poésie lyrique naît donc avant tout de l'authenticité des émotions intenses vécues par le sujet lyrique. *[Autre exemple possible : « Les Oiseaux ».]*

III. *Les Contemplations*, un jeu poétique de miroirs

A. Un enchantement musical

Le miroir que tend Victor Hugo au lecteur n'est pas un vecteur tant de reflets simples et proportionnels, que de diffractions poétiques et musicales. Il invite le lecteur à apprécier le poème enchanteur, au-delà de toute interprétation particulière. Le poète est un artisan qui construit musicalement ses vers, comme dans « N'envions rien » (livre II), construit sur alternance entre heptasyllabes et tétrasyllabes. Ces vers courts et originaux dotent l'éloge poétique de la femme d'une fluidité et d'une délicatesse charmante. En le lisant, le lecteur ne se voit pas dans un miroir, mais suit le poète dans un regard poétique et musical sur le monde qui lui parle. *[Autre exemple possible : un poème dont vous êtes capable de faire une analyse musicale ou rythmique.]*

CE QU'IL NE FAUT PAS FAIRE

Attention de ne pas éluder les termes précis, en particulier ici la métaphore du miroir. Que reflète ce dernier ? Les traits physiques, le caractère, les sentiments ? Qui reflète-t-il ? Seulement le lecteur ? L'humanité ? Le poète aussi ?

B. Les ambiguïtés du « je » poétique

Le « je » lyrique, en particulier dans *Les Contemplations*, n'est ni l'auteur, ni le lecteur, ni une entité abstraite, ni l'humanité, mais emprunte à chacune de ces personnes. Quand le poète s'exclame « Je sens quelqu'un de grand qui m'écoute et qui m'aime ! » (« Aux arbres »), son éloge de la nature et de Dieu dépasse largement le simple être de chair qu'est Victor Hugo. La fascination qu'il exprime pour son environnement est comme un miroir tendu non simplement au lecteur, mais à l'existence entière. *Les Contemplations* charrient une véritable philosophie poétique. *[Autres exemples possibles : des poèmes qui comportent une réflexion sur la vie, la mort, la nature, Dieu.]*

LA BONNE MÉTHODE

Pour ce qui est du plan, la formulation de la question, introduite par « en quoi », invite à deux types de traitements : analytique ou dialectique.
Dans le premier cas, on part du principe que *Les Contemplations* sont indubitablement un « miroir tendu ». Les trois parties se structurent donc autour de trois façons d'envisager un tel miroir. Par exemple : un miroir de l'expérience, un miroir des sentiments et un miroir du regard poétique sur le monde.
Dans le deuxième cas, qui sera retenu dans ce corrigé, on commence par aller dans le sens du sujet, avant de le mettre en doute (ou de le nuancer), pour enfin en élargir ou restreindre les termes en vue de proposer une solution valide.
Rappel : les titres et intertitres, en italiques, ne doivent pas apparaître sur la copie.

Conclusion

Le miroir que Victor Hugo tend à ses lecteurs ne les reflète qu'indirectement, non seulement par les expériences et sensibilités universelles, mais aussi après un travail de réflexion. Avant de se reconnaître lui-même dans *Les Contemplations*, le lecteur découvre un homme singulier, qui a vécu une vie tout aussi unique que celle de chaque être. L'univers poétique dans lequel il se plonge lui fait s'approprier ces mémoires d'une âme avec plus de force qu'un journal ou un récit.

OUTILS

est présentée comme impartiale, voire aveugle, car elle ne fait cas ni de l'âge, ni des richesses, ni de la moralité : elle emporte tout le monde. La mort de la bien-aimée, qui incarne la jeunesse, la beauté et l'amour, représente à ce titre la pire des injustices.

ROMANTISME ET FUITE DU TEMPS

Au début du XIXe siècle, le romantisme fera de la fuite du temps un thème privilégié. Les célèbres vers extraits du poème « Le Lac » (1820) d'Alphonse de Lamartine résument l'appréhension romantique du temps :
« Aimons donc, aimons donc ! de l'heure fugitive, /
Hâtons-nous, jouissons ! /
L'homme n'a point de port, le temps n'a point de rive ; /
Il coule, et nous passons ! »

DIÉRÈSE ET SYNÉRÈSE

Elles influent sur le comptage des syllabes. Elles concernent l'association de deux voyelles, dont la première est un *i*, *u* ou *ou*. Dans le langage courant, on prononce ces associations en une seule syllabe (synérèse) : « nuit » en une syllabe, « union » en deux syllabes, etc. En versification, le poète a le choix : soit il adopte le mode courant, effectuant ainsi une synérèse ; soit il désire une prononciation en deux syllabes, nommée diérèse. Exemple : « Vous êtes mon lion superbe et généreux » (Victor Hugo). On n'obtient les douze syllabes de cet alexandrin que si l'on prononce li/on en deux syllabes (diérèse).

MÈTRE

Nombre de syllabes d'un vers.

ENJAMBEMENT

On appelle enjambement le fait que la phrase déborde le vers.

Charles Baudelaire, *Les Fleurs du mal*

Charles Baudelaire par Étienne Carjat.

Après avoir été accusé d'« outrage à la morale publique et religieuse et aux bonnes mœurs », Gustave Flaubert est finalement acquitté en février 1857. Quelques mois plus tard, Charles Baudelaire doit affronter la même épreuve, régler une amende et retirer certains poèmes des *Fleurs du mal*. La société du Second Empire a donc sévèrement jugé ce recueil où le poète plonge dans la fange pour en tirer une étonnante forme de beauté. « Tu m'as donné ta boue et j'en ai fait de l'or », écrit-il ainsi dans un épilogue des *Fleurs du mal* resté inachevé.

Un « maudit livre »

« Le fond de tes abîmes »

Le poète invite son lecteur à explorer « le fond de [ses] abîmes », aussi vastes et profonds que ceux de la mer, comme il le suggère dans « L'Homme et la Mer ». Cette plongée nous entraîne souvent **vers la mort**, qui fait office de titre pour la dernière partie du recueil. La mort a même le dernier mot puisque dans « Le Voyage », Baudelaire écrit : « Ô Mort, vieux capitaine, il est temps ! levons l'ancre ! »

Le lecteur n'est par conséquent pas ménagé. Baudelaire **l'interpelle** même volontiers grâce au jeu des apostrophes. Certaines le concernent directement, comme lorsque le poète s'adresse à son « hypocrite lecteur, – [son] semblable, – [son] frère ! » De même, à travers un dialogue fictif, c'est aussi le lecteur qui se trouve confronté à « Une charogne » ou à des « Remords posthumes ». Le poète est alors semblable à cette horloge :

Horloge ! dieu sinistre, effrayant, impassible,
Dont le doigt nous menace et nous dit : [« Souviens-toi !
Les vibrantes Douleurs dans ton cœur [plein d'effroi
Se planteront bientôt comme dans une cible,
Le Plaisir vaporeux fuira vers l'horizon ».

Un recueil condamné

Baudelaire ne craint pas non plus de **heurter l'ordre moral** de la société du Second Empire. Il imagine ainsi une singulière prière dans « La Litanie de Satan » :

Ô toi, le plus savant et le plus beau des Anges,
Dieu trahi par le sort et privé de louanges,
Ô Satan, prends pitié de ma longue misère !

Il célèbre en outre « Le Reniement de saint Pierre » : « Saint Pierre a renié Jésus... il a bien fait. »

La justice ordonne ainsi que six textes soient finalement retirés : « Lesbos », « Femmes damnées », « Les Bijoux », « Le Léthé », « À celle qui est trop gaie », et « Les Métamorphoses du vampire ».

Si l'outrage à la religion n'est finalement pas retenu contre le poète, c'est bien souvent l'évocation de l'homosexualité qui heurte les représentants de la société du Second Empire.

PARCOURS

Alchimie poétique : la boue et l'or.

L'ALCHIMIE

L'alchimie, très à la mode au Moyen Âge, est une pratique qui consiste à chercher des moyens de rendre l'homme immortel ou encore de transformer des métaux en or. On peut utiliser l'alchimie comme métaphore de la pratique poétique car les poètes ont le pouvoir de transformer une réalité banale, triste ou moralement condamnable en un objet beau et durable :

- « Faire une perle d'une larme : / Du poète ici-bas voilà la passion, / Voilà son bien, sa vie et son ambition. » (Alfred de Musset, « Impromptu »)
- « La première démarche poétique consiste à remonter à l'origine. À savoir : la souffrance. » (Michel Houellebecq, *Rester vivant*)

LA LAIDEUR

La laideur peut ainsi devenir objet poétique ou pictural. Sa mise en scène sert les buts argumentatifs du poète, révèle l'instabilité du monde et la vanité de la condition humaine, remet en cause la vision traditionnelle de la poésie.

- Pierre de Ronsard, « Quand vous serez bien vieille… » (*Sonnets pour Hélène*, 1578) : le poète dépeint la décrépitude à venir de la femme aimée pour l'inviter au carpe diem.
- François Villon, « La Ballade des pendus » (1489) : le lecteur est invité à faire preuve d'indulgence envers le poète et à se reconnaître dans les cadavres pourrissants du poète et de ses compagnons à la chair « dévorée et pourrie ».
- Lautréamont, *Les Chants de Maldoror* (1869) : le poète exprime une vision négative de la vie et une révolte à l'encontre de la condition humaine dans des poèmes en prose constituant le

L'épreuve est douloureuse pour Baudelaire qui avait **méticuleusement organisé son recueil**. Elle le pousse à composer de nouveaux poèmes qui seront ajoutés à une nouvelle publication en 1861.

Un espace de tensions

Le poète et la société

Le poète dresse un portrait parfois peu flatteur de ce « siècle vaurien », qui lui apporte plus de déceptions que de motifs de réjouissance. Dans « Le Cygne », il constate, impuissant : « la forme d'une ville / Change plus vite, hélas ! que le cœur d'un mortel ». Même lorsque le recueil offre quelques contrepoints plus lumineux, le mal s'invite rapidement dans le poème pour créer différents contrastes, comme le prouve « Réversibilité » :

Ange plein de gaieté, connaissez-vous
[l'angoisse,
La honte, les remords, les sanglots, les ennuis,
Et les vagues terreurs de ces affreuses nuits
Qui compriment le cœur comme un
[papier qu'on froisse ?

Le poème suivant, « Confession », nous fait en outre entendre un chant qui met en lumière les défauts des hommes : « Pauvre ange, elle chantait, votre note criarde : / Que rien ici-bas n'est certain, / Et que toujours, avec quelque soin qu'il se farde, / Se trahit l'égoïsme humain [...] ».

Le poète est alors **exilé**, éloigné d'une société qu'il rejette et qui le rejette. Il est l'égal du « grand cygne, avec ses gestes fous / comme les exilés, ridicule et sublime ». Dans « L'Albatros », Baudelaire propose une analogie qui confirme cet isolement. « Pour s'amuser, les hommes d'équipage » capturent ces oiseaux décrits comme des « rois de l'azur », devenant soudain « maladroits et honteux » dès lors qu'ils sont « sur les planches ». À nouveau, le poème est parcouru par une série de contrastes et Baudelaire finit par conclure que « le poète est semblable au prince des nuées / [...] Exilé sur le sol au milieu des huées ».

Conflits intérieurs

Les tensions peuvent aussi traverser le cœur et l'esprit du poète. Le spleen s'oppose ainsi à l'idéal et « l'ennemi » peut aussi être intérieur. Baudelaire écrit ainsi dans « L'Irréparable » :

Pouvons-nous étouffer le vieux, le long
[Remords,
Qui vit, s'agite et se tortille,
Et se nourrit de nous comme le ver des morts,
Comme du chêne la chenille ?

« L'Héautontimorouménos » témoigne aussi de cette scission. « Bourreau de lui-même », comme l'indique le titre du poème, le « je », « faux accord dans la divine symphonie », est tiraillé par des forces contraires :

Je suis la plaie et le couteau !
Je suis le soufflet et la joue !
Je suis les membres et la roue,
Et la victime et le bourreau !
Je suis de mon cœur le vampire.

Le poème devient alors un espace de dissonances. Pour autant, c'est aussi de ces tensions que peuvent naître l'harmonie et la beauté.

Métamorphoses

Alchimie

La « boue » et « l'or » ne sont donc pas seulement opposés. Ils sont aussi complémentaires. Tout l'art du poète revient alors à sculpter une matière laide ou triviale pour en faire un objet précieux, **comme un alchimiste** qui réussirait miraculeusement à transformer le plomb en or. C'est ce que suggère le dernier quatrain du poème intitulé « Le Soleil ». Grâce à une analogie, Baudelaire associe ainsi le poète et le soleil car chacun « ennoblit le sort des choses les plus viles ». De même, dans « À une mendiante rousse », il parvient à trouver, derrière les marques de « la pauvreté », des traces de « beauté », comme l'indique en outre l'association des deux termes à la rime.

Aussi Baudelaire manie-t-il volontiers les figures d'opposition en multipliant les oxymores ou les antithèses. « Ô fangeuse grandeur ! sublime ignominie ! », écrit-il par exemple dans l'un des poèmes de « Spleen et idéal ». **Le chiasme** vient ici illustrer le renversement opéré par le poète. « Ô douceur, ô poison ! », ajoute-t-il dans « Le Balcon ».

Voyages poétiques

Ce singulier recueil nous offre des plongées dans la noirceur mais aussi **des évasions**. Tout en explorant la boue du monde et de la nature humaine, Baudelaire nous propose quelques « invitations au voyage », pour reprendre le titre de l'un de ses plus célèbres poèmes. Il tire pour cela profit des **« Correspondances »**, qui lui permettent de transfigurer la réalité pour en faire la source d'une expérience poétique. Alors « les parfums, les couleurs et les sons se répondent », si bien que le recueil, tout en se faisant l'écho du chaos, peut souvent parvenir à une forme d'harmonie. On comprend dès lors pourquoi Baudelaire manie la synesthésie qui lui permet d'associer différents sens.

Le parfum de ces *Fleurs du mal* peut même devenir enivrant. Non seulement Baudelaire nomme une partie de son recueil « Le Vin », mais il célèbre **différentes formes d'ivresse**. L'odeur d'un « sein chaleureux » peut ainsi donner vie à « des rivages heureux », comme dans « Parfum exotique ».

OUTILS

récit épique des transgressions d'un héros du Mal.

• Tristan Corbière, « Le Crapaud » (*Les Amours jaunes*, 1873) : l'auteur renverse l'image traditionnelle du poète en le transformant en crapaud, animal répugnant.

Les peintres se servent également de la laideur comme sujet d'inspiration. Francis Bacon dépeint ainsi dans *Trois études de figures au pied d'une crucifixion* la souffrance de corps malmenés.

LES BLASONS

Le blason, très répandu au XVIe siècle, est un poème à rimes plates qui loue ou qui dénigre (qui « blasonne ») un objet. Ce peut être la guerre ou l'amour, mais, le plus souvent, il s'agit d'une partie du corps féminin que chante le poète. « Tétin de satin blanc tout neuf/ Tétin qui fait honte à la rose/ Tétin plus beau que mille choses... » (Clément Marot, « Le Blason du beau tétin », 1535.)

LES TERMES PÉJORATIFS ET MÉLIORATIFS

Un terme péjoratif est dévalorisant ; un terme mélioratif est valorisant. Une maison (terme neutre), peut être appelée péjorativement « baraque » ou au contraire, de façon méliorative, « demeure ». Certains suffixes sont péjoratifs : -ard (braillard), -âtre (jaunâtre), -aud (lourdaud), -asse (bavasser), -esque (livresque), -on (souillon), -is (ramassis).

ANTITHÈSE/ OPPOSITION

Une antithèse consiste à rapprocher, dans le même énoncé, deux pensées, deux expressions, deux mots opposés pour mettre en valeur un contraste fort.

Dissertation (sujet 2022)

Dans *L'Art romantique* (« Théophile Gautier », 1869), Baudelaire écrit : « C'est un des privilèges prodigieux de l'Art que l'horrible, artistement exprimé, devienne beauté [...] ». Ce propos rend-il compte de votre lecture des *Fleurs du mal* ?

Vous répondrez à cette question dans un développement organisé en vous appuyant sur Les Fleurs du mal, *sur les textes que vous avez étudiés dans le cadre du parcours associé, et sur votre culture personnelle.*

Introduction rédigée

Dans « Une martyre » (section « Fleurs du mal »), le poète évoque un « cadavre sans tête », dont le sang « rouge et vivant » épanche un oreiller. Cette image sordide confine à l'horreur, horreur qui traverse, à divers degrés, le recueil entier, tout en donnant à lire des poèmes splendides. Or, Baudelaire lui-même affirme dans *L'Art romantique* (article « Théophile Gautier », 1869) : « C'est un des privilèges prodigieux de l'Art que l'horrible, artistement exprimé, devienne beauté [...] ». L'Art, désigné par une majuscule allégorique, renvoie ici à l'ensemble des créations humaines, originales et techniquement abouties, qui produisent sensations et admiration, avec souvent en ligne de mire le beau. Selon le poète, l'Art peut, au-dessus de tout autre travail sur le réel, transformer l'horrible, c'est-à-dire ce qui suscite l'horreur par le dégoût ou l'effroi, en beauté plaisante, harmonieuse et attrayante. Ce processus relève d'une sorte de miracle (un privilège « prodigieux ») et doit son accomplissement à l'expression artistique, qui laisse entendre que l'artiste, et donc le poète, voit et ressent, avant de transmettre sa vision et ses sentiments. L'adverbe « artistement », surprenant, souligne bien le don qu'a l'artiste d'opérer une telle mutation. *Les Fleurs du mal* ont suscité un scandale lors de leur parution en 1857 précisément en raison de la présence en leur sein de thèmes, d'images et de lexiques, triviaux, répugnants et même atroces. Ainsi, en quoi l'art de la poésie de ce recueil convertit-il, par le geste artistique du poète, le plus rebutant en plus ravissant ? Tout d'abord, l'horrible se mêle au sublime parmi les motifs poétiques. De plus, le travail ciselé de la forme poétique et des images créées génère une harmonie évocatrice. Enfin, le regard prodigieux du poète sur le monde parachève la beauté du poème.

I. Une poésie qui entremêle l'horrible et le sublime

A. La grande variété des motifs

Si dans *Les Fleurs du mal* l'horrible devient beauté, c'est par l'entremêlement de l'horrible et du sublime. Il y est tout autant question d'une « charogne infâme » (« Une charogne »), de « vomissement » (« Le vin des chiffonniers ») ou d'« impurs crachats » (« Bénédiction »), que de « Beauté » (« Hymne à la beauté »), d'« extase » (« La chevelure ») ou encore d'« or, acier, lumière et diamants » (« Avec ses vêtements ondoyants et nacrés... »). Les motifs, très variés, visent à prendre en compte l'ensemble de l'environnement du poète. Il ne néglige aucun aspect du monde qui l'entoure, si antithétiques les éléments semblent-ils.

[Quelques-uns des exemples précédents doivent être précisément développés pour compléter la dissertation.]

B. Le spleen, horreur de l'âme

Au-delà des choses du monde, l'horreur de l'âme en proie au spleen traverse *Les Fleurs du mal*. Dans le droit fil d'une tradition

MOTS CLÉS

Quelques outils de transfiguration poétique.

ALLÉGORIE
Figuration d'une abstraction (exemples : l'amour, la mort) par une image, un tableau, souvent par un être vivant.

ANALOGIE
L'analogie est une identité de fonctionnement ou un modèle commun entre deux réalités différentes. En général, elle implique un raisonnement (raisonnement par analogie) mais elle peut aussi avoir le sens plus vague de « ressemblance » entre ces deux réalités.

COMPARAISON
Une comparaison rapproche deux idées ou deux objets (ou un objet et une idée) et un rapport d'analogie est établi entre ces deux éléments. Elle comprend toujours au moins deux termes (un comparé et un comparant) et s'opère grâce à un terme comparant (*ainsi que, comme, de même que, pareil à, tel,* etc.).

MÉTAPHORE
Il s'agit d'une figure qui consiste à désigner un objet ou une idée par un mot qui convient pour un autre objet ou une autre idée liés aux précédents par analogie. La métaphore fusionne, donc, les deux termes de la comparaison en un seul ; il s'agit d'une comparaison sans terme comparatif, d'une comparaison implicite.
La métaphore est dite filée quand le comparant est développé par plusieurs mots qui lui sont apparentés, sans que leur comparé soit exprimé.
Lorsque le comparé et le comparant sont présents dans la phrase, on parle de métaphore *in praesentia* ; quand seul le comparant est présent dans la phrase, on parle de métaphore *in absentia*.

PERSONNIFICATION
Cette figure de style confère à des entités abstraites, ou à des inanimés, des traits de comportement, de sentiment ou de pensée propres aux êtres humains.

LA BONNE MÉTHODE

Sous la forme d'une citation, le sujet pouvait déconcerter les élèves habitués aux questions plus explicites. Il s'agit dans ce cas d'isoler les enjeux contenus dans certains termes, sans oublier leur contexte au sein de la phrase.

Il faut sélectionner soigneusement les termes à définir dans l'introduction. « L'Art », « l'horrible », « artistement » et « beauté » doivent ainsi faire l'objet d'une attention particulière. Ne pas négliger pour autant les « privilèges prodigieux », « exprimé » ou encore le verbe « devenir », qui marque un processus. La citation s'inscrit parfaitement dans la thématique de l'alchimie poétique, qui transforme les motifs vulgaires ou sordides en un objet poétique harmonieux et beau.

Pour ce qui est du plan, il dépend souvent de la formulation de la question. En général, une question fermée appelle un plan dialectique (comme ce devrait être le cas ici) et une question ouverte un plan analytique. Cependant, il paraît difficile de remettre en question cette affirmation de Baudelaire lui-même, tant elle correspond à sa poétique et son esthétique. Tout élève familier du poète s'en rendra compte. Difficile donc de mettre en exergue une antithèse. La question posée n'en est pas réellement une... Sauf à rentrer dans des subtilités sans fin, on ne peut qu'aller dans le sens de Baudelaire.

Ainsi, un plan analytique efficace revient d'abord sur la façon dont l'horrible imprègne *Les Fleurs du mal*, côtoyant des motifs plus nobles et sublimes. Il s'attarde ensuite sur les deux caractéristiques de la beauté poétique qui en résultent : l'harmonie et les images.

Il peut alors approfondir la réflexion en évoquant le regard prodigieux du poète qui, plus qu'exprimer artistement l'horrible pour le transmuer en beauté, divulgue le beau caché dans toute chose du monde, même horrible.

[Rappel : les titres des parties et sous-parties, ainsi que les mentions de l'introduction et de la conclusion ne doivent en aucun cas apparaître sur la copie. Ils doivent être rédigés en début de paragraphes.]

lyrique, Baudelaire partage avec son lecteur ses tourments, sa détresse et ses incertitudes existentielles. Son usage de l'oxymore, qui apparaît déjà dans le titre, met à l'honneur ce qui d'ordinaire était doté de connotations péjoratives. « La fontaine de sang », « L'amour du mensonge », « Danse macabre » ou encore « Le mort joyeux » sont autant de poèmes qui révèlent les monstruosités de l'âme du poète. Il se dépeint totalement, et une telle mise à nu a été jugée malséante, si ce n'est choquante.
[Quelques-uns des exemples précédents doivent être précisément développés pour compléter la dissertation.]

II. La beauté de la forme poétique

A. L'harmonie

Beaucoup plus qu'une simple mixtion de motifs opposés, les poèmes sont travaillés dans leur forme pour atteindre la beauté. Cette beauté se manifeste par l'harmonie des vers. L'équilibre d'un poème comme « Harmonie du soir » dévoile la subtilité des rythmes, avec les jeux envoûtants de répétitions et l'absence d'enjambements. Une telle musicalité apparaît dans « *Mœsta et errabunda* », avec la répétition, dans chaque quintil, des premiers et derniers vers. Une mélodie parcourt tout le poème. En soi, chaque poème constitue un bijou précieux, dont les sonorités plaisent au lecteur, même ceux, comme « Une charogne », qui décrivent l'horreur.
[Quelques-uns des exemples précédents doivent être précisément développés pour compléter la dissertation.]

B. Des images évocatrices

Outre l'harmonie musicale, les poèmes déploient des images suggestives. Dans le même « *Mœsta et errabunda* », le poète clame : « Ici la boue est faite de nos pleurs ! » La boue associe prodigieusement la tristesse et une matière sensible. En cela, la boue est, non pas une boue d'égout, mais une boue noble, une boue belle. Dans le poème XXIV de la section « Spleen et idéal », les deux vers suivants allient force évocatrice et beauté du mètre, forgées par le génie du poète : « Je m'avance à l'attaque, et je grimpe aux assauts, / Comme après un cadavre un chœur de vermisseaux. »
[Quelques-uns des exemples précédents doivent être précisément développés pour compléter la dissertation.]

III. La beauté issue du regard prodigieux du poète

A. Percevoir la poésie dans le monde

L'expression de l'artiste transforme l'horrible du monde en beau par l'originalité de son regard. Le poète perçoit la poésie dans le monde. Victor Hugo, grand représentant de la poésie romantique, met un point d'honneur par exemple à réhabiliter symboliquement l'araignée et l'ortie dans « J'aime l'araignée et j'aime l'ortie ». Selon lui, les éléments laids sont tout aussi poétiques que le reste du monde. Tel est le cœur de la poétique de Baudelaire : « Que tu viennes du ciel ou de l'enfer, qu'importe, / Ô Beauté ! » (« Hymne à la beauté ») Outre la dimension religieuse, il faut comprendre ces vers dans leurs connotations, le « ciel » étant mélioratif, et l'« enfer » péjoratif.
[Quelques-uns des exemples précédents doivent être précisément développés pour compléter la dissertation.]

B. La divulgation des secrets du monde

Le privilège prodigieux de l'Art réside peut-être finalement dans les secrets du monde que le poète révèle au lecteur. Baudelaire l'évoque dans « La Vie antérieure » : « Le secret douloureux qui me faisait languir ». Toute la section des « Tableaux parisiens » possède une valeur documentaire, où les descriptions minutieuses font régulièrement place à la révélation de détails ou d'images qui échappent à tout un chacun. Par exemple, dans « Les petites vieilles », le portrait des « êtres singuliers, décrépits et charmants » passe par un foisonnement de comparaisons qui les enrichissent et les dotent d'une aura fascinante. Par celles-là, le poète divulgue le monde, entre horreur et beauté, un monde tel que l'on pourrait le percevoir, sans y parvenir seul.
[Quelques-uns des exemples précédents doivent être précisément développés pour compléter la dissertation.]

Conclusion

Les Fleurs du mal regorgent de motifs horribles que la poésie sublime en beau. Le foisonnement indistinct de choses et de sentiments, d'êtres et de confidences, fait la part belle à l'obscurité du monde. Le privilège prodigieux de l'Art en général, tel que Baudelaire l'accomplit par sa formidable voix poétique, réside dans le talent de l'artiste qui non seulement crée un objet remarquable, mais emporte le lecteur dans une vision bouleversante et envoûtante du monde qui l'entoure. Dans « Le mort joyeux », le portrait cru du poète mort n'annihile pas la beauté des vers et dore paradoxalement le trépas d'une aura optimiste : « Voyez venir à vous un mort libre et joyeux ». La mort et l'horrible sont-ils si néfastes ?

Guillaume Apollinaire, *Alcools*

Apollinaire a gagné ses galons d'auteur classique mais ce statut ne doit pas faire oublier l'originalité d'*Alcools*, recueil publié en 1913. Non seulement Apollinaire a été pour beaucoup un précurseur, mais il a libéré la poésie d'un certain nombre de carcans. Il a aussi fait entrer son époque dans ses vers. On comprend dès lors qu'il passe pour un poète moderne. Cette exigence de singularité n'empêche toutefois pas l'écrivain de s'approprier différents héritages.

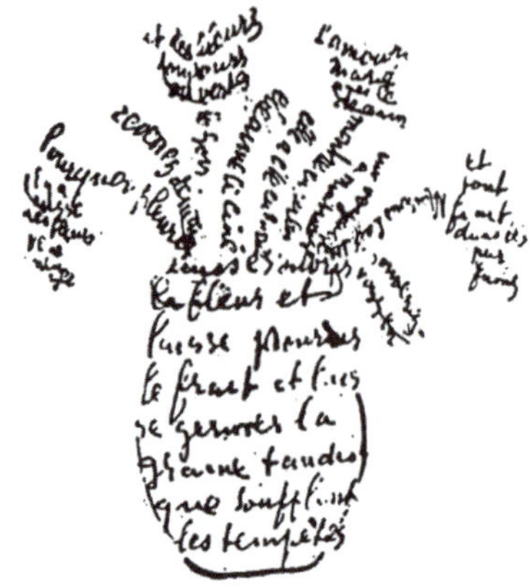

Un calligramme de Guillaume Apollinaire.

Un recueil composite

Des formes variées

Ce qui donne tout d'abord une allure singulière à ce recueil, c'est le soin avec lequel Apollinaire **passe sans cesse d'une forme à l'autre**. Dans « Zone », le premier texte du recueil, certains vers sont rassemblés tandis que d'autres sont isolés. Ce n'est pas le cas du poème suivant, « Le Pont Mirabeau », qui repose sur une alternance de **quatrains** et de **distiques**. Le poème « Chantre » n'est pour sa part constitué que d'un seul vers, comme pour mieux reproduire « l'unique cordeau des trompettes marines ». Il s'agit en somme, pour le poète, de chercher la forme la plus adaptée à son propos, et non de se contenter d'un cadre unique.

Dans un poème aussi, Apollinaire peut **créer des ruptures en passant d'un vers à l'autre**. Certains poèmes font ainsi la part belle à **l'hétérométrie**. Le deuxième poème de « À la santé » comporte par exemple des vers particulièrement courts :

Non je ne me sens plus là
Moi-même
Je suis le quinze de la
Onzième.

Un carrefour poétique

Alcools nous propose par ailleurs un étonnant voyage poétique. **Les références les plus diverses** se croisent sans cesse, ce qui donne à ce recueil une dimension polyphonique. Dans « Zone », le poète s'adresse à la tour Eiffel, signe que le monde moderne a droit de cité dans ce recueil. Nous rencontrons également « des troupeaux d'autobus mugissants ».

Les dédicaces jouent par ailleurs un rôle important : certaines **ancrent encore davantage le recueil dans une forme de modernité**. « Palais » est écrit pour Max Jacob, qui sera ensuite proche du mouvement Dada et du surréalisme. « La Maison des morts » est dédiée à Maurice Raynal qui fut un défenseur du cubisme. C'est à Pablo Picasso, dont il était très proche, qu'Apollinaire dédie « Les Fiançailles ».

Mais le poète trempe sa plume dans bien d'autres sources et certaines appartiennent au passé. Nous retrouvons par exemple **de nombreuses traces du Moyen Âge**. Dans « Merlin et la vieille femme », Apollinaire évoque les fées Morgane et Viviane. Le poète qui « [sait] des lais pour les reines » affectionne par ailleurs les termes tombés en désuétude comme « baller » (« Merlin et la vieille femme ») ou « feuilloler » (« Les Fiançailles »).

Nous rencontrons en outre dans ces pages **des personnages bibliques**, comme Salomé, dans le poème qui porte son nom, mais aussi **de grandes figures de l'Antiquité**.

PARCOURS

Modernité poétique ?

DES THÈMES REVISITÉS

Les poètes continuent à utiliser des thèmes traditionnels mais en les traitant différemment. Par exemple, la muse est une figure essentielle de l'inspiration poétique, souvent invoquée par les poètes romantiques. Or Baudelaire rompt avec l'image traditionnelle et idéalisée de la muse qui n'est plus, dans *Les Fleurs du mal* (1857), une divinité inspiratrice mais une créature féminine affaiblie et tourmentée (« La Muse malade », « La Muse vénale »).

DE NOUVELLES SOURCES D'INSPIRATION

Les poètes s'intéressent au quotidien, à ses objets, à ses lieux, car ils peuvent montrer le monde autrement. Les lieux oubliés ou méprisés pour leur manque apparent de poésie sont réhabilités : les terrains vagues qui entouraient Paris avec « Zone » d'Apollinaire ou la banlieue avec Jacques Réda (*Amen*, 1968). Francis Ponge, dans *Le Parti pris des choses* (1942), revendique l'importance majeure de l'objet, trop souvent ignoré à tort. Il s'intéresse donc à l'huître, au pain, au cageot. Tous ces éléments du quotidien lui permettent de proposer implicitement des réflexions sur l'art d'écrire et de lire.

DE NOUVELLES IMAGES

Les comparaisons et les métaphores ont toujours joué un rôle essentiel en poésie : du XIXe siècle au XXIe siècle, le renouvellement touche aussi ce domaine. Baudelaire, dans *Les Fleurs du mal*, propose des associations inattendues comme dans ce vers de « Correspondances » : « Il est des parfums frais comme des chairs d'enfants ». Les surréalistes vont creuser cette veine et chercher des images qui soient les plus étranges possible : à la suite de Lautréamont qui désirait « une rencontre fortuite, sur une table de dissection, d'une machine à coudre et d'un parapluie », ils rapprochent des termes pourtant très éloignés. Pour Breton, Desnos, Éluard, etc.,

« Le sage Ulysse » est par exemple évoqué dans « La Chanson du mal aimé ».

II. Une singulière écriture poétique

Héritages

Apollinaire assume par conséquent de nombreux héritages dans ce recueil et il est loin de rejeter tous les cadres de l'écriture poétique. Il **forge encore des rimes**, même dans « Zone », comme l'illustrent les premiers vers de ce poème, bien qu'il écrive aussi des **vers libres**.

Par ailleurs, bien des thèmes placés au centre du recueil sont empruntés à l'histoire de la poésie. Apollinaire ne l'ignore pas, lui qui fait souvent **référence à Orphée** dans *Alcools*. On retrouve ainsi cette figure majeure de **la poésie lyrique** dans « Le Poème lu au mariage d'André Salmon » et dans « Le Larron ». L'évocation du temps qui passe, symbolisé notamment par la Seine, est un topos bien connu des lecteurs, tout comme la peinture de « L'Automne » ou du « Clair de lune ». À nouveau, cependant, Apollinaire parvient à nous surprendre.

Innovations

L'absence de ponctuation fait bien évidemment partie des surprises qui attendent le lecteur. Il ne s'agit plus d'être guidé par les règles habituelles de la langue : c'est le vers qui impose son propre rythme.

Apollinaire nous offre aussi de singulières images poétiques. En ce sens, il s'inscrit bien dans **l'histoire de la modernité** : il suit le chemin tracé par Rimbaud et annonce le surréalisme. « Merlin et la vieille femme » s'ouvre par exemple sur une étonnante comparaison :

Le soleil ce jour-là s'étalait comme un [ventre
Maternel qui saignait lentement sur le ciel

L'analogie permet d'associer deux éléments bien différents : elle crée un pont pour nous transporter dans un monde qui requiert aussi notre participation.

Tout en restant fidèle au vers, Apollinaire peut aussi se montrer très **prosaïque**. Il s'autorise toutes les libertés comme dans « Réponse des Cosaques zaporogues au sultan de Constantinople » : « Ta mère fit un pet foireux / Et tu naquis de sa colique. »

Le poète va même jusqu'à inventer des noms, comme le prouve, non sans une forme de fantaisie, le poème intitulé « Les Sept Épées ».

III. L'éclatement du sujet

Le « je » en question

La légèreté de certains poèmes est cependant travaillée par **des sentiments plus sombres**. L'alcool devient alors source de tristesse. À la fin de « Nuit rhénane », le lecteur voit ainsi le verre, le vers et le rire voler en éclats : « mon verre s'est brisé comme un éclat de rire ». Le rire peut donc masquer bien des fêlures et le recueil n'est pas exempt de mélancolie. L'évocation de la Seine est par exemple propice à l'épanchement lyrique, comme à la fin de « Marie » :

Le fleuve est pareil à ma peine
Il s'écoule et ne tarit pas
Quand donc finira la semaine.

Le « je » poétique se trouve alors pris dans ce flux, comme il le constate lui-même, toujours dans « Marie » :

Des soldats passent et que n'ai-je
Un cœur à moi ce cœur changeant
Changeant et puis encor que sais-je.

La parole même semble remise en question, et elle est menacée par le silence, à l'image de ces vers extraits des « Fiançailles » : « Je n'ai plus même pitié de moi /Et ne puis exprimer mon tourment de silence. »

Recompositions

Le vertige n'entraîne pourtant pas nécessairement la chute. Si le « je » paraît fragilisé par les épreuves qu'il affronte, il peut aussi sortir vainqueur de ce périple. Il n'est pas toujours isolé et la parole poétique rassemble volontiers ceux qui semblaient éloignés. « Rhénane d'automne » scelle ainsi **l'union des êtres par-delà les différences sociales** :

Ah ! que vous êtes bien dans le beau cimetière
Vous bourgmestres vous bateliers
Et vous conseillers de régence
Vous aussi tziganes sans papiers.

L'amour est aussi célébré, en dépit des souffrances qu'il peut causer.

La parole poétique est donc encore capable d'enivrer d'autant que rien ne semble en mesure d'étancher la soif de découverte du poète. Dans le tout dernier poème d'*Alcools*, Apollinaire écrit ainsi : « Écoutez-moi je suis le gosier de Paris /Et je boirai encore s'il me plaît l'univers. »

Apollinaire nous invite à tendre l'oreille et à ouvrir les yeux pour boire à notre tour « l'univers tout entier contenu dans ce vin » poétique.

le rationnel n'est qu'une façon parmi d'autres d'envisager le réel, et une façon réductrice.

DE NOUVELLES FORMES

Ce nouveau regard porté sur soi et sur le monde quotidien conduit à un renouvellement des formes. Paul Verlaine consacre, dans *Jadis et naguère* (1884), un texte intitulé « Art poétique » qui lui permet d'exprimer l'originalité et la singularité de la poésie notamment par le refus de l'alexandrin. Le recours au vers libre s'impose et le poème en prose est de plus en plus utilisé (*Petits Poèmes en prose* de Baudelaire, *Le Parti pris des choses* de Ponge). La forme versifiée est conservée mais elle est revisitée. Dans *Raturer outre*, Yves Bonnefoy utilise ainsi en 2010 le sonnet mais en insérant différentes irrégularités rythmiques et prosodiques. Dans « Les Nouvelles du soir », Jaccottet utilise l'alexandrin mais le dissimule par de multiples enjambements et par l'effacement de la majuscule initiale. Le langage poétique est lui aussi transformé : recours à un lexique ou des tournures d'une grande simplicité, néologismes ou barbarismes, représentation graphique des mots.

CITATIONS

- « Le Poète se fait *voyant* par un long, immense et raisonné *dérèglement de tous les sens*. » (Arthur Rimbaud, *Lettre à Paul Demeny*, 1871)

- « La modernité, c'est le transitoire, le fugitif, le contingent, la moitié de l'art, dont l'autre moitié est l'éternel et l'immuable. » (Charles Baudelaire, *Le Peintre de la vie moderne*, 1863)

Dissertation (sujet 2021)

La poésie de Guillaume Apollinaire s'invente-t-elle en rejetant le passé ?

Vous répondrez à cette question dans un développement organisé en vous appuyant sur le recueil de Guillaume Apollinaire, sur les textes que vous avez étudiés dans le cadre du parcours associé et sur votre culture personnelle.

Introduction

Analyse du sujet :

« À la fin tu es las de ce monde ancien » : c'est par ce mouvement de rejet de ce qui lui a précédé que Guillaume Apollinaire inaugure son recueil *Alcools*, publié en 1913, alors que le XXe siècle s'ouvre par de nombreux bouleversements techniques et une transformation de l'espace urbain. La question « la poésie d'Apollinaire s'invente-t-elle en rejetant le passé ? » apparaît donc légitime. La poésie en tant qu'acte créatif (tel que le révèle son étymologie grecque *poiesis* qui signifie « création ») semble se concevoir pour Apollinaire comme une mise à distance de ce qui a été avant lui. Cela apparaît formellement par l'effacement de la ponctuation ou encore par l'utilisation du vers libre. Pour autant, de nombreux poèmes possèdent encore une facture classique et le poète ne rompt donc pas totalement avec le passé. Rejeter, c'est en effet aussi déporter, mettre ailleurs : le passé, qu'il soit personnel (« son » passé) ou historique (« le passé »), insuffle ainsi une dimension lyrique au sein du recueil. Dans quelle mesure le geste de rupture affirmé dans *Alcools* conduit-il à un renouveau de la poésie ?

Le jeune Bacchus, Caravage, 1589.

Annonce du plan :

Si Apollinaire rejette le passé pour mettre en valeur le temps présent, le passé revient sans cesse dans sa poésie indubitablement lyrique, de sorte que l'originalité de la poésie d'Apollinaire se conçoit dans sa dimension atemporelle en ce qu'elle s'invente elle-même.

Le plan développé

I. *Alcools* : un geste poétique de rejet

A. Se défaire du passé...

Dans le recueil, le poète se présente sous la forme d'une figure errante, et ce dès le poème liminaire « Zone » qui retrace la déambulation nocturne du poète dans une ville qui n'a plus rien d'« antique ». De fait, le titre renvoie à la transformation urbaine que subit Paris au début du XXe siècle en évoquant son extension vers la périphérie. Cette longue échappée illustre donc la volonté de se libérer du passé pour rejoindre un avenir autre, à l'image de l'« émigrant » que mentionne Apollinaire à plusieurs reprises dans le recueil. La première strophe du poème intitulé « Le brasier » affirme ainsi dans un geste symbolique avoir « jeté dans le noble feu [...] / Ce passé ».

B. ...pour se tourner vers un monde nouveau

La poésie de G. Apollinaire rend compte du bouleversement vécu à l'orée du XXe siècle par ses contemporains. Tout change en effet : la ville vit désormais au sein d'un rythme frénétique induit par les communications et les transports. Dans « Le voyageur » il rend compte des « Sonneries électriques des gares chant des moissonneuses ». Il s'agit bien pour l'artiste de retranscrire dans son œuvre cette métamorphose provoquée par le monde moderne. Or, celle-ci est marquée par un renouvellement des pratiques artistiques : le monde change et l'on ne peut plus le voir de la même manière.

Valéry Larbaud n'hésite pas à exalter la modernité du train dans son poème intitulé « Ode » (1913).

C. La poésie comme recomposition du monde moderne

Inventer, c'est composer une réalité nouvelle. À la manière de l'esthétique cubiste, le poète va multiplier les points de vue au sein même de sa pratique poétique. « L'émigrant de Landor Road » commence par un récit à la troisième personne (« Le chapeau à la main il entra du pied droit ») avant de proposer à la troisième strophe un monologue lyrique à la première personne qui restitue la parole de l'émigrant. Cette alternance permet de faire jaillir des images multiples qui répondent à la complexité de l'être humain. En outre, en supprimant la ponctuation, il met en avant un style heurté. Les vers sont désormais juxtaposés, obligeant le lecteur à chercher lui-même un sens. Le poète fragmente les expériences vécues : « Zone », qui évoque un moment de désolation, constitue ainsi une méditation sans cesse entrecoupée, restituée par l'agencement fragmentaire aux dépens de la strophe traditionnelle.

André du Bouchet dans « L'avril » (1995) propose quant à lui, un vers continuellement interrompu qui cherche à appréhender un monde qui se dérobe toujours.

Cependant, malgré la marche du monde, le passé ne peut s'effacer de la poésie d'Apollinaire qu'il entend véritablement comme un principe de vitalité poétique. Apollinaire « rejette » ainsi pleinement le passé vers sa poésie : celui-ci est au cœur de sa poétique.

II. L'obsession du passé

A. La fuite du temps

S'inscrivant dans une longue tradition poétique, Apollinaire fait l'amer constat de ce qui a été et ne sera plus. Le poète est impuissant face au temps qui passe. Le court poème « L'adieu » traduit en un quintil poignant ce sentiment d'écoulement du temps : « [...]

LA BONNE MÉTHODE

- Dans ce sujet, il faut repérer d'une part le présent du verbe « s'invente-t-elle », mais aussi le gérondif « en rejetant ». D'emblée, la formulation fait apparaître une opposition avec le terme « le passé ».
- Le verbe « rejeter » permet de jouer sur la polysémie : rejeter, c'est certes pousser loin de soi un objet, l'écarter, mais c'est aussi le jeter ailleurs, dans une autre direction.
- Enfin, il fallait remarquer la forme pronominale du verbe « s'inventer » qui invite à repérer le retour sur soi de l'objet poétique.

L'automne est morte souviens-t-en / Nous ne nous verrons plus sur terre / Odeur du temps brin de bruyère [...] ». La synesthésie de ce dernier vers rend pleinement sensible ce temps qui a été et n'est plus. Il n'y a rien que le poète puisse faire, même la saison, qui fait l'objet d'une personnification, « est morte ». Il n'y a pas de retour en arrière possible, si ce n'est poétique.

Paul Verlaine dans « Colloque sentimental » (1869) saisit le dialogue de deux vieux amants, figures déjà spectrales qui « évoqu[ent] un passé » qui n'est plus.

B. Le lyrisme du souvenir personnel

Chez Apollinaire, la figure du poète est donc mélancolique : son propre passé devient matière poétique. En évoquant des amours passés, le recueil s'inscrit ainsi pleinement dans la tradition élégiaque. C'est ce que laisse entendre aussi son titre ambivalent : l'alcool conduisant à l'affliction, le sentiment nostalgique est prégnant, notamment dans « La chanson du mal-aimé » qui se termine sur ce chant poétique qui évoque un temps révolu « Je me souviens d'une autre année / [...] J'ai chanté ma joie bien aimée / Chanté l'amour ». La poésie sublime dès lors le passé.

C. Vers le passé lointain

Il n'y a pas que sa vie passée qu'Apollinaire ressasse : une place essentielle est faite au passé légendaire. Son lyrisme est ainsi empreint de merveilleux où hier et autrefois font l'objet d'un traitement important. Un poème tel que « La Loreley » qui se réfère à un temps légendaire lui permet de développer le thème du sacrifice amoureux.

Le mouvement surréaliste puisera lui aussi dans la mythologie. La sirène, la fée, la créature sont au cœur de la poétique d'André Breton.

Le passé, loin d'être révolu, devient un matériau poétique qui signifie l'éternel retour des angoisses : le passé s'inscrit dans le présent. En réalité, Apollinaire refuse la linéarité du temps et son écriture poétique dépasse le clivage entre passé, présent et futur.

CE QU'IL NE FAUT PAS FAIRE

La première et la deuxième parties ne doivent pas se contredire : la deuxième partie doit s'attacher à montrer que la thèse suggérée par le sujet n'est pas suffisante pour rendre compte du recueil.

III. Une poésie de la régénération, qui « s'invente » elle-même

A. Circularité du temps

Les poèmes regroupés dans le recueil, rédigés sur près d'une quinzaine d'années, ne sont pas organisés chronologiquement, « Zone » étant de manière significative le dernier poème qu'il a composé, et pourtant placé en ouverture du recueil. Il s'ouvre sur le mot « fin » alors que le dernier vers du dernier poème (« Vendémiaire ») se ferme sur l'aube « le jour naissait à peine ». Cet agencement paradoxal refuse toute fin et renvoie au début de l'œuvre. Les images récurrentes de la nuit et du jour, des saisons signifient en permanence cette conception circulaire du temps.

B. L'écho comme principe organisateur

Pour Apollinaire, tout revient donc sans cesse. L'inquiétude, les angoisses sont susceptibles d'un sempiternel retour, à l'image de la Seine dont l'onde dans « Le pont Mirabeau » est restituée par l'hétérométrie des vers et les effets d'enjambements comme aux vers 8 à 10 : « Tandis que sous / Le pont de nos bras passe / Des éternels regards l'onde si lasse ». Un fonctionnement spéculaire se retrouve souvent au sens même de l'architecture des poèmes. On peut prendre pour exemple la section « Rhénanes » qui s'ouvre et se referme sur l'ambiance nocturne de « Nuit rhénane » et « Les femmes » tandis que « La Loreley » en semble le pivot, traitant à la fois de la mort et de l'amour. *Alcools* ne présente ainsi pas une lecture progressive ; ce qui compte, ce sont les échos créés entre les différents poèmes.

C. Le pouvoir de régénération de la poésie

Il ne faut pas oublier que l'alcool est un agent purificateur : en ce sens, la poésie transcende ce que le réel nous impose. Le recueil poétique se veut donc une expérience alchimique où la poésie tire sa force d'elle-même et non des expériences vécues ou à vivre. Il s'agit bien de « s'inventer » : la poésie d'Apollinaire se génère d'elle-même. Le recueil s'achève sur « Vendémiaire », véritable hymne à la vie renouvelée. Le monde entier converge en effet dans la bouche (métonymie de la parole poétique) du poète, qui est complètement gorgé de ce renouveau.

Conclusion

Alcools est un véritable appel à la nouveauté qui procure une ivresse au poète. Apollinaire écarte ainsi dans un mouvement de refus ce qui a été avant, et ce afin de se tourner pleinement vers son époque en pleine transformation. À ce monde nouveau correspond une écriture nouvelle, il s'agit de voir autrement. Pour autant, le passé ne s'efface pas complètement : le souvenir est tenace. Poète malheureux, Apollinaire se situe dans une longue lignée de poètes mélancoliques devant la fuite du temps. L'écriture poétique vient alors rappeler ce passé qui n'est plus et le rend, de la sorte, éternel.

ZOOM SUR...

LE CUBISME

Il s'agit d'un mouvement pictural à l'orée du XXe siècle dont les représentants les plus célèbres sont P. Picasso, A. Gleizes, S. Delaunay ou encore F. Léger. Les peintres font le choix de représenter autrement la réalité et de se détacher de la vraisemblance au profit d'une nouvelle conception de la spatialité. Le peintre, pour cela, abandonne donc le principe de la perspective (qui était utilisée depuis l'art de la Renaissance) et use désormais de la juxtaposition, de la fragmentation, de la multiplication des points de vue. Le tableau ne reproduit plus ce que les yeux voient et c'est au spectateur de recomposer cette réalité, car ce qui est représenté est complètement décomposé. Ce qui compte dorénavant, c'est d'atteindre la sensibilité du spectateur qui est alors contraint de renouveler son regard. C'est ce que fera Apollinaire dans son écriture : *Alcools* apparaît de fait comme un collage qui repose sur un effet de contraste permanent. Le poète fait surgir sans cesse des sentiments contradictoires et même des points de vue différents. Ainsi, le poème « Les femmes » fait alterner des propos qui semblent incohérents et des passages plus lyriques afin de restituer au mieux une atmosphère à la fois menaçante et rassurante.

Quiz : La poésie du XIXe au XXIe siècle

Plusieurs réponses peuvent être correctes.

Versification, figures de style et formes poétiques

1. Parmi ces propositions, quelles sont les contraintes formelles que peut se donner le genre poétique ?

☐ a. le mètre (pair ou impair)
☐ b. le schéma de rimes
☐ c. la métaphore
☐ d. la strophe
☐ e. le vers
☐ f. la tonalité mélancolique

2. Voici une phrase extraite d'*Atala* (1801) de Chateaubriand : « Le désert déroulait maintenant devant nous ses solitudes démesurées. » En quoi peut-on dire qu'elle relève de la prose poétique ?

☐ a. Elle est construite sur un jeu d'assonances et d'allitérations.
☐ b. Son rythme est celui d'un alexandrin, suivi d'un octosyllabe.
☐ c. Elle évoque la nature, sujet poétique privilégié.

3. Quel type de vers est défendu par le poète Paul Verlaine ?

☐ a. le vers impair
☐ b. le vers libre
☐ c. l'alexandrin

4. Par quelle figure de style Paul Éluard effectue-t-il un rapprochement entre les dormeurs et le monde minéral dans l'extrait suivant ?

Les dormeurs sont blancs, veinés de vert pâle, aussi transparents que le cristal de roche ; leurs cuisses laissent passer les rayons du jour. Ils n'ont pas la solidité du marbre le plus ordinaire ; ils sont même si tendres qu'on peut les tailler, les façonner avec un couteau.
Mais au contact de leurs paupières, la nuit dure et froide se fond comme l'ardoise.

Paul Éluard, « Dormeurs », *Donner à voir*, 1939

☐ a. la métaphore
☐ b. l'analogie
☐ c. l'ellipse

5. Lequel de ces vers contient une diérèse ?

☐ a. « La nature est un temple où de vivants piliers » (Charles Baudelaire, « Harmonie du soir », *Les Fleurs du mal*, 1857)
☐ b. « Et j'irai loin, bien loin, comme un bohémien » (Arthur Rimbaud, « Sensation », *Le Cahier de Douai*, 1870)
☐ c. « Les nuages du ciel ressemblaient à des marbres » (Victor Hugo, « À quoi pensaient les deux cavaliers », *Les Contemplations*, 1856)

6. Dans la strophe ci-dessous, comment appelle-t-on le vers « Ainsi qu'un basson » ?

Le ciel était gris. La bise pleurait
Ainsi qu'un basson.
Au loin, un matou frileux et discret
Miaulait d'étrange et grêle façon.

Verlaine, « Croquis », *Poèmes saturniens*, 1866

☐ a. un pentasyllabe.
☐ b. un alexandrin.
☐ c. un octosyllabe.

7. Dans la strophe ci-dessus, que peut-on dire de *miaulait* ?

☐ a. Le mot se prononce mi-au-lait, en trois syllabes.
☐ b. Le mot se prononce miau-lait, en deux syllabes.
☐ c. Le mot se prononce avec une synérèse.
☐ d. Le mot se prononce avec une diérèse.

8. Dans les vers ci-dessus, pour respecter la versification, on doit prononcer :

☐ a. le -*e* final de bise.
☐ b. le -*e* final d'étrange.
☐ c. le -*e* final de grêle.

9. Parmi les propositions suivantes, lesquelles renvoient à des formes fixes de poèmes ?

☐ a. le rondeau
☐ b. la ballade
☐ c. le vers libre

10. Voici le poème « À une passante » de Baudelaire. Quelle est sa forme ?

La rue assourdissante autour de moi hurlait.
Longue, mince, en grand deuil, douleur majestueuse,
Une femme passa, d'une main fastueuse
Soulevant, balançant le feston et l'ourlet ;

Agile et noble, avec sa jambe de statue.
Moi, je buvais, crispé comme un extravagant,
Dans son œil, ciel livide où germe l'ouragan,

La douceur qui fascine et le plaisir qui tue.

Un éclair... puis la nuit ! - fugitive beauté
Dont le regard m'a fait soudainement renaître,
Ne te verrai-je plus que dans l'éternité ?

Ailleurs, bien loin d'ici ! trop tard ! jamais peut-être !
Car j'ignore où tu fuis, tu ne sais où je vais,
Ô toi que j'eusse aimée, ô toi qui le savais !

Baudelaire, « À une passante », *Les Fleurs du Mal*, 1857

☐ a. C'est un rondeau.
☐ b. C'est une ballade.
☐ c. C'est un sonnet.
☐ d. C'est un pantoum.
☐ e. Ce n'est pas un poème de forme fixe.

11. Qui est l'initiateur du poème en prose ?

☐ a. Aloysius Bertrand (1807-1841)
☐ b. Charles Baudelaire (1821-1867)
☐ c. Arthur Rimbaud (1854-1891)

12. Qu'est-ce qu'un calligramme ?

☐ a. un poème qui se lit de haut en bas
☐ b. un poème dont la forme mime le sujet traité
☐ c. un poème dont tous les vers sont anaphoriques

Les grands mouvements poétiques

13. Parmi les poètes suivants, lesquels sont des poètes du Moyen Âge ?

☐ a. Pierre de Ronsard
☐ b. Charles d'Orléans
☐ c. François Villon

14. À la Renaissance, que pensent les poètes de la Pléiade ?

☐ a. Ils pensent qu'il faut s'inspirer des sources antiques pour renouveler la langue et la poésie française, et critiquent la poésie médiévale.
☐ b. Ils pensent qu'il faut avant tout s'inspirer des poètes du Moyen Âge pour écrire dans une belle langue française.
☐ c. Ils pensent qu'il vaut mieux écrire de la poésie en latin, car c'est la seule langue suffisamment noble pour exprimer leurs pensées et sentiments.

15. Quel courant littéraire et artistique tente de représenter le mouvement et l'instabilité du monde ?

☐ a. la Pléiade
☐ b. le mouvement baroque
☐ c. le mouvement classique

16. Lequel de ces mouvements littéraires prône le lyrisme en poésie ?

☐ a. le mouvement classique
☐ b. le mouvement baroque
☐ c. le mouvement romantique

17. À quelle époque le romantisme apparaît-il ?

☐ a. dans la première moitié du XVIIIe siècle
☐ b. dans la seconde moitié du XVIIIe siècle
☐ c. dans la première moitié du XIXe siècle

18. Dans ces strophes extraites du poème « Le Lac », quels thèmes chers à la poésie romantique retrouve-t-on ?

Éternité, néant, passé, sombres abîmes,
Que faites-vous des jours que vous engloutissez ?
Parlez : nous rendrez-vous ces extases sublimes
Que vous nous ravissez ?

Ô lac ! rochers muets ! grottes ! forêt obscure !
Vous, que le temps épargne ou qu'il peut rajeunir,
Gardez de cette nuit, gardez, belle nature,
Au moins le souvenir !

Qu'il soit dans ton repos, qu'il soit dans tes orages,
Beau lac, et dans l'aspect de tes riants coteaux,
Et dans ces noirs sapins, et dans ces rocs sauvages
Qui pendent sur tes eaux.

Alphonse de Lamartine, *Nouvelles Méditations poétiques*, 1823

☐ a. la nostalgie liée à la fuite du temps
☐ b. l'angoisse de la mort
☐ c. l'exaltation du sentiment personnel
☐ d. la communion de l'âme avec la nature

19. Parmi les auteurs suivants, lesquels écrivent de la poésie engagée pendant la Seconde Guerre mondiale ?

☐ a. Victor Hugo
☐ b. Paul Éluard
☐ c. Louis Aragon

20. Quel écrivain a-t-on qualifié de « pape du surréalisme » ?

☐ a. Tristan Tzara
☐ b. André Breton
☐ c. Paul Éluard

21. Quelles techniques d'écriture illustrent cette définition du surréalisme ?

Le surréalisme repose sur la croyance à la réalité supérieure de certaines formes d'associations négligées jusqu'à lui, à la toute-puissance du rêve, au jeu désintéressé de la pensée.

André Breton, *Manifeste du surréalisme*, 1924

☐ a. le collage
☐ b. les bouts-rimés
☐ c. le blason
☐ d. le « cadavre exquis »
☐ e. le sonnet
☐ f. le récit de rêves

22. Quelle technique d'écriture ce texte décrit-il ?

Tout occupé que j'étais encore de Freud à cette époque et familiarisé avec ses méthodes d'examen que j'avais eu quelque peu l'occasion de pratiquer sur des malades pendant la guerre, je résolus d'obtenir de moi ce qu'on cherche à obtenir d'eux, soit un monologue de débit aussi rapide que possible, sur lequel l'esprit critique du sujet ne fasse porter aucun jugement, qui ne s'embarrasse, par suite, d'aucune réticence, et qui soit aussi exactement que possible la pensée parlée. Il m'avait paru, et il me paraît encore [...] que la vitesse de la pensée n'est pas supérieure à celle de la parole, et qu'elle ne défie pas forcément la langue, ni même la plume qui court.

André Breton, *Manifeste du surréalisme*, 1924

☐ a. le collage verbal ou « cadavre exquis »
☐ b. l'écriture automatique
☐ c. le récit de rêves

23. D'après l'extrait suivant, que recherche le mouvement dada ?

Tout produit du dégoût susceptible de devenir une négation de la famille, est dada ; protestation aux poings de tout son être en action destructive : DADA ; connaissance de tous les moyens rejetés jusqu'à présent par le sexe pudique du compromis commode et de la politesse : DADA ; abolition de la logique, danse des impuissants de la création : DADA ; de toute hiérarchie et équation sociale installée pour les valeurs par nos valets : DADA ; chaque objet, tous les objets, les sentiments et les obscurités, les apparitions et le choc précis des lignes parallèles, sont des moyens pour le combat : DADA ; abolition de la mémoire : DADA ; abolition de l'archéologie : DADA ; abolition des prophètes : DADA ; abolition du futur : DADA ; croyance absolue indiscutable dans chaque dieu produit immédiat de la spontanéité : DADA.

Tristan Tzara, *Manifeste Dada*, 1918

☐ a. une redéfinition du monde sensible
☐ b. un refus total appliqué à certains domaines
☐ c. un rejet des approches scientifiques du monde

24. Parmi les artistes suivants, lesquels se sont reconnus dans les mouvements dada et surréaliste ?

☐ a. Max Ernst
☐ b. Paul Cézanne
☐ c. Salvador Dalí
☐ d. René Magritte
☐ e. Marcel Duchamp
☐ f. Henri Matisse
☐ g. Man Ray

Corrigés

1. a, b, d, e. La poésie est un genre qui s'est longtemps fixé des contraintes fortes pesant sur la forme : respecter certaines longueurs de vers, certains schémas de rimes, un nombre précis de strophes et de vers par strophe, etc. Ces contraintes varient selon la forme du poème (un sonnet, une ballade) et selon l'époque. Au XVIIe siècle, par exemple, Boileau, dans son *Art poétique*, pose les jalons de ce qui deviendra l'idéal de la poésie classique. À partir du XIXe siècle, certains poètes contestent ces contraintes imposées à la poésie par le classicisme. Le poète devient alors libre de s'affranchir de la codification du genre. Attention, la poésie n'a pas de tonalité particulière : elle peut être tout aussi bien mélancolique que comique, par exemple.

2. a, b. Cette phrase est constituée de deux membres : le premier épouse le rythme parfaitement régulier de l'alexandrin (Le désert / déroulait / maintenant / devant nous) ; le second se déploie comme un octosyllabe, créant un effet de rupture. Ces deux séquences rythmiques sont liées entre elles par un jeu de sonorités en écho : désert / démesurées ; maintenant / devant.

3. a. Verlaine écrit dans « Art poétique » (*Jadis et naguère*, 1884) : « De la musique avant toute chose, / Et pour cela préfère l'Impair / Plus vague et plus soluble dans l'air, / Sans rien en lui qui pèse ou qui pose. »

4. b. Procédé très proche de la comparaison et de la métaphore, l'analogie établit une ressemblance entre deux ou plusieurs objets qui sont, habituellement, totalement éloignés. Ici, le poète insiste sur les rapports de réciprocité et d'harmonie qui existent dans l'univers.

5. b. La diérèse porte sur bohémien (bohémi-en). Il est très important de repérer les diérèses au sein des vers. Outre qu'elles permettent au poète d'obtenir un mètre régulier (ici, l'alexandrin), elles mettent en valeur un mot qui, de ce fait, focalise l'attention du lecteur. Il est indispensable de les inclure dans un commentaire de texte. Rappel : l'antonyme de la diérèse est la synérèse.

6. a. « Ainsi qu'un basson » comporte cinq syllabes : c'est un pentasyllabe.

7. a, d. Il faut le prononcer en trois syllabes, avec une diérèse donc.

8. a, c. Le -*e* final de *bise*, dans le vers 1, ainsi que le -*e* final de *grêle,* dans le vers 4, se prononcent : ils sont en effet suivis d'une consonne ; par contre, le -*e* final d'*étrange*, dans le vers 4, est muet : il est suivi d'une voyelle.

9. a, b. Le vers libre n'obéit pas à une structure régulière : il échappe aux contraintes du mètre et de la rime.

10. c. Le poème intitulé « À une passante » (Baudelaire) est un sonnet : il est en effet composé de deux quatrains et deux tercets ; les vers sont des alexandrins.
Les rimes s'écartent quelque peu du schéma traditionnel, puisqu'on trouve ici les schémas : ABBA / CDDC / EFE / FEE.
La forme du sonnet permet une séparation entre deux parties dans le poème : les quatrains sont consacrés à la description de la passante ; les tercets montrent sa disparition (aussi rapide que son apparition), et ses conséquences sur le poète.
On peut remarquer que la femme, incarnation de la Beauté, peut aussi être vue comme la Muse, inspiratrice du poète, fulgurante, mais aussi désespérante par son inaccessibilité.

11. a. Publié en 1842, le recueil d'Aloysius Bertrand *Gaspard de la Nuit* est constitué de poèmes sans vers, mais comportant des strophes et des rythmes proches de la poésie versifiée. Le poète a la volonté de créer « un nouveau genre de prose », c'est-à-dire aussi un nouveau genre de poésie. Le recueil est passé inaperçu jusqu'à ce que Baudelaire le cite avec admiration et le revendique comme source d'inspiration pour ses *Petits Poèmes en prose* (1869).

12. b. Le calligramme est un type de poème principalement employé par Guillaume Apollinaire. Le texte est organisé de manière à reproduire graphiquement le sujet du poème (une fontaine, une colombe par exemple).

13. b, c. Pierre de Ronsard est un poète de la Renaissance appartenant au courant de la Pléiade. Il est né en 1524 et mort en 1585.

14. a. Les poètes de la Pléiade veulent renouveler la poésie et la langue française, et critiquent la poésie médiévale.

15. b. Agrippa d'Aubigné, Jean de Sponde ou Théophile de Viau sont des représentants de la poésie baroque.

16. c. Alfred de Musset définit ainsi la poésie dans son poème « Impromptu » : « Aimer le vrai, le beau, chercher leur harmonie ; / Écouter dans son cœur l'écho de son génie ; / Chanter, rire, pleurer, seul, sans but, au hasard » (*Poésies nouvelles*, 1852).

17. b. C'est au XVIIIe siècle que naît ce qu'on appelle le « préromantisme » : l'expression des sentiments personnels commence à poindre dans les œuvres littéraires, avec l'œuvre autobiographique de Rousseau, le lyrisme de Chénier (poète condamné à mort à la Révolution), l'exotisme et la célébration de la nature sauvage de Bernardin de Saint-Pierre.

18. a, b, c, d. Marquée par le lyrisme personnel et l'effusion du sentiment, la poésie de Lamartine est caractéristique du romantisme. Ici, le poète évoque le

tourment de son âme face à la fuite du temps et à la perspective de la mort.
La nature sauvage apparaît comme le témoin privilégié des jours heureux et la gardienne du souvenir. À la fois mystérieuse, violente (« forêts obscures », « orages », « noirs sapins », « rocs sauvages ») et douce (« belle nature », « riants coteaux »), elle est le reflet de l'âme du poète.

19. b, c. Victor Hugo a écrit de la poésie engagée, mais il s'agit d'un auteur du XIXe siècle.

20. b. Cette appellation souligne le fonctionnement très structuré du mouvement surréaliste. L'expression ne manque pas de piquant, puisque l'Église était justement la cible favorite des attaques des surréalistes.

21. a, d, f. Ces trois techniques ont pour but de faire surgir de l'inconscient des associations de termes inattendues, des rapprochements que la logique n'aurait pas pu produire et qui révèlent une autre perception du réel.
Le « collage » consiste à juxtaposer des images et des mots, aléatoirement choisis : éléments de texte, bouts de vers, photos, extraits d'articles, etc.
Le « cadavre exquis » est un jeu où chacun écrit à tour de rôle un morceau de phrase, sans savoir ce qu'écrivent les autres. Le résultat est aussi illogique que la juxtaposition des termes cadavre et exquis.
Les surréalistes s'entraînent à noter leurs rêves, afin d'y puiser des idées qui échappent à la conscience.

22. b. Dans cet extrait du *Manifeste du surréalisme,* où il est explicitement fait référence aux théories psychanalytiques de la fin du XIXe siècle, Breton explique que l'artiste se doit d'être à l'écoute d'une « voix intérieure ». Cet aspect sert de point de départ à une théorie radicalement nouvelle, bâtie sur le caractère impérieux et gratuit d'un automatisme verbo-auditif. L'exploration de l'inconscient et le hasard deviennent alors la matière première de l'inspiration poétique.

23. b. Le mouvement dada se proposait principalement de supprimer le cloisonnement qui pouvait exister entre les formes d'expression et de créer un langage total, en jouant sur la fusion de rythmes, de graphismes, de collages, de montages de mots et d'images, voire sur l'association de bruits. Aussi le manifeste rejette-t-il la morale, la tradition, l'Église et l'enseignement.

24. a, c, d, f, h. Sous l'influence des écrivains, plusieurs artistes vont appliquer les théories surréalistes à la peinture qui devient, ainsi, un simple moyen, un automatisme pour l'expression immédiate de la pensée et du rêve. Pour reprendre le mot d'André Breton, « la beauté sera convulsive ou ne sera pas ».

LA LITTÉRATURE D'IDÉES DU XVIe SIÈCLE AU XVIIIe SIÈCLE

Rabelais, *Gargantua*

À partir du personnage de Pantagruel, Rabelais invente l'histoire d'une famille de géants qui va passionner la France et l'Europe. Le succès rencontré par *Pantagruel*, publié en 1532, est tel que Rabelais décide de raconter dans le livre suivant, paru deux ou trois ans après, l'histoire de son père, Gargantua. Si l'on retrouve dans ce second roman la même drôlerie, le même esprit parodique que dans le premier, il se dote néanmoins d'une dimension satirique et pédagogique plus marquée, diffusant les valeurs de l'humanisme.

Portrait anonyme de François Rabelais.

Un roman de chevalerie parodique

Un chevalier particulier

Outre son gigantisme, Gargantua apparaît d'emblée comme un héros à part. Sa naissance tout d'abord le désigne comme tel, lui qui « naquit en façon bien étrange », en sortant par « l'oreille senestre de sa mère » (chap. VI). Certes, cette naissance est une parodie de la conception du Christ par l'oreille, mais elle signale aussi le caractère exceptionnel de cet enfant qui de plus ne crie pas « Mies ! mies ! » mais « À boire ! à boire ! à boire ! ».

Le ton est ainsi donné, et les particularités de Gargantua seront à l'image de sa naissance et de ses premiers cris : Grandgousier découvre « l'esprit merveilleux » de son fils « à l'invention d'un torchecul » (chap. XIII). Le décalage comique est d'autant plus marqué que le récit ne manque pas de rappeler que Philippe, roi de Macédoine, comprit, lui, quelle était l'intelligence de son fils en le voyant dresser le cheval Bucéphale, effarouché par son ombre (chap. XIV) !

Des prouesses déroutantes

Les prouesses accomplies par un héros si particulier ne peuvent elles-mêmes qu'être atypiques. Ainsi, lorsque Gargantua entre en guerre contre Picrochole, il s'arme en chemin d'« un haut et grand arbre » qui lui « servira de bourdon et de lance » (chap. XXXVI). Et sa jument, quelque peu particulière elle aussi (voir chap. XVI), comme tout fidèle destrier qui se respecte, n'est pas en reste, puisqu'en « piss[ant] pour se lâcher le ventre », elle noie tous les ennemis occupant le gué de Vède ! Lorsque commence l'assaut du château, Gargantua n'a qu'à donner quelques coups de son « grand arbre » pour détruire le château et les ennemis qu'il abritait.

Bien évidemment, les prouesses guerrières de Gargantua, par leur aspect inattendu et cocasse, prêtent à rire. Et c'est à travers ce rire que se réalise la dimension satirique de ce livre.

La satire des dogmatismes

La critique du sophisme

Aussi drôle que soit ce récit, il ne se livre pas moins à une critique virulente de toutes les formes de dogmatismes : intellectuels, religieux, politiques. Les sophistes constituent de ce fait une cible de choix, eux qui, au lieu d'éveiller l'esprit, le corrompent par toutes sortes de raisonnements fallacieux. Cette critique du sophisme est initiée au chapitre XIV : l'enseignement du sophiste en lettres latines Thubal Holoferne puis celui de Jobelin Bridé ont pour unique conséquence de rendre Gargantua « fou, niais, tout rêveux et

PARCOURS

Rire et savoir.

BRÈVE HISTOIRE DE LA CENSURE

La censure comme institution examinant les publications et spectacles destinés au public et décidant d'autoriser ou d'interdire leur diffusion totale ou partielle apparaît dès la fin du Moyen Âge. Le pouvoir religieux et le pouvoir politique sont les instigateurs de la censure, car ils souhaitent contrôler la diffusion des idées porteuses de critiques à leur encontre qui affaibliraient, voire anéantiraient leur puissance. L'Église catholique est ainsi la première à surveiller l'enseignement par le biais des universités et la circulation des écrits à travers le travail des copistes et l'activité des libraires. Mais l'invention de l'imprimerie au XVe siècle rend la tâche de l'Église plus compliquée. C'est alors que les facultés de théologie font paraître des *Index des livres prohibés*. Les monarques absolus s'en prennent quant à eux directement aux imprimeurs, par des peines allant d'amendes lourdes à la prison, afin d'interdire ou de limiter la propagation de certains écrits. Au XVIIe siècle, un corps de censeurs est créé, et il faut avoir obtenu le « privilège du roi » pour pouvoir imprimer un ouvrage. C'est avec la Révolution française et la *Déclaration des droits de l'homme et du citoyen* de 1789 qu'est supprimée la censure royale. Néanmoins, avec le rétablissement de régimes politiques monarchiques et impériaux au XIXe siècle, il faut attendre la loi de 1881 pour que l'imprimerie et la librairie soient déclarées « libres », tandis que certaines formes de censure perdurent jusque dans la deuxième moitié du XXe siècle.

LA TRADITION DU RIRE DANS LA LITTÉRATURE FRANÇAISE

Dans la littérature française, le rire est une tradition qui s'affirme au Moyen Âge grâce aux genres de la farce, du dit, du conte ou du fabliau, par exemple. La farce met principalement en scène des personnages d'avocats, de marchands ou d'artisans et leurs clients qui se jouent toutes sortes de bons tours et rassoté » (chap. xv). Il faudra l'intervention du bien nommé Ponocrates (dont le nom signifie « le pouvoir par l'effort ») pour éveiller l'esprit de Gargantua.

La satire des sophistes culmine au chapitre xix avec la harangue de maître Janotus de Bragmardo. Enivré à dessein par Gargantua et ses compères, celui-ci ne parvient qu'à articuler un joyeux galimatias de français et de latin qui a pour seul avantage de faire éclater de rire toute l'assemblée et jusqu'à Janotus lui-même. Voici l'apparence de logique et de rhétorique des sophistes une fois pour toutes ridiculisée.

La critique de la tyrannie

C'est en usant de la même façon de l'art de la caricature littéraire que Rabelais critique la tyrannie à travers le personnage, une fois encore bien nommé, de Picrochole, le roi mû par la « bile amère » qui compose son nom et son humeur. Au chapitre xxxi, la harangue faite par Ulrich Gallet à Picrochole au nom de Grandgousier afin d'éviter une guerre expose la démarche diplomatique que Picrochole aurait dû suivre en cas d'offense et condamne la fureur avec laquelle il a agi en attaquant le peuple de Grandgousier.

Les chapitres xxxii et xxxiii révèlent l'appétit guerrier de Picrochole et son désir mégalomane de conquête, ses gouverneurs lui proposant un plan d'attaque s'étendant du nord de l'Europe au Proche-Orient, en passant par la Russie et le Maghreb. Au détroit de Gibraltar, Picrochole érigerait des colonnes « plus magnifiques que celles d'Hercule », et la Méditerranée serait rebaptisée « mer Picrocholine » ! Le détournement et l'exagération ridiculisent Picrochole et sa tyrannie, qui deviennent non plus un sujet de crainte mais d'amusement, le tragique de la guerre étant de ce fait lui aussi désamorcé.

Un hymne à la vie

Une philosophie « pantagruélique »

Gargantua est un livre qui célèbre la vie, neutralisant les puissances de mort. Son sous-titre donne d'emblée le ton puisqu'il est dit « livre plein de pantagruélisme » et que, dès le premier chapitre, ses lecteurs sont invités à « pantagruéliser » : « ainsi que voir pourrez en pantagruélisant, c'est-à-dire, buvant à gré, et lisant les gestes horrifiques de Pantagruel ». La philosophie pantagruéliste consiste en effet à se réjouir des plaisirs de la vie, particulièrement le boire et le manger, et à préférer le rire aux larmes face aux malheurs du monde.

De ce fait, les occasions de boire et de faire ripaille se multiplient dans *Gargantua*. Cet éloge des plaisirs de la vie se double d'une réhabilitation du corps s'opposant à l'ascétisme chrétien qui faisait du corps un sujet tabou. Lorsque Ponocrates rectifie l'éducation de Gargantua, il ne manque pas de lui enseigner une nouvelle hygiène de vie où les soins du corps trouvent toute leur place, et il fait appel à l'écuyer Gymnaste (au nom toujours significatif !) pour lui apprendre l'art de la chevalerie (chap. xxiii).

Une soif de connaissance et un appétit des mots inextinguibles

Cette faim de vie se double d'une soif de connaissance et d'un appétit des mots qui se marquent notamment par l'abondance des références culturelles et la truculence de la langue employée. Les chapitres ix et x multiplient à outrance le recours aux citations d'auteurs, puisant aussi bien dans le christianisme que dans l'Antiquité gréco-romaine : « Et comme être au temps passé advenu témoignent Marc Tulle *li. I. quaestio.* Tuscul., Verrius, Aristote, Tite-Live, après la bataille de Cannes, Pline *lib. VII. c. xxxii.* et *Iiii.* A. Gellius *Ii. III. XV.* et autres, à Diagoras Rhodien, Chilon, Sophocle, Denys, tyran de Sicile, Philippide, Philémon, Polycrate, Philistion, M. Juventius, et autres, qui moururent de joie » (chap. x). Avec humour et fantaisie, Rabelais convoque ainsi les plus grands auteurs de la culture occidentale.

À cet amour de la culture se mêle celui de la langue, qu'il pétrit et repétrit à souhait, inventant des mots inoubliables tels que « matagraboliser » (chap. xix), immortalisant certaines expressions comme « à la venue des coquecigrues » (chap. xlix) ou rebondissant de jeu de mots en jeu de mots : « Par mêmes raisons [...] ferais-je peindre un penier : dénotant qu'on me fait peiner. Et un pot à moutard, que c'est mon cœur à qui moult tarde » (chap. ix).

auxquels il arrive toutes sortes de péripéties comiques. La plus célèbre farce du Moyen Âge est *La Farce de maître Pathelin* (vers 1465). Le dit, quant à lui, prend souvent la forme d'un monologue et possède une dimension satirique plus marquée, comme *Le Dit de l'herberie* (vers 1265) de Rutebeuf qui se moque des vendeurs d'herbes prétendument médicinales. Le conte en prose comme le fabliau (qui est, pour reprendre l'expression de Joseph Bédier, un « conte à rire en vers ») visent eux aussi à amuser l'auditeur ou le lecteur par le récit de bons ou mauvais tours et l'emploi de bons mots.

LE NOM DE LA ROSE (1980) D'UMBERTO ECO OU LE TRAITÉ PERDU D'ARISTOTE

En 1980, l'écrivain érudit italien Umberto Eco publie *Le Nom de la rose*, sorte de roman policier médiéval dans lequel il imagine une série de meurtres liés à l'existence du second tome de la *Poétique* d'Aristote (tome qui en réalité n'a jamais été retrouvé), consacré à la comédie et dont les pages auraient été empoisonnées par un religieux considérant que le rire est le propre du diable et qu'il est donc défendu d'en faire l'éloge. Ce roman a été adapté au cinéma par Jean-Jacques Annaud en 1986, avec Sean Connery dans le rôle principal.

Le Rire, huile sur bois, anonyme.

Dissertation

« Le rire de Rabelais est en grande partie un superbe déguisement pour essayer de détourner les ennemis, brouiller les pistes, éviter les censures si terribles alors. » Dans quelle mesure ces propos de Michel Butor dans *Répertoire II* s'appliquent-ils à votre lecture de *Gargantua* ?

Vous répondrez à cette question dans un développement organisé en vous appuyant sur le livre de Rabelais ainsi que sur votre culture personnelle.

« Les pèlerins mangés en salade » – Illustration de Gustave Doré, 1873.

Introduction

Analyse du sujet

La thèse exprimée par Michel Butor présente le rire dans *Gargantua* comme une stratégie littéraire (« un superbe déguisement ») élaborée par Rabelais afin d'assurer l'existence de ce livre, c'est-à-dire de le sauver des griffes de la censure (lexique de la parade : « détourner », « brouiller », « éviter »). On pourrait néanmoins opposer à cette idée le fait que le rire dans *Gargantua* apparaît aussi, bien souvent, comme un rire spontané, qui surgit de manière irrépressible. Est-ce à dire que ce rire posséderait en lui-même une vertu ?

Annonce du plan

Gargantua est en effet présenté par Rabelais comme un « livre-silène », un livre qui sous le rire dissimulerait des matières moins « folâtres » qu'il n'y paraît, accréditant la thèse de Michel Butor. Mais le rire dans *Gargantua* se révèle être aussi un rire de pur divertissement. Or, la liberté insolente de ce rire assure également son aspect subversif.

Le plan développé

I. Le rire comme déguisement

A. Un « livre-silène »

Dans *Gargantua*, les deux textes qui précèdent le récit affirment deux projets contradictoires. Dans l'avis aux lecteurs, l'auteur annonce que son livre ne vise qu'à amuser son lecteur : « Vrai est qu'ici peu de perfection / Vous apprendrez, sinon en cas de rire : / Autre argument ne peut mon cœur élire ». Pourtant, on découvre l'affirmation contraire dans le « Prologue de l'auteur ». Les « silènes », ces petites boîtes peintes pour « exciter le monde à rire » mais qui renferment de « fines drogues », servent explicitement de comparant à *Gargantua* : « C'est pourquoi faut ouvrir le livre : et soigneusement peser ce qui y est déduit. Lors connaîtrez que la drogue dedans contenue est bien d'autre valeur, que ne promettait la boîte. C'est-à-dire que les matières ici traitées ne sont tant folâtres, comme le titre au-dessus prétendait. » La même idée est exprimée par le proverbe « L'habit ne fait point le moine » comme par la célèbre métaphore de l'os à moelle. Le prologue multiplie ainsi les images et les déclarations explicites engageant le lecteur à ne pas se contenter de l'aspect divertissant de ce récit, mais à y rechercher de « très hauts sacrements et mystères horrifiques, tant en ce qui concerne notre religion, qu'aussi l'état politique et vie économique ».

B. Un livre qui développe de sérieuses critiques

En effet, *Gargantua* recèle de réelles critiques religieuses et politiques. Le chapitre XL, par exemple, intitulé « Pourquoi les moines sont refuis du monde, et pourquoi les uns ont le nez plus grand que les autres », remet en cause

MOTS CLÉS

Jeux de style et jeux de mots.

BURLESQUE

Issu du latin *burlesco* signifiant « comique, plaisant », le burlesque est un style qui fait parler des personnages nobles (héros tragiques ou épiques) dans une langue basse et vulgaire, introduisant ainsi un décalage comique. Le *Virgile travesti* (1648-1653) de Scarron constitue l'une des œuvres burlesques les plus emblématiques.

HÉROÏ-COMIQUE

À l'inverse du burlesque, l'héroï-comique traite de réalités basses sur un ton épique ou grandiloquent, des personnages issus de basse condition s'exprimant comme des princes ou des rois.

PARODIE

La parodie est l'imitation comique d'une œuvre, du style d'un auteur, etc. Son intention est le plus souvent moqueuse, maniant aussi bien l'ironie que l'humour. À la différence du burlesque et de l'héroï-comique qui relèvent d'un décalage entre la forme et le fond, la parodie concerne autant la forme que le fond.

PASTICHE

Le pastiche est lui aussi l'imitation d'un texte ou d'un auteur, mais à la différence de la parodie, le pastiche ne caricature pas ni ne se moque, il cherche à s'approcher le plus possible de son modèle, souvent guidé par la volonté de rendre hommage au texte ou à l'auteur qu'il imite.

SATIRE

La satire, terme issu du latin *satira* signifiant « farce », était à l'origine un poème destiné à attaquer ou à tourner en dérision un sujet ou une personne. Dans l'Antiquité, Horace et Juvénal se sont illustrés dans ce genre. En France, Boileau s'est fait leur héritier avec son recueil versifié *Satires* (1666). Par extension, le terme de « satire » en est ensuite venu à désigner l'intention critique manifeste d'un texte, quel que soit le genre littéraire auquel il appartient.

avec virulence l'utilité des moines, appelés « mâchemerdes » et comparés au singe qui ne fait que « tout conchier et dégâter ». Ils n'ont ni l'utilité du paysan ni celle de l'homme de guerre, du médecin, du docteur évangélique ou du marchand selon Gargantua. Pire, lorsque Grandgousier réplique que les moines prient Dieu pour les hommes, Gargantua lui rétorque qu'ils ne font que « marmonn[er] grand renfort de légendes et psaumes nullement par eux entendus ». De même, la guerre contre Picrochole peut être lue comme une critique virulente de la violence absurde des guerres.

Pourtant, comme le précise Michel Butor, le rire dans *Gargantua* n'est qu'« en grande partie » un rire de déguisement. Car il est aussi un rire de pur divertissement.

II. Un rire de pur divertissement

A. Amuser par le récit de « bons tours »

Plusieurs fois au cours de son récit, Rabelais ne résiste pas au plaisir d'amuser son lecteur en narrant les bons tours que ses personnages se jouent les uns aux autres. Au chapitre XVII, lorsque Gargantua arrive à Paris, il est vite harcelé par les Parisiens et décide de leur payer « sa bienvenue et son *proficiat* » en les « compissant » « par ris » avant de dérober les cloches de Notre-Dame. Dans le chapitre XII, « Des chevaux factices de Gargantua », Gargantua mène le maître d'hôtel et le fourrier du seigneur Painensac à ses écuries de chevaux de bois, avant de se montrer bon « causeur » en enchaînant pour eux devinettes, plaisanteries et calembours. Car le bon tour est souvent accompagné d'un bon mot.

B. Le « bon mot » ou le plaisir de jongler avec les mots

Rabelais se laisse souvent emporter par le plaisir de jongler avec les mots, quitte à ralentir le rythme de son récit à seule fin de faire goûter à son lecteur la truculence de la langue française. C'est le cas dans le chapitre X, « De ce qu'est signifié par les couleurs blanc et bleu », où Rabelais, se moquant des interprétations symboliques des couleurs, n'hésite pas à accumuler les calembours. De la même façon, il invente des étymologies fantaisistes et humoristiques, comme pour le nom de la Beauce (« Je trouve beau ce », chap. XVI) ou celui de Paris (« par ris », chap. XVII). Le personnage de Gargantua est lui-même caractérisé par son adresse verbale, s'amusant à rimer « tant et plus » de manière irrévérencieuse sur les lieux d'aisance au chapitre XIII.

La spontanéité du rire dans *Gargantua* favorise son aspect subversif : en s'autorisant à rire de tout sans restriction, Rabelais remet en cause les normes en vigueur.

III. Un rire de subversion

A. Tourner en dérision et réhabiliter

Le rire dans *Gargantua* permet de remettre en question l'ordre établi, d'une part en tournant en dérision les excès, religieux et politiques, par exemple, et d'autre part en réhabilitant des sujets tabous. La tyrannie exercée par certains monarques est ainsi dénoncée à travers le personnage de Picrochole, dont le ridicule lui ôte toute autorité, c'est-à-dire tout crédit. La déraison qui s'est emparée de lui se manifeste par exemple à travers des actes insensés tels que le meurtre de son cheval, qui avait simplement trébuché (chap. XLIX), alors même que le cheval est ce qui fait le chevalier ! Picrochole, sans monture, s'imagine dès lors voler un âne à des meuniers (qui ne le laissent pas faire), symbole de sa déchéance. Mais si le rire tourne en dérision et décrédibilise, il peut aussi réhabiliter. C'est le cas du thème du corps, par exemple : l'omniprésence du comique du bas corporel, tout comme les connaissances médicales de Rabelais que dénotent certaines descriptions, permettent de réhabiliter un corps humain que la religion chrétienne a rendu tabou.

B. L'abbaye de Thélème : l'utopie comme pied de nez final ?

Le rire permet ainsi de proposer de nouvelles valeurs, comme s'y attèlent les derniers chapitres de *Gargantua* en racontant la construction de l'abbaye de Thélème et la manière d'y vivre. Le chapitre LIV, reproduisant « l'inscription mise en la grande porte de Thélème », fait dans un premier temps la liste de tous ceux qui ne sont pas les bienvenus dans cette abbaye, s'affirmant comme une nouvelle satire en vers de la société française du XVIe siècle. La deuxième partie de cette liste recense à l'inverse tous ceux qui sont les bienvenus, composant une nouvelle société idéale. L'abbaye de Thélème entend ainsi renverser les valeurs qui mènent le monde et se faire l'incarnation même de la liberté : « En leur règle n'était que cette clause. Fais ce que voudras » (chap. LVII).

Conclusion

Certes, le rire dans *Gargantua* relève d'une stratégie littéraire qui doit lui permettre d'échapper à la censure en l'inscrivant dans une ambiguïté salvatrice. Mais ce rire naît aussi d'un geste spontané, le plaisir d'amuser et de s'amuser, que ce soit par la narration de facéties ou grâce à la richesse de la langue française. Cette liberté du rire lui confère son aspect subversif puisqu'il décrédibilise et réhabilite à sa guise afin de garantir une liberté de penser et de vivre toujours plus grande.

CALEMBOUR

Un calembour est un jeu de mots formé sur des mots qui ont un son (ou « signifiant ») ressemblant mais un sens (ou « signifié ») différent. Rabelais multiplie dans ses œuvres les calembours comme celui-ci : « Le Bon Dieu fit **les planètes**, et nous faisons les **plats nets**. »

NÉOLOGISME

Le néologisme désigne la création d'un mot nouveau. Dans *Gargantua*, par exemple, Rabelais invente le mot « matagraboliser » pour dire « se fatiguer l'esprit », à partir du grec *mátaios* (*μάταιος*) signifiant « vain, frivole » et du terme *graboliser* issu de *grabeler*, « fouiller, examiner avec attention ».

ANAGRAMME

Une anagramme est un mot formé à partir des lettres d'un autre mot, placées dans un ordre différent. François Rabelais s'amuse ainsi à se désigner comme l'auteur de *Gargantua* sous le nom d'« Alcofribas Nasier » : « La vie très horrifique du grand Gargantua, père de Pantagruel, jadis composée par M. Alcofribas abstracteur de quintessence. »

CITATION

Le rire.

« Voyant le deuil, qui vous mine et consomme, / Mieux est de rire que de larmes écrire. / Pour ce que rire est le propre de l'homme. » Rabelais, *Gargantua*, « Aux lecteurs ».

La Bruyère, *Les Caractères* (livres V à X)

Jean de La Bruyère.

En 1665 paraissent les *Maximes* de La Rochefoucauld et, en 1670, les *Pensées* de Pascal. C'est dans cette veine de réflexions brèves, variées et souvent satiriques que s'inscrit La Bruyère lorsqu'il entreprend le projet des *Caractères*, cette même année 1670 si l'on en croit le témoignage de l'avocat Brillon, son contemporain. La rédaction et la publication des *Caractères* s'échelonnent jusqu'en 1696, avec, entre 1688 et 1696, date de la mort de La Bruyère, neuf éditions successives. C'est dire que *Les Caractères* est la grande œuvre de La Bruyère, qu'il n'a cessé, jour après jour, de compléter, d'augmenter, de rectifier. Au cœur des seize livres qui composent *Les Caractères*, les livres V à X offrent une peinture colorée de la vie en société à la ville et à la cour.

L'œil du moraliste : des portraits sans concession

Une galerie de portraits individuels

Les Caractères peuvent tout d'abord être perçus comme une série de portraits individuels, peints « d'après nature » (préface). Tout comme dans l'œuvre originelle dont s'inspire La Bruyère, *Les Caractères* de l'auteur grec Théophraste, ces portraits individuels peuvent représenter des « types » comme le flatteur, l'impertinent, le courtisan, etc. C'est par exemple le cas du portrait d'Arrias (remarque 9, livre V), « homme universel », ou de Théramène (remarque 14, livre VII), « l'épouseur ».

Mais le portrait individuel peut aussi être un portrait « à clef » qui, pour décrire un type, partira d'un modèle (re)connu de tous comme Théobalde (remarque 66, livre V), qui désignerait le poète Isaac de Benserade, incarnant le type de l'auteur à la mode.

Un portrait d'ensemble de la société du XVIIe siècle

À travers ces portraits, mais aussi grâce aux autres sortes de « remarques », selon le terme employé par La Bruyère pour qualifier son texte (préface), c'est un portrait d'ensemble de la société du XVIIe siècle que brosse l'auteur, ménageant contrastes, parallèles et gradations. Ainsi croque-t-il les « partisans » dans le livre VI (« Des biens de fortune »), les « courtisans » dans le livre VIII (« De la cour »), les « grands », princes et autres gens de haute naissance dans le livre IX (« Des grands »). Aux contrastes sociaux s'ajoutent et se mêlent des contrastes géographiques, comme ceux entre la ville et la campagne ou entre la ville et la cour.

La Bruyère immortalise à la fois les évolutions de son siècle, comme l'ascension des gens fortunés au détriment de la noblesse (livre VI), et des traits caractéristiques de son

PARCOURS

La comédie sociale.

METTRE EN SCÈNE LE « THÉÂTRE DU MONDE »

Parce qu'il est un art d'imitation, de représentation et d'illusion, le théâtre est sans doute le genre littéraire le plus apte à dénoncer la dualité des apparences, le change que se donnent les uns et les autres sur la scène sociale. L'œuvre de Molière s'affirme par exemple comme une satire en règle de l'hypocrisie qui règne en société, critiquant les comportements affectés des uns dans *Les Précieuses ridicules* (1659), les précautions inutiles et égoïstes prises par d'autres pour éviter le ridicule du cocuage dans *L'École des femmes* (1662), la manipulation de familles entières par des imposteurs dans *Tartuffe* (1669) ou encore les prétentions risibles des bourgeois dans *Le Bourgeois gentilhomme* (1670). Le théâtre de Molière, par le détour du rire, étale ainsi au grand jour les mensonges dont sont tissées les relations sociales, révélant l'envers du décor. Le théâtre de Marivaux, quant à lui, s'amuse à inverser et à renverser les rôles, mettant en lumière le double jeu des personnages, leur propension à l'intrigue et à la duplicité, ce qui permet aussi de représenter les inégalités sociales sur lesquelles est fondée la société d'Ancien Régime. Ainsi les maîtres se déguisent-ils en domestiques dans *Le Jeu de l'amour et du hasard* (1730) ou bien deviennent-ils, contre leur gré cette fois, valets dans *L'Île des esclaves* (1725). Dans *Le Prince travesti* (1724), c'est un roi qui se fait passer pour un aventurier, tandis que dans *La Fausse Suivante* (1724), c'est une demoiselle qui prend les habits d'un chevalier. Dans les œuvres de Marivaux, les personnages prêchent donc le faux pour savoir le vrai, amenant les spectateurs à prendre époque, qu'il s'agisse de modes comme les bains des quais Saint-Bernard (remarque 2, livre VII), de coutumes comme celle des jeunes mariées recevant leurs visiteurs sur leur lit durant les trois premiers jours de leur mariage (remarque 19, livre VII) ou d'*habitus* comme la versatilité de la louange et du blâme (remarque 32, livre VIII). La Bruyère fixe ainsi des traits pour mieux les infléchir.

Un livre pour instruire et corriger

La mise en scène de la dualité des apparences

La Bruyère exprime clairement son projet d'écriture dans la préface de son livre : « [le public] peut regarder avec loisir ce portrait que j'ai fait de lui d'après nature, et s'il se connaît quelques-uns des défauts que je touche, s'en corriger » ; « on ne doit parler, on ne doit écrire que pour l'instruction ». Aussi l'auteur signale-t-il la dualité des apparences pour mieux faire comprendre à son lecteur ce qui se joue en coulisses. L'image répandue du *theatrum mundi* (« le théâtre du monde ») revient en effet à plusieurs reprises, comme avec la remarque 25 du livre VI sur les cuisines. Mais la dualité des apparences peut également être épinglée à travers un caractère, comme celui de Théodote, comédien-né (remarque 61, livre VIII), ou à travers un discours dont La Bruyère explicite avec humour les sous-entendus, comme s'il traduisait une langue étrangère (remarque 37, livre IX). En dénonçant mensonge et hypocrisie, La Bruyère entend amener son lecteur à un plus haut degré de lucidité.

La présence du *je*

L'instruction que La Bruyère souhaite dispenser à son lecteur se lit aussi dans la manifestation constante au fil des pages d'un *je*. Sa présence peut surprendre dans un livre où l'expression de « remarques » générales tendrait à effacer (ou tout du moins à minorer) l'expression d'une subjectivité. Mais la présence de ce *je* joue en réalité un rôle primordial dans le dessein d'instruction affiché par La Bruyère, en faisant partager au lecteur la singularité d'une expérience, c'est-à-dire en légitimant le général par le particulier. Autrement dit encore, la présence du *je* légitime l'emploi du *on*, comme dans l'enchaînement des remarques 49 et 50 du livre V : la remarque 49 fait le récit à la première personne du singulier de la découverte d'une « petite ville » tandis que la remarque 50, par l'emploi du *on* et de tournures indéfinies, fixe les traits caractéristiques des « petites villes ». Mais outre l'emploi du *je* et du *on*, on trouve aussi souvent celui du *vous* dans *Les Caractères* – là encore, non sans raison.

De l'art de manier la langue : démonstration et traité implicite ?

Variété et variation : le choix d'une esthétique proche de la conversation

La variété et l'art de la variation déployés dans *Les Caractères* ont souvent retenu l'attention des critiques littéraires, qui ont mis en avant les contrastes marqués entre les différentes « remarques » qui composent cette œuvre, allant de la simple « pointe » exprimée en une ou deux lignes au portrait développé sur plusieurs pages. Sans doute faut-il voir dans la variation des formes d'expression et la variété des sujets traités un choix esthétique qui rapproche *Les Caractères* d'une conversation mondaine. La Bruyère s'ingénie en effet à ne pas lasser son lecteur, qu'il implique directement, presque comme un interlocuteur. De fait, le dire semble bien souvent le modèle de l'écrire, comme le donne à penser la remarque 78 du livre V : « Il me semble que l'on dit les choses encore plus finement qu'on ne peut les écrire. »

Le langage au cœur des réflexions

Le langage apparaît ainsi au cœur des réflexions formulées dans *Les Caractères*, à la fois comme manière – façon d'écrire – et comme matière – sujet traité. Un livre entier, le livre V, « De la société et de la conversation », est consacré à l'analyse du langage et de ses emplois. Mais les réflexions sur le langage essaiment aussi dans les autres livres qui composent *Les Caractères*, comme dans l'exemple déjà cité du discours à double entente de la remarque 37 du livre IX consacré aux « grands », ou comme au livre VIII consacré à « la cour », où les remarques 79 à 82 traitent respectivement des paroles qui ne s'effacent pas, des bons mots, des phrases toutes faites et des cinq ou six termes de lexique spécialisé par lesquels on se fait passer pour un spécialiste de l'art. *Les Caractères* rappellent ainsi toute l'importance de savoir manier et décrypter les mots dans une société où ils étaient souvent décochés comme des flèches.

PARCOURS

conscience de certaines réalités et de certaines vérités qui tout à coup leur sautent aux yeux.

LE DÉPLACEMENT DU REGARD

La dénonciation des travers de la société française peut aussi s'effectuer par un déplacement du regard : il suffit pour cela de rendre les personnages « étrangers » aux lecteurs.

Dans ses *Fables*, publiées entre 1668 et 1694, La Fontaine reconstitue tout le microcosme de la société française du XVIIe siècle, épinglant les défauts de celles et ceux qui la composent en les représentant sous les traits d'animaux. La distance suscitée par cette animalisation entre les personnages et les modèles dont ils sont inspirés offre à La Fontaine une plus grande liberté de critiquer.

C'est sur le même principe de mise à distance des personnages que reposent les *Lettres persanes* (1721) de Montesquieu : dans ce roman épistolaire, les protagonistes sont deux Persans qui visitent la France et « s'étonnent » de leur découverte de ce pays. Grâce au regard étranger de ces deux personnages, Montesquieu peut se livrer à une véritable vivisection satirique de la société française de son temps.

Commentaire

Vous commentérez ce texte issu des Caractères *de La Bruyère.*

Pamphile ne s'entretient pas avec les gens qu'il rencontre dans les salles ou dans les cours : si l'on en croit sa gravité et l'élévation de sa voix, il les reçoit, leur donne audience, les congédie ; il a des termes tout à la fois civils et hautains, une honnêteté impérieuse et qu'il emploie sans discernement ; il a une fausse grandeur qui l'abaisse, et qui embarrasse fort ceux qui sont ses amis, et qui ne veulent pas le mépriser.

Un Pamphile est plein de lui-même, ne se perd pas de vue, ne sort point de l'idée de sa grandeur, de ses alliances, de sa charge, de sa dignité ; il ramasse, pour ainsi dire, toutes ses pièces, s'en enveloppe pour se faire valoir ; il dit : *Mon ordre, mon cordon bleu*, il l'étale ou il le cache par ostentation : un Pamphile en un mot veut être grand, il croit l'être ; il ne l'est pas, il est d'après un grand. Si quelquefois il sourit à un homme du dernier ordre, à un homme d'esprit, il choisit son temps si juste, qu'il n'est jamais pris sur le fait ; aussi la rougeur lui monterait-elle au visage s'il était malheureusement surpris dans la moindre familiarité avec quelqu'un qui n'est ni opulent, ni puissant, ni ami d'un ministre, ni son allié, ni son domestique ; il est sévère et inexorable à qui n'a point encore fait sa fortune : il vous aperçoit un jour dans une galerie, et il vous fuit ; et le lendemain, s'il vous trouve en un endroit moins public, ou s'il est public en la compagnie d'un grand, il prend courage, il vient à vous, et il vous dit : *Vous ne faisiez pas hier semblant de nous voir.* Tantôt il vous quitte brusquement pour joindre un seigneur ou un premier commis ; et tantôt s'il les trouve avec vous en conversation, il vous coupe et vous les enlève : vous l'abordez une autre fois, et il ne s'arrête pas ; il se fait suivre, vous parle si haut que c'est une scène pour ceux qui passent : aussi les Pamphiles sont-ils toujours comme sur un théâtre ; gens nourris dans le faux, et qui ne haïssent rien tant que d'être naturels ; vrais personnages de comédie, des *Floridors*, des *Mondoris*.

On ne tarit point sur les Pamphiles ; ils sont bas et timides devant les princes et les ministres, pleins de hauteur et de confiance avec ceux qui n'ont que de la vertu ; muets et embarrassés avec les savants ; vifs, hardis et décisifs avec ceux qui ne savent rien ; ils parlent de guerre à un homme de robe, et de politique à un financier ; ils savent l'histoire avec les femmes ; ils sont poètes avec un docteur, et géomètres avec un poète : de maximes, ils ne s'en chargent pas ; de principes, encore moins, ils vivent à l'aventure, poussés et entraînés par le vent de la faveur et par l'attrait des richesses ; ils n'ont point d'opinion qui soit à eux, qui leur soit propre, ils en empruntent à mesure qu'ils en ont besoin ; et celui à qui ils ont recours, n'est guère un homme sage, ou habile, ou vertueux, c'est un homme à la mode.

La Bruyère, *Les Caractères*, livre IX,
« Des grands », remarque 50

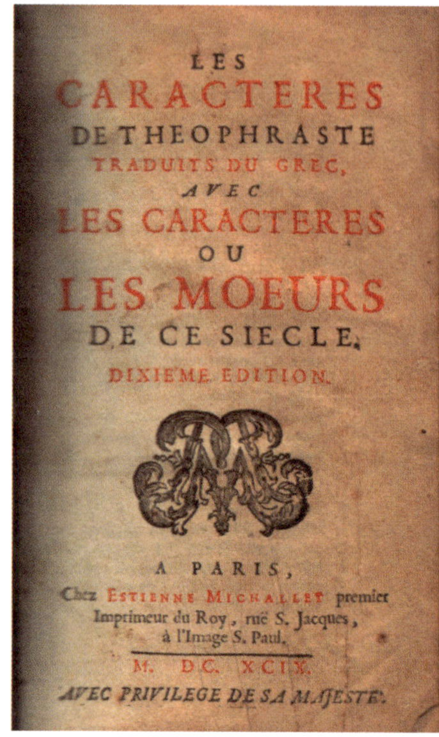

Page de garde de la dixième édition (1699).

Introduction

Présentation de l'extrait

Après s'être intéressé dans le livre VIII des *Caractères* au monde de la cour, La Bruyère brosse dans le livre IX le portrait des « grands » et de ceux qui gravitent autour d'eux. À la suite de toute une série de remarques sur le comportement des « grands » et les principaux traits qui les caractérisent, La Bruyère introduit avec la remarque 50 le portrait de Pamphile, qui, situé à la fin de ce livre, culmine comme un

EXTRAIT CLÉ

L'imagination « maîtresse d'erreur et de fausseté ».

« C'est cette partie dominante dans l'homme, cette maîtresse d'erreur et de fausseté, et d'autant plus fourbe qu'elle ne l'est pas toujours, car elle serait règle infaillible de vérité si elle l'était infaillible du mensonge. Mais étant le plus souvent fausse, elle ne donne aucune marque de sa qualité, marquant du même caractère le vrai et le faux. [...]

Cette superbe puissance ennemie de la raison, qui se plaît à la contrôler et à la dominer, pour montrer combien elle peut en toutes choses, a établi dans l'homme une seconde nature. Elle a ses heureux, ses malheureux, ses sains, ses malades, ses riches, ses pauvres. Elle fait croire, douter, nier la raison. Elle suspend les sens, elle les fait sentir. [...]

Elle ne peut rendre sages les fous, mais elle les rend heureux, à l'envi de la raison, qui ne peut rendre ses amis que misérables, l'une les couvrant de gloire, l'autre de honte.

[...] Le plus grand philosophe du monde sur une planche plus large qu'il ne faut, s'il y a au-dessous un précipice, quoique sa raison le convainque de sa sûreté, son imagination prévaudra. Plusieurs n'en sauraient soutenir la pensée sans pâlir et suer. [...] Le ton de voix impose aux plus sages et change un discours et un poème de force. L'affection ou la haine changent la justice de face. Et combien un avocat bien payé par avance trouve-t-il plus juste la cause qu'il plaide ! Combien son geste hardi la fait-il paraître meilleure aux juges dupés par cette apparence ! Plaisante raison qu'un vent manie et à tout sens ! » (Blaise Pascal, *Pensées*, « Vanité »)

REPÈRE

LE BLÂME

Les procédés les plus couramment utilisés pour blâmer sont :
- un vocabulaire péjoratif ;
- des figures par amplification (hyperbole) ou par opposition (antithèse), des répétitions (anaphore, accumulation...) qui accentuent la réprobation, exagèrent la critique ;
- des métaphores et des comparaisons dépréciatives ;
- une ponctuation expressive, des phrases de type exclamatif ou interrogatif qui traduisent, par exemple, la colère et l'indignation du locuteur.

point d'orgue. Ce portrait condense en effet à la fois l'art de La Bruyère et ses principales critiques vis-à-vis de ceux qui composent la société de son temps.

Problématique et annonce du plan

En quoi peut-on dire que Pamphile, au-delà du « caractère » singulier qu'il représente, incarne le prototype même du caractère à la manière de La Bruyère ? Comme d'autres, Pamphile, parce qu'il apparaît comme un avatar de « grand », est comparé à un comédien. Mais, prenant sans cesse une nouvelle apparence, il se révèle n'être qu'un fantoche sans consistance. N'ayant aucune individualité propre, il en devient d'autant plus facilement un « type », à travers lequel La Bruyère exhibe avec malice la fabrication littéraire du caractère.

Le plan développé

I. Un avatar de « grand » : Pamphile comédien

A. Théâtralité de Pamphile

Le thème du *theatrum mundi* (« théâtre du monde ») parcourt l'ensemble des *Caractères*. La Bruyère le développe une fois encore dans ce portrait où il souligne la théâtralité de Pamphile, par exemple dans la façon dont il donne de la voix : « il se fait suivre, vous parle si haut que c'est une scène pour ceux qui passent : aussi les Pamphiles sont-ils toujours comme sur un théâtre ». Pamphile est d'emblée décrit comme jouant un rôle, affectant d'être ce qu'il n'est pas, comme l'indique l'adjectif « fausse » qui qualifie la « grandeur » qu'il prétend avoir, révélant le double jeu auquel il se livre.

B. Dualité de Pamphile

Le portrait de Pamphile le caractérise en effet comme un être double. Tel un Janus à deux visages, Pamphile minute le moment précis où il peut sans embarras montrer un visage souriant à un homme qui n'occupe pas de place importante dans la société : « il choisit son temps si juste, qu'il n'est jamais pris sur le fait ». La maîtrise du « bon moment » par Pamphile manifeste son aptitude à calculer, c'est-à-dire son absence de spontanéité, étant toujours dans la stratégie. Les précisions temporelles (« un jour », « le lendemain ») accentuent la versatilité calculée de Pamphile, qui change de face selon son intérêt et va jusqu'à accuser l'autre de ses propres méfaits (« Vous ne faisiez pas hier semblant de nous voir »).

Ainsi Pamphile change-t-il d'apparence selon l'heure, le lieu et la compagnie, toujours guidé par le seul souci de son intérêt. Mais à force de changer d'apparence, il semble perdre toute consistance.

II. Du comédien au fantoche : la critique de l'inconsistance

A. L'absence de forme à soi

Paradoxalement, Pamphile se définit comme n'étant qu'une perpétuelle mutation, revêtant les costumes les plus divers selon son avantage. Le dernier paragraphe énumère les changements d'attitude et de comportement de Pamphile en fonction de ses interlocuteurs, devenant tour à tour « bas et timid[e] », « plei[n] de hauteur et de confiance », « poèt[e] », « géomètr[e] », etc., selon qu'il a affaire à des « princes et [d]es ministres », des gens « qui n'ont que de la vertu », « un docteur », « un poète », etc. Sauf qu'à force d'emprunter les manières des autres, Pamphile n'en a aucune à lui. C'est ce qu'expriment les tournures possessives marquées : « ils n'ont point d'opinion qui soit à eux, qui leur soit propre ». Comble du comble, le modèle auquel Pamphile emprunte ses opinions est... « l'homme à la mode », autrement dit l'homme le plus changeant / changé qui soit quand on sait ce que durent les modes !

B. Une illusion dont il est la seule dupe

Pamphile passe donc son temps à imiter les hommes qui sont en vogue. Il ne s'affirme de ce fait que comme un imitateur, qui n'atteint ni ne dépasse jamais son modèle : « un Pamphile en un mot veut être grand, il croit l'être ; il ne l'est pas, il est d'après un grand ». Le pire étant encore que personne n'est dupe de ses imitations... à part lui ! Sa « fausse grandeur », qui, par une antithèse savoureuse, « l'abaisse », n'abuse pas ses amis, au contraire. Pamphile n'illusionne que lui-même : « Un Pamphile est plein de lui-même, ne se perd pas de vue, ne sort point de l'idée de sa grandeur, de ses alliances, de sa charge, de sa dignité ; il ramasse, pour ainsi dire, toutes ses pièces, s'en enveloppe pour se faire valoir. » Les figures d'exagération (hyperboles, gradations) et les tournures réfléchies employées dans cette phrase décrivent ironiquement combien Pamphile est le seul à croire aux rôles qu'il endosse.

Mais Pamphile n'est pas le seul dans ce portrait à jouer double jeu : La Bruyère s'amuse en dévoilant, en même temps qu'il façonne celui de Pamphile, les secrets de fabrication d'un « caractère ».

III. (D)écrire un caractère : mode d'emploi

A. Du particulier à l'universel : de Pamphile aux Pamphiles

La description de Pamphile a ceci de particulier que les trois paragraphes qui la composent constituent autant d'étapes de fabrication du « caractère », allant du particulier à l'universel. Le premier paragraphe commence ainsi par décrire un certain Pamphile, individu singulier, comme l'indique le simple emploi de son nom propre : « Pamphile ne s'entretient pas... » Mais, dans le paragraphe suivant, Pamphile devient « un Pamphile » : l'antonomase, figure de style qui consiste à employer un nom propre comme un nom commun, marque un degré de plus dans la fabrication du « caractère » qu'incarne Pamphile. Il n'est donc plus un être particulier mais un type d'être que l'on rencontre de temps à autre dans la société. C'est alors que le passage au pluriel dans la transition vers le dernier paragraphe, « aussi les Pamphiles » puis « On ne tarit point sur les Pamphiles », vient en réalité constituer ce type de personnage comme caractéristique de la société que dépeint La Bruyère dans son livre. Il ne s'agit plus d'un type occasionnel mais d'un type répandu dans cette société et qui contribue à lui donner son identité.

B. La plume comme un scalpel

Tout en dévoilant avec malice les étapes de fabrication d'un « caractère » puisqu'il les présente explicitement au lecteur, La Bruyère semble également s'amuser à révéler les rouages de l'écriture satirique dont relève la composition d'un « caractère ». Car la critique dans ce portrait s'avère double : critique de Pamphile comme imitateur des « grands » d'une part, mais aussi critique des « grands » à travers Pamphile d'autre part puisqu'il en singe les défauts ! Ainsi, lorsque Pamphile imite les « grands » en étant plein de « l'idée de sa grandeur, de ses alliances, de sa charge, de sa dignité », quand il dit « *Mon ordre, mon cordon* » et qu'« il l'étale ou [qu']il le cache par ostentation », cette imitation donne à voir le ridicule des « grands » eux-mêmes, gonflés de leur importance. La plume précise comme un scalpel de La Bruyère est en fait doublement incisive.

Conclusion

Le portrait de Pamphile concentre tout l'art de La Bruyère, en tant que portrait d'un « caractère » singulier faisant partie intégrante de la comédie sociale dont il expose au grand jour les coulisses, mais aussi en tant que modèle d'exposition et mode d'emploi d'écriture d'un « caractère » dont il manifeste toute la subtile ironie.

Olympe de Gouges, *Déclaration des droits de la femme et de la citoyenne*

Olympe de Gouges.

Lorsqu'elle écrit en 1791 la *Déclaration des droits de la femme et de la citoyenne*, Olympe de Gouges n'en est pas à son premier écrit politique (et polémique !) : elle a déjà signé un nombre important de textes engagés tels que *Sur « l'espèce d'hommes nègres »* (1788), *Lettre au peuple ou projet d'une caisse patriotique par une citoyenne* (1788), *Le Cri du sage par une femme* (1789), etc. Avec cette *Déclaration*, Olympe de Gouges fait entendre une nouvelle fois des revendications féministes, mais elle propose aussi une véritable refondation de la société française, soulignant du même coup combien les femmes ont été les grandes oubliées de la Révolution française.

D'une voix de femme à la voix des femmes ?

Une prise de parole audacieuse

La *Déclaration des droits de la femme et de la citoyenne* est tout d'abord une prise de parole audacieuse dans un contexte sociopolitique troublé et violent : celui de la Révolution française. La structure même de ce texte porte la trace de cette période de transition qui fait passer de la monarchie à la république : s'affirmant comme le pendant féminin (et la réécriture ironique) de la *Déclaration des droits de l'homme et du citoyen* de 1789 rédigée par les « représentants du peuple français, constitués en assemblée nationale », la *Déclaration* d'Olympe de Gouges est pourtant dédiée « À la reine », Marie-Antoinette (qui sera guillotinée en 1793). Si cette dédicace manifeste un souci de concorde politique de la part d'Olympe de Gouges, elle s'explique également par le fait que son autrice a conscience de son audace lorsqu'elle réclame, en tant que femme, les mêmes droits pour les femmes que pour les hommes. Aussi cherche-t-elle à obtenir l'appui de celle qui est encore la femme la plus puissante de France, la reine : « Il n'appartient qu'à celle que le hasard a élevée à une place éminente, de donner du poids à l'essor des droits de la femme, et d'en accélérer les succès », écrit-elle.

S'exprimer au nom de toutes les femmes : créer une sororité

Olympe de Gouges a donc conscience qu'en tant que femme, sa voix risque de n'être pas entendue. C'est pourquoi elle voudrait ne plus être seulement une voix singulière mais devenir la voix des femmes. Dans le « Préambule » de sa *Déclaration*, c'est au nom des « mères », des « filles », des « sœurs », « représentantes de la nation », qu'elle s'exprime : elle entend ainsi représenter toutes les femmes françaises. De même, dans le « Postambule », elle exhorte les femmes à reconnaître leurs droits : « Ô femmes ! femmes, quand cesserez-vous d'être aveugles ? » Elle les appelle à s'unir afin d'obtenir l'égalité : « opposez courageusement la force de la raison aux vaines prétentions de supériorité ; réunissez-vous sous les étendards de la philosophie ».

PARCOURS

Écrire et combattre pour l'égalité.

MARIE DE GOURNAY ET FRANÇOIS POULLAIN DE LA BARRE : DEUX PRÉCURSEURS

Marie de Gournay et François Poullain de La Barre méritent d'être mentionnés comme étant parmi les premiers philosophes à publier des textes affirmant l'égalité des femmes et des hommes. Marie de Gournay, « fille d'alliance » de Montaigne selon l'expression de ce dernier, fait paraître en 1622 *Égalité des hommes et des femmes*. François Poullain de La Barre publie quant à lui en 1673 *De l'égalité des deux sexes. Discours physique et moral où l'on voit l'importance de se défaire des préjugés*. Dans ces deux brefs ouvrages aux titres explicites, Marie de Gournay et François Poullain de La Barre entendent démontrer que, contre l'opinion communément admise, les femmes ne sont pas inférieures aux hommes.

MARY WOLLSTONECRAFT ET SA *DÉFENSE DES DROITS DE LA FEMME (A VINDICATION OF THE RIGHTS OF WOMEN*, 1792)

En 1792, l'Anglaise Mary Wollstonecraft publie ce court texte en réponse au *Rapport sur l'instruction publique* rédigé par le Français Talleyrand en 1791 pour l'Assemblée nationale et qui évacue la question de l'éducation des femmes comme étant peu pertinente. Dans ce livre, Mary Wollstonecraft, qui a déjà publié en 1786 *Réflexions sur l'éducation des filles*, dénonce les préjugés dont sont victimes les femmes et réclame le droit pour elles à une éducation semblable à celle des hommes ainsi que l'égalité des droits entre eux.

Cette (ré)union des femmes qu'Olympe de Gouges appelle de ses vœux peut se lire aussi dans l'emploi récurrent qu'elle fait du singulier « femme » ou « la femme » dans sa *Déclaration*. À ce terme de « femme », elle accole celui de « citoyenne », façon de revendiquer l'égalité civile entre les femmes et les hommes.

Un nouveau « contrat social »

L'affirmation d'une égalité naturelle entre les femmes et les hommes

Avec cette *Déclaration*, Olympe de Gouges entend affirmer l'égalité en droits des femmes et des hommes, comme l'énonce l'article premier : « La femme naît libre et demeure égale à l'homme en droits. » Elle justifie cette assertion par le caractère naturel de cette égalité : « l'exercice des droits naturels de la femme n'a de bornes que la tyrannie perpétuelle que l'homme lui oppose ; ces bornes doivent être réformées par les lois de la nature et de la raison » (art. IV).

En rappelant le caractère naturel de l'égalité en droits des femmes et des hommes, Olympe de Gouges légitime les revendications des femmes à l'égalité : fait de société, la suprématie des hommes est une injustice qu'il convient d'effacer à présent que s'institue un régime démocratique, la Première République, qui doit faire respecter les « lois de la raison ». Ce n'est donc que justice et bon sens que de concourir à protéger et à faire respecter les droits des femmes, qui sont les mêmes que ceux des hommes.

L'affirmation du statut de « citoyennes » des femmes et ses conséquences

Mais Olympe de Gouges ne se contente pas de vouloir faire reconnaître l'égalité en droits des femmes et des hommes : elle atteste aussi du statut de « citoyennes » des femmes et, par là, de la nécessité de leur participation au façonnement de la société et de la nation, comme l'énoncent les articles XIII et XIV. Cette nécessaire participation des citoyennes à la vie de la société va de pair avec la garantie de leur liberté d'opinion et d'expression, inscrite dans les articles X et XI de cette déclaration : « Nul ne doit être inquiété pour ses opinions mêmes fondamentales ; la femme a le droit de monter sur l'échafaud, elle doit avoir également celui de monter à la tribune » (art. X). Les femmes étant soumises aux mêmes rigueurs de la loi que les hommes (art. VI à IX), elles doivent réciproquement disposer des mêmes libertés.

En garantissant la liberté d'expression des femmes, Olympe de Gouges introduit dans sa *Déclaration* la question épineuse de la reconnaissance de la paternité des enfants, obligeant les hommes à prendre leur part de responsabilité dans la naissance d'« enfants naturels », refusant que les femmes portent seules cette responsabilité (appréhendée par la société comme une culpabilité) et que l'identité de leurs enfants s'en ressente. Car Olympe de Gouges entend aussi faire évoluer la façon dont les femmes sont perçues et se perçoivent.

Changer l'image et la place des femmes : changer les femmes

La critique des femmes dans les sociétés d'Ancien Régime

Dans le « Postambule », Olympe de Gouges brosse un « effroyable tableau de ce que [les femmes ont] été dans la société » : substituant à la force qui leur manquait la ruse et le charme, les femmes y apparaissent comme de dangereuses éminences grises, « le gouvernement français [...] [ayant] dépendu, pendant des siècles, de l'administration nocturne des femmes ».

En peignant les femmes sous les traits de manipulatrices et de meurtrières, Olympe de Gouges reprend des clichés répandus dans la société quant à la « nature » des femmes. Mais elle ne les reprend que pour mieux en dénoncer le caractère culturel : « Une femme n'avait besoin que d'être belle ou aimable ; quand elle possédait ces deux avantages, elle voyait cent fortunes à ses pieds. Si elle n'en profitait pas, elle avait un caractère bizarre ou une philosophie peu commune [...] ; alors elle n'était plus considérée que comme une mauvaise tête ; la plus indécente se faisait respecter avec de l'or ; le commerce des femmes était une espèce d'industrie reçue dans la première classe, qui, désormais, n'aura plus de crédit. » Autrement dit, dans une société corrompue, les femmes ne pouvaient qu'être elles-mêmes corrompues si elles désiraient survivre et être respectées.

Éduquer les femmes (autrement)

Avec cette *Déclaration*, Olympe de Gouges exprime l'urgence de se pencher sur la question de l'éducation des femmes : « puisqu'il est question, en ce moment, d'une éducation nationale, voyons si nos sages législateurs penseront sainement sur l'éducation des femmes ». Dépassant le cadre *stricto sensu* d'une déclaration de droits, Olympe de Gouges ébauche déjà la perspective dans laquelle devra s'inscrire un projet d'éducation des femmes : il s'agit de faire d'elles des êtres libres de leurs pensées et de leurs actes, ce qui coïncide avec la réforme du statut civil des femmes et des « conventions conjugales ».

VIRGINIA WOOLF ET *UNE CHAMBRE À SOI (A ROOM OF ONE'S OWN*, 1929)

Ce livre réunit les conférences que Virginia Woolf donna en 1928 dans les *colleges* féminins des universités de Cambridge (Newnham College et Girton College) concernant les femmes et le roman. (Au Royaume-Uni, le terme de *college* désigne une faculté au sein d'une université.) En réfléchissant à ce sujet, elle se met à dénoncer les nombreuses difficultés auxquelles se heurtaient les femmes qui souhaitaient s'instruire et écrire, revendiquant le droit pour elles de devenir des écrivaines à part entière et d'être reconnues comme telles.

SIMONE DE BEAUVOIR ET *LE DEUXIÈME SEXE* (1949)

C'est à la suite d'une discussion avec son compagnon Jean-Paul Sartre que Simone de Beauvoir commence à réfléchir à ce que « ça avait signifié pour [elle] d'être une femme », comme elle le raconte dans *La Force des choses*. Pensant d'abord pouvoir répondre rapidement à cette question, Simone de Beauvoir prend peu à peu conscience de la nécessité d'entreprendre une véritable réflexion sur la condition féminine : « Je fus si intéressée que j'abandonnai le projet d'une confession personnelle pour m'occuper de la condition féminine dans sa généralité. J'allai faire des lectures à la Nationale et j'étudiai les mythes de la féminité » (*La Force des choses*). En juin et novembre 1949 paraissent ainsi successivement les deux tomes du *Deuxième Sexe*, ce vaste essai sur la condition féminine appelé à devenir la bible du féminisme, en dépit d'une réception houleuse en France, alors qu'aux États-Unis ce livre connaît un succès retentissant. Simone de Beauvoir y examine tous les mythes et clichés sur les femmes et la « féminité », brosse un tableau exigeant et lucide de la condition féminine, et plaide pour l'instauration d'une véritable égalité entre les femmes et les hommes.

Dissertation

La littérature peut-elle avoir un pouvoir politique ?

Vous répondrez à cette question dans un développement organisé en vous appuyant sur la Déclaration des droits de la femme et de la citoyenne d'Olympe de Gouges, sur les textes que vous avez étudiés dans le cadre du parcours associé et sur votre culture personnelle.

Introduction

Analyse du sujet

« Longtemps j'ai pris ma plume pour une épée, à présent je connais notre impuissance », écrit Jean-Paul Sartre à la fin de son autobiographie, *Les Mots* (1964), exprimant ainsi, à la suite d'autres écrivains qui l'ont précédé, un certain désenchantement quant au pouvoir politique que pourrait détenir la littérature. Pourtant, les menaces de mort, les persécutions qu'ont subies et subissent de nombreux écrivains à travers le monde, de Rabelais à Salman Rushdie, en passant par Olympe de Gouges et Voltaire, par exemple, suffisent à témoigner du fait que la littérature dérange. Que peut alors la littérature lorsqu'elle se mêle de politique ?

Annonce du plan

Nombre d'écrivains ont envisagé la littérature comme une arme leur permettant de façonner les hommes et la société. Toutefois, les défaites de la démocratie et le non-respect des droits humains ont montré que la littérature pouvait se révéler impuissante. De ce fait, peut-être faut-il plutôt percevoir la littérature comme un bouclier : un contre-pouvoir.

Le plan développé

I. Prendre sa plume comme une épée

A. Affûter l'esprit : éduquer

La philosophie et la littérature se sont longtemps proposé d'éduquer les princes appelés à gouverner un peuple, notamment grâce aux « miroirs des princes », le genre du « miroir » (sorte de manuel moral et politique) étant apparu dès le Moyen Âge. C'est de cette tradition que semble hériter La Fontaine lorsqu'il dédie ses *Fables* au Dauphin de France : « L'apparence en est puérile, je le confesse ; mais ces puérilités servent d'enveloppe à des vérités importantes. » Ainsi les différentes fables qui composent son recueil abordent-elles des thèmes moraux et politiques qui doivent permettre au jeune Dauphin d'affûter son esprit afin de gouverner avec justice et justesse.

B. Pourfendre préjugés et dogmatismes

La littérature sert aussi d'arme lorsqu'elle est utilisée pour pourfendre préjugés et dogmatismes, comme le firent les écrivains des Lumières et, parmi eux, tout particulièrement Voltaire. Dans ses contes philosophiques, ses héros enseignent aux lecteurs une nouvelle

Olympe de Gouges à l'échafaud.

façon de percevoir le monde et donc d'y prendre place. Le sage Zadig, par exemple, héros éponyme du conte de 1748, juge de toutes choses avec raison et discernement, comme lorsqu'il devient Premier ministre au chapitre VI. Face à ce personnage mesuré et rationnel, la critique des dogmatismes et fanatismes apparaît d'autant plus véhémente, comme dans le chapitre XII, intitulé « Le souper », où éclate une dispute entre croyants de différentes confessions à laquelle Zadig met fin dans un esprit de tolérance.

La littérature peut ainsi être utilisée comme une arme destinée à lutter contre les

MOTS CLÉS

Les genres de l'argumentation directe.

L'ESSAI

L'essai est un ouvrage de réflexion dont la forme est libre et le ton personnel. On considère que ce genre littéraire naît avec les *Essais* (1580) de Montaigne, dans lesquels l'auteur se met en scène librement, mêlant récit autobiographique et réflexions philosophiques. L'essai est caractérisé par son ampleur, puisqu'il compte souvent plusieurs centaines de pages, et par son hétérogénéité, puisqu'il traite en général de nombreux sujets différents. Néanmoins, un essai peut aussi être consacré à un sujet en particulier que l'auteur abordera de manière délibérément subjective.

LE TRAITÉ

À l'origine, le traité est un ouvrage didactique qui cherche à informer le lecteur en présentant une synthèse exhaustive sur un sujet donné (traité de la musique, traité d'architecture, etc.). En littérature, il peut toutefois servir à exposer les arguments d'un auteur, comme le *Traité sur la tolérance* (1763), dans lequel Voltaire, en cherchant à réhabiliter le protestant Jean Calas (accusé du meurtre de son fils), dresse un réquisitoire contre le fanatisme et démontre la nécessité pour chacun d'apprendre la tolérance.

LE PAMPHLET

Le pamphlet est un texte court et très agressif, qui présente une critique virulente du sujet dont il traite. Dans *La Littérature à l'estomac* (1950), par exemple, Julien Gracq attaque sans concession le milieu et les mœurs littéraires de son époque, dénonçant la comédie des prix littéraires, la médiatisation à outrance des auteurs, etc.

LE LIBELLE

Proche du pamphlet, le libelle est un court texte satirique visant à critiquer une attitude ou à attaquer une personne, voire les deux à la fois. Il peut se révéler diffamatoire, ayant souvent servi au cours des siècles à mettre ses ennemis dans l'embarras, notamment durant la période révolutionnaire.

LA BROCHURE

Petit ouvrage broché comportant quelques feuillets, il fut là encore pendant longtemps l'un des genres les plus utilisés pour diffuser ses idées.

despotismes et dogmatismes. Néanmoins, face à la violence humaine, elle se révèle parfois impuissante.

II. Aveu d'impuissance de la littérature ?

A. Désenchantement et refus de l'engagement : le divorce entre littérature et politique

En France, l'histoire politique mouvementée du XIXe siècle a suscité à la fois beaucoup d'espoirs et de désillusions, allant jusqu'au désenchantement. L'amertume de Gérard de Nerval est par exemple patente après l'échec de la révolution de juillet 1830, à la suite de laquelle est instituée une monarchie constitutionnelle et non une république. Dans son poème « En avant, marche ! », la politique est décrite comme « une vieille hideuse », une « prostituée / De tous les trônes absolus », et la liberté comme une chimère. Théophile Gautier, quant à lui, déjà perçu comme le chef de file de « l'art pour l'art », décide de fermer définitivement ses fenêtres à la politique après la révolution de 1848 et le coup d'État de Louis-Napoléon Bonaparte, comme il l'écrit dans la préface de son recueil *Émaux et Camées* (1852) : « Sans prendre garde à l'ouragan / Qui fouettait mes vitres fermées, / Moi, j'ai fait *Émaux et Camées* ».

B. Des textes restés lettre morte ?

De fait, il semble que la littérature ait un bien mince pouvoir politique, comme le manifeste l'histoire de certains textes, à commencer par la *Déclaration des droits de la femme et de la citoyenne* d'Olympe de Gouges, qui n'eut qu'un faible écho politique et fut longtemps oubliée, jusqu'au XXe siècle, où elle fut republiée grâce à la romancière féministe Benoîte Groult. Il en fut de même de l'ouvrage de François Poullain de La Barre, *De l'égalité des deux sexes* (1673), texte pourtant lui aussi majeur et précurseur concernant l'égalité entre femmes et hommes. De la même façon, les nombreux plaidoyers de Victor Hugo en faveur de l'abolition de la peine de mort, que l'on pense au *Dernier Jour d'un condamné* (1829), à *Marion Delorme* (1831) ou à *Claude Gueux* (1834), n'ont pas eu d'effet immédiat.

Et pourtant, ces textes nous sont parvenus, nous les lisons encore et nous en mesurons toute l'importance. Aussi faut-il penser le pouvoir politique de la littérature à travers le temps : comme le dit le proverbe latin, « les paroles s'envolent, les écrits restent ».

III. La littérature comme bouclier : un contre-pouvoir

A. Défendre : faire entendre des voix inaudibles ou muselées

Comme l'écrit Italo Calvino dans *La Machine littérature* (1984), « la littérature est nécessaire à la politique avant tout lorsqu'elle donne une voix à qui n'en a pas ». La littérature est donc cet espace où se font entendre des voix autrement inaudibles. L'engagement de Voltaire dans l'affaire Calas (1761-1765) puis dans celle du chevalier de La Barre (1765-1766) permet la réhabilitation posthume de ces deux condamnés à la torture et à la mort. Dans le cas de l'affaire Sirven, Voltaire obtient même la relaxe et la réhabilitation de la famille Sirven de son vivant. L'intervention de Voltaire permet ainsi à ces familles protestantes injustement accusées de faire entendre leur vérité. Lorsqu'elle rédige sa *Déclaration*, Olympe de Gouges aussi fait entendre une voix souvent muselée, celle des femmes, rappelant qu'à rôle égal lors de la Révolution française, les femmes n'ont pourtant pas obtenu les mêmes droits que les hommes.

B. Dénoncer : changer nos représentations

La littérature sert enfin à faire évoluer nos représentations. C'est à ce travail de longue haleine que se livre notamment Olympe de Gouges dans sa *Déclaration* en réfléchissant à la question de la « nature » des femmes : elle affirme que les femmes sont par nature égales en droits aux hommes et que la ruse habituelle qu'on leur prête ne leur est point naturelle mais est au contraire la conséquence d'une contrainte sociale. Ce faisant, Olympe de Gouges libère les femmes des clichés négatifs qui pèsent sur elles, libération symbolique nécessaire pour que s'accomplisse une libération civile et politique.

Conclusion

Certes, lorsqu'il écrit « Longtemps j'ai pris ma plume pour une épée, à présent je connais notre impuissance », Sartre semble une fois pour toutes affirmer l'absence de pouvoir politique de la littérature. Mais ce serait oublier qu'il ajoute aussitôt après : « N'importe : je fais, je ferai des livres ; il en faut ; cela sert tout de même. » C'est que le pouvoir politique de la littérature doit être pensé à travers le temps et non dans l'immédiateté d'une publication : comme la *Déclaration* d'Olympe de Gouges, certains textes portent leurs fruits bien des années, voire des siècles après leur publication. La littérature s'avère alors être un véritable contre-pouvoir, résistant à l'épreuve du temps, au musellement de la parole et de la pensée.

L'AFFICHE

Manuscrite ou imprimée, l'affiche, collée sur un mur, servait à exprimer des idées, à transmettre un message. Olympe de Gouges, par exemple, a eu plusieurs fois recours à l'affichage ; à son époque, il fallait alors obtenir l'accord de l'un des afficheurs autorisés pour que son texte soit affiché sur un mur. C'est d'ailleurs une affiche, *Les Trois Urnes ou le Salut de la patrie par un voyageur aérien*, qui lui coûtera la vie.

LA LETTRE ET LA LETTRE OUVERTE

La lettre, support de correspondance privée entre un émetteur et un destinataire, a pourtant souvent servi de moyen d'expression et de diffusion d'idées en étant volontairement rendue publique. Voltaire use de ce procédé en 1766, adoptant un nom d'emprunt, pour sa *Relation de la mort du chevalier de La Barre*, adressée au marquis de Beccaria. Mais la lettre peut aussi être explicitement écrite pour être publiée, dans un journal ou une revue : on parle alors de « lettre ouverte ». C'est le choix effectué par Émile Zola pour dénoncer l'antisémitisme dont fut victime Alfred Dreyfus en publiant sa lettre *J'accuse… !*, adressée au président de la République, dans le journal *L'Aurore*, le 13 janvier 1898.

LE MANIFESTE

Le manifeste est un bref texte dans lequel un individu, un groupe politique ou artistique expose une prise de position ou un programme. La naissance du mouvement surréaliste est par exemple annoncée par le *Manifeste du surréalisme* publié en 1924 par André Breton.

CITATION

« Nul ne doit être inquiété pour ses opinions mêmes fondamentales ; la femme a le droit de monter sur l'échafaud, elle doit avoir également celui de monter à la tribune. » Olympe de Gouges, *Déclaration des droits de la femme et de la citoyenne* (art. X).

Quiz : La littérature d'idées du XVIe siècle au XVIIIe siècle

Plusieurs réponses peuvent être correctes.

Les formes de l'argumentation

1. Quel écrivain français du XVIIIe siècle a écrit plusieurs dialogues délibératifs ?

☐ a. Charles-Louis de Montesquieu
☐ b. Denis Diderot
☐ c. Voltaire

2. Quelles définitions sont correctement attribuées aux termes suivants ?

☐ a. détracteur : qui s'oppose à une thèse et la contredit
☐ b. apologie : long discours enflammé
☐ c. diatribe : éloge enthousiaste
☐ d. polémique : cliché, idée usée et banale, parfois sans véritable justesse
☐ e. poncif : « combat » opposant deux adversaires aux vues opposées

3. Quelle œuvre de François de La Rochefoucauld se présente sous la forme d'un recueil de courts développements réunis autour de différents thèmes, tels que les femmes, les grands, la cour, etc. ?

☐ a. les *Fables*
☐ b. *Les Caractères*
☐ c. les *Maximes*

4. Quel traité théorique commence par ces mots : « Les lois, dans la signification la plus étendue, sont les rapports nécessaires qui dérivent de la nature des choses ; et dans ce sens, tous les êtres ont leurs lois : la divinité a ses lois, le monde matériel a ses lois ; les intelligences supérieures à l'homme ont leurs lois, les bêtes ont leurs lois, l'homme a ses lois. »

☐ a. *De l'esprit des lois* (Montesquieu)
☐ b. Les *Lettres persanes* (Montesquieu)
☐ c. *Le Prince* (Machiavel)

5. Dans les *Lettres persanes*, Montesquieu utilise une argumentation :

☐ a. indirecte.
☐ b. directe.

6. Dans le conte philosophique et la fable, l'argumentation :

☐ a. s'efface devant la fiction.
☐ b. est prise en charge par la fiction.
☐ c. est séparée de la fiction.

7. Parmi les auteurs suivants, lesquels sont des fabulistes français ?

☐ a. Ésope
☐ b. Phèdre
☐ c. Jean de La Fontaine
☐ d. Jean-Pierre Claris de Florian
☐ e. Jean Anouilh

8. Qu'est-ce qu'une contre-utopie ?

☐ a. un récit réaliste qui dépeint fidèlement la société
☐ b. un récit qui présente favorablement une idéologie destructrice
☐ c. un récit qui dépeint une société fictive, particulièrement noire et terrible

9. Quelle thèse défend Rousseau dans le passage suivant ?

Il y a un excès de rigueur et un excès d'indulgence, tous deux également à éviter. Si vous laissez pâtir les enfants, vous exposez leur santé, leur vie ; vous les rendez actuellement misérables ; si vous leur épargnez avec trop de soin toute espèce de mal-être, vous leur préparez de grandes misères ; vous les rendez délicats, sensibles ; vous les sortez de leur état d'hommes dans lequel ils rentreront un jour malgré vous.
Jean-Jacques Rousseau, *Émile ou De l'éducation*, II, 1762

☐ a. L'éducation doit être sévère et stricte.
☐ b. L'éducation ne doit être ni trop sévère, ni trop bienveillante.
☐ c. L'éducation doit laisser l'enfant s'épanouir.

10. Parmi les propositions suivantes, quels sont les différents types d'argumentation indirecte ?

☐ a. la fable
☐ b. le conte philosophique
☐ c. l'utopie
☐ d. la contre-utopie
☐ e. la parabole
☐ f. l'essai

11. Qui est l'auteur de cette citation : « je pense, donc je suis » ?

☐ a. René Descartes
☐ b. Blaise Pascal
☐ c. Michel de Montaigne

12. Qui est l'auteur de cette citation : « Le monde récompense plus souvent les apparences du mérite que le mérite même » ?

☐ a. Blaise Pascal
☐ b. Michel de Montaigne
☐ c. François de La Rochefoucauld

13. Qui est l'auteur de cette citation : « La justice sans la force est impuissante, la force sans la justice est tyrannique. [...] Et ainsi, ne pouvant faire que ce qui est juste fût fort, on a fait que ce qui est fort fût juste » ?

☐ a. Charles-Louis de Montesquieu
☐ b. Blaise Pascal
☐ c. Voltaire

L'argumentation indirecte et son interprétation

14. Quelle est la morale de cette fable de La Fontaine ?

Un octogénaire plantait.
« Passe encor de bâtir ; mais planter à cet âge ! »
Disaient trois jouvenceaux, enfants du voisinage ;
Assurément il radotait.
« Car, au nom des dieux, je vous prie,
Quel fruit de ce labeur pouvez-vous recueillir ?
Autant qu'un patriarche il vous faudrait vieillir.
À quoi bon charger votre vie
Des soins d'un avenir qui n'est pas fait pour vous ?
Ne songez désormais qu'à vos erreurs passées ;
Quittez le long espoir et les vastes pensées ;
Tout cela ne convient qu'à nous.
- Il ne convient pas à vous-même,
Repartit le vieillard. Tout établissement
Vient tard, et dure peu. La main des Parques blêmes
De vos jours et des miens se joue également.
Nos termes sont pareils par leur courte durée. [...] »
Le vieillard eut raison ; l'un des trois jouvenceaux
Se noya dès le port, allant à l'Amérique ;
L'autre, afin de monter aux grandes dignités,
Dans les emplois de Mars servant la République,
Par un coup imprévu vit ses jours emportés ;
Le troisième tomba d'un arbre
Que lui-même il voulut enter ;
Et pleurés du Vieillard, il grava sur leur marbre
Ce que je viens de raconter.

Jean de La Fontaine, *Fables*, « Le Vieillard et les Trois Jeunes Hommes », 1678

☐ a. Il ne sert à rien de chercher à éviter la mort.
☐ b. La mort est commune à tous les âges.
☐ c. Le moqueur est toujours puni.

15. Parmi les vers suivants, lesquels constituent une morale ?

Il faut autant qu'on peut, obliger tout le monde :
On a souvent besoin d'un plus petit que soi.
De cette vérité deux fables feront foi,
Tant la chose en preuves abonde.

Entre les pattes d'un Lion
Un Rat sortit de terre assez à l'étourdie.
Le roi des animaux, en cette occasion,
Montra ce qu'il était, et lui donna la vie.
Ce bienfait ne fut pas perdu.
Quelqu'un aurait-il jamais cru
Qu'un Lion d'un Rat eût affaire ?
Cependant il advint qu'au sortir des forêts
Ce Lion fut pris dans des rets
Dont ses rugissements ne purent le défaire.
Sire Rat accourut, et fit tant par ses dents
Qu'une maille rongée emporta tout l'ouvrage.
Patience et longueur de temps
Font plus que force ni que rage.

Jean de La Fontaine, *Fables*, « Le Lion et le Rat », 1668

☐ a. Les vers 1 et 2.
☐ b. Les vers 7 et 8.
☐ c. Les vers 17 et 18.

16. Dans le conte *Micromégas*, Voltaire raconte les aventures de deux personnages qui, quoique de tailles différentes, sont tous deux des géants à l'échelle humaine, l'un venant de Saturne, l'autre de Sirius. Les deux voyageurs parviennent sur la Terre et découvrent que les minuscules insectes qui y vivent (les humains) savent parler et penser. Ils s'entretiennent donc avec un groupe de philosophes qu'ils ont rencontrés. Que démontre Voltaire dans cet extrait ?

« Ô atomes intelligents, dans qui l'Être éternel s'est plu à manifester son adresse et sa puissance, vous devez sans doute goûter des joies bien pures sur votre globe : car, ayant si peu de matière, et paraissant tout esprit, vous devez passer votre vie à aimer et à penser ; c'est la véritable vie des esprits. Je n'ai vu nulle part le vrai bonheur ; mais il est ici, sans doute. » À ce discours, tous les philosophes secouèrent la tête ; et l'un d'eux, plus franc que les autres, avoua de bonne foi que, si l'on excepte un petit nombre d'habitants fort peu considérés, tout le reste est un assemblage de fous, de méchants et de malheureux. « Nous avons plus de matière qu'il ne nous en faut, dit-il, pour faire beaucoup de mal, si le mal vient de la matière ; et trop d'esprit, si le mal vient de l'esprit.

Savez-vous bien, par exemple, qu'à l'heure où je vous parle, il y a cent mille fous de notre espèce, couverts de chapeaux, qui tuent cent mille autres animaux couverts d'un turban, ou qui sont massacrés par eux, et que, presque sur toute la terre, c'est ainsi qu'on en use de temps immémorial ? » Le Sirien frémit, et demanda quel pouvait être le sujet de ces horribles querelles entre de si chétifs animaux. « Il s'agit, dit le philosophe, de quelque tas de boue grand comme votre talon. Ce n'est pas qu'aucun de ces millions d'hommes qui font égorger prétende un fétu sur ce tas de boue. Il ne s'agit que de savoir s'il appartiendra à un certain homme qu'on nomme Sultan, ou à un autre qu'on nomme, je ne sais pourquoi, César. Ni l'un ni l'autre n'a jamais vu ni ne verra jamais le petit coin de terre dont il s'agit ; et presque aucun de ces animaux, qui s'égorgent mutuellement, n'a jamais vu l'animal pour lequel ils s'égorgent. »

Voltaire, *Micromégas*, 1752

☐ a. Il est cruel de faire du mal aux animaux.

☐ b. La guerre est une absurde boucherie et les hommes accordent de l'importance à des combats qui, à l'échelle de l'univers, semblent dérisoires.

☐ c. Les hommes, quoique minuscules à l'échelle de l'univers, sont grands par leur capacité à aimer et à penser.

17. Quelle est la moralité de la parabole évoquée dans le texte suivant ?

Les plus anciennes fables ne sont-elles pas visiblement allégoriques ? La première que nous connaissions dans notre manière de supputer le temps, n'est-ce pas celle qui est rapportée dans le neuvième chapitre du Livre des Juges ? Il fallut choisir un roi parmi les arbres ; l'olivier ne voulut point abandonner le soin de son huile, ni le figuier celui de ses figues, ni la vigne celui de son vin, ni les autres arbres celui de leur fruit ; le chardon, qui n'était bon à rien, se fit roi, parce qu'il avait des épines et qu'il pouvait faire du mal.

Voltaire, *Dictionnaire philosophique*, article « Fables », 1764

☐ a. Ce n'est pas la supériorité par rapport aux autres mais le pouvoir de nuire qui définit les gouvernants.

☐ b. Il est dangereux de s'inspirer des textes anciens.

☐ c. Seuls ceux qui produisent des richesses sont de bons gouvernants.

18. Qui est l'auteur de cette citation : « Il faut cultiver notre jardin » ?

☐ a. Jean-Jacques Rousseau

☐ b. Voltaire

☐ c. François de La Rochefoucauld

Corrigés

1. b. Il s'agit de Denis Diderot. L'essentiel de son œuvre a pris la forme de l'échange délibératif : cette forme lui permettait de tenir des propos contradictoires. Dans ces dialogues, il n'est pas toujours évident de reconnaître le point de vue de l'auteur. Certains d'entre eux, comme *Entretien d'un philosophe avec la Maréchale de* ***, sont directement inspirés d'échanges réellement vécus par le philosophe.

2. a, b. Un détracteur est un interlocuteur (ou lecteur) qui s'oppose à une thèse et la contredit.
Faire l'apologie de quelque chose ou de quelqu'un, c'est en faire l'éloge. Cela désigne tout discours qui vise à justifier ou à glorifier une personne ou une doctrine. Il appartient alors au vocabulaire de l'éloge et s'oppose au blâme.
Une diatribe est une longue tirade, au ton violent, souvent injurieux.
Une polémique (du grec *polemos*, la guerre) est un « combat » opposant deux adversaires aux vues opposées ; le registre polémique se caractérise par des adresses à l'interlocuteur (questions, apostrophes, pronoms personnels de la 2e personne, etc.), un vocabulaire assez violent, des attaques, etc.
Un poncif désigne un cliché, une idée banale, usée, voire fausse.

3. c. « Qui vit sans folie n'est pas si sage qu'il croit. » La Rochefoucauld use dans ses *Maximes* d'une argumentation de type direct, où l'art de la formule est poussé à son paroxysme.

4. a. *De l'esprit des lois* relève de l'argumentation directe. Il s'agit là d'un traité théorique sur la justice et son application sous différents régimes politiques.

5. a. *Lettres persanes* est un roman épistolaire dans lequel les personnages sont des étrangers en visite en Europe. Découvrant des usages et coutumes éloignés des leurs, ils s'en étonnent et s'en indignent. Ce faisant, ils permettent au lecteur européen de reconsidérer ce qu'il prenait pour évident, et de le critiquer éventuellement.

6. b. Le conte philosophique et la fable ne peuvent être lus comme des récits ordinaires : de nombreux indices rappellent en permanence au lecteur que la fiction est une argumentation en acte, qu'elle est soutenue par une charpente argumentative solide. La thèse de l'auteur est ainsi prise en charge par le récit, les arguments étant portés par des personnages et pouvant être induits de situations concrètes.

7. c, d, e. Le plus grand fabuliste français est La Fontaine (1621-1695), dont les fables ont été écrites entre 1668 et 1694. Vient ensuite Florian (1755-1794) ; certaines morales de ses fables sont ancrées dans la mémoire collective. Au XXe siècle, c'est Anouilh (1910-1987) qui publia un recueil de fables, en 1962. Ésope (VIIe siècle av. J.-C. - VIe siècle av. J.-C.) est un écrivain grec. Il est considéré comme l'inventeur du genre. Phèdre (15 av. J.-C - 50 ap. J.-C.) est un fabuliste latin.

8. c. Traditionnellement, l'utopie dépeint un monde fictif idéal : ainsi, Cyrano de Bergerac, au XVIIe siècle, décrit, dans ses *États et empires de la lune et du soleil*, un monde qui à bien des égards est l'inverse du nôtre.
Les contre-utopies nous plongent dans un monde fictif terrifiant, qui menace de devenir le nôtre si nous ne faisons rien : Georges Perec, dans *W ou le souvenir d'enfance* (1975), décrit ainsi une société dominée par une idéologie totalitaire, directement inspirée du nazisme.

9. b. Le texte dont est extrait le passage analysé fait partie des œuvres qui ont opposé Rousseau et les autres philosophes des Lumières. Le philosophe propose ici un moyen terme entre une éducation rigoureuse et une éducation permissive en dénonçant les deux extrêmes et en évoquant le devenir de l'enfant.

10. a, b, c, d, e. Une parabole est un récit allégorique simple à visée morale ou religieuse. Dans une utopie, l'auteur invente un lieu parfait ; dans une contre-utopie, un univers sombre et effrayant. L'essai relève de l'argumentation directe.

11. a. Cette formule célèbre est de Descartes, philosophe du XVIIe siècle.

12. c. Cette citation est extraite des *Maximes* de La Rochefoucauld. Il met ici en relief l'erreur dans laquelle nous sommes lorsque nous croyons reconnaître une vertu, puisque nous nous laissons abuser par les apparences au lieu de chercher la véritable valeur.

13. b. Pascal, dans les *Pensées* (XVIIe siècle), constate l'interdépendance de la force et de la justice. La formule finale, remarquable par un chiasme (figure de style fondée sur le parallélisme et l'inversion), signifie que ce que nous appelons « justice » n'est en réalité que la loi du plus fort ; selon Pascal, la force du dominant est telle qu'il peut lui donner le nom et l'apparence de la justice.

14. b. Inspirée d'Abstémius, un moraliste italien de la fin du XVe siècle, cette fable reprend une thématique déjà commune à l'époque de La Fontaine : l'opposition entre les générations. Les trois jeunes hommes qui se moquent du vieil homme qui continue à être actif alors qu'il devrait, selon eux, profiter du maigre répit que la mort lui accorde encore, meurent tous bien avant lui.
Il est d'ailleurs intéressant de noter que leur mort fait d'eux des exemples de l'imprudence que l'on associe généralement à la jeunesse : le premier meurt alors qu'il part découvrir le Nouveau Monde, le deuxième meurt au combat

et le troisième, trop confiant, s'écrase au pied d'un arbre.

15. a, c. Cette fable présente deux morales, rédigées au présent de vérité générale.

16. b. *Micromégas*, publié en 1752, est l'un des nombreux contes philosophiques de Voltaire. Le titre associe deux étymologies grecques contradictoires, micro et méga, signifiant « petit » et « grand ». Les deux personnages du récit découvrent la Terre selon leurs points de vue respectifs.

Cet apologue vise à développer l'esprit critique du lecteur en l'incitant à changer fréquemment d'angle de vue sur les choses, à relativiser ce qu'il connaît. À cette visée didactique s'ajoute une importante fonction ludique, puisque ce texte est l'un des premiers à mettre en scène des êtres « extraterrestres ».

17. a. La parabole biblique est proche de la vision politique des Lumières : le chardon, comme le despote, s'impose au pouvoir en profitant de ce que personne ne veut assumer ce rôle.

On ne peut manquer de remarquer le pied de nez que constitue l'emploi d'une fable biblique : comment se faire taxer d'athéisme alors que l'on fonde sa réflexion sur un des livres fondateurs de la religion judéo-chrétienne ?

18. b. Cette phrase est la dernière du conte philosophique *Candide* de Voltaire ; elle invite à une forme de sagesse, celle qui consiste à rester dans ce qui est à notre portée (« notre jardin »), mais en tâchant d'en profiter et de le faire fructifier.

GRAMMAIRE

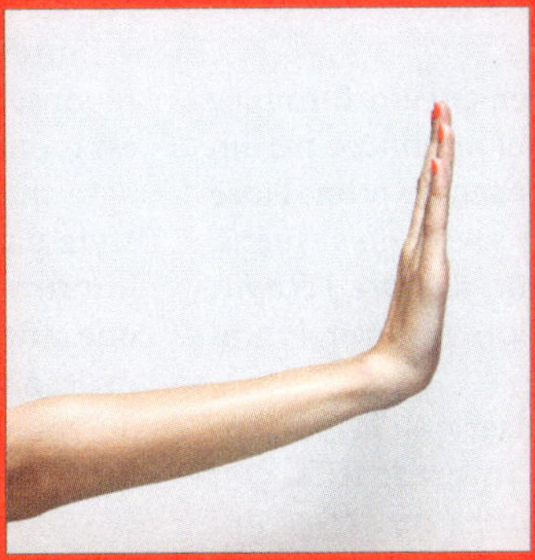

L'interrogation

L'interrogation est l'un des types de phrase. Elle sert en règle générale à demander une information ou à exprimer un questionnement. Selon le contexte, elle peut être plus ou moins contraignante pour le destinataire, jusqu'à avoir valeur d'ordre (par exemple quand un enquêteur demande : « Où étiez-vous au moment du crime ? »). Elle peut également exprimer la surprise, ou avoir un rôle argumentatif.

Les constructions

L'interrogation directe

Elle se caractérise à l'écrit par une ponctuation distinctive (le point d'interrogation) ; à l'oral, c'est l'intonation qui permet de la reconnaître.

a. Inversions

À l'écrit, elle implique une inversion des places traditionnelles du sujet et du verbe, si le sujet est un pronom personnel (ex. : Sais-tu où sont mes clefs ?). Cette caractéristique est plus rare à l'oral.

Si le sujet est un nom propre, ou un groupe nominal, il reste en première position mais est repris après le verbe par un pronom (ex. : Marc peut-il me remplacer ?).

b. Tournures interrogatives

Il existe plusieurs tournures interrogatives :
– la tournure *est-ce que*, derrière laquelle l'ordre traditionnel de la phrase ne change pas ;
– les pronoms interrogatifs *qui*, *que*, *quoi*, *lequel*, *laquelle*, etc. qui sont placés au début de la phrase. La question porte alors sur une personne ou un objet (ex. : Lequel de ces livres préfères-tu ?) ;
– le déterminant interrogatif *quel* (ex. : Quel chemin me conseilles-tu ?) ;
– certains adverbes, comme *comment*, *où*, *pourquoi*, *quand*, *combien*, qui font porter la question sur les circonstances (ex. : Combien de jours as-tu pour préparer ton examen ?).

L'interrogation indirecte

L'interrogation peut également être formulée dans une subordonnée et annoncée par un verbe introducteur dont le sens exprime l'idée d'interrogation, ou d'un savoir en suspens, tels que : *je (me) demande*, *j'ignore*, *j'étudie*, *je ne sais pas*. Il n'y a alors ni inversion ni ponctuation spécifique.

On ne peut alors utiliser que les formes simples des pronoms interrogatifs. *Qui est-ce qui* devient *ce qui* ; *qu'est-ce qui* devient *ce qui* ; *qu'est-ce que* devient *ce que*. Par exemple, « Qu'est-ce qui s'est passé ? » devient « Dis-moi ce qui s'est passé ».

Les types d'interrogation

On distingue deux types d'interrogation :
– l'interrogation partielle, qui appelle l'apport d'une information manquante. L'intonation est descendante ; le terme interrogatif initial est mis en relief (ex : Qui a téléphoné tout à l'heure ?) ;
– l'interrogation totale, qui appelle une réponse par « oui » ou « non ». L'intonation est montante (ex. : Es-tu là ?).
– La question rhétorique est un effet de style particulier, qui sert à souligner une information. On peut la considérer comme une affirmation implicite : le destinataire est invité à constater par lui-même l'importance du point mis en valeur par la question (ex. : Faut-il rappeler nos efforts passés ?).

L'INTERROGATION DANS UN TEXTE LITTÉRAIRE

TEXTE

PHÈDRE
Oui, prince, je languis, je brûle pour Thésée :
[...] Il avait votre port, vos yeux, votre langage ;
Cette noble pudeur colorait son visage,
Lorsque de notre Crête il traversa les flots,
Digne sujet des vœux des filles de Minos.
Que faisiez-vous alors ? Pourquoi, sans Hippolyte,
Des héros de la Grèce assembla-t-il l'élite ?
Pourquoi, trop jeune encor, ne pûtes-vous alors
Entrer dans le vaisseau qui le mit sur nos bords ?
Par vous aurait péri le monstre de la Crête,
Malgré tous les détours de sa vaste retraite :
Pour en développer l'embarras incertain,
Ma sœur du fil fatal eût armé votre main.
Mais non : dans ce dessein je l'aurais devancée ;
L'amour m'en eût d'abord inspiré la pensée.
C'est moi, prince, c'est moi, dont l'utile secours
Vous eût du labyrinthe enseigné les détours [...].

HIPPOLYTE
Dieux ! qu'est-ce que j'entends ? Madame, oubliez-vous
Que Thésée est mon père, et qu'il est votre époux ?
PHÈDRE
Et sur quoi jugez-vous que j'en perds la mémoire,
Prince ? Aurais-je perdu tout le soin de ma gloire ?
(Jean Racine, *Phèdre*, II, 5)

QUESTIONS

1. « Pourquoi, trop jeune encor, ne pûtes-vous alors / Entrer dans le vaisseau qui le mit sur nos bords ? » Comment analysez-vous cette question ? Dans quelle mesure est-elle paradoxale ? Qu'exprime-t-elle des émotions de Phèdre et du problème profond qu'elle rencontre ?

2. « Qu'est-ce que j'entends ? »
Analysez cette question. Que révèle-t-elle de la réaction d'Hippolyte ?

CORRIGÉ

1. C'est une question rhétorique puisque la réponse est donnée dans l'incise. Elle est donc paradoxale puisque Phèdre connait parfaitement la réponse objective : le jeune âge d'Hippolyte. Cette jeunesse est le cœur du problème, puisqu'il y existe un décalage entre les générations : la belle-mère est amoureuse du beau-fils.

2. Il s'agit d'une nouvelle question rhétorique. Elle montre qu'Hippolyte a compris les sentiments que Phèdre exprime à son égard. Cette question est un cri de surprise, mais aussi une impossibilité à formuler ce qu'il entend, qui est trop indécent pour être dit.

La négation

Le principe de la négation est d'inverser l'information contenue dans une phrase ou proposition. Elle peut servir soit à décrire une réalité, soit à contester une affirmation antérieure venant d'une autre personne.

I. Construction

La négation lexicale

La négation peut être lexicale, c'est-à-dire que l'opposition est exprimée directement par les termes utilisés. C'est le cas avec les antonymes (*grand* / *petit*, *lent* / *rapide*) ou les termes formés par dérivation (*volontaire* / *involontaire*).

La négation grammaticale

La négation peut aussi être grammaticale ; la syntaxe de la phrase utilise alors des termes négatifs de plusieurs catégories :
- pronom (*rien*, *personne*) ;
- déterminant (*aucun*) ;
- adverbes (*ne... pas*).

II. Les types de négation

La **négation totale**, exprimée avec *ne... pas*, ou *ne... point*, inverse tout le sens de la phrase, ou conteste la phrase positive correspondante. Par exemple, « Je ne le savais pas » est le contraire de « Je le savais », ou une affirmation qui sous-entend : « Il serait faux de dire que je le savais ».

La **négation partielle** ne porte que sur un point de la proposition : *ne* est alors associé soit à un pronom (« Je n'en sais rien »), soit à un déterminant négatif (« Je ne connais aucun des invités »), soit à un complément circonstanciel de lieu (« Je ne trouve mes clefs nulle part ») ou de temps (« Je ne sais jamais quoi lui dire »).

La **négation restrictive**, malgré son nom et sa tournure, n'est pas réellement une négation, puisqu'elle vise le seul cas positif. On la forme avec *ne... que*, ou *rien... sinon*, *rien... sauf* (ex. : Il n'aime que les pâtes). On peut ajouter *pas* dans une tournure restrictive pour en inverser le sens : « Le féminisme ne concerne pas que les femmes ».

LA NÉGATION DANS UN TEXTE LITTÉRAIRE

TEXTE

LE COMTE *(prend la main de sa femme)* — Mais quelle peau fine et douce, et **qu'il s'en faut que** la comtesse ait la main aussi belle !
LA COMTESSE *(à part)* — Oh ! la prévention !
LE COMTE — A-t-elle ce bras ferme et rondelet ! ces jolis doigts pleins de grâce et d'espièglerie ?
LA COMTESSE *(de la voix de Suzanne)* — Ainsi l'amour...
LE COMTE — L'amour... **n'est que** le roman du cœur : c'est le plaisir qui en est l'histoire ; il m'amène à tes genoux.
LA COMTESSE — Vous **ne l'aimez plus** ?
LE COMTE — Je l'aime beaucoup ; mais trois ans d'union rendent l'hymen si respectable !
LA COMTESSE — Que vouliez-vous en elle ?
LE COMTE *(la caressant)* — Ce que je trouve en toi, ma beauté...
LA COMTESSE — Mais dites donc.
LE COMTE — ... **Je ne sais** : moins d'uniformité peut-être, plus de piquant dans les manières, un je ne sais quoi qui fait le charme ; quelquefois un refus : que sais-je ? Nos femmes croient tout accomplir en nous aimant : cela dit une fois, elles nous aiment, nous aiment (quand elles nous aiment) et sont si complaisantes et si constamment obligeantes, et toujours, et sans relâche, qu'on est tout surpris, un beau soir, de trouver la satiété où l'on recherchait le bonheur.
LA COMTESSE *(à part)* — Ah ! quelle leçon !
LE COMTE — En vérité, Suzon, j'ai pensé mille fois que si nous poursuivons ailleurs ce plaisir qui nous fuit chez elles, c'est **qu'elles n'étudient pas assez** l'art de soutenir notre goût, de se renouveler à l'amour, de ranimer, pour ainsi dire, le charme de leur possession par celui de la variété.
LA COMTESSE *(piquée)* — Donc elles doivent tout ?...
LE COMTE *(riant)* — Et l'homme **rien** ? Changerons-nous la marche de la nature ? Notre tâche, à nous, fut de les obtenir ; la leur...
LA COMTESSE — La leur ?...
LE COMTE — Est de nous retenir : on l'oublie trop.
LA COMTESSE — Ce **ne sera pas** moi.
LE COMTE — **Ni moi**.
FIGARO *(à part)* — **Ni moi**.
SUZANNE *(à part)* — **Ni moi**.
(Pierre Caron de Beaumarchais, *Le Mariage de Figaro*, V, 8)

QUESTIONS

1. « Qu'il s'en faut que la comtesse ait la main aussi belle ! »
Montrez que cette phrase contient une négation.
2. Trouvez une négation restrictive et une négation partielle dans ce dialogue. Expliquez ces formules en fonction de l'état d'âme des personnages.
3. « LA COMTESSE (piquée) - Donc elles doivent tout ?
LE COMTE (riant) - Et l'homme rien ? »
Étudiez cet échange de répliques en montrant le rôle de la négation et de l'implicite.

CORRIGÉ

1. La phrase contient une négation lexicale portée par la tournure « qu'il s'en faut que ». Cela équivaut approximativement à la phrase : « la comtesse n'a pas la main aussi belle ».
2. Négation restrictive : « l'amour n'est que le roman du cœur ». La phrase redéfinit l'amour en lui assignant des limites : il est illusoire et sans lien avec la réalité. Cela exprime le point de vue désabusé du Comte après trois ans de mariage.
Négation partielle : « Vous ne l'aimez plus ? ». La phrase exprime l'inquiétude de la Comtesse, qui piège son mari pour savoir à quoi s'en tenir.
3. La phrase comporte une antithèse entre tout et rien. Il y a une ellipse du verbe dans la deuxième réplique. Cela souligne le côté cavalier du Comte, qui assume l'injustice de la situation telle qu'il la décrit, et que la Comtesse pointait implicitement, attendant sans doute un démenti.

Les propositions subordonnées conjonctives compléments circonstanciels

La proposition subordonnée conjonctive complément circonstanciel est une proposition subordonnée, c'est-à-dire qu'elle dépend d'une proposition principale dont elle complète le sens. On l'appelle conjonctive, parce qu'elle est introduite par une conjonction de subordination, ou une locution conjonctive. On l'appelle circonstancielle parce qu'elle sert à préciser les circonstances de l'action verbale. Dans une certaine mesure, elle peut être comparée à un complément circonstanciel dans une phrase simple.

Les constructions

Le subordonnant peut être de deux types :
– une conjonction simple (ex. : *que*, *si*, *quand*, *comme*) ;
– une locution conjonctive faite de plusieurs mots, et dans laquelle apparaît *que*. Elle peut être composée d'un adverbe suivi de *que* (*bien que*, *alors que*...) ou d'une préposition suivie de *que* (*dès que*, *pour que*...) ; il peut s'agir de formes complexes (*vu que*, *en attendant que*, *pourvu que*...).

Comme le complément circonstanciel dans la phrase simple, ces propositions peuvent généralement être supprimées ou déplacées dans la phrase.

Les types de propositions

L'expression du temps

Ces subordonnées sont introduites par *quand* / *lorsque*, *pendant que*, *après que*, *depuis que*, *comme*... *Quand* et *lorsque* sont synonymes (*lorsque* a une valeur plus littéraire).

L'aspect temporel exprimé peut être, selon les temps verbaux utilisés, soit la simultanéité, soit la succession.

Rappel : une conjonctive complément circonstanciel avec *avant que* se construit avec le subjonctif ; une conjonctive complément circonstanciel avec *après que* se construit à l'indicatif.

L'expression de la cause

Ces subordonnées sont introduites par *puisque*, *parce que*, *vu que*, *étant donné que*... Dans le cas de *puisque*, la proposition subordonnée sert à justifier la principale (ex. : Je reviendrai puisque tu me le demandes).

L'expression du but

Ces subordonnées sont introduites par *afin que*, *pour que*... (ex. : Je travaille afin que mes résultats s'améliorent).

L'expression de l'intensité

Ces subordonnées sont introduites par *si... que*, *tellement... que*, *à tel point que*... (ex. : Je suis si fatiguée que j'ai dû renoncer à ce tournoi).

L'expression de l'opposition

Ces subordonnées sont introduites par *alors que*, *tandis que*... (ex. : Tandis qu'il multiplie les efforts, son frère n'en fait aucun).

L'expression de la concession

Ces subordonnées sont introduites par *bien que*, *même si*... (ex. : Bien que je sois la plus jeune du groupe, j'ai vite été acceptée par tous).

Les conjonctives commençant par *si*

Elles peuvent exprimer une hypothèse, une récurrence ou une opposition (ex. : Si ses compliments sont sincères, ils sont rares).

C'est le type de conjonctive ayant fonction de complément circonstanciel le plus complexe ; la subordonnée ne peut pas être supprimée.

LA CONJONCTIVE UTILISÉE EN FONCTION DE COMPLÉMENT CIRCONSTANCIEL DANS UN TEXTE LITTÉRAIRE

TEXTE

ROXANE À USBEK

À Paris

Oui, je t'ai trompé ; j'ai séduit tes eunuques ; je me suis jouée de ta jalousie ; et j'ai su de ton affreux sérail faire un lieu de délices et de plaisirs.

Je vais mourir ; le poison va couler dans mes veines : car que ferais-je ici, puisque le seul homme qui me retenait à la vie n'est plus ? Je meurs ; mais mon ombre s'envole bien accompagnée : je viens d'envoyer devant moi ces gardiens sacrilèges, qui ont répandu le plus beau sang du monde.

Comment as-tu pensé que je fusse assez crédule, pour m'imaginer que je ne fusse dans le monde que pour adorer tes caprices ? que, pendant que tu te permets tout, tu eusses le droit d'affliger tous mes désirs ? Non : j'ai pu vivre dans la servitude ; mais j'ai toujours été libre : j'ai réformé tes lois sur celles de la nature ; et mon esprit s'est toujours tenu dans l'indépendance. [ ]

Tu étais étonné de ne point trouver en moi les transports de l'amour : si tu m'avais bien connue, tu y aurais trouvé toute la violence de la haine.

(Montesquieu, *Lettres persanes*, lettre CLXI)

QUESTIONS

1. Retrouvez dans cet extrait une subordonnée conjonctive complément circonstanciel de sens temporel. Quel est son verbe principal ? En quoi cet ajout permet-il d'illustrer la relation entre les personnages ?

2. Repérez dans le texte une subordonnée conjonctive complément circonstanciel servant à Roxane à justifier le choix qu'elle explique ici. Quelle information cette subordonnée apporte-t-elle ?

CORRIGÉ

1. La subordonnée est : « pendant que tu te permets tout ». Le verbe de la proposition principale est : « eusses le droit ». Cet ajout permet de montrer la domination écrasante d'Usbek, qui est soulignée par le polyptote qui joint « tout » et « tous ».

2. La subordonnée est : « puisque le seul homme [...] plus ». Le personnage meurt donc en partie par amour : la proposition précise les expressions « bien accompagnée » et « plus beau sang du monde », sinon difficilement compréhensibles.

Le lexique

Le lexique correspond à l'ensemble des mots d'une langue. Ces mots peuvent être formés de différentes façons, dont nous allons voir les principales.

La formation des mots

L'étymologie

L'étymologie est l'étude de la formation des mots à partir de ceux d'une autre langue. On appelle le mot source la racine. Le lexique français vient en large partie du latin et du grec.

Le français appartenant au groupe des langues latines, on trouve beaucoup de racines latines pour les termes de la langue courante. Par exemple, *chef* vient de *caput*, qui veut dire « tête » en latin. Le chef est en effet la tête d'un groupe. Le mot *chapeau* vient de la même racine, puisqu'un chapeau se porte sur la tête. Les racines latines peuvent aussi donner des mots savants, comme *apiculture*.

Le grec fournit des racines pour un lexique souvent technique ou abstrait. On en trouve notamment dans le vocabulaire médical (par exemple *hystérie*, qui vient du mot grec qui signifie « utérus ») ou dans le lexique des figures de style (une *métaphore*, étymologiquement, « porte le sens plus loin »). Il a aussi servi à créer des mots pour de nouveaux objets, comme le *téléphone* (étymologiquement : « la voix au loin »).

Les mots français peuvent provenir d'autres lexiques. Certains mots sont d'origine :

- gauloise : *berceau, caillou, charpente, gaillard*...
- allemande : *boulevard, calèche, foudre, hisser*...
- espagnole : *adjuvant, bourrique, carapace*...
- italienne : *masque, cavalier, concert, lavande*...

La dérivation

La dérivation consiste à créer de nouveaux mots par les jeux des affixes (préfixes et suffixes). Le mot est alors composé de plusieurs morphèmes : le radical, et le ou les affixes. Par exemple, *incroyable* contient deux morphèmes (préfixe *in-* et radical *croyable*). Incroyablement contient trois morphèmes (préfixe *in-*, radical *croyable*, suffixe *-ment*).

La dérivation permet de créer des antonymes (*juste / injuste*), de changer de catégorie grammaticale (*ferme*, adjectif ; *fermement*, adverbe) ou de jouer sur les connotations (*jaune* n'est pas identique à *jaunâtre*).

Les néologismes

Un néologisme est un mot nouveau qui s'ajoute au lexique de la langue. On peut forger des mots qui n'existaient pas avant, comme *courriel* (pour *courrier électronique*) ou *pourriel* (pour courrier électronique non désiré, « pourri » ; on l'appelle aussi *spam*).

Parfois, il est pris dans une langue étrangère, tel quel (comme *hacker*) ou avec une transformation minime (par exemple l'ajout de la terminaison en *-er* dans *spoiler*).

Un mot peut aussi prendre un nouveau sens, alors qu'il existait déjà : c'est le cas de *virus*, dans un contexte informatique, ou de *tablette* et *stylet*. On parle alors de « néosémie ».

L'analyse des mots

La polysémie

La polysémie est le fait qu'un même mot cumule plusieurs sens. Contrairement à l'homonymie, on considère qu'il s'agit bien du même mot, qui reçoit selon le contexte des nuances de sens parfois importantes. Pour parler de polysémie, il faut qu'un lien puisse exister entre les différents sens du mot.

Exemples :

- *Assiette* (plat pour manger, ou source de revenus) ;
- *Vivre* (être en vie ; habiter quelque part).

Sens propre, sens figuré

Un même mot peut également avoir un sens propre et un sens figuré. Le premier est le sens d'origine, en général un sens concret. On parle aussi de sens littéral. Le second prend une dimension imagée, métaphorique. Là aussi, l'évolution du sens peut aisément être perçue.

Exemples :

- *Plume* : au sens propre, elle recouvre le corps de l'oiseau ; elle peut être utilisée pour écrire. Au sens figuré, elle désigne le style d'un auteur, sa manière de s'exprimer ;
- *Tissu* : au sens propre, c'est une étoffe. Au sens figuré, c'est un ensemble d'éléments entrecroisés, comme dans *tissu urbain*, *tissu musculaire*, ou encore *tissu de mensonges*.

Les connotations

Les connotations sont des associations d'idées : certains sens s'ajoutent au sens premier d'un mot (ce qu'on appelle le sens dénoté). Selon qu'elles sont valorisantes ou non, on parlera de connotations mélioratives ou péjoratives.

Exemples :
– Le mot *rose* sert à désigner une fleur ; il est associé à des connotations mélioratives : le parfum, la beauté ;
– Le mot *rat* sert à désigner un rongeur ; il est associé à des connotations péjoratives : la saleté, la maladie, la peste.

L'analyse du lexique

Les antonymes

Les antonymes sont des mots de sens contraire : ils s'opposent par définition (ex. : *lent / rapide* ; *petit / grand* ; *jeune / vieux*).

On peut former des couples d'antonymes par dérivation (ex. : *heureux / malheureux* ; *cohérent / incohérent*).

Les synonymes

Les synonymes sont des mots de sens voisin. Les distinctions entre eux sont des nuances soit de sens, soit de connotations, soit encore de niveau de langue. Il est recommandé, pour alléger le style, d'éviter les répétitions d'un même mot en utilisant plutôt des synonymes (ex. : *maison, résidence, demeure, habitat, logis, foyer*...).

Pour varier davantage le style, on peut également recourir à la périphrase (ex. : *la bien-aimée, la dulcinée, l'amie, la compagne, celle qui est tendrement aimée*...).

Les homonymes, homophones, homographes et paronymes

Les homonymes sont des mots qui peuvent être confondus, parce que leur forme écrite est identique, et qu'ils se prononcent de la même manière. Pourtant, leurs sens sont totalement sans rapport : on considère qu'il y a bien deux mots différents (ex. : un *bateau* qui navigue, et un *bateau* devant un portail de voiture).

Les homophones sont distincts à l'écrit mais identiques à l'oral. Ils sont nombreux en français (ex. : *mère, maire, mer*).

Les homographes, plus rares, s'écrivent de la même manière mais sont distingués à l'oral, comme des *fils* (enfants de ses parents) et des *fils* (pour la couture).

Il existe enfin des paronymes, mots de forme proche que l'on peut confondre par erreur, comme allocution et allocation.

LE LEXIQUE DANS UN TEXTE LITTÉRAIRE

TEXTE

Hadrien écrit à Marc qu'il se sait malade et que son médecin, Hermogène, l'a examiné le matin même.

Mais je ne compte plus, comme Hermogène prétend encore le faire, sur les **vertus** merveilleuses des plantes, le dosage exact de sels minéraux qu'il est allé chercher en Orient. Cet homme pourtant si **fin** m'a **débité** de vagues formules de réconfort, trop banales pour tromper personne ; il sait combien je hais ce genre d'imposture, mais on n'a pas **impunément** exercé la médecine pendant plus de trente ans. Je pardonne à ce bon serviteur cette tentative pour me cacher ma mort. Hermogène est savant ; il est même sage ; sa probité est bien supérieure à celle d'un vulgaire médecin de cour. J'aurai pour **lot** d'être le plus soigné des malades. Mais nul ne peut dépasser les limites **prescrites** ; mes jambes enflées ne me soutiennent plus pendant les longues cérémonies romaines ; je suffoque ; et j'ai soixante ans.

Ne t'y trompe pas : je ne suis pas encore assez **faible** pour céder aux imaginations de la peur, presque aussi absurdes que celles de l'espérance, et assurément beaucoup plus pénibles. S'il fallait m'abuser, j'aimerais mieux que ce fût dans le sens de la confiance ; je n'y perdrai pas plus, et j'en souffrirai moins. Ce terme si voisin n'est pas nécessairement immédiat ; je me couche encore chaque nuit avec l'espoir d'atteindre au matin. À l'intérieur des limites **infranchissables** dont je parlais tout à l'heure, je puis défendre ma position pied à pied, et même regagner quelques pouces du terrain perdu. Je n'en suis pas moins arrivé à l'âge où la vie, pour chaque homme, est une défaite acceptée. Dire que mes jours sont comptés ne signifie rien ; il en fut toujours ainsi ; il en est ainsi pour nous tous. Mais **l'incertitude** du lieu, du temps, et du mode, qui nous empêche de bien distinguer ce but vers lequel nous avançons sans trêve, diminue pour moi à mesure que progresse ma maladie mortelle. Le premier venu peut mourir tout à l'heure, mais le malade sait qu'il ne vivra plus dans dix ans. Ma marge d'hésitation ne s'étend plus sur des années, mais sur des mois.

(Marguerite Yourcenar, *Les Mémoires d'Hadrien* © Éditions Gallimard)

QUESTIONS

1. Cherchez l'étymologie du mot « vertu ». Faites le lien avec le contexte.

2. Décomposez les termes « impunément » et « infranchissable ». Que mettez-vous en lumière pour trouver le sens du mot ? Comment s'appelle cette manière de construire le lexique ? Trouvez un autre terme dans l'extrait construit de cette même manière.

3. Donnez un synonyme pour le verbe « débiter » utilisé dans l'extrait. Faut-il comprendre « débité » au sens propre ou au sens figuré ? Quelle nuance de sens apporte ce verbe ? Comment appelle-t-on ce phénomène ?

4. « Cet homme pourtant si fin ».
Dans quel sens faut-il prendre « fin » ici ? Comment appelle-t-on ce type d'usage ?
« J'aurai pour lot d'être soigné ».
Dans quel sens faut-il prendre « lot » ici ? Donnez un synonyme.

5. « Nul ne peut dépasser les limites prescrites ».
Reformulez cette phrase en remplaçant « prescrites » par un synonyme ou une paraphrase. Que pouvez-vous dire sur le sens de ce mot ? En quoi le choix de ce terme est-il pertinent par rapport au contexte que décrit Hadrien ?

6. « Je ne suis pas encore assez faible ».
Dans quel sens faut-il comprendre le mot « faible » ? En quoi est-il pertinent par rapport au contexte ?

7. Trouvez un couple d'antonymes dans les trois dernières phrases de l'extrait.

CORRIGÉ

1. « Vertu » vient de *virtus* : la force. Il s'agit d'une qualité masculine en latin, tant physique que morale. Ici, c'est le pouvoir des plantes qui est désigné. Mais cela entre en résonance avec la perte de force d'Hadrien, qui va de pair avec une autre vertu : la sagesse.

2. « im-puné-ment », « in-franchi-ssable ». Il s'agit de deux dérivations avec ajouts d'affixes (suffixes et préfixes). Autres exemples : *imposture, assurément, incertitude*.

3. Synonyme : « récité ». Il s'agit donc du sens figuré. Le terme dévalorise la parole concernée, qui ici est mensongère. Il a une connotation péjorative.

4. Le mot « fin » signifie « intelligent », « subtil ». Il s'agit ici du sens figuré. Il faut prendre le mot « lot » dans le sens figuré. Le mot « sort » en est un synonyme.

5. « Nul ne peut dépasser les limites tracées par le sort ». Le sens d'origine appartient au registre médical. C'est le médecin qui prescrit un traitement. Ici, cela entre en résonance avec le contexte, puisque Hadrien se plaint du zèle de son médecin qui refuse de laisser faire la nature.

6. Le mot « faible » est à comprendre sans doute dans le sens moral. Il s'agit d'une dégradation du corps mais pas de l'esprit. Cela montre la prévalence et la stabilité du second.

7. « Diminue » / « progresse ».

Quiz : **La grammaire**

Plusieurs réponses peuvent être correctes.

Les subordonnées conjonctives utilisées comme compléments circonstanciels

1. Complétez les phrases avec les conjonctions suivantes, en utilisant une conjonction différente à chaque fois : *tandis que*, *quoique*, *quoi que*, *quelque… que*, *tout… que*.

a. .... il ait promis de venir, je ne compte guère sur lui.
b. .... Paul est robuste, sa sœur est toujours malade.
c. .... fanfaron .... il est, il a peur d'une souris.
d. .... raisons .... elle me donne, elle est inexcusable.
e. .... il arrive, nous sommes là pour lui prêter assistance.

2. Complétez les phrases suivantes de manière à exprimer la concession en utilisant les conjonctions de subordination et locutions conjonctives. Entourez la bonne réponse.

a. (Bien qu'/Quoi qu') elle ait toujours raison, son amie n'est jamais d'accord avec elle.
b. (Si/Quelque) réjouie qu'elle soit de revoir sa mère, elle n'a pas le sourire aujourd'hui.
c. (Si/Quelque) raisonnable qu'il se montre, ses parents ne lui font guère confiance.
d. (Bien que/Quoi que) l'on connaisse très bien les méfaits du soleil, des vacanciers imprudents ne mettent pas de crème solaire à la plage.

3. Quelles phrases contiennent une proposition subordonnée d'opposition ou de concession ?

☐ a. Je regardais la télévision, pourtant j'avais envie de dormir.
☐ b. Quoique tout les sépare, ils vivent ensemble depuis plus de dix ans.
☐ c. Quand bien même il le voudrait, il ne le pourrait pas.
☐ d. Cet élève écrit si mal qu'on ne peut pas le lire.
☐ e. Contre l'avis de ses parents, Johan a décidé de partir seul en vacances.
☐ f. Si grande que fût sa curiosité, Juliette feignait l'indifférence.

4. Conjuguez le verbe de la subordonnée d'opposition au mode et au temps qui conviennent.

a. Bien qu'il (s'agir) .... encore d'un enfant, il est déjà très fort.
b. Marion est toute brune, tandis que Ludovic (avoir) .... des cheveux rouquins.
c. Quoique tu (faire) ...., je t'accorde toute ma confiance.
d. Si bavarde qu'elle (pouvoir) .... être, il faudra bien que Margot rentre pour dîner.
e. Alors que le repas (être) .... devant lui, Florian n'a pas touché à son assiette.

5. Repérez la ou les phrase(s) contenant une proposition subordonnée CC de condition.

☐ a. Si nous continuons à marcher aussi vite, nous serons bientôt épuisés.
☐ b. Les touristes se demandèrent si leur guide connaissait vraiment la région.
☐ c. Pour peu que l'on touche aux racines d'une plante, celle-ci risque de mourir.

6. Lesquels des verbes en gras sont au subjonctif ?

☐ a. Si tu **venais** mardi, je te donnerais ton cadeau.
☐ b. Au cas où tu **serais** malade, je serai là pour te remplacer.
☐ c. Je le crois à condition qu'il **puisse** prouver ses affirmations.
☐ d. Marine sera enchantée, pourvu que Pierre **vienne** la voir.
☐ e. Les enfants m'écriront pour peu qu'ils **trouvent** du papier.

7. Conjuguez les verbes des propositions principales au temps et au mode qui conviennent.

a. Si tu fermais la porte, je .... (être) plus tranquille.
b. Si vous venez plus tôt, nous .... (bavarder).
c. Rien ne .... (arriver) s'il avait coupé l'eau.
d. Si j'avais eu l'as de cœur, j'............... (gagner).
e. Si tu es fatigué, ...-le (dire).

8. Conjuguez les verbes des propositions principales au temps et au mode qui conviennent.

a. En admettant que tu .... (avoir) raison, qu'arrivera-t-il ?
b. Au cas où il .... (avoir) raison, prenons nos précautions.
c. Invitons-la, pour peu qu'elle .... (vouloir) nous accompagner.

d. Si elle .... (vouloir) venir, elle est la bienvenue.
e. N'importe quel horaire conviendra pourvu que tu .... (être) à l'heure.

Les conjonctions de subordination

9. Dans chaque phrase, le mot « que » est-il une conjonction de subordination ou un pronom relatif ?

a. Je pense que tu t'es trompé de date.
☐ conjonction de subordination
☐ pronom relatif

b. Si tu vas en Australie et que tu te promènes dans la brousse, tu verras des kangourous.
☐ conjonction de subordination
☐ pronom relatif

c. Il me reste un souvenir de mes vacances que je ne suis pas près d'oublier.
☐ conjonction de subordination
☐ pronom relatif

d. Alors que je déjeunais, j'ai entendu un grand bruit qui m'a fait sursauter.
☐ conjonction de subordination
☐ pronom relatif

e. Vous n'imaginez pas la peur que j'ai eue.
☐ conjonction de subordination
☐ pronom relatif

10. Dans quelle(s) phrase(s) le mot en gras est-il une conjonction de subordination ?

☐ a. Je crois **que** tout est prêt.
☐ b. C'est Jeanne **que** je plains.
☐ c. **Où** passent-ils leurs vacances ?
☐ d. Voici le village **où** il habite.
☐ e. **Si** je viens, Luc sera-t-il là ?
☐ f. Thibault est si grand **que** je ne peux l'embrasser.

11. Dans la phrase : « le roman que je t'ai prêté est très beau ! », le mot *que* est :

☐ a. un adverbe exclamatif.
☐ b. une conjonction de subordination.
☐ c. un pronom relatif.

Les différentes façons d'exprimer l'opposition et la condition

12. Quelles sont les phrases qui expriment une opposition ?

☐ a. Comme elle n'a rien pris au petit-déjeuner, elle est tombée dans les pommes.
☐ b. En dépit de son chagrin, il éclata de rire.
☐ c. Elle a eu beau lui expliquer la situation, il n'a pas compris.
☐ d. Tout faible qu'il paraisse, il est capable de porter de lourdes charges.
☐ e. Le tableau est tombé quand il s'est appuyé contre le mur.

13. Indiquez quel procédé syntaxique est utilisé pour exprimer la condition dans la phrase suivante : « Sans ordinateur, il ne pourrait pas travailler. »

☐ a. indépendantes juxtaposées
☐ b. épithète détachée
☐ c. complément circonstanciel

14. Indiquez le procédé utilisé pour exprimer la condition dans la phrase suivante : « Pourvu qu'il soit à l'heure, tout devrait bien se passer. »

☐ a. subordonnée conjonctive
☐ b. subordonnée relative
☐ c. groupe nominal, groupe infinitif

15. Indiquez le procédé syntaxique utilisé pour exprimer l'opposition dans la phrase suivante : « J'aime Paris pourtant je regrette souvent ma Normandie natale. »

☐ a. indépendantes coordonnées
☐ b. indépendantes juxtaposées
☐ c. épithète détachée

16. Indiquez le procédé syntaxique utilisé pour exprimer l'opposition dans la phrase suivante : « Il a bientôt fini son travail ; tu n'as pas commencé le tien. »

☐ a. indépendantes coordonnées
☐ b. indépendantes juxtaposées
☐ c. épithète détachée

L'interrogation indirecte et les types de discours

17. Lesquelles de ces phrases contiennent du discours indirect ?

☐ a. Le détective appela sa secrétaire et lui demanda d'apporter le dossier Johnson.
☐ b. « Le voilà, dit-elle en entrant. Je croyais cette affaire classée ?
☐ c. — Non, le commissaire m'a dit qu'il y avait une nouvelle victime. »

18. Complétez les phrases pour passer du discours direct au discours indirect.

a. Zoé lui a dit : Je t'invite à ma soirée d'anniversaire.
Zoé lui a dit .... à .... d'anniversaire.
b. Son frère lui demanda : Pourquoi n'es-tu pas venu hier ?
Son frère lui demanda .... il ....

19. Dans laquelle de ces phrases le discours indirect libre est-il utilisé ?

☐ a. Mon père m'a demandé si j'avais fermé la porte de la maison à clé.

☐ b. Mon père m'a demandé : « As-tu fermé la porte de la maison à clé ? »
☐ c. Mon père s'interrogeait. Son fils avait-il fermé la porte de la maison à clé ?

20. Indiquez si ces extraits de fables de La Fontaine comportent du discours direct ou du discours indirect.

a. « Va-t'en, chétif insecte, excrément de la terre.
C'est en ces mots que le Lion
Parlait un jour au moucheron. »
☐ discours direct
☐ discours indirect

b. « Un Loup disait que l'on l'avait volé :
Un Renard, son voisin, d'assez mauvaise vie,
Pour ce prétendu vol par lui fut appelé. »
☐ discours direct
☐ discours indirect

c. « Un Astrologue un jour se laissa choir
Au fond d'un puits. On lui dit : Pauvre bête,
Tandis qu'à peine à tes pieds tu peux voir,
Penses-tu lire au-dessus de ta tête ? »
☐ discours direct
☐ discours indirect

d. « La Dame au nez pointu répondit que la terre
Était au premier occupant. »
☐ discours direct
☐ discours indirect

Le lexique

21. Les affirmations suivantes sont-elles justes ?

a. Le sens dénoté d'un mot se trouve dans le dictionnaire.
☐ vrai
☐ faux

b. Le sens connoté se trouve aussi dans le dictionnaire, mais après le sens dénoté.
☐ vrai
☐ faux

c. Dans la phrase « Régine a vu rouge quand son fils lui a rendu sa voiture avec une bosse », il faut prendre rouge dans un sens dénoté.
☐ vrai
☐ faux

22. Lesquels de ces couples de mots sont des paronymes ?

☐ a. maire /mère
☐ b. fils (de couture) / fils (enfants)
☐ c. éminent / imminent

La négation

23. Dans quelles phrases la négation est-elle partielle ?

☐ a. Je ne veux pas sortir ce soir.
☐ b. Je ne peux plus continuer comme ça.
☐ c. Elle ne trouva aucune réponse à lui apporter.

24. Lesquelles de ces phrases comportent une négation lexicale ?

☐ a. Il n'est pas insensible.
☐ b. Mécontent, il décida de partir.
☐ c. Quel ne fut pas son chagrin !

25. Laquelle de ces phrases contient une négation restrictive ?

☐ a. Que ne suis-je venu hier !
☐ b. Je crains qu'il ne parte.
☐ c. Cela ne concerne que lui.

Corrigés

1. a. Quoiqu' ; b. Tandis que ; c. Tout… qu' ; d. Quelques… qu' ; e. Quoi qu'.
Si le verbe de la subordonnée d'opposition est à l'indicatif, on emploie l'une des deux conjonctions : *tandis que* ou *tout* (+ *adjectif*) *que*.
Employez les autres conjonctions dans les subordonnées au subjonctif. Pensez que *quelque… que*, s'il encadre un nom, s'accorde avec ce nom. Si vous êtes en difficulté, procédez par élimination : il faut employer une conjonction différente pour chaque phrase. On emploie *quoi que* (en deux mots) quand on peut le remplacer par : *quelque chose que*. Ainsi, la dernière phrase équivaut à : *Quelque chose qu'*il arrive, nous…

2. a. Bien qu' ; b. Si ; c. Si ; d. Bien que.

3. b, c, f. Dans la phrase a., c'est une proposition indépendante qui exprime l'opposition. Dans la phrase e., c'est un groupe nominal qui exprime l'opposition (*Contre l'avis de ses parents*).
La proposition introduite par *si… que* est une subordonnée de conséquence.

4. a. s'agisse ; b. a ; c. fasses ; d. puisse ; e. est. Les conjonctions *bien que*, *quoique* et *si… que* sont suivies d'un verbe au subjonctif ; elles expriment la concession. Les conjonctions *tandis que* et *alors que* sont suivies du mode indicatif ; elles expriment une simple opposition.

5. a, c. Dans la phrase b., la proposition introduite par *si* est une subordonnée interrogative indirecte COD.

6. c, d, e. Attention : le verbe *trouvent* est ici au subjonctif, et non à l'indicatif. Pour vérifier son mode, on peut le remplacer par un verbe du 3ᵉ groupe. Ex. : Les enfants m'écriront pour peu qu'ils le veuillent.

7. a. serais ; b. bavarderons ; c. serait arrivé ; d. aurais gagné ; e. dis.

Il faut regarder le temps de la subordonnée introduite par *si*.
Subordonnée au présent → principale à l'indicatif futur ou à l'impératif présent.
Subordonnée à l'imparfait → principale au conditionnel présent.
Subordonnée au plus-que-parfait → principale au conditionnel passé.
Dans les phrases c. et d., la subordonnée de condition est au plus-que-parfait, il faut donc mettre le verbe principal au conditionnel passé : *serait arrivé* (phrase c), *aurais gagné* (phrase d).

8. a. aies ; b. aurait ; c. veuille ; d. veut ; e. sois.
Après les conjonctions *en admettant que*, *pour peu que*, *pourvu que*, on emploie le subjonctif. Attention au subjonctif d'avoir : *que j'aie*, *que tu aies*, *qu'il ait*.

9. a. conjonction de subordination ; b. conjonction de subordination ; c. pronom relatif ; d. conjonction de subordination ; e. pronom relatif.
Dans la phrase *Si tu vas en Australie et que tu te promènes dans la brousse, tu verras des kangourous*, *que* est utilisé pour coordonner entre elles des propositions subordonnées : il remplace alors n'importe quelle conjonction de subordination.
Dans la phrase *Alors que je déjeunais, j'ai entendu un grand bruit qui m'a fait sursauter*, *que* fait partie de la locution conjonctive *alors que*.

10. a, e, f. Dans la phrase b., *que* représente le nom *Jeanne* : c'est un pronom relatif. Dans la phrase c., *où* est un adverbe interrogatif. Dans la phrase d., *où* représente le GN le village : c'est un pronom relatif.

11. c. Le mot *que* est un pronom relatif qui remplace le groupe nominal *un roman* dans la subordonnée.

12. b, c, d. La proposition subordonnée *Comme elle n'a rien pris au petit-déjeuner* exprime la cause. La proposition subordonnée *quand il s'est appuyé contre le mur* a une valeur temporelle causale.

13. c. Deux propositions sont juxtaposées si elles sont simplement séparées par une virgule, un point-virgule ou un deux-points ; une épithète détachée est une expansion du nom (ou du pronom). Elle est séparée du nom auquel elle se rapporte par une virgule. *Sans ordinateur* est un GN complément circonstanciel.

14. a. Le groupe de mots *pourvu qu'il soit à l'heure* est une subordonnée conjonctive.

15. a. Les deux propositions sont coordonnées par l'adverbe *pourtant*.

16. b. Deux propositions sont juxtaposées si elles sont simplement séparées par une virgule, un point-virgule ou un deux-points.

17. a, c. Le groupe infinitif « d'apporter le dossier Johnson » est du discours indirect. Au discours direct, on aurait : « Apportez-moi le dossier Johnson ! »

18. a. qu'elle l'invitait - sa soirée ; b. pourquoi - n'était pas venu la veille.
Le verbe introducteur est à un temps du passé. Il faut donc adopter les temps du système du passé : *inviter* doit être mis à l'imparfait et *venir* doit être mis au plus-que-parfait. *Hier* doit être transformé en *la veille* : *hier* est un indice de temps ancré dans la situation d'énonciation, alors que *la veille* est coupé de la situation d'énonciation.

19. c. La première phrase est au discours indirect, la deuxième au discours direct.

20. a. discours direct ; b. discours indirect ; c. discours direct ; d. discours indirect.
La proposition *que l'on l'avait volé* correspond à du discours indirect. Notez bien que le deux-points, ici, ne sert pas à introduire du discours direct : il marque un rapport logique de conséquence entre les deux propositions.

21. a. vrai, b. faux, c. faux.

22. c. *mère* et *maire* sont des homophones, *fils* et *fils* sont des homographes.

23. b, c. Les négations totales sont formées à l'aide des adverbes *pas* ou *point*.

24. a, b. La négation lexicale est ici construite à l'aide des préfixes *in* et *mé* (*mal*).

25. c. Dans les deux autres phrases, le *ne* est dit « explétif ».

LE GUIDE PRATIQUE

Méthodologie et conseils

La dissertation

Chacun des quatre parcours associés comporte au moins trois extraits d'œuvres différentes de celles du programme. À cela s'ajoute la lecture cursive d'au moins trois autres œuvres intégrales. Enfin, des textes complémentaires seront aussi étudiés tout au long de l'année. Vous disposez donc de plusieurs **exemples maîtrisés** par sujet de dissertation, afin de nourrir votre raisonnement d'arguments solides.

Analyser le sujet

Le sujet peut être une simple **question**, mais aussi une **consigne** à l'impératif (« discutez », « analysez », etc.), lesquelles peuvent inclure une **citation**.

Abordez le sujet sans idée préconçue. Il faut analyser les termes exacts de la question. S'il s'agit d'une citation, toute connaissance sur son auteur, voire sur l'œuvre dont elle est issue, s'avèrera utile. Arrêtez-vous sur chaque terme du sujet en vous demandant ce qu'il implique. Soyez attentif aux expressions employées : « Dans quelle mesure… », « Peut-on vraiment dire… ». S'agit-il de réfuter une thèse, de la discuter, de la soutenir ?

Dès la lecture du sujet, notez au brouillon les idées qui vous viennent immédiatement à l'esprit : vous en écarterez sûrement certaines, mais cela vous permettra de solliciter rapidement vos ressources.

Construire le plan

On distingue principalement deux types de plan. Il est conseillé de faire six ou neuf sous-parties, réparties en deux ou trois parties.

Le plan dialectique confronte différentes thèses, avant que ne soit donné un avis personnel. Il concerne les **questions fermées**, qui appellent une réponse par « oui » ou « non ». En général, on commence par soutenir une thèse en première partie avant de la nuancer en deuxième partie. Dans un troisième temps, on décale un petit peu les termes du sujet. Il faut être extrêmement attentif à ne pas vous contredire d'une partie à l'autre.

Le plan thématique (ou analytique) organise un raisonnement à l'appui d'une thèse, tentant d'en dégager tous les aspects de façon cohérente. Toutes les questions ouvertes se prêtent à ce type de plan. L'astuce consiste alors à trouver trois parties qui correspondent à des niveaux d'analyse différents. Le plan doit être construit selon une progression logique : on part toujours du plus simple pour aller vers le plus complexe. Le plan achevé, toutes vos idées doivent y avoir trouvé leur place.

Rédiger l'introduction et la conclusion

Pour **l'introduction**, procédez en plusieurs étapes : **amenez le sujet, dégagez la problématique, annoncez le plan**. Vous devez situer le sujet dans son contexte (histoire littéraire, événements historiques, etc.) en montrant qu'il a un intérêt. Les phrases trop vagues et générales sont à proscrire. Ensuite, reformulez ou citez la phrase du sujet : s'il s'agit d'une citation un peu longue, vous pouvez la tronquer en conservant les mots essentiels. Dégager la problématique revient à montrer en quoi la question posée par le sujet donne matière à réfléchir. Cette étape doit vous permettre d'indiquer dans quel sens va progresser votre argumentation. On peut formuler la problématique sous forme d'une ou plusieurs questions. Enfin, il faut annoncer votre plan, en mettant l'accent sur les articulations logiques entre les parties.

La conclusion est peut-être la dernière étape de la dissertation, mais ce n'est pas la moins importante. C'est sur cette **note finale** que le correcteur restera. Il est conseillé de rédiger au brouillon la conclusion, avant même de commencer le développement. Vous saurez ainsi dès le départ où vous souhaitez aboutir. La conclusion a une double fonction : d'une part récapituler le chemin parcouru en mettant l'accent sur ce que vous avez démontré ;

L'ÉPREUVE ORALE

L'épreuve orale permet d'apprécier la qualité de l'expression orale du candidat ainsi que sa capacité à développer un propos et à dialoguer avec l'examinateur. Elle est précédée d'un temps de préparation de 30 minutes et composée de deux parties qui s'enchaînent : l'exposé (12 minutes) et la présentation d'une œuvre (8 minutes).

L'EXPOSÉ (10 POINTS)

Le passage que vous aurez à expliquer est tiré de la liste d'œuvres et de textes que vous avez étudiés au cours de l'année. Lisez attentivement le texte plusieurs fois en mobilisant vos connaissances sur l'auteur, le genre, la période, la forme, etc. Au fil de la lecture, n'hésitez pas à annoter le texte. Listez au brouillon les premières idées qui vous viennent.

Il faut dégager un axe de lecture, une perspective qui orientera votre explication et montrera l'intérêt du passage étudié. Pour déterminer cet axe, posez-vous des questions : Qui parle ? De quoi ? Quel est l'enjeu du texte ? Quel est son plan (les différents mouvements du passage) ? Quel registre et quelle tonalité sont employés ? En quoi ce passage est-il caractéristique d'un mouvement ou d'un genre ?

La lecture méthodique est structurée en quatre étapes :

- l'introduction situe le texte dans l'œuvre et dans l'histoire littéraire ;
- la lecture à haute voix doit montrer que vous comprenez le sens du texte et respectez son ton, sa forme, etc. (en poésie, faites attention en particulier au mètre du vers) ;
- l'analyse proprement dite développe votre axe de lecture ;
- la conclusion récapitule les points les plus importants et tente une ouverture vers d'autres problématiques ou d'autres textes.
- Pour développer votre axe de lecture, vous devez suivre l'ordre du texte.

d'autre part, élargir le sujet, par exemple en évoquant une autre œuvre du même auteur, un courant littéraire qui s'est opposé par la suite à celui dont vous avez parlé.

Rédiger le développement

L'organisation générale du développement doit montrer que votre dissertation est cohérente et progresse : chaque partie ou sous-partie s'achève sur une transition qui récapitule ce qui vient d'être dit et fait le lien avec la partie suivante. Il est important d'illustrer chaque idée par des **exemples**, qui doivent être concis et présentés uniquement en fonction de l'idée qu'ils servent. Si vous choisissez d'introduire des citations, veillez à bien leur attribuer un auteur, à les mettre entre guillemets, à les retranscrire à la lettre et à signaler par des crochets tout passage supprimé. Pensez à soigner la présentation en aérant votre devoir par des sauts de lignes.

Le commentaire de texte

Un commentaire de texte consiste à montrer **de façon développée, littéraire et riche** que l'on a compris le texte proposé et que l'on est capable de l'analyser logiquement. On est évalué non seulement sur son contenu, mais aussi sur sa structure.

Conseils pour le brouillon

Commencez par **résumer le texte** en une phrase, ou son thème principal : ce qui constitue le premier niveau de lecture. Cela vous aidera pour trouver la problématique et à présenter le texte dans l'introduction.

Ensuite, faites un relevé des procédés poétiques, romanesques, théâtraux ou argumentatifs et cherchez un plan.

Trois types de procédés peuvent être relevés :
– **les procédés grammaticaux :** temps verbaux, fonction, nature, ponctuation, etc. ;
– **les figures de style :** métaphores, hyperboles, comparaisons, énumération, anaphore, litote, etc. ;
– **les procédés liés au genre littéraire étudié :** procédés théâtraux, poétiques, romanesques ou argumentatifs.

Construire le plan

Idéalement, un plan de commentaire comporte six ou neuf sous-parties, réparties en deux ou trois parties. La première partie constitue le premier niveau d'analyse, la deuxième correspond à un niveau de lecture plus subtil, plus complexe. La troisième va encore plus loin.

La première ou deuxième partie peuvent prendre pour appui une **notion fondamentale** liée au genre étudié. Par exemple : le jeu sur les sonorités d'un poème. Pour la troisième partie, pensez aux grandes problématiques liées aux **genres littéraires** étudiés en classe.

Rédiger l'introduction et la conclusion

Pour **l'introduction**, les étapes à suivre sont les suivantes :
– commencez par une entrée en matière, dans laquelle vous pouvez faire une ou deux phrases sur le genre littéraire étudié (poésie, roman, théâtre, discours...). Essayez de relier cette entrée en matière avec le texte étudié ;
– présentez l'auteur et l'extrait, en résumant le texte de la façon la plus synthétique possible (deux ou trois phrases) ;
– présentez votre problématique, qui peut être introduite par « Ainsi, en quoi... ? », ou « Ainsi, dans quelle mesure... ? ». On peut aussi utiliser la forme indirecte : « Nous montrerons... » ;
– annoncez le plan, en rédigeant soit une phrase par partie annoncée, soit une seule phrase.

En **conclusion**, résumez les deux ou trois grandes parties de votre devoir en les reliant à la problématique, puis faites une ouverture sur un autre texte du même genre, en formulant bien le lien que celui-ci entretient avec le texte commenté.

Rédiger le développement

La première (et parfois deuxième) phrase de chaque sous-partie correspond au titre de celle-ci en lien avec le titre de la partie et avec la problématique. On y donne l'idée directrice de la sous-partie.

Ensuite, alternez (dans l'ordre que vous voulez) citation **courte** (ou plusieurs mots, comme des champs lexicaux) et **analyse de cette citation par un procédé littéraire ou grammatical, ou par une interprétation personnelle.** Chacune de vos citations doit être impérativement expliquée.

ATTENTION !

Dans la préparation de son cours, le professeur de la classe a lui-même le choix entre trois œuvres (et leur parcours associé) proposés par le programme national pour chacun des quatre objets d'étude (poésie, roman, théâtre et littérature d'idées). Ainsi, le jour du baccalauréat, vous aurez le choix entre trois sujets (chacun sur le même objet d'étude). Il s'agira évidemment de ne pas vous tromper et de choisir le sujet qui correspond au parcours étudié au cours de l'année.

LA QUESTION DE GRAMMAIRE (2 POINTS)

La question de grammaire porte sur un extrait du texte, souvent une phrase courte. Lisez-la attentivement et définissez le type de question posée (fonction ou nature d'un mot ou groupe de mots, construction d'une phrase, valeurs de temps verbaux).

LA PRÉSENTATION D'UNE ŒUVRE CHOISIE (8 POINTS)

La présentation de l'œuvre que vous avez choisie doit être méthodique.

Situation et analyse de l'œuvre

Rappelez-en l'auteur, le titre, la date, le genre, le mouvement littéraire et le contexte, dites de quoi elle parle, en suivant par exemple un schéma narratif ou actanciel, évoquez son intérêt et ses particularités. Par exemple, vous pouvez en souligner les significations majeures. Enfin, vous pouvez commenter le style, le genre, les tonalités, les registres, les images...

Raisons de son choix

Revenez sur vos impressions de lecture, vos émotions, l'éventuelle identification à un personnage ou à une situation. Vous devez souligner tout ce qui a résonné en vous. Tout en nuançant, vous pouvez exprimer un jugement sur l'œuvre, sans jamais tomber dans la caricature « positif / négatif ». Préférez distinguer ce qui vous a touché, par rapport à ce qui vous a laissé plus indifférent. Enfin, expliquez pourquoi cette œuvre peut encore plaire aux lecteurs d'aujourd'hui, voire les éclairer en vous inspirant si possible de l'actualité. L'examinateur vous posera ensuite plusieurs questions, qui vérifieront votre bonne maîtrise de l'œuvre présentée. Écoutez-les attentivement et répondez-y à l'aide d'arguments précis. Tâchez d'approfondir et de toujours nuancer vos propos.

S'organiser pour mieux réviser

Pendant l'année

Imprégnez-vous du programme de l'année. Les objets d'étude ont déjà été abordés au collège (théâtre, roman, nouvelle, poésie, argumentation) et en seconde (genres et registres, roman et nouvelle, argumentation, éloge et blâme, comédie et tragédie, mouvements littéraires du XIXe et du XXe siècle...). Vous possédez donc déjà des connaissances sur ce programme, mobilisez-les.

Lisez les œuvres intégrales selon les indications de votre professeur en prenant des notes afin d'éclaircir en classe les passages ou les notions qui vous semblent difficiles à comprendre.

Lisez les œuvres proposées en lecture cursive : elles enrichiront vos connaissances sur l'objet d'étude. **Apprenez vos cours régulièrement et activement** : chaque fois qu'un texte a été étudié en classe, assurez-vous de l'avoir compris.

Posez-vous à chaque fois la question simple : « Qu'est-ce qui justifie le fait qu'on ait étudié ce texte en classe ? »

La **« fiche synthétique »** est une bonne solution pour s'approprier le texte et en dégager les idées maîtresses : sur une fiche bristol facilement manipulable, notez par exemple le plan de l'explication suivi en classe, les mots-clés (objet d'étude : argumenter, convaincre, persuader, délibérer ; genre : roman ; registre : lyrique ; mouvement littéraire : surréalisme...).

Pour l'oral

À partir de la trame rédigée sur votre fiche, essayez à votre tour de proposer une **explication du texte sans vous référer au cours**. Quoi qu'il en soit, sachez qu'un extrait dont l'explication en classe a été apprise « passivement » donnera lieu à coup sûr à un rabâchage ennuyeux, et vous serez vite déstabilisé(e) par la question de l'examinateur.

Soignez chaque intervention en classe, développez vos réponses avec clarté et en argumentant. Efforcez-vous d'être précis(e) et clair(e) : chaque prise de parole est pour vous un bon entraînement.

Révisez des points de grammaire régulièrement, car vous ne pourrez pas le faire à la dernière minute, et entraînez-vous à la lecture des textes.

Préparez bien en amont votre présentation de l'œuvre que vous choisirez, en tenant par exemple un carnet de lecture dans lequel vous noterez vos impressions et indiquerez les passages qui vous paraissent particulièrement importants et intéressants.

Pour l'écrit

Après chaque séquence, faites le bilan de l'essentiel à retenir sur une fiche.

Lors des travaux d'écriture (dissertation, commentaire), récapitulez vos points forts et vos points faibles sur l'objet d'étude concerné ; **revoyez ce qui vous a posé un problème** : mobilisation/utilisation des connaissances, compréhension du sujet, méthodologie de l'exercice, outils d'analyse (figures de style, narratologie, argumentation, etc.).

Décembre/janvier

En général, le premier bac blanc écrit se déroule à cette période. C'est l'occasion de tester vos capacités. Évaluez votre **gestion du temps** pour chaque épreuve : est-ce que je manque de temps ? Est-ce que je termine vite ? Trop vite ? Quelles sont les raisons de cette mauvaise ou de cette bonne gestion du temps ?
Essayez de trouver des solutions pour mieux gérer le temps : se concentrer davantage sur le travail, commencer par ce que vous savez faire, ne pas rédiger un brouillon complet mais un plan détaillé, garder du temps pour relire...
Testez vos connaissances : suis-je capable de trouver les mots-clés du sujet ? Suis-je capable de mobiliser mes connaissances sur le sujet ? Quelles notions, quelles techniques sont bien maîtrisées ? Lesquelles doivent être consolidées ?
Établissez un **programme de travail et de révision** à partir de vos observations, de l'évaluation et des conseils du professeur.

Avril/mai

En général, le second bac blanc écrit se déroule à cette période.
Vérifiez vos progrès dans la gestion du temps, dans la maîtrise des notions et des techniques (analyse du sujet, mobilisation des savoirs, méthodologie de l'écrit).
Effectuez les ajustements nécessaires en vous entraînant avec des **sujets zéro** (corrigés) : commencez par le type d'écrit où vous avez des difficultés. Ensuite, entraînez-vous avec un sujet, réalisé dans les conditions de l'examen. En avril, commencez vos révisions, pour préparer l'oral blanc et l'épreuve officielle (écrit et oral).

Mai/juin

En général, le bac blanc oral se déroule à cette période. C'est l'occasion de vous entraîner dans les conditions de l'examen, notamment pour l'entretien.
Revoyez l'essentiel à savoir :
• les **synthèses et les bilans** dans votre cahier et/ou dans votre manuel ;
• les **outils d'analyse** des différents discours (narratif, descriptif, argumentatif), des genres (poésie, théâtre, récit), les figures de style, l'histoire littéraire (les mouvements).
Les lectures faites en début d'année seront lointaines en mai et juin, assurez-vous d'avoir une fiche (en particulier un résumé) qui vous permette de rafraîchir votre mémoire car vous n'aurez pas le temps de tout relire !
Enfin, les **lectures personnelles** que l'enseignant vous aura conseillées seront un atout indéniable, elles enrichiront votre culture, vous permettront de vous démarquer en prouvant à l'examinateur votre intérêt et votre curiosité.

Réviser en groupe

S'entraider

Avoir un groupe de camarades de classe est un bon moyen de rester confiant(e) et motivé(e) toute l'année. C'est l'effet de groupe. On apprend à se faire confiance et à compter les uns sur les autres. En cas d'absence d'un des membres du groupe, un autre membre **lui transmettra le cours spontanément**. Un esprit d'équipe se crée au fil des jours. On discute plus librement de nos espoirs et de nos doutes car on vit les mêmes phases de haut et de bas. Comme on partage le même but, on se sent mieux compris(e) que par nos parents ou notre entourage proche, qui ne vivent pas la même chose. Le groupe a deux valeurs ajoutées méconnues : nous maintenir dans la perspective du processus de révision – on est porté par la force du groupe – et maintenir ce lien social dont nous avons tous besoin sans risque de décrocher.

Vous pouvez **partager vos fiches de révision**. Découvrir la façon dont les autres abordent une matière vous permet d'élargir votre compréhension d'une notion car chacun a ses propres idées et ses propres façons de comprendre les choses. Et si vous n'êtes pas d'accord, vous pouvez lancer un débat. Créer une discussion argumentée vous obligera à voir si les bases de connaissances sur lesquelles votre conviction repose sont solides ou si elles méritent d'être révisées.

Il est également possible de **vous inspirer des méthodes et astuces de travail** des uns et des autres. Une personne du groupe excelle peut-être à concevoir un calendrier de révision réaliste. Une autre à élaborer des visuels ou des cartes mentales de synthèse très utiles pour réviser. Osez montrer vos talents et les mettre au service des membres du groupe, ils vous en seront reconnaissants et vous augmenterez votre confiance en vous.

Enseigner

L'un des moyens les plus efficaces d'apprendre quelque chose est de l'enseigner. Pour enseigner une notion, vous devez d'abord bien la comprendre, c'est donc un moyen efficace de vérifier ce que vous savez.

Vous pouvez aussi faire une session « enseignement » : chacun sélectionne un sujet, qu'il révise avant, et l'enseigne au groupe comme un prof. La réflexion que vous devez mener pour déterminer le plan du cours, la somme des connaissances à apprendre au groupe et comment leur expliquer les concepts clés est très efficace pour l'apprentissage. Vous identifierez rapidement les lacunes dans vos connaissances et dans votre compréhension, et vous trouverez ainsi les sujets sur lesquels vous devez vous concentrer pour l'examen ou l'évaluation de fin de module. Allez jusqu'à imaginer les questions à leur poser à la fin pour voir s'ils ont tout compris : de cette façon, tout le monde travaille.

Jouer

Les jeux sont très efficaces car le cerveau retient mieux quand il s'amuse : c'est la science qui le dit, alors profitez-en. Et les jeux fonctionnent très bien en groupe. Entendons-nous bien, le conseil n'est pas de faire en fin de chaque session une partie de Mario Kart – quoique, exceptionnellement, cela peut être bon si la pression est trop forte –, le conseil est de jouer à des jeux « ludo-éducatifs » : des jeux au cours desquels vous apprenez quelque chose.

Quelques conseils pour bien gérer le groupe

1. Choisir des personnes en qui vous avez confiance et qui sont positives. Limiter la taille du groupe : quatre personnes est un bon chiffre.

2. Choisir des **lieux de travail les plus éloignés possible des distractions**. C'est pourquoi les bibliothèques sont souvent privilégiées, mais, quel que soit le lieu, les smartphones doivent être mis en mode avion. Et si l'un des membres dispose d'un lieu sympa chez lui, pourquoi ne pas essayer d'en faire un espace pour les révisions du groupe ?

Avantages du groupe et ses différentes formes

Pour convaincre les indécis, retenez que le groupe vous permettra même de résoudre des problèmes qu'aucun(e) de vous ne pouvait résoudre seul(e). En effet, selon les recherches du MIT Media Lab, le groupe est le lieu d'un phénomène étonnant appelé **« intelligence collective »** ou « supplément d'intelligence », l'intelligence du groupe étant plus grande que la somme des intelligences des membres qui la composent.

Connaître son stress pour mieux l'apprivoiser

Le mécanisme du stress

Le stress est un sentiment très personnel : tout le monde ne stresse pas pour les mêmes raisons et ne gère pas cet état de la même façon. En revanche, la réaction biologique à l'origine de ce malaise est similaire d'un individu à l'autre. Tout commence par un **stimulus** stressant (par exemple la prise de conscience soudaine… que le bac n'est plus que dans deux semaines !!!). Instantanément, le cœur s'emballe, l'estomac se noue et les muscles fléchissent. Lors de cette première **phase d'alerte**, un maximum d'énergie est mis à la disposition de l'organisme pour qu'il puisse réagir vite et bien à la situation.

Une décharge d'**adrénaline** (hormone sécrétée par les glandes surrénales, situées au-dessus des reins), commandée par le cerveau, entraîne une accélération du rythme cardiaque et facilite la libération de sucre par le foie. Les muscles disposent alors de toutes les ressources nécessaires (oxygène et sucre) pour se mettre rapidement en action. Parallèlement, la mémoire, la réflexion et la vision sont améliorées.

Si le stress se poursuit, l'organisme entre dans une **phase de résistance**. Il sollicite de nouvelles ressources énergétiques et tente de rétablir son équilibre. Pour cela, il sécrète des hormones comme le **cortisol**, qui stimule la libération de glucose dans le sang, ou l'endorphine, aux vertus apaisantes. À ce stade, le stress a une action bénéfique sur l'organisme d'un point de vue biologique.

Pourtant, s'il se prolonge davantage, le stress provoque une **phase d'épuisement**. L'organisme n'a plus les ressources énergétiques suffisantes pour continuer à gérer la situation. Par ailleurs, ses défenses immunitaires faiblissent. On devient fatigué, irritable, voire déprimé.

Le stress, ami ou ennemi ?

Lors des phases d'alerte et de résistance, le stress peut aider à avoir les **bons réflexes** face à une situation déstabilisante : trop souvent, on oublie cet **aspect positif** du stress ! Psychologue, psychothérapeute et sophrologue, Patricia Serin[1] souligne que le stress « nous permet d'optimiser nos facultés. Il est normal, et même opportun, de se sentir stressé avant un examen par exemple : l'inverse signifierait que l'on ne se sent pas concerné… »

Mais si la tension est trop importante, le stress devient **nuisible** : on se laisse déborder par lui. À cela, s'ajoutent le niveau de tolérance et l'expérience de chacun. Nous ne sommes pas égaux devant le stress : certains l'encaissent plus longtemps que d'autres.

Le stress modifie le comportement et la perception de l'environnement et cela peut avoir des conséquences néfastes. Ainsi, le **sentiment d'urgence**, ressenti par exemple à l'approche d'un examen, constitue une charge mentale importante qui risque de prendre le pas sur tout le reste : la personne trop stressée néglige alors son sommeil, son alimentation, absorbe des excitants et des drogues (comme le tabac ou l'alcool) au mépris de sa santé et de sa sécurité.

En outre, les capacités d'attention et les stratégies de prise d'information sont dégradées : si le stress a pu servir d'impulsion initiale pour se mettre au travail, il peut nuire à l'assimilation des connaissances et perturber la sérénité des révisions !

Le saviez-vous ?

Le terme *stress* vient de l'ancien français *estrece* qui veut dire « oppression » et est lui-même issu du verbe latin *stringere* signifiant « serrer ». Le mot fait ensuite un détour par l'Angleterre et revient d'outre-Manche avec le sens de « contrainte ». Il est alors utilisé en physique pour désigner une contrainte excessive exercée sur un matériau, conduisant à sa déformation ou à sa rupture. C'est par extension que l'on passe au sens courant, psychologique.

1. www.serin-patricia.com

Français : la synthèse du programme

LA POÉSIE DU XIXe AU XXIe SIÈCLE

- **L'écriture du souvenir**
  - Hugo, *Les Contemplations*, livres I à IV (1856)
  - Parcours : les mémoires d'une âme
    - Chateaubriand, *Mémoires d'outre-tombe* (1848)
    - Musset, *La Confession d'un enfant du siècle* (1834)
- **Les avant-gardes**
  - Apollinaire, *Alcools* (1913)
  - Parcours : modernité poétique ?
    - Breton, *Manifeste du surréalisme* (1924)
    - Éluard, *Capitale de la douleur* (1926)
- **Le Beau en question**
  - Baudelaire, *Les Fleurs du mal* (1857)
  - Parcours : alchimie poétique : la boue et l'or
    - Rimbaud, *Une saison en enfer* (1873)
    - Mallarmé, *Poésies* (1899, posth.)

LA LITTÉRATURE D'IDÉES DU XVIe AU XVIIIe SIÈCLE

- **Les fonctions du rire**
  - Rabelais, *Gargantua* (1534)
  - Parcours : rire et savoir
    - Cervantès, *Don Quichotte* (1605-1615)
    - Sterne, *Tristram Shandy* (1759)
- **Plaire et instruire**
  - La Bruyère, *Les Caractères*, livres V à X (1670)
  - Parcours : la comédie sociale
    - La Fontaine, *Fables* (1668-1694)
    - Voltaire, *Candide* (1759)
- **Persuader et convaincre**
  - Olympe de Gouges, *Déclaration des droits de la femme et de la citoyenne* (1791)
  - Parcours : écrire et combattre pour l'égalité
    - Beauvoir, *Le Deuxième sexe* (1949)
    - Rousseau, *Discours sur l'origine et les fondements de l'inégalité parmi les hommes* (1755)

LE ROMAN ET LE RÉCIT DU MOYEN ÂGE AU XXIe SIÈCLE

- **Roman et immoralité**
  - Abbé Prévost, *Manon Lescaut* (1731)
  - **Parcours : personnages en marge, plaisirs du romanesque**
    - Laclos, *Les Liaisons dangereuses* (1782)
    - Dumas fils, *La Dame aux camélias* (1848)
- **Pouvoirs de l'imagination**
  - Balzac, *La Peau de chagrin* (1831)
  - **Parcours : les romans de l'énergie : création et destruction**
    - Mary Shelley, *Frankenstein* (1818)
    - Wilde, *Le Portrait de Dorian Gray* (1890)
- **Récits autobiographiques**
  - Colette, *Sido* (1930) suivi de *Les Vrilles de la vigne* (1908)
  - **Parcours : la célébration du monde**
    - George Sand, *Histoire de ma vie* (1855)
    - Cendrars, *Bourlinguer* (1948)

LE THÉÂTRE DU XVIIe AU XXIe SIÈCLE

- **Jouer : comédiens et musiciens**
  - **Molière, *Le Malade imaginaire* (1673)**
  - **Parcours : spectacle et comédie**
    - Bizet, *Carmen* (1875)
    - Demy, *Les Parapluies de Cherbourg* (1964)
- **L'art du déguisement**
  - **Marivaux, *Les Fausses Confidences* (1737)**
  - **Parcours : théâtre et stratagème**
    - Shakespeare, *Comme il vous plaira* (1599)
    - Rostand, *Cyrano de Bergerac* (1897)
- **Histoires de famille**
  - **Lagarce, *Juste la fin du monde* (1990)**
  - **Parcours : crise personnelle, crise familiale**
    - Sophocle, *Œdipe roi*
    - García Lorca, *La Maison de Bernarda Alba* (1936)

Crédits iconographiques

Couverture

Sidonie-Gabrielle Colette, 28 janvier 1873 - 3 août 1954. Photo © Dariush/Fototeca / Bridgeman Images

Le roman et le récit du Moyen Âge au XXIe siècle

p. 6 : La rencontre de Des Grieux et Manon Lescaut, gravure d'Hubert-François Gravelot, wikicommons - p. 8 : Charles Augustin Sainte-Beuve (1804-1869), wikicommons - p. 12 : Portrait d'Honoré de Balzac / Wikicommons - p. 14 : Illustration de La Peau de chagrin par Adrien Moreau, wikicommons - p. 20 : Maison de Colette dans l'Yonne par Memnon, Travail personnel, CC BY-SA 4.0, wikicommons - p. 18 : Portrait de Colette, vers 1896, par Ferdinand Humbert, wikicommons

Le théâtre du XVIIe au XXIe siècle

p. 8 : Louis Boulanger en 1836. ©Gwengoat

Le théâtre du XVIIe siècle au XXIe siècle

p. 26 : *Portrait de Jean-Baptiste Poquelin, dit Molière*, par Pierre Mignard, wikimedia commons - p. 29 : Gravure d'un médecin © wynnter/iStock - p. 30 : *Portrait de Pierre Carlet de Chambain de Marivaux* par Louis-Michel von Loo, wikimedia commons - p. 32 : théâtre © aerogondo/iStock - p. 34 : Jean-Luc Lagarce © DeepBlue98 - Own work, CC BY-SA 4/wikimedia commons - p. 37 : masque © Gldburger/iStock.

La poésie du XIXe siècle au XXIe siècle

p. 46 : Victor Hugo © iStock - p. 48 : Portrait d'Alphonse de Lamartine (1790-1869), 1830 (huile sur toile), Decaisne, Henri (1799-1852) © Musée Lamartine, Macon, France / Bridgeman Images p. 50 : Charles Baudelaire DR - p. 52 : Epitavi/iStock - p. 54 : Calligramme, wikimedia commons p. 56 : *Le jeune Bacchus*, Caravage (1571-1610), c. 1589 (huile sur toile), / Galleria degli Uffizi, Florence, Toscagne, Italie / Bridgeman Images

La littérature d'idées du XVIe au XVIIIe siècle

p. 68 à 78 : Wikimedia commons

Grammaire

p. 85 : © fstope123/iStock - © Mykola Sosiukin/iStock - © MediaProduction/iStock © JazzIRT/iStock - p. 89 : © Image Source/iStock

Le guide pratique

p. 87 : FatCamera/iStock - PeopleImages/iStock - Steve Debenport/iStock p. 88 : fizkes/iStock ; p. 90-93 : © asiseeit/iStock ; © wutwhanfoto/iStock ; © triloks/iStock ; © katerinasergeevna/iStock

EAN : 9782820813732

Éditions rue des écoles – 15 boulevard Bourdon - 75004 Paris
Achevé d'imprimer en France par l'imprimerie Champagne, en août 2022
Dépôt légal : septembre 2022

Nostalgie

Ludwig Erhard, Bundeskanzler 1963–1966.

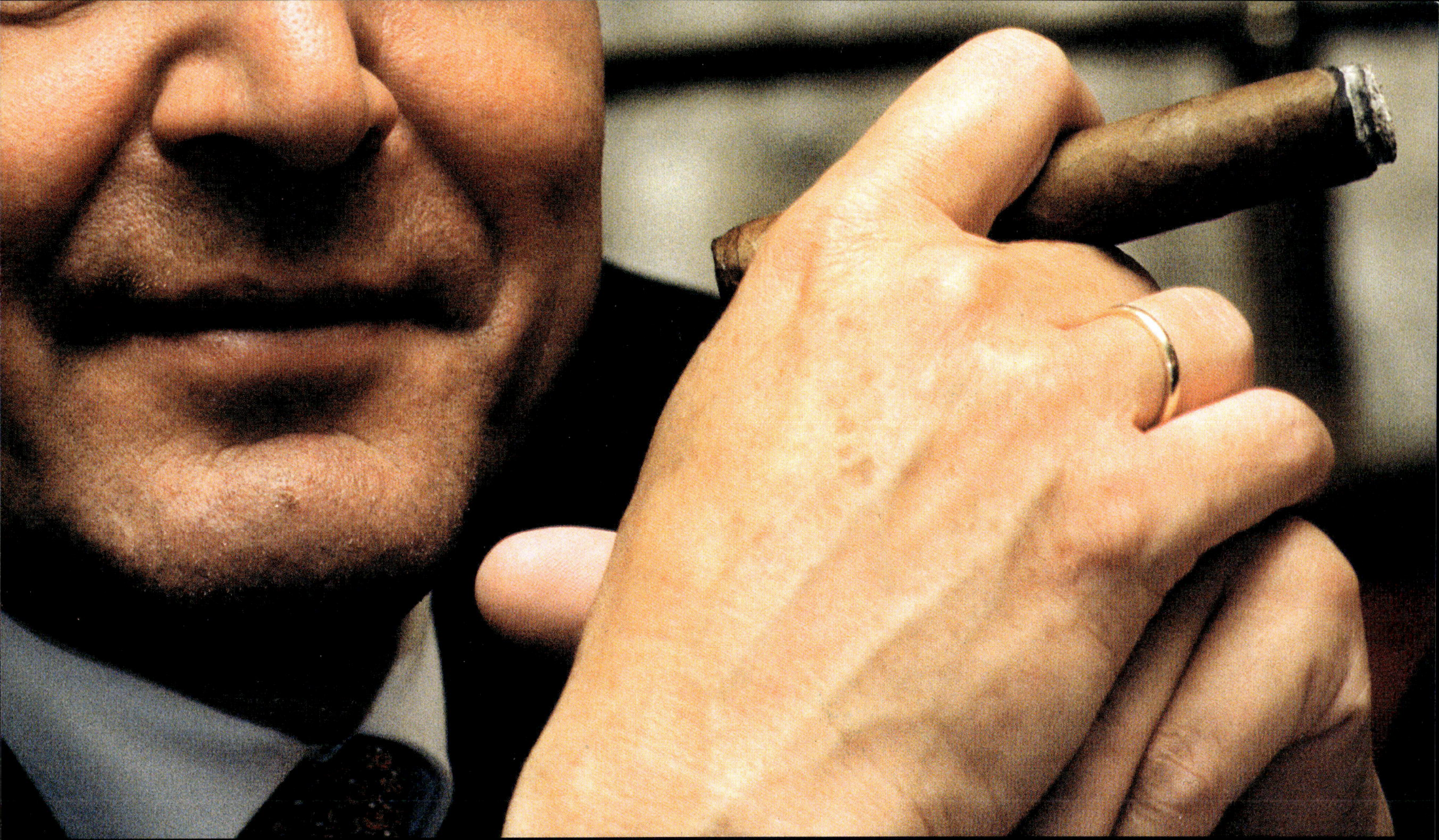

ist:

die Wiedergutmachung an Dingen

die uns in der
Gegenwart befremden.

VW
1949

und läuft und läuft und  läuft

Käfer, New Beetle und die perfekte Form

Buchkonzept
Nils Jockel, Hamburg
Redaktion
Jens Oestreicher, Hamburg
Gestaltung
Dorén + Köster, Berlin

Bildnachweis S. 137

Prestel-Verlag, Mandlstr. 26
D-80802 München
Telefon 089 / 38 17 09-0
Telefax 089 / 38 17 09-35

CIP-Kurztitelaufnahme der Deutschen Bibliothek:
und läuft und läuft und läuft – Käfer, New Beetle und die perfekte Form [zur Ausstellung im NRW-Forum Kultur und Wirtschaft Düsseldorf vom 23. Januar bis 5. April 1999] / hrsg. von Nils Jockel und Werner Lippert. Mit Beitr. von Werner Butter... – München; London; New York: Prestel, 1999.

Litho
LVD, Berlin
Druck
Aumüller Druck KG, Regensburg
Bindung
Friedrich Pustet, Regensburg

Printed in Germany
ISBN 3-7913-2039-4

Inhalt

Vorwort

Wie entsteht ein Mythos? Waren es jahrhundertelang die Unterwelten der Dämonen und die Überwelten der Götter, denen die Mythen entsprangen, so werden sie heute eher in den profanen Welten der Medienmächte und Wirtschaftsheroen geboren. Ein Mythos dieser Sorte ist der *Käfer* – ein Mythos, der zwischen dem wirtschaftlichen Aufstieg der Nachkriegsgesellschaft und der Medialisierung dieses Autos in Werbung, Medien und Kunst entstand. Ein Mythos, an dem heute nahtlos der *New Beetle* anknüpft.

Für die erste Ausstellung des jungen NRW-Forums Kultur und Wirtschaft Düsseldorf ist der *Käfer* ein Thema par excellence. Wie konnte aus dem *KdF-Wagen*, der in den dreißiger Jahren von Ferdinand Porsche entwickelt wurde, über sechs Jahrzehnte hinweg ein Erfolkswagen werden, der seine Form kaum veränderte? Wie kam es, daß der *Volkswagen* von einer so breiten Öffentlichkeit akzeptiert wurde und auf diese Weise die höchsten Verkaufszahlen der Automobilbranche erreichte? Was sind die Ursachen dafür, daß er sogar zum Filmstar und Kunstobjekt avancierte?

Der Anfangserfolg des *New Beetle*, beruht auf dem *Käfer*-Mythos.

Vor dem Hintergrund einer (fast) endlosen Bilderflut geht dieses Buch – ähnlich wie die Ausstellung – der scheinbar endlosen Geschichte des *Käfers* nach. Es zeigt, wie aus einem lange vor dem Zweiten Weltkrieg versprochenen, doch nie gelieferten Volksauto nach dem Ende des Dritten Reiches ein Exportschlager, ein Kultauto, ja ein Mythos des Wirtschaftswunders wurde. Das Buch zeigt auch, wie stark die Werbung die Popularisierung und Mythisierung des *Volkswagens* beeinflußt hat.

Aus der Sicht von Werbefachleuten, Trendforschern, Designspezialisten, Automobilexperten und Kunsthistorikern ergibt sich ein neuer Blick auf mehr als sechzig Jahre deutscher Geschichte.

Unser Dank gilt den Autoren, dem Kuratorium des NRW-Forums Kultur und Wirtschaft Düsseldorf sowie den Sponsoren: der Volkswagen AG, der Mobil Schmierstoff GmbH und der Gottfried Schultz GmbH & Co. Sie haben die Ausstellung, zu der dieses Buch konzipiert wurde, überhaupt erst ermöglicht.

Werner Lippert — Nils Jockel
Forum Management — Kurator

Erfolgskurve in perfekter Form

Eine Geschichte von Volk und Wagen

Nils Jockel

Was da im kollektiven Gedächtnis der Menschen noch immer läuft und läuft und läuft und schließlich auch den *New Beetle* erneut zum Laufen gebracht hat, ist längst nicht mehr das Bild des dank robuster Technik verläßlichen *Käfers*. Es ist heute allein seine Form, die noch immer oder wieder läuft. Ihrer Unauslöschlichkeit haben es die Konstrukteure des *New Beetle* zu verdanken, daß man ihn, der technisch nichts mit dem Ur-*Volkswagen* gemein hat, dennoch bereitwillig und wider besseres Wissen als legitimen Nachfolger des legendären *Käfers* akzeptiert und bejubelt – und zu guter Letzt vielleicht sogar wegen einer Blumenvase am Armaturenbrett, die ursprünglich nicht einmal zum Lieferumfang des *Volkswagens*

gehörte und ebenso wenig zum Selbstverständnis des Volkswagenwerks.

Verfügt der *Käfer* wirklich über eine perfekte Form, die man – wie es einst die Werbung Glauben machen wollte – so wenig verbessern kann, wie die des Eies? Oder ist sie nur vom richtigen Unternehmen zur richtigen Zeit wieder aufgenommen worden – zu einer Zeit nämlich, in der selbst die Pop-Idole von einst ein ewiges Leben zu haben scheinen und in der Werke wie *Der kleine Prinz* oder *Casablanca*, die man bislang für einmalig gehalten hatte, ihre Fortschreibungen erfahren? Ist der *New Beetle* womöglich nur eine Erscheinungsform jenes Trends, den die einen unter dem Begriff ›Retro-Design‹ subsumieren, andere als

Renault 4CV, ab 1946 produziert.

Formrückgriff auf den Renault 4CV, Renault Fiftie, Fahrzeugstudie, vorgestellt auf dem Genfer Automobilsalon 1996.

Rover Mini, ab 1959 produziert.

Rover Mini, präsentiert auf der Internationalen Automobil Ausstellung, Frankfurt 1998, soll ab 2000 den klassischen Mini ablösen.

›Nostalgie‹ bezeichnen? Immerhin ist nicht zu übersehen, daß am Jahrtausendwechsel auch andere Autos wie der *Mini* oder der *Renault 4CV*, die mit ebensovielen kollektiven Gefühlen und Erinnerungen behaftet sind, mit neuer Technik in historisierenden, neuen Kleidern zur Wiederauferstehung gelangen.

Ohne Zweifel ist der *Volkswagen* für eine Wiederbelebung besonders geeignet. Schon seine ›Massenanziehung‹, seine ›mythischen Dimensionen‹ legen das nahe – die Höhe der verkauften Stückzahlen, die Breite seiner gesellschaftlichen Akzeptanz und die Tiefe der Erfahrungen, die so viele Menschen mit ihm gesammelt haben. Jedes Kleinkind erlebt den *Volkswagen* noch heute in einer Vielzahl kugelig verniedlichter Spielzeuge als Phänotypus des freundlichen Autos schlechthin.

Dennoch kann nur eine umfassende Betrachtung der Erfolgsgeschichte des *Volkswagens* erklären, warum dieses ursprünglich politisch schwer belastete, schon zu Beginn seines ›Wirtschaftswunders‹ technisch veraltete Fahrzeug diesseits und jenseits des Atlantiks gleich großen aber völlig unterschiedlich motivierten Erfolg hatte – und warum der *New Beetle* in den USA früher und anders eingeführt wurde als in Deutschland und auf allen anderen Märkten.

Die modische Stromlinie, Titelseite eines Prospekts zum Tatra 87, 1948.

Die Pferdekarosse als Grundlage des konventionellen Antriebskonzeptes. Bergmann-Luxuschassis Type L 450/5, 1907.

Anzeige 1933.

Anzeige 1933.

Das Auto fürs Volk

Die Erfolgsgeschichte des *Volkswagens* beginnt in den dreißiger Jahren. Die Idee eines kleinen, preiswerten Volksautos für breite Bevölkerungsschichten war damals nicht neu. Sie hatte viele große Autohersteller in Europa beschäftigt, seit Henry Ford den amerikanischen Mittelstand mit seiner *Tin Lizzy* ins Rollen gebracht hatte. Was aber in Europa fehlte, waren ausgereifte Vorstellungen über die technische Konstruktion und die Gestaltung eines massentauglichen Fahrzeugs. Gefragt war eine grundlegend neue Auffassung des Automobils. Es sollte nicht länger aussehen wie eine Pferdekutsche und auch kein prestigeträchtiges Luxusgut sein. Es galt, sich darauf zu konzentrieren was die automobile Technik möglich machte: nutzbringende Anwendbarkeit für jeden, überzeugende Kostenersparnis, größte Einfachheit, geringe Abmessungen und Geschwindigkeit, die in den zwanziger und dreißiger Jahren die Menschen so sehr faszinierte, daß die Stromlinienform zu einem Symbol von Fortschrittlichkeit und strahlender Zukunft wurde.

Nachdem Adolf Hitler 1933 auf der Internationalen Automobil-Ausstellung in Berlin erstmals die Volksmotorisierung propagiert hatte, mühten sich viele deutsche Autohersteller – wenn auch halbherzig, weil immer noch auf Luxuskarossen fixiert – um ein Fahrzeug, das den nationalsozialistischen Vorstellungen entsprach. Die Firma Standard stellte 1933 ihr Modell *Superior* als den »deutschen Volkswagen« zum Preis von fast 1 600 Reichsmark vor. Die Ford Werke zogen 1934 mit ihrem 1-Liter-Ford-Volkswagen, *Typ Köln* zum Preis von fast 2 000 Reichsmark nach.

Ferdinand Porsche war unter den vielen Konstrukteuren seiner Zeit der einzige, dem es gelang, die Minimierung von Volumen und Technik einerseits und die Dynamisierung der Form andererseits auf ideale Weise miteinander zu verbinden (wenn auch nicht vergessen werden darf, daß der ungarische Konstrukteur Bela Barenyi zuvor wesentliche technische Grundlagen für einen Volkswagen formuliert hatte, die Porsche

Vorserienwagen VW 39, von dem 1939 fünfzig Exemplare gebaut wurden. Besondere Merkmale: Türscharniere an B-Säule, kein Heckfenster, kleine Fronthaube, Kotflügel vorne mit integriertem Scheinwerfer.

von großem Nutzen waren, ohne daß er es je so recht zugab).

Das Entwicklungsbüro von Porsche hatte mehrere Versuche für verschiedene Auftraggeber unternommen, bis man zur endgültigen *Käfer*-Form fand. Porsche erhielt schließlich von den Nationalsozialisten den Auftrag, einen Volkswagen zu entwickeln, dessen Preis 1 000 Reichsmark nicht überschreiten sollte – eine politische Forderung, die an den realen Produktionsbedingungen völlig vorbeiging.

Als Adolf Hitler auf der Internationalen Automobil-Ausstellung von 1934 den Bau eines neuen deutschen Volkswagens forderte, waren weder die Idee noch der Name ›Volkswagen‹ von den Nationalsozialisten ersonnen – wohl aber das dahinter stehende komplexe Programm, das der Automobilindustrie einen kräftigen Aufschwung verschaffen sollte. Sie war durch die Wirtschaftskrise in große Absatzschwierigkeiten geraten.

Porsche entwickelte zunächst Prototypen ohne Heckfenster, die später demontiert wurden. Dann wurde eine Serie von dreißig Fahrzeugen gebaut, mit denen man im ganzen Deutschen Reich auf Testfahrten ging, die zugleich starke werbliche Wirkung haben sollten.

Ab November 1938 konnte auf den *Volkswagen*, der in *Kraft-durch-Freude-Wagen* umbenannt worden war, mit Marken angespart werden. Wer drei Viertel des Preises bezahlt hatte, erhielt das versprochene Fahrzeug allerdings noch lange nicht. Er hatte nur den Anspruch erworben, bei einer späteren Zuteilung der *KdF-Wagen* berücksichtigt zu werden – zu der es bekanntlich nie kam.

Arbeiter und Angestellte mit geringem Einkommen waren ohnehin nicht in der Lage, die wöchentlichen Sparleistungen aufzubringen – eher schon kleine Selbständige und Gewerbetreibende, die mittlere und höhere Beamtenschaft, Wissenschaftler und Emporkömmlinge mit Parteikarriere. Tatsächlich waren es fast nur Parteifunktionäre und NS-Dienststellen, an die von 1939 bis 1942 etwa 630 *Volkswagen*-Limousinen – vielfach als Geschenk – ausgeliefert wurden.

Kein einziger Sparer erhielt seinen *KdF-Wagen*. Stattdessen fuhren die deutschen Soldaten mit fast 65 000 Fahrzeugen in den Krieg, die als *Kübelwagen*, *Schwimmwagen* oder limousinenförmige Geländewagen auf dem Fahrgestell des *Volkswagens* aufgebaut waren.

Im Kriegsalltag bewährte sich der *Kübelwagen* in russischer Kälte und afrikanischer Hitze, in Schnee, Sand und Schlamm so gut, daß er als Beutefahrzeug auch von den Alliierten, insbesondere von Amerikanern und Briten gern genutzt wurde.

Als Zivilfahrzeug allerdings befand eine Abordnung der britischen Militärregierung den *Volkswagen*, den sie in dem zu zwei Dritteln zerstörten Volkswagenwerk vorfand, als zu häßlich und zu laut. Dennoch ließ ihn die Alliierte Kontrollkommission wenig modifiziert für die britische Militärregierung und als Behelfslieferwagen für die Deutsche Post weiterbauen.

Prototyp auf der Baustelle des künftigen Volkswagenwerkes bei Fallersleben, um 1938.

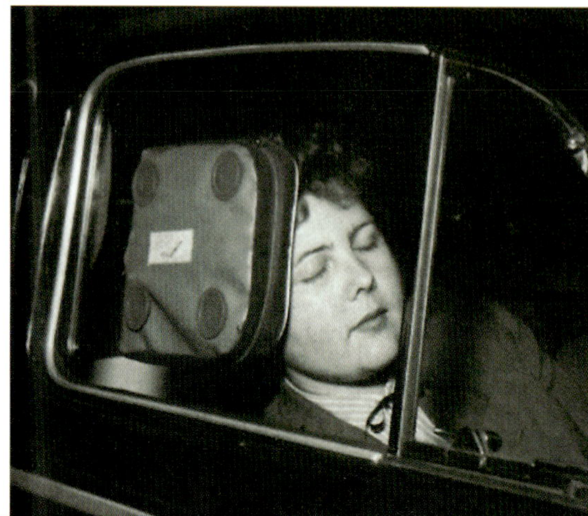

Kamei Sonderausstattung aus den fünfziger Jahren: Lenkradhülle »Tigerfell«, Picknickablagetisch, Sicherheitsablagefach, Benzinhahnverlängerung und Abfallkorb.

Kamei »Schlummerkissen«.

Das »Tiefensteuer« der Firma Kamei wurde 1953 auf dem Genfer Automobilsalon präsentiert, ging aber nie in Serie.

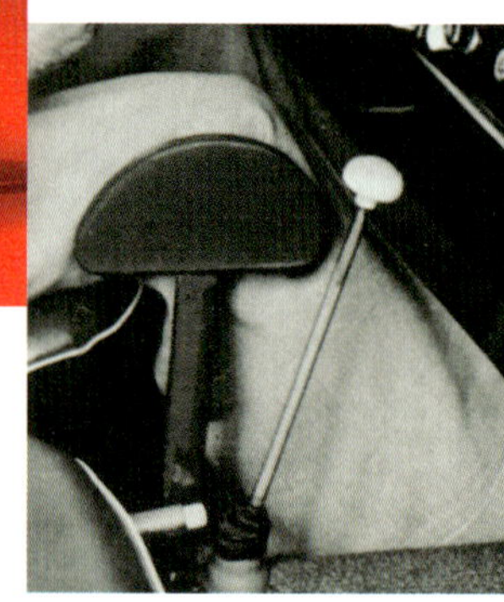

Kamei »Kniestütze«.

Schnellstart ins Wirtschaftswunder

Der Autoverkehr im kriegszerstörten Deutschland war bis zur Währungsreform 1948 durch Zulassungsbeschränkungen, Rationierungen von Benzin auf zehn Liter pro Monat und durch den Mangel an Ersatzteilen und Autoreifen erheblich reduziert. Hatte 1939 noch jeder einundzwanzigste Einwohner einen Pkw gefahren, so war es 1949 nur jeder zweihundertfünfundachtzigste.

Als zu dieser Zeit die Briten die Verantwortung für das Volkswagenwerk auf die Bundesrepublik übergehen ließen – Heinrich Nordhoff hatte man als Generaldirektor eingesetzt –, war die Jahresproduktion bereits wieder auf 50 000 Fahrzeuge und die Belegschaft auf über 10 000 angewachsen.

Der Krieg hatte zahllose junge Männer, die vor dem Krieg nicht im Traum daran gedacht hatten, Autofahren zu lernen, zu perfekten Fahrern gemacht. Ihre Einstellung zum Automobil war nicht länger von den ehrfurchteinflößenden Karossen der Vorkriegszeit bestimmt. Sie verlangten nun vielmehr nach erschwinglichen, leicht handhabbaren Fahrzeugen, die sie so mobil machten, wie es die Zeit des wirtschaftlichen Aufbruchs der frühen fünfziger Jahre erforderte.

Immer mehr Bundesbürger zog es an die grüne Peripherie der Städte. Um zu Läden, Kinos und kommunalen Einrichtungen zu gelangen, fehlte es an öffentlichen Nahverkehrsmitteln. Arbeitszeitverkürzungen und bezahlter Urlaub brachten mehr Freizeit. Das weckte Wünsche nach Ausflügen, Wochenendurlauben, Kino- und Verwandtschaftsbesuchen. Um die neuen Mobilitätsbedürfnisse zu befriedigen, machten sich viele Tüftler und Unternehmer daran,

Kleinstwagen zu entwickeln. Nur wenigen von ihnen war größerer Erfolg beschieden.

Allein dem Volkswagenwerk gelang mit seinem Vorkriegsmodell ein schneller Start. Dessen Popularität erwies sich schon bald als so hoch, daß man mit den Lieferungen an die Wirtschaft, an öffentliche Einrichtungen und private Kunden kaum nachkam.

Die Besitzer des *Volkswagens* erschienen um die Mitte der fünfziger Jahre in der Werbung als glückliche, zufriedene Fahrer, die in ihrem Auto weder Traum noch Statussymbol sahen, sondern ein liebenswertes Automobil – eine Art Partnerersatz.

Der Gardasee, die Adria und Riviera wurden zu Traumzielen, die Alpen zur Bewährungsprobe aller mit Campingausrüstung, Kind und Kegel be- und überladenen Kleinwagen. Was das Volkswagenwerk seinen Kunden an reisedienlichem Zubehör und sparsamem Luxus nicht lieferte, boten Bastler und Spezialfirmen in unerschöpflicher Vielfalt.

Die VW-Belegschaft feiert am 4. März 1950 die Produktion des hunderttausendsten Käfers.

Volkswagen-Anzeige von 1956.

In den frühen Nachkriegsjahren gab es auf den Autobahnen kaum mehr Verkehr als um 1939.

Realität und Werbung: USA Anfang der sechziger Jahre.

Neue Märkte für ein altes Auto

In den USA, wo die *Volkswagen*-Verkäufer Anfang der fünfziger Jahre Fuß zu fassen versuchten, waren die Bedingungen des Straßenverkehrs, die Gewohnheiten und die Einstellungen der Bevölkerung zum Auto völlig andere als in Deutschland, das sich mitten im Wiederaufbau befand. Man war anfänglich skeptisch gegenüber einem Auto, das in seiner Form ungewöhnlich, in seinen Ausmaßen klein, im Innenraum eng und mit wenig Luxus ausgestattet war. Dennoch zeigte sich schon bald, daß der amerikanische Automarkt beachtliche Lücken aufwies, in die europäische ›small cars‹, allen voran der *Volkswagen*, hervorragend paßten. Wer sich Nonkonformismus – zumindest in der Wahl des Zweitwagens – zugunsten niedriger Anschaffungs- und Unterhaltskosten leisten mochte (und konnte), wer einfache, robuste, deutsche Technik schätzte und sich durch den *Volkswagen* nicht an die Kriegsverbrechen der Nationalsozialisten erinnert fühlte, der fand Gefallen an dem ›small wonder‹.

So gelang es relativ rasch, Volkswagen of America als amerikanische Tochtergesellschaft zu gründen, ein umfangreiches Händler- und Kundendienstnetz aufzubauen und den *Volkswagen* in den USA zum meistgekauften ausländischen Modell zu machen. Um die glänzenden Verkaufsergebnisse zu sichern und noch zu steigern, begann Volkswagen of America 1959 eine intensive Werbung, für die man die junge New Yorker Agentur Doyle Dane Bernbach engagierte. Ihre auf der Devise »Think small« aufgebaute Kampagne, die zwei Jahre später auch nach Deutschland übernommen wurde, bekannte sich nur scheinbar zu den Schwächen des *Volkswagen*. Sie spielte in Wahrheit geschickt mit den Schwächen der in Konventionen erstarrten Automobilwerbung. Mit interessanten und glaubwürdigen Informationen, bescheiden und locker dargebracht, gelang es, den *Volkswagen* gegen den Trend zu profilieren und ihm eine Sonderstellung zu verschaffen, die ihn lange unangreifbar machte.

Wenn auch die werblichen Methoden völlig andere waren als die mit denen einst die Nationalsozialisten – überaus geschickt – ihren *Kraft-durch-Freude-Wagen* beworben hatten, so war doch der Inhalt ähnlich. Man bekannte sich zur massenhaften Verbreitung und zur unspektakulären Langlebigkeit des *Volkswagens*. Man betonte nicht die vermeintliche Einmaligkeit des Fahrers, vielmehr die Einmaligkeit des Autos, das von nichts außer von sich selbst zu übertreffen sei. Nicht von unterschiedlichen Modellen und neuen Versionen wurde berichtet, nicht von umfassenden Veränderungen, sondern von kontinuierlichen Verbesserungen – und waren sie noch so unerheblich. Es gab halt nur einen *Volkswagen*, eben den besten der Volkswagen.

Protest gegen die Export-Offensive von Volkswagen, Plakat amerikanischer Herkunft, Verfasser unbekannt, zweite Hälfte der sechziger Jahre.

Statistik der zehn meist importierten europäischen Kleinwagen in den ersten fünf Monaten des Jahres 1958, erschienen in einem Artikel von Herbert Brean unter dem Titel »Volkswagen, Go Home!«

Käfer können nicht fahren, aber fliegen

Es erscheint paradox: Als *Käfer* liebkoste die deutsche Werbung den *Volkswagen* erst, als man ihn loswerden wollte und fieberhaft nach einem Nachfolgemodell suchte, das geeignet war, ihn zu ersetzen. Seit Mitte der sechziger Jahre gab es nicht mehr nur den einen *Volkswagen*, sondern neben dem *Karmann Ghia* auch zunehmend andere *Volkswagen*-Modelle, auf die die Werbung differenziert eingehen mußte. Gleichzeitig war sie gehalten, den Ur-*Volkswagen* als *Käfer* (noch) am Leben zu lassen. Das war allerdings nicht so schwer, denn obwohl die *Käfer*-Produktion ab 1971 rückläufig war und 1974, als das Modell *Golf* folgte, in Wolfsburg eingestellt und auf andere Werke verlegt wurde, erhielt die Popularität des *Käfers* einen neuen Schub. Die Kinder der ersten *Volkswagen*-Fahrer-Generation hatten sich von den Rücksitzen hinter den Lenker ›vorgearbeitet‹ und die wahren Qualitäten des ewig jugendlichen *Käfers* entdeckt, wie er ihnen in der Werbung beschrieben wurde.

Das Bild des eigenwilligen, friedfertigen und liebenswerten *Käfers* entsprach dem Zeitgeist einer Wohlstandsgesellschaft, deren aufbegehrende Jugend mehr Demokratie wagen wollte und dabei auch mit ihren Privatwagen – 1967 waren es zehn Millionen – nach individuellen Ausdrucksformen eigener Anschauungen, Werthaltungen und Identifikationen suchte.

Die junge Generation wünschte sich in Bewegung – ja, Teil einer Bewegung zu sein: meditative Innerlichkeit oder Frauenbewegung, Nostalgie oder Anti-Atomkraft, Rallye oder Landkommune. Jede Bewegung fand ihren Niederschlag auch im *Käfer* – durch gemalte Ornamente und gewitzte Sprüche, durch raffinierte Lackierungen oder rasante Zierstreifen. Tausende von *Käfer*-Chassis wurden mit Hilfe von Bausätzen und Zubehörteilen zu Freizeitfahrzeugen umgerüstet, mit denen man abseits der Straßen die unberührte Natur suchte – oder wenigstens Baggerseen und sandige Wege am Rande der Vorstädte. Auch die vom Werk angebotenen unterschiedliche Modellversionen und -ausstattungen ließen nuancen-

Käfer-Manipulationen in Werbung und Realität, Mitte der sechziger Jahre.

Don Eddy, »Ohne Titel«, 1971.
Acryl auf Leinwand, 122 x 167,8 cm.

reiche Differenzierungen nach Altersgruppen, Freizeitvorlieben und Weltanschauungen zu.

Unverhofft war der *Käfer* zu einem Kultobjekt geworden, in dessen lackierter Oberfläche sich alle Themen und Probleme einer Wohlstandsgesellschaft spiegelten, die in die Sinnkrise gekommen war. Dennoch tummelte sich das Auto munter in allen Feldern gesellschaftlichen Interesses. Auch vor der Kunst machte der *Käfer* nicht Halt: Der Pop-Art-Künstler Tom Wesselmann hatte sich schon 1963/64 des *Käfers* in Bleistiftzeichnungen und Gemälden angenommen, Christo verhüllte ihn und Don Eddy's photorealistische Wiedergabe eines *Volkswagens* sorgte 1971 auf der Kasseler *documenta* für Aufsehen und Irritation. Sie alle thematisierten den *Volkswagen* als Symbol einer Gesellschaft, deren Drang nach Selbstverwirklichung und Mobilität in der Ölkrise, in Verkehrsstaus und wohl(an)ständiger Mittelmäßigkeit zu erstarren drohte.

Obwohl die Produktion des *Käfer*s in Deutschland schon 1978 eingestellt wurde, obwohl er seit 1985 nicht mehr auf dem europäischen Markt angeboten und heute nur noch in Mexiko hergestellt wird, muß sich niemand sorgen, daß der ›True Beetle‹, wie ihn seine Anhänger seit dem Auftritt des *New Beetle* trotzig nennen, aus dem Straßenbild oder aus dem öffentlichen Bewußtsein verschwindet. Das in seiner Grundform nun bald sechzig Jahre alte Fahrzeug gilt noch immer nicht als Oldtimer, sondern als Klasse für sich. Die Amerikaner hatten schon recht, als sie vor fast einem halben Jahrhundert feststellten: »It's not a car, it's a *Volkswagen*.«

Tom Wesselmann,
Studie für »Landscape #2«,
1964. Bleistift auf Papier,
19,8 x 25,2 cm.

Christo,
»Wrapped Volkswagen«, 1963.
© Christo,
Photo: Charles Wilp.

Andy Warhol, »Volkswagen Yellow Sky«, 1985. Siebdruck und Acryl auf Leinwand, 56 x 56 cm.

Geoffrey Hendricks,
Sky Works, 1979.
Bleistift und Pastell
auf Papier,
79 x 93,5 cm.

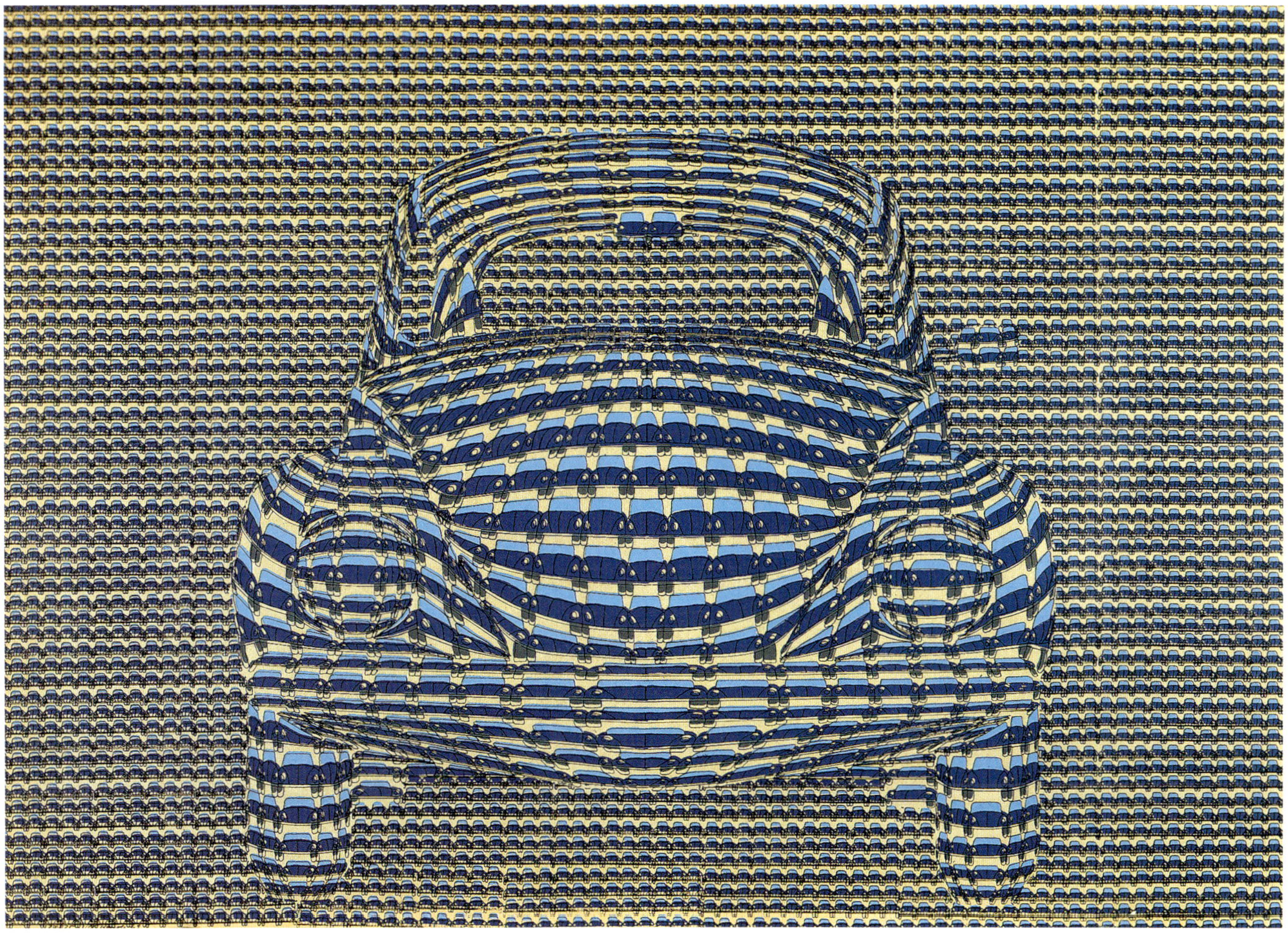

Thomas Bayerle,
VW Käfer (blau),
1961, Serigraphie.

Jiri Kolař,
»VW in Streifen«,
1967, Collage.

Peter Roehr, »Ohne Titel, (F.O.-98)«, 1965. Fotomontage, Papier in Kunststoff, 49,5 x 49 cm.

Peter Roehr, »Ohne Titel, (F.O.-41)«, 1965. Fotomontage, Papier in Kunststoff, 92 x 93,5 cm.

Paul Giovanopoulos,
»Volkswagen VII«,
1992. Acryl und Mischtechnik auf Leinwand,
115 x 142 cm.

Nam June Paik,
»Marco Polo«, 1993.
Videoskulptur,
ca. 330 x 160 x 370 cm.

568-DPN

DDBs erster Kunde: Ohrbach's.

Frisch, frech, fröhlich statt doof, dreist, dröge

Als die Reklame zur Werbung wurde

Werner Butter

Anfang der sechziger Jahre erschienen in westdeutschen Zeitschriften Anzeigen, die durch ihre verblüffende Andersartigkeit reichlich Aufsehen erregten. Es waren die ersten einer langfristigen und erfolgreichen Kampagne für den *Käfer*. Kampagnen-Macher war die New Yorker Agentur Doyle Dane Bernbach (DDB), die speziell für den Kunden Volkswagen eine Dependance in Düsseldorf eröffnet hatte.

Zu jener Zeit arbeitete ich als mäßig bezahlter Feuilleton-Redakteur beim *Berliner Kurier*. Die erste Anzeige, die ich sah, zeigte ein Hühnerei, auf dessen Schale ein *Käfer* gezeichnet war. Die Headline dazu hieß: »Es gibt Formen, die man nicht verbessern kann.« Ebenso beeindruckt war ich von der Zeile »Er läuft und läuft und läuft ...«

Ich sagte mir, wenn Werbung so sein kann, will ich in Zukunft Werbung machen. (Zumal ich wußte, daß man damit mehr Geld verdienen konnte als mit Theater- und Filmkritiken.) Also bewarb ich mich bei DDB und wurde tatsächlich als Texter eingestellt. Mein erster Kunde: Volkswagen.

Damals, 1963, arbeiteten bei DDB in der Düsseldorfer Grünstraße gerade mal 15 Leute. Als ich 1984 die Agentur verließ, um mich anderen beruflichen Herausforderungen zu stellen, hatte DDB über 200 Mitarbeiter und gehörte zu den zehn größten Agenturen in Deutschland.

Aber die Geschichte, die hier erzählt werden soll, fängt viel früher an. In New York. Dort taten sich 1949 drei Männer mit dem Ziel zusammen, die Werbewelt umzukrempeln: Mr. Doyle, Mr. Dane, Mr. Bernbach. Ihr Vorhaben darf heute als gelungen bezeichnet werden.

Bill Bernbach war der kreative Kopf der Agentur, die schnell durch ungewöhnliche Kampagnen berühmt wurde. In zahlreichen Vorträgen und Aufsätzen kämpfte er gegen den üblichen Reklame-Schrott und warb für eine Werbung, die den Verbraucher ernst nahm. Stellvertretend für die vielen klugen Sachen, die er gesagt hat, hier ein auch heute noch gültiger Satz aus einem seiner Vorträge:

»Die Wahrheit ist erst die Wahrheit, wenn euch die Leute glauben; und sie glauben euch erst, wenn sie wissen, was ihr sagen wollt; und sie wissen erst, was ihr sagen wollt, wenn sie euch zuhören; und sie hören euch erst zu, wenn es euch gelingt, Interesse zu wecken; und ihr weckt erst Interesse, wenn ihr gelernt habt, die Dinge voller Schwung, originell und mit Phantasie auszudrücken.«

Der erste Kunde der jungen Agentur Doyle Dane Bernbach war das Bekleidungshaus Ohrbach's in New York. Mit einer hinreißenden Anzeigenkampagne machte DDB den unbekannten Laden zum Stadtgespräch. Diese Kampagne war es, die werte Werbeunterstützung 1958 bereits 150 000 Käfer verkauft. Aber Ford, General Motors und Chrysler hatten angekündigt, mit neuen Kompaktwagen auf den Markt zu kommen.

Die *Käfer*-Kampagne begann 1960 und wurde auf Anhieb als große Erlösung von der konventionellen Automobilreklame empfunden. Sie hat mehr als jede andere Kampagne die Werbung bis zum heutigen Tage beeinflußt.

Man stelle sich vor: In einem Land, dessen populärster kategorischer Imperativ »Think big« heißt, wirbt der *Käfer* ganz bescheiden mit der Headline »Think small«. Eine andere Schlagzeile schmäht den abgebildeten

Das Jahrbuch der deutschen Werbung schrieb 1964 über die amerikanische *Käfer*-Werbung:

»Sie verzichtete auf den Appell an den Affen in uns und sprach den Kunden so an: ehrlich, einfach, direkt und heiter. Und ein bißchen intelligent auch. Der amerikanische Kunde, derart vom Pawlowschen Hund zum Menschen befördert, reagierte positiv. Das Konzept hat inzwischen Schule gemacht und wesentlich zu einer neuen würdigeren Einschätzung des Verbrauchers beigetragen.«

Und wie reagierte der amerikanische Markt? Nun, Gott sei Dank fanden die Leute die neue Kampagne nicht nur interessant und höchst unterhaltsam – sie glaubten ihr

Ein Slogan wurde zum geflügelten Wort.

Volkswagen of America auf die boomende Agentur aufmerksam machte.

Chef von Volkswagen of America war Carl Horst Hahn, der viele Jahre später Vorstandsvorsitzender in Wolfsburg werden sollte. Sein Werbeleiter, Helmut Schmitz, ein luzider Kopf mit ungewöhnlichem Gespür für kreative Talente, gilt als der Mann, der VW und Doyle Dane Bernbach letztendlich zusammenbrachte. Später ging er ebenfalls (als Werbeleiter) nach Wolfsburg, um 1966 als Geschäftsführer Kreation mein Kollege bei DDB zu werden.

Daß Volkswagen für Amerika eine außergewöhnliche Agentur suchte, hatte gute Gründe. Zwar wurden auch ohne nennens-

Volkswagen als »Lemon« (Niete – Abb. S. 51), weil einer der unerbittlichen Inspekteure eine beschädigte Chromleiste am Handschuhfach entdeckt hatte und den Wagen gnadenlos zurückgehen ließ.

Die *Käfer*-Werbung war so wie das Auto selbst: vertrauenswürdig, solide, ohne Firlefanz, unverwechselbar. Nicht nur die Texte, auch das Layout in seiner formalen Kargheit spiegelte diese Tugenden wider. (Fast) immer der gleiche klare Aufbau: Bild, Headline, Text. Es sind weder bebilderte Texte noch betextete Bilder. In dieser aufgeräumt wirkenden Anordnung ist jedes Element gleich wichtig und gleichberechtigt.

auch. Als 1961 eine Reihe von neuen amerikanischen Kompaktwagen auf den Markt kamen, fiel innerhalb von 24 Monaten die Zahl der Importautos von 614 000 auf 339 000. Volkswagen dagegen verkaufte 1962 unbeeindruckt 200 000 *Käfer*. Und das bei einem vergleichsweise bescheidenen Werbeetat.

Innerhalb kurzer Zeit war das bucklige Fahrzeug zu einem selbstverständlichen Freund der Amerikaner geworden – auch wenn Kommentatoren hie und da nörgelten, man könne bei diesem Autochen vorn und hinten nicht unterscheiden, und der Motor mache ein Geräusch wie eine mit Schrott gefüllte Mülltonne.

Frisch, frech, fröhlich.

Nicht jedes Jahr ein neues Modell.

Auto-Anzeige ohne Auto.

Viele Käufer kamen mit den herausgerissenen Anzeigen zu ihrem Händler, um eine Probefahrt zu machen. Die spöttischen Heckaufkleber wie »Made in der Black forest by der Elves« waren eher kleine Liebeserklärungen. Zum Schluß summierte sich die Zahl der Amerikaner, die nicht zuletzt wegen der Werbung zu guten *Käfer*-Freunden wurden, auf vier Millionen.

Ich werde manchmal gefragt, wer denn das Wort *Beetle* oder *Käfer* erfunden habe. Weder der Kunde noch die Agentur. Es war einfach da und zwar schon am 3. Juli 1938 (vgl. Chronologie, S. 130). Nicht zuletzt der insistierenden Hartnäckigkeit des VW-Werbeleiters Helmut Schmitz ist es zu verdanken, daß sich dieser Kosename in der Werbung durchgesetzt hat. In einem Interview sagte Helmut einmal, es habe ihn sicher zehn Anläufe gekostet, das VW-Management zu überzeugen, daß ein *Käfer* sympathischer sei als ein *VW 1200.* Schon allein deswegen gebührt ihm ein Platz in der ›Hall of Fame‹ der Werbung.

Der Erfolg des *Käfers* veranlaßte VW, Bill Bernbach zu fragen, ob er sich eine ähnliche Kampagne auch in Deutschland vorstellen könne. Bernbach hatte da nicht den leisesten Zweifel. Er war der festen Überzeugung, daß diese Kampagne überall in der Welt verstanden würde. Denn ihre Tugenden waren universell. Also beauftragte Volkswagen die Agentur, eine Kampagne für den deutschen Markt zu entwickeln. DDB went to Düsseldorf.

...und das im Land von »Think big«.

Wer angibt, hat's nötig.

Heißes Argument für den Käfer.

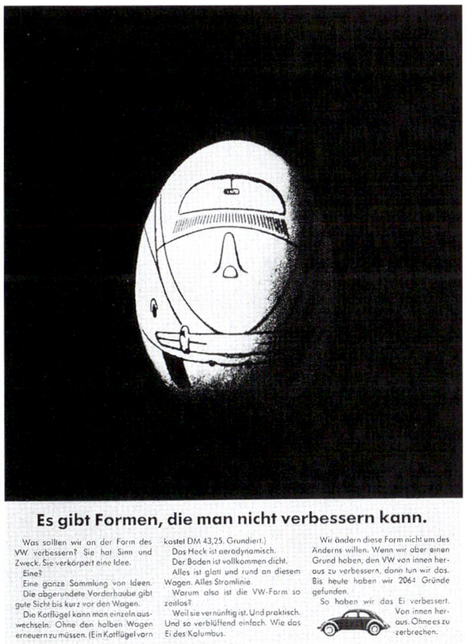

Es gibt Anzeigen, die man nicht verbessern kann.

Eine Menge Auto fürs Geld.

Zu dieser Zeit war der *Käfer* schon seit 13 Jahren auf dem Markt. Er hatte sich ohne nennenswerte Werbung zum erfolgreichsten Auto in Deutschland gemausert. Ab und zu gab es Gefälligkeits- oder Jahresend-Anzeigen mit so hinreißenden Sprüchen wie »Lassen Sie sich kein X für ein U vormachen, wählen Sie, was dazwischen liegt« oder »...begehrt in aller Welt, ständig im Vorsprung, dem Fortschritt offen zugewandt«.

Daß nun aber auch in Deutschland Werbung dringend nötig war, hatte den gleichen Grund wie in den USA. Mit dem *Opel Kadett* und dem *Ford 12 M* stießen neue Wettbewerber auf den Markt, die nicht nur kompakt, robust und sparsam waren, sondern auch den gefährlichen Vorteil hatten, moderner zu wirken als der olle *Käfer*. In nicht wenigen Familien fuhr man schon den zweiten oder dritten *Käfer*, und da mochte sich mancher sagen: Probieren wir doch mal was Neues aus.

Dagegen mußte die geplante Kampagne etwas tun. Sie sollte die bisherigen Käufer bei der Stange halten und neue gewinnen. Es galt, deutlich zu machen, daß es kein vernünftigeres und pfiffigeres Auto als den *Käfer* gibt.

Texter der ersten Stunde war – neben den aus New York eingeflogenen Star-Kreativen – ein junger brillanter Schreiber namens Klaus Harden. Er kam von der angesehenen Ortskonkurrenz Troost. Ihr Inhaber Hubert Troost pflegte den Kreativen stän-

Nein.

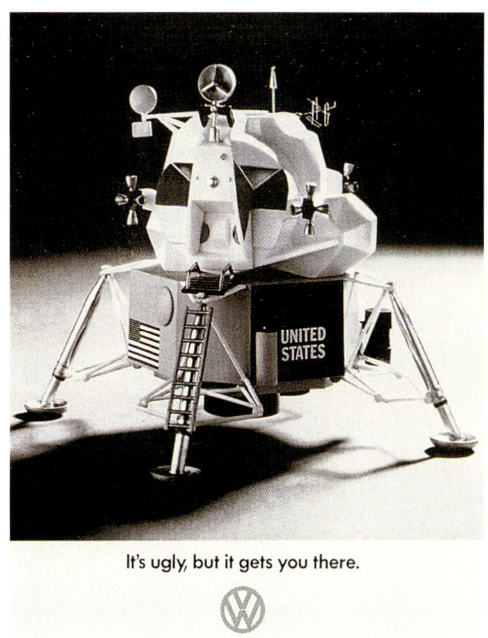

Ehrlich fährt am längsten.

dig die neuesten Ausgaben der New Yorker Magazine mit den spektakulären DDB-Anzeigen auf den Tisch zu legen: So was Tolles möchte er bitte schön auch mal geliefert bekommen. Darauf kündigte Harden bei Herrn Troost mit der nachvollziehbaren Begründung, daß er DDB-Anzeigen in Zukunft lieber bei DDB machen möchte.

Für die neue Kampagne übernahm Düsseldorf alle wesentlichen Elemente der *Käfer*-Werbung aus den Staaten: das Layout, die ungeschönten Bilder, die gutgelaunten Headlines, die auf unterhaltsame Weise informierenden Texte. Hier wird nicht mit dem Holzhammer eingebleut, die Sprache wirkt wie ein lockeres, unaufdringliches Gespräch unter guten Bekannten. In einem Deutsch, das eher gesprochen als geschrieben wirkt – nie gespreizt, oft witzig und nicht selten selbstironisch.

Diese Werbung kommt dem Leser nicht dumm, weil die, die sie machen, den Käufer nicht für dumm halten. (»Lieschen Müller ist doof«, sagte der Produkt-Manager. »Jawohl Herr Müller«, entgegnete sein Assistent.) Den Leuten wurde kein Statussymbol verkauft, sondern ein Auto zum Fahren. Ein klassenloses Auto, das – so sollte es die Werbung suggerieren – nicht mehr über seinen Besitzer aussagt, als daß er vernünftig ist. Allenfalls fährt er also ein Statussymbölchen.

Tritt näher, er ist neuer als du denkst.

Wie in den USA schlug die neue Kampagne auch hierzulande hohe Wellen. Sie wurde imitiert, parodiert, rezensiert, kritisiert. Und so manchen Kollegen hat sie auch irritiert.

Mit Vergnügen las ich neulich ein zufällig wiedergefundenes Interview, das der inzwischen leider verstorbene Altmeister Hubert Strauff 1964 der Zeitschrift *Magnum* gegeben hat. Strauff war Gründer der renommierten Agentur *Die Werbe* in Essen, Erfinder der *Pril*-Ente und griffiger Slogans wie »Keine Experimente« (CDU) und »Mach mal Pause« (Coca Cola). Strauff also sagte in diesem Interview:

»Es gibt zunächst mal eine neue Masche in der Werbung, die Masche des sogenannten Understatements. Das ist schon eine Veralberung des Verbrauchers, die merkwürdigerweise von Intellektuellen als ganz amüsant empfunden wird. Das heißt, die ersten zwei, drei Anzeigen einer Serie werden als ganz amüsant empfunden, dann plötzlich fühlt sich der Werbeempfänger veralbert. Also ich meine den Typ, der heute für Volkswagen und Tchibo gebracht wird« (Tchibo war auch ein Kunde von DDB).

Herr Strauff bezweifelte vehement, daß diese Art neuer Werbung Absatzwirkung zeigen würde. Da hat sich Herr Strauff, der ja weiß Gott ein kreativer Kopf war, allerdings gewaltig geirrt.

Der Art Directors Club aber war von Anfang an entzückt. Jahr für Jahr zeichnete er Anzeigen-Motive und TV-Spots aus. Ein kluger Mann (nämlich ich) hat jedoch einmal gesagt: »So wie man nicht hobelt, um Späne zu gewinnen, macht man nicht Werbung, um Medaillen zu gewinnen; beides ist verwertbarer Abfall.«

Tatsächlich war uns wichtiger, daß die Kampagne am Markt arbeitete. Der *Volkswagen* wurde zu einem Erfolkswagen, beispielhaft und beispiellos.

DDB eröffnete Zug um Zug in vielen Ländern Büros, um den weltweiten Siegesflug des *Käfers* zu beschleunigen: in Frankreich, England, Holland, Belgien, Italien, Schweden, Lateinamerika. Überall war der *Käfer* erfolgreich. Nicht zuletzt deswegen, weil trotz der Berücksichtigung nationaler Eigenheiten jedes DDB-Office der gleichen Philosophie folgte.

Bob Levenson, Bill Bernbachs engster Freund und Mitarbeiter, hat das mal so kommentiert: »Die Volkswagen-Werbung ist in der ganzen Welt fast ebenso unverwechselbar geworden wie die Form des *Käfers* selbst. Auf ehrliche Weise erteilte VW-Werbung überall eine anschauliche Lektion in Überzeugungskraft und Kommunikation, von einer Zivilisation zur anderen.«

Nationalstolz mit Augenzwinkern.

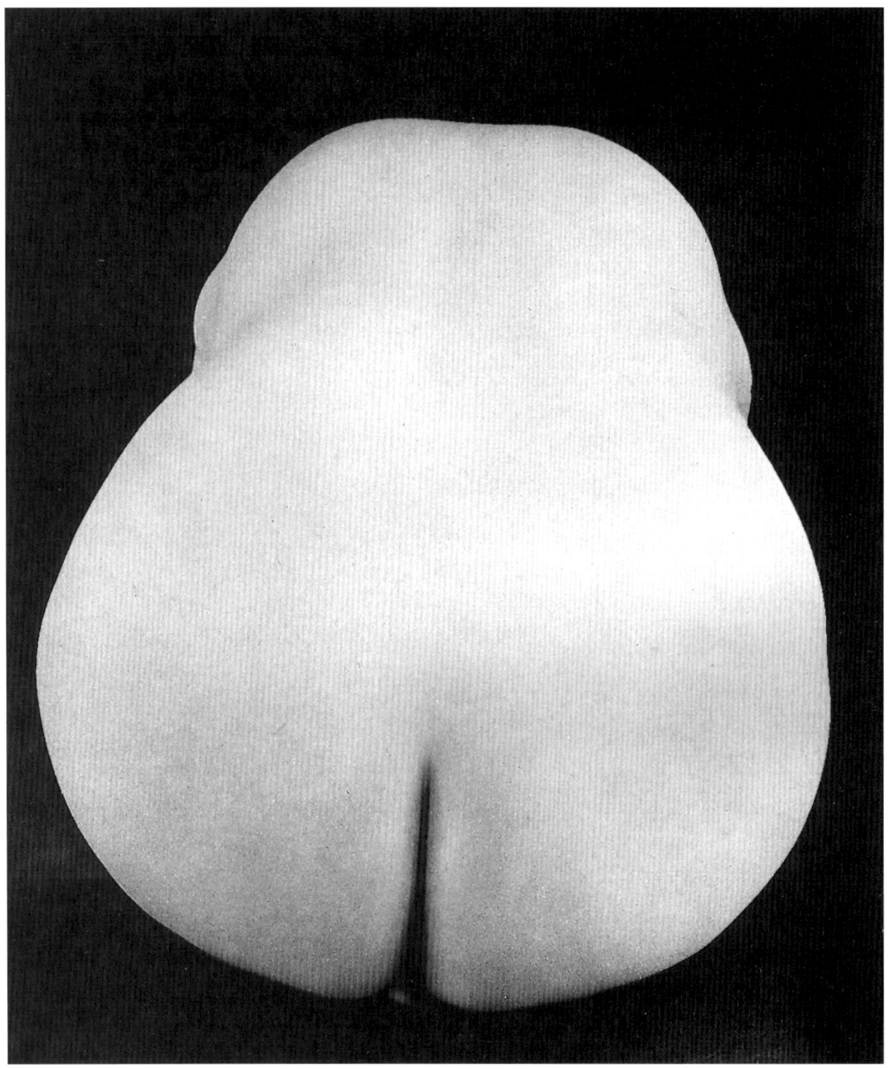

Nude 1925, Photograph by Edward Weston.

Es gibt Formen,

die man nicht vergessen kann.

Happy-End nach langer Karriere.

Askese, Ironie und Platonismus

Der Beitrag der Werbung zum Erfolg des Käfers

Wolfgang Ullrich

Im August 1985 erschien in deutschsprachigen Printmedien eine Anzeige, die in der Geschichte der Werbung kaum ihresgleichen finden dürfte: Keine Neuheit wurde in ihr angepriesen, auch keine Verbesserung und kein gewandeltes Image offeriert, sondern lediglich ein Abschied angekündigt. »Der letzte *Käfer*« lautete der Titel dieser Anzeige, die vom Produktionsende des weltweit meistverkauften Automodells unterrichtete (Abb. oben). Dies ist nicht einmal im Ton trauriger Pflichtschuldigkeit und auch ohne Pathos formuliert; der frontal abgebildete *Käfer* ist im übrigen weder mit Trauerflor noch mit einem Lorbeerkranz versehen, sondern wird ganz neutral – lediglich in stillem Glanz – präsentiert.

Warum die Produktion eingestellt wird, verrät die Anzeige nicht; immerhin ist jedoch von einem »Happy-End« die Rede – was höchstens nach einer langen und wohl auch wechselhaften Geschichte möglich ist. Doch eindrucksvoller, als Rückblicke die Geschichte des *Käfers* zusammenfassen könnten, ist dieser Abschied per Anzeige und in aller Form: Kein ruhmlos-stilles Verschwinden, wie bei zahllosen Produkten, die veraltet sind oder keinen Absatz mehr finden, aber auch kein Lamentieren, keine Schuldzuweisungen, um das Ende zu legitimieren.

Ohne das Interesse eines Millionen-Publikums wäre eine solche Anzeige unangebracht und ungeschickt. Sie ist nur möglich, weil die Geschichte des *Käfers* die Menschen tatsächlich über Jahrzehnte hinweg begleitet hat. So spiegelt sie in ihrer Ungewöhnlichkeit die einzigartige Stellung dieses Autos, das wie kein zweites zum Identifikationssymbol mindestens einer Generation werden konnte. Und dazu paßt auch die Neutralität der Abbildung – wird der *Käfer* damit doch zur Allgemeinheit erhöht und gleichsam der Zeit enthoben: Nachdem seine Geschichte ein Happy-End gefunden hat, soll er selbst Geschichte werden und für möglichst alle Zeiten eine feste Größe bleiben. So wirbt diese Anzeige für die Aufnahme des *Käfers* in die Geschichtsbücher – dafür, ihn endgültig zur Legende, zum Mythos zu erklären.

Neue Mythen

Lange rangen Deutschlands Dichter und Denker vergeblich um neue Mythen: »Wir müssen eine neue Mythologie haben«, forderten etwa Hegel, Schelling und Hölderlin 1796/97 in ihrem berühmten Systemfragment und versprachen sich davon neuen Gemeinschaftsgeist ebenso wie geistige Erneuerung. Spätestens seit damals gehörte eine solche Forderung zum Standardprogramm von Intellektuellen; umrahmt ist sie meist von einem Lamento über die Gegenwart, die als dürftig und kalt gedeutet wird und der man nicht einmal den Abglanz einstiger – mythischer – Größe zugesteht. Diese heroisierte man umgekehrt so stark, daß ein neuer Mythos-Kandidat nie bestehen konnte. Erst in den vergangenen Jahrzehnten kam es zu einem weniger befangenen Umgang mit der Vokabel ›Mythos‹, und Mythen brauchen nicht mehr ernst und geheimnisvoll ausschließlich um erste und letzte Fragen kreisen. Mittlerweile gibt es den Mythos Titanic oder den Mythos Marilyn, aber auch Bücher mit Titeln wie *Mythos Cowboy* oder *Mythos IBM*

Der Mythos *Käfer* gehört, wie der Mythos D-Mark oder der Mythos Marshall-Plan, zu einem neuen Typ von Mythen, die man als Aufstiegs- oder Wohlstandsmythen bezeichnen kann. Die Faszination dieser Mythen erwächst weniger aus einer ungewöhnlichen Konstellation oder kraft eines einzelnen Ereignisses, sondern eher aus der erstaunlichen Differenz zwischen der gegenwärtigen Lebenswelt und dem Alltag vor dreißig, vierzig, fünfzig Jahren. Angesichts andauernder technisch-ökonomischer Fortschritte haben sich die Verhältnisse viel rascher und linearer gewandelt als ehedem, und innerhalb der Lebensspanne einer Generation fand ein Übergang von einer Welt zu einer ganz anderen statt. Erstmals wird gegenwärtig eine Generation alt, die ihr Leben – zumindest seit dem Kriegsende – kontinuierlich als rasanten Fortschritt und kollektiv als Karriere erleben konnte.

Die Erinnerung an das erste Auto, den ersten Fernseher, den ersten Taschenrechner läßt staunen über den langen Weg des Aufstiegs. Anstatt jedoch vom neuesten Auto, der neuesten Multimedia-Anlage oder dem neuesten Computer überrascht zu sein, projiziert man die Faszination gegenüber dem Fortschritt ins Antiquierte. Das Neueste und Avancierteste ist zu aktuell und zu sehr im Gebrauch, als daß sich daran die Gedanken über den Entwicklungsgang heften, die wohl immer auch von erhabenen Gefühlen und Sentimentalitäten begleitet sind. Im Rückblick wird zudem leicht vergessen, daß die Welt der fünfziger Jahre sich damals keineswegs als der Beginn eines konstanten Fortschritts präsentierte. All die Unsicherheit, der Zweifel, auch die Erwartungslosigkeit der damaligen Zeit sind erst von heutiger Warte aus belanglos geworden – und so imponiert allein der Weg, den man seither zurücklegen konnte.

Für die ältere Generation bedeutet die Besinnung auf diesen Weg zugleich eine Erinnerung an die eigene Jugend, was nostalgische Anmutungen noch fördert. Wie man an Momente der individuellen Lebensgeschichte dankbar und gerührt zurückdenkt – an das erste Rendezvous oder das erste selbstverdiente Geld –, so kann diese Generation sich zugleich an Stationen ihres gemeinsam erlebten Aufstiegs erinnern. In Erzählungen von früher kristallisieren sich dabei nach und nach Identifikationssymbole einer ganzen Lebenswelt heraus. An ihnen – wie beispielhaft am *Käfer* – wird das Staunenswerte der Entwicklung festgemacht, und damit werden sie zu den Mythen, von denen diese Generation zu berichten hat.

Doch für die Jüngeren gelten jene Mythen ebenfalls – und dies nicht nur, weil sie davon wie von Märchen aus einer (fast) vergangenen Welt hören. Da die Gegenwart aus ihrer Sicht wieder unsicher ist und weiterer Fortschritt und Wohlstand fraglich scheinen, neigen sie dazu, jenen kontinuier-

Mythen brauchen heute nicht mehr ernst und geheimnisvoll um erste und letzte Fragen kreisen.

lichen Aufstieg harmonisch zu verklären. Mancher würde gar selbst gerne in jener fernen Nachkriegszeit leben und am Wirtschaftswunder teilhaben. Damit werden die Symbole gerade der fünfziger Jahre auch für Vertreter der jüngeren Generation sentimental aufgeladen, was die seit einiger Zeit verstärkt zu beobachtenden Retro-Moden dokumentieren: Man möchte sich eine Lebenswelt schaffen und mit Dingen umgeben, die einen Nimbus von Kontinuität und Frieden, von Wohlstand und Fortschritt ausstrahlen. An den *Käfer* soll auf diese Weise der *New Beetle* anknüpfen.

Daß auf einmal Produkte der Ware und Wohlstandswelt zu Mythen werden, signalisiert aber nicht nur eine neue Epoche in der Geschichte der Mythen. Vielmehr widerlegt dies auch all diejenigen Philosophen und Morallehren, die Wohlstand und Konsum für grundsätzlich nicht glücksfähig halten. Glück ist zwar nicht an materiellen Besitz und zivilisatorische Errungenschaften geknüpft. Trotzdem gilt der (beliebte) Umkehrschluß nicht, demzufolge diese glücksirrelevant oder gar glückshinderlich wären. Vielmehr zeichnet es die neuen Wohlstandsmythen aus, Symbole einer nachkriegs- und fortschrittsspezifischen Glückserfahrung zu sein, für die die Ethik noch keine rechten Kategorien entwickelt hat.

Damit ein Markenprodukt wie der *Käfer* im Rückblick zum Mythos taugt, muß es jedoch nicht nur objektive Bedeutung gehabt haben, sondern auch über ein markantes Image verfügen. Nur dann kann sich in der Erinnerung entsprechend viel damit verbinden. Das Image wiederum wird in vielen Fällen entscheidend durch die jeweilige Werbung geprägt. Auch im Fall des *Käfers* trifft dies zu. Zwar wäre er ohne gute Werbekampagne ebenso in die Geschichtsbücher gelangt – allein weil er bei der Entwicklung der Motorisierung eine herausragende Stellung einnimmt –, doch dürfte sein Weg zum Mythos erst durch eine geschickte Werbestrategie gesichert worden sein, deren größte Erfolge in den sechziger Jahren lagen. Wie Heldenruhm ehedem eines Dichters oder Malers bedurfte, um sich der Nachwelt in mythischen Dimensionen zu vermitteln, so sind zur bleibenden Stiftung der neuen Mythen Werbeagenturen und Coporate-Identity-Berater unentbehrlich.

Mythos und Werbung

Die ersten fünf Millionen *Käfer* wurden in Deutschland noch nahezu ohne Werbung verkauft. Bis 1961 beschränkte sich Volkswagen weitgehend darauf, jeweils zum Jahreswechsel Anzeigen zu schalten, in denen voll Bilanzstolz die Zahl der insgesamt produzierten *Käfer* verkündet wurde. Auf dessen Eigenschaften oder besondere Qualitäten wurde dabei nicht eigens hingewiesen. Vielmehr sollten die hohen und stetig steigenden Verkaufszahlen als der beste – und sozusagen demokratische – Beweis für die Vorzüge des *Käfers* gelten. Dennoch hatte auch diese Art der Werbung Einfluß auf sein Image: So wie die Zahlen fast nackt präsentiert wurden, nahmen sie sich wie die offizielle Verlautbarung eines staatlichen Monopolisten aus. Für die noch weitgehend autoritätshörige Gesellschaft der fünfziger Jahre verbanden sich damit Werte wie Seriosität und Solidität.

Vor allem dokumentierten die immer höheren Zahlen den Aufstieg der deutschen Nachkriegsindustrie hin zum Wirtschaftswunder – was die graphische Garnierung der Jahresbilanz manchmal noch unterstreicht. So sieht man etwa einen einsamen *Käfer* auf einer Spiralbahn steil nach oben fahren, begleitet von dem Slogan »immer mehr und immer besser!« (Abb. oben links). Konkurrenzlos und unermüdlich, stetig und leistungsstark wirkt dieser *Käfer* bei seiner erhabenen Fahrt aus den Niederungen.

Spätestens Anfang der sechziger Jahre genügte dieses Feiern von Zahlen jedoch nicht mehr. Konkurrenz bedrängte den *Käfer*, und dieser galt als technisch veraltet. Denn VW-Chef Heinrich Nordhoff beharrte auf dem Grundmodell – nicht zu-

Der Käfer – konkurrenzlos und unermüdlich.

Liebe zum Detail.

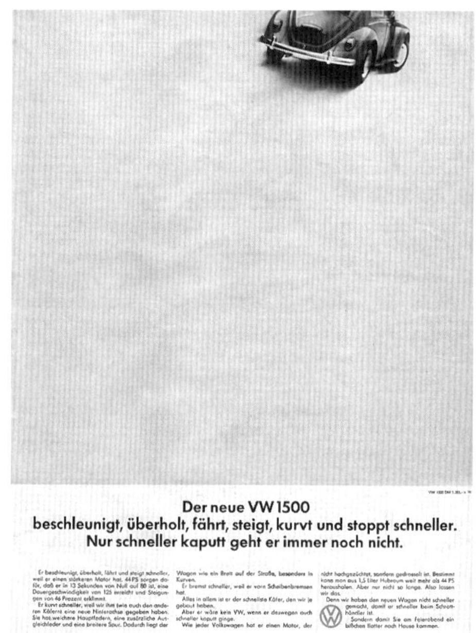

Mut zur Leere.

...und läuft und läuft und läuft...

letzt, um aus dem *Käfer* das meistgebaute Auto aller Zeiten zu machen. Man spottete schon über die Innovationsträgheit von Volkswagen, und so waren erstmals rhetorische Anstrengungen vonnöten, Interessenten vom Kauf eines *Käfers* zu überzeugen. Was man an diesem nicht ändern wollte oder konnte, mußte man als perfekt ausgeben oder aber zum Symbol und zeitlosen Kultobjekt transformieren.

Zur Steigerung der *Käfer*-Exporte in die USA wurde bereits 1959 die New Yorker Agentur Doyle, Dane Bernbach (DDB) mit dem Entwurf einer Werbekampagne beauftragt, die so erfolgreich war, daß der *Volkswagen* eine beachtliche Marktnische zwischen den großen Straßenkreuzern erobern konnte. Bald wurden in den USA sogar mehr *Käfer* verkauft als in Deutschland, und so erhielt DDB 1962 die Gesamtverantwortung für die *Käfer*-Werbung. Damit begann eine der originellsten, umfangreichsten und wirkungsvollsten Kampagnen, die es in der Werbegeschichte gegeben hat. Es gelang DDB in einer Vielzahl von Anzeigen und mit Werbefilmen, dem *Käfer* im Zuge wachsender Motorisierung seinen besonderen Status zu sichern, der früher bereits dadurch garantiert war, daß viele stolze Autofahrer in ihm ihren ersten Wagen überhaupt gefunden hatten.

Schon hinsichtlich der Vielfalt der Anzeigen unterscheidet sich die Kampagne von DDB von üblichen Werbekampagnen. Anstatt ein Motiv monatelang zu verwenden und durch Wiederholung ›einzuklopfen‹, tauchen viele verschiedene Anzeigen jeweils nur einmal in einem Medium auf. Diese hohe Wechselfrequenz verleiht der Kampagne eine große Dynamik und suggeriert eine Wendigkeit und Aktualität, die beim *Käfer* selbst bezweifelt werden konnte. So finden sich allein zwischen 1963 und 1968 in einer Zeitschrift wie dem *SPIEGEL* rund hundert verschiedene *Käfer*-Werbungen. Erst am Ende der sechziger Jahre geht der Einfallsreichtum – oder auch das Werbeengagement von VW – zurück. Bemerkenswert ist auch – wie erst im Vergleich deutlich wird –, daß die deutschsprachigen Anzeigen nicht einfach Motive der amerikanischen Kampagne kopieren, sondern meist neu konzipiert und damit auch speziell auf die deutschen Verhältnisse ausgerichtet wurden.

In den Anzeigen wurden nicht nur immer wieder andere Aspekte des *Käfers* beleuchtet, sondern sie ließen sich auch wie Folgen einer Serie wahrnehmen, so daß man bereits gespannt auf die nächste wartete, Bezüge entdecken und die Kampagne als eine Art Fortsetzungsgeschichte empfinden konnte. Entsprechend war die *Käfer*-Werbung ein beliebtes Gesprächsthema. Man erzählte sich von einer neuen Anzeige, zählte vorangehende auf, trug sie zusammen. Zu einer Zeit, als es noch keine Fernsehserien gab, waren es solche Kampagnen – die *Käfer*-Werbung dürfte die erste große dieses Typs gewesen sein –, die die Menschen abwechslungsreich und spannend begleiteten und damit zu einem Element ihrer Lebenswelt wurden. So stand dem alltäglich gewordenen *Käfer* eine *Käfer*-Werbung gegenüber, die ebenfalls ein Stück Alltag ausmachte, diesen jedoch durch ihre Lebendigkeit bereicherte und damit auch auf die Erscheinungsweise des *Käfers* positiv ausstrahlte, ja seine Mythisierung zu begründen half.

Sachlichkeit und Ironie

Die *Käfer*-Werbung ist vor allem durch das charakterisiert, worauf sie im Unterschied zu anderen Autowerbungen verzichtet. So fehlt bei den Abbildungen nicht nur das romantische Flair von Erotik und Verführung sondern auch die konkrete Lebenswelt. Anstatt dem *Käfer* durch die Einbettung in ein bestimmtes – idealisiertes – Milieu ein Image zu verpassen und ihn einer Zielgruppe zuzuordnen, stanzt man ihn aus jeglicher Umgebung aus und präsentiert ihn fast immer allein für sich. Selbst Nummernschilder sind dann schon zu konkret. Ist doch einmal etwas Zusätzliches zu sehen, steht es im illustrativen Dienst des jeweiligen Textes oder besitzt einen betont exemplarischen Charakter (Abb. S. 34 oben Mitte).

Der Werbung für den *Volkswagen* fehlt also das Volk. Mit dieser visuellen Askese wollte man wohl jede Assoziation mit der völkischen Genealogie des *Käfers* ausschließen und sich von Propagandabroschüren für den *KdF-Wagen* absetzen, die voll gewesen waren mit Bildern von Familienidylle und Gemeinschaftsromantik. Gerade um den *Käfer* zu einem erfolgreichen Exportprodukt zu machen, schien eine solch radikale Dekontamination unerläßlich. Daß die Entnazifizierung des VW-Images durch eine amerikanische Werbeagentur geleistet wurde, mag dabei zu denken geben. Jedenfalls gehört es zur Größe und Raffinesse des Konzepts von DDB, den *Käfer* zwar von aller nationalen Tümelei befreit zu haben, ohne jedoch ein – zumal in Deutschland weiterhin mächtiges – Potential zu verschenken: daß nämlich der *Käfer* ursprünglich als staatlich verordnetes und damit gleichsam offizielles Auto aus der Taufe gehoben worden war. Die gestalterische Nüchternheit der Werbeanzeigen ließ den *Käfer* vielmehr um so offizieller und seriöser erscheinen, und man verlieh ihm auf diese Weise das Image von Allgemeingültigkeit.

Läßt es sich, wie im Werbefilm *...und läuft und läuft und läuft...* (1963), nicht vermeiden, daß jemand den Wagen besteigt, anläßt und mit ihm fortfährt, dann ist selbst hierbei jede Anspielung auf eine bestimmte Lebenswelt ausgespart: Der Wagen steht isoliert und wie bei einer Versuchsanordnung an einem Ort, an dem er normalerweise nie steht – nämlich mitten auf einer Piste, wahrscheinlich auf dem Rollfeld eines Flughafens (Abb. S. 43). Von der Seite, wie aus dem Nichts, tritt ein Mann an das Auto heran; er ist nur von hinten und, beim Öffnen der Tür, für einen Moment halb von der Seite zu sehen, wird also nicht zur Person, sondern ist allgemein-neutral und eigenschaftslos ›der‹ Fahrer. Er erinnert an eine der berühmten schwarzgekleideten Rückenfiguren von René Magritte, und die

Es gibt nichts zu verbergen.

Technische Aufklärung.

Understatement und Selbstbewußtsein.

asketische Beschränkung auf die drei Elemente ›Auto‹, ›Fahrer‹, ›Straße‹ gibt dem Bild eine surreale Spannung, wie man sie aus der Neuen Sachlichkeit oder der ›pittura metafisica‹ kennt.

Der Minimalismus geht manchmal sogar so weit, daß der *Käfer* nicht einmal als Ganzes, sondern daß lediglich einzelne seiner Teile zu sehen sind (Abb. S. 42 Mitte). Da diese für einen Laien schwer zu identifizieren und in ihrer Form ungewöhnlich oder bizarr sind, wird die Meinung konterkariert, der *Käfer* sei längst vertraut und langweilig. Gerade weil man den *Käfer* nicht mehr vorzustellen braucht, leistet man sich solche Verfremdungseffekte; zudem verblüfft man gerne damit, daß man einen großen Teil der Anzeigenfläche unbedruckt läßt. Lediglich Schatten verleihen den abgebildeten Teilen etwas Räumlichkeit (Abb. S. 42 rechts).

Reduktionismus und Sachlichkeit stehen der Inszenierung schönen Scheins entgegen, und es wird auch nicht mit Weitwinkel oder Weichzeichner imponiert; vielmehr gibt man sich nüchtern und analytisch, zeigt den *Käfer* immer wieder aus einer anderen Perspektive, dreht ihn um, klappt ihn auf (Abb. S. 44 links), zerlegt ihn, präsentiert nur das Fahrgestell (Abb. S. 44 Mitte) oder die Bodenplatte. Dazu passend, geht es in den begleitenden Texten vorwiegend um technische Aufklärung und Detailkunde. Daß dabei mit Vorliebe sehr genaue Zahlenangaben gemacht werden (der *Käfer* bestehe aus 5 008 Teilen, sein Motor sei 416mal verbessert worden, 342 Ingenieure prüften jeden Wagen), fördert den Eindruck von Kompetenz und Genauigkeit: Hier soll dem möglichen Kunden nichts vorenthalten, nichts vorgegaukelt, sondern nach Belieben alles en détail aufgezählt und aufgezeigt werden – nach dem Motto: »Was haben wir zu verbergen?«. Der offizielle und seriöse Charakter der frühen Bilanz-Anzeigen wird damit beibehalten, zugleich jedoch witzig-selbstironisch übersteigert. Zahlengenaue Aussagen finden sich nämlich bevorzugt da, wo sie nicht wichtig sind, und die Verarbeitungspräzision wird am liebsten dort hervorgehoben, wo sie die Fahrtüchtigkeit des *Käfers* nicht tangiert (etwa beim Handschuhfach oder bei der Vernähung der Sitzpolster).

Die Verbindung von Sachlichkeit und Witz, Seriosität und Ironie ist ein Hauptmerkmal der *Käfer*-Werbung von DDB. Damit kann man sich auch ungewöhnlich ausführliche Anzeigentexte erlauben, ohne die Geduld der Leser überzustrapazieren. Eine selbstironische Attitüde gegenüber werkseigenen Werten wie Präzision, Gründlichkeit oder Seriosität suggeriert ferner Ehrlichkeit, was durch Understatement und gespielt selbstkritische Äußerungen noch forciert wird: »Alles an ihm (dem *Käfer*) ist übertrieben«; »Besonders aufregend ist er nicht«. Weit entfernt vom Notstandshumor der unmittelbaren Nachkriegszeit, verheißt Ironie aber auch Souveränität: »Hat irgend jemand eine bessere Idee?« (Abb. S. 44 rechts und S. 45 oben links). Wer sich der Ironie bedient, erscheint emanzipiert und fortschrittlich, obwohl die Ironie mit Tradiertem lediglich spielt und damit dessen Bedeutung eher bestätigt als überwindet. Je freundlicher ihr Tonfall ist, desto mehr lobpreist sie es gar – ohne die Gefahr, penetrant zu wirken. Und so lassen sich in einem von Ironie geprägten Klima positive Eigenschaften subtiler und intensiver bewerben.

Das nützt DDB aus und scheut sich nicht, die längst bekannten Besonderheiten des *Käfers* immer wieder herauszustellen. Die Vielfalt unterschiedlicher Anzeigen erhöht dabei den Witz, wie umgekehrt Witz und Ironie nach Abwechslung verlangen, um sich nicht zu verbrauchen: Die Hecklage des Motors, seine Luftkühlung, die Einzelaufhängung der Räder, die einfache Austauschbarkeit der Kotflügel, die vierfache Lackierung, der hohe Wiederverkaufswert – dies sind zahlreich variierte Leitmotive der Anzeigen; ebenso übertreibt man die Verwendung von Vokabeln wie ›vernünftig‹, ›wirtschaftlich‹ oder ›geprüft‹. So werden diese Eigenschaften festgeschrieben und

Lob der Perfektion.

Bewahrung und Fortschritt.

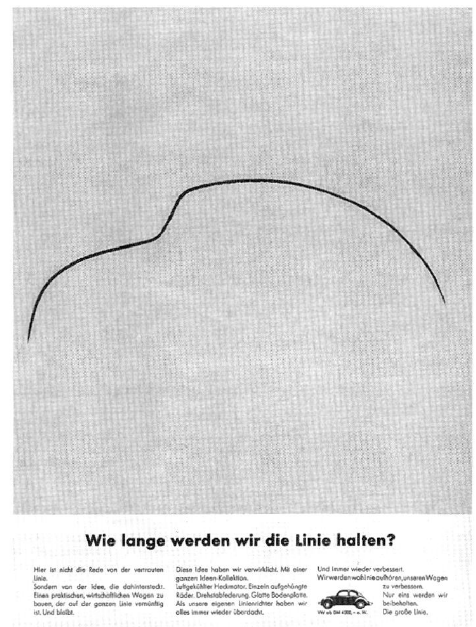

Reduktion auf das Wesentliche?

auf indirekte Weise bestärkt – bis sie schließlich nicht nur zum Image gehören, sondern regelrecht Kultcharakter bekommen. Da der ironische Tonfall zugleich Fortschrittlichkeit und Frische ausstrahlt, befreit er den *Käfer* vom Verdacht des Antiquierten. In verblüffender Weise ist es DDB damit geglückt, die etablierten Werte, die man mit ihm verband, aus ihrem Kontext herauszulösen und mit neuer Aktualität zu versehen.

Platonismus fürs Volk

In etlichen Anzeigentexten wird der Spagat zwischen Bewahrung und Fortschritt selbst zum Thema: »Wir ändern den Volkswagen nicht. Wir verbessern ihn« – lautet eine Hauptaussage der Kampagne von DDB. Entsprechend dem Wunsch nach Stabilität und Kontinuität stellt man den *Käfer* als Produkt dar, das so gut durchdacht und so perfekt entwickelt ist, daß sein Grundkonzept nie aufgegeben werden muß. Um jedoch zugleich das Bedürfnis nach Innovation und Dynamik zu erfüllen, wird ebenso nachdrücklich betont, wie viele Modifikationen der *Käfer* andauernd erfährt (»Von innen verbessern wir den VW immer und immer wieder. Seine Form verändern wir nicht«).

Die puristische und lebensweltlose Präsentation des *Käfers* bestärkt darin, ihn für perfekt und überzeitlich zu halten. Er ist nicht das Auto eines bestimmten sozialen Milieus. Er will auch nicht das Auto der fünfziger oder sechziger Jahre sein. Er behauptet uneingeschränkte Gültigkeit. (»Er wird nicht nur für heute gebaut, sondern erst recht für die Zukunft«). Auch das wird gerne ironisch übersteigert proklamiert – wobei man sich zunutze macht, daß der Name ›*Käfer*‹ Bezug zur Natur besitzt: Als »zäh, anspruchslos, langlebig« wird er gepriesen, als »gesund«. Und was für das einzelne Exemplar gilt, überträgt man auf die ›Gattung‹ insgesamt. »Unsere Entwicklungs-Theorie (frei nach Darwin)« lautet der Titel einer Anzeige, bei der fünfzehn *Käfer* verschiedener Baujahre zu sehen sind, die sich auf den ersten Blick gar nicht und bei genauerem Hinsehen nur in harmlosen Details verändert haben (Abb. S. 45 Mitte): Was so lange ›überlebt‹, muß ausgereift sein. Das ist die Aussage dieser Anzeige. In einer anderen Anzeige sind die Vorzüge der Bodenplatte des *Käfers* das Thema: »Wir haben sie geborgt. Von der Schildkröte. Was sich Millionen Jahre bewährt hat, sollte gut genug sein für uns«. Bei anderer Gelegenheit wird der Motor in Anspielung auf die vier Elemente mit archaischer Naturkraft in Verbindung gebracht – und auch hier durch die Ironie des Tons vor Pathos und Peinlichkeit geschützt (Abb. S. 47).

Berühmt ist die Anzeige, die den Slogan »Es gibt Formen, die man nicht verbessern kann« mit einem Ei illustriert, auf das ein *Käfer* aufgezeichnet ist (Abb. S. 35). Damit ist er nicht ein Auto neben anderen, sondern ›das‹ Auto überhaupt. Alle Verbesserungen »bringen uns unserer Vorstellung vom idealen Automobil noch näher«; doch »die große Linie« bleibe erhalten, heißt es in einer weiteren Anzeige, die in eindrucksvoller Formstrenge nur die klassische Umrißlinie des *Käfers* zeigt (Abb. S. 45 rechts). Idealität duldet keinen Pluralismus, und so wird der *Käfer* als Prototyp jedes anderen und künftigen Autos angenommen. Diese *Volkswagen*-Ideenlehre von DDB ist ein klarer Fall von Platonismus fürs Volk.

Entsprechend werden die weiteren Modelle des Volkswagenwerks in Anzeigen gerne auf den *Käfer* bezogen und als Derivate seiner ›Idee‹ interpretiert. Das fällt vor allem bei der Werbung für den *Variant* auf: Er ist häufiger in eine Lebenswelt eingebunden, wird in konkreten Situationen und bestimmten Funktionen gezeigt, ist damit aber nicht ›das‹ Auto schlechthin. Den *Käfer* hingegen beschränkt man nicht auf einzelne Funktionen: Als Idee vom Auto ist er per definitionem nur dazu da, zu laufen und zu laufen und zu laufen.

Diese Idealisierung des *Käfers* – gestützt durch die klare Bildsprache der Anzeigen und ebenso aufgelockert wie verstärkt durch deren Ironie – war entscheidend für seinen Aufstieg zum Kultobjekt, Symbol und Mythos. Doch vielleicht hätte die Idealisierung allein nicht dazu genügt; wahrscheinlich mußte sich die Verheißung von Stabilität und Kontinuität mit dem Motiv von Verbesserung und Aufstieg verbinden, um die spezifische Lebenserfahrung der Wirtschaftswunder-Generation zu treffen: den Fleiß, den Willen zum Fortschritt, den Wunsch und das moralische Ideal dieser Generation, sich aus bescheidenen Verhältnissen hochzuarbeiten, ohne dabei die Bescheidenheit zu verlieren und die eigene Herkunft zu verleugnen. Kontinuierliche Verbesserungen schaffen im übrigen eher Glück als abrupte Veränderungen, selbst wenn diese positiver Natur sind. Der *Käfer* verhieß also Glück, weil er für kontinuierlichen Fortschritt stand, es zu einigem gebracht hatte und dabei seiner einfachen Grundform treu geblieben war.

Als 1985 sein Ende verkündet werden mußte, war dies trotzdem kein Bruch, sondern ein Zeichen für sein endgültiges Erwachsengewordensein. Der Fortschritt hat den *Käfer* zwar endgültig hinter sich gelassen, aber man blickt auf eine stete und musterhafte Entwicklung zurück, bei der man sich keiner Station zu schämen braucht. Deshalb kann auch von einem Happy-End die Rede sein. Und was anderes als ein Happy-End würde zu der karrierebewußten und -verwöhnten Nachkriegsgeneration passen, die sich den *Käfer* zu einem ihrer großen Symbole erwählte und die ihn damit zum Mythos auch für nachfolgende Generationen machte?

Woher kommt unser luftgekühlter Motor? Aus dem Wasser.

Das ist eine trockene Tatsache.
Der Motorblock des Volkswagens besteht aus einer Magnesium-Legierung.
Magnesium kommt aus dem Meerwasser.
Magnesium ist leicht. Magnesium ist widerstandsfähig. Magnesium ist teuer.
Aber warum kaufen wir dann mehr davon, als irgend jemand sonst in der Welt?

Um dem VW-Motor mit diesem Leichtmetall den optimalen Effekt an Leistung in Relation zum Gewicht zu geben. (Das sagen unsere Techniker.)
Wir sagen: Um Ihnen einen Motor zu geben, der bei 34 PS nur 105 kg wiegt.
Dabei ist er so widerstandsfähig, als wäre er ganz aus massivem Stahl. (Das merken Sie nicht nach 50 000 km. Das merken Sie, wenn Sie Ihren VW Jahre und Jahre gefahren haben.)
Ist das nicht interessant:
Unser Motor kommt aus dem Wasser. Auf der Erde fährt er. Mit Luft wird er gekühlt.
An Ihnen ist es, Feuer zu fangen.

Archaische Naturkraft.

ab ovo

ab ovo (– owo; lat.; »vom Ei (an)«:
1. vom Anfang einer Sache an; bis auf die Anfänge zurückgehend; --usque ad mala (»vom Ei bis zu den Äpfeln«, d. h. vom Vorgericht bis zum Nachtisch): vom Anfang bis zum Ende.
2. von vornherein, grundsätzlich; z.B. jede Norm ist ab ovo eine Idealisierung.

ex ovo

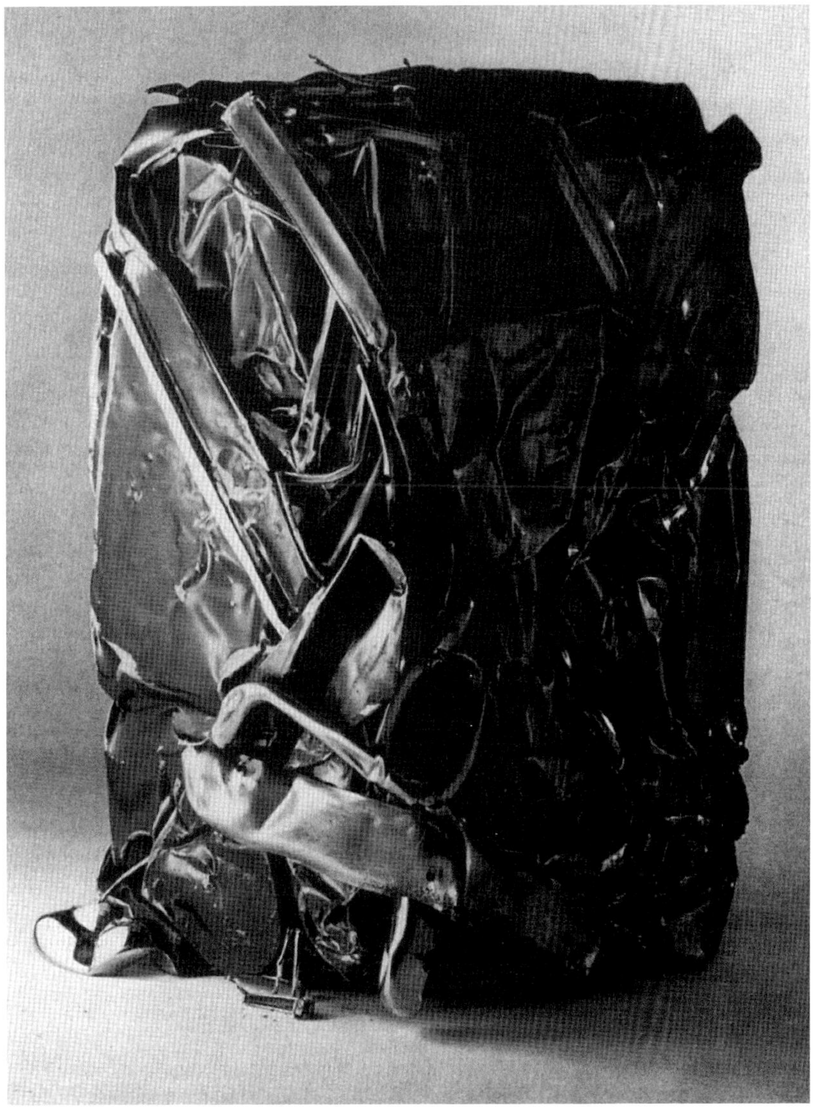

Motiv einer Anzeige, 1967 (s. S. 64).

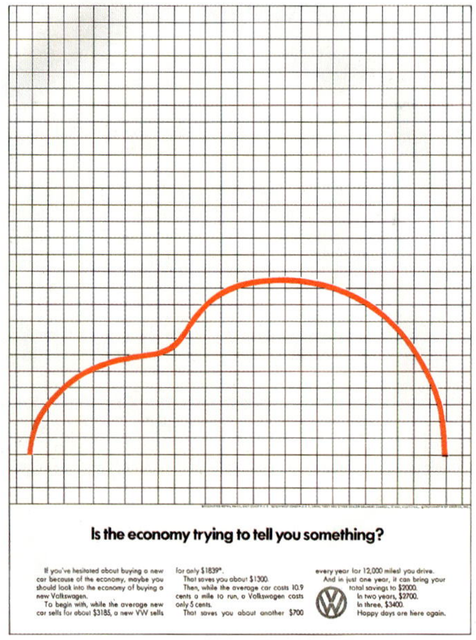

Nöte und Tugenden

Die Themen der Käfer-Werbung in den sechziger Jahren

Nils Jockel

Ohne den ›True Beetle‹ gäbe es keinen *New Beetle*. Ohne die ebenso geschickte wie erfolgreiche Werbung der Agentur Arnold Communications gewiß auch nicht. Eines haben das neue Auto und seine Werbung gemein: Sie leugnen das Wesen ihrer Vorbilder. Aber sie kopieren deren Form. Denn die allein ist der Schlüssel zu einer erneuten Massenbewegung, wie sie der *Käfer* und seine Werbung einmal ausgelöst hatten. Tatsächlich sind die Verkehrsbedingungen, die Fahrzeuge und die Käuferzielgruppen heute völlig andere als in den sechziger Jahren, als der *Käfer* zur Höchstform auflief. Schon eine eingehende Betrachtung der Themen, die die DDB-Werbung zunächst in den USA und wenige Jahre später in Europa kommunizierte, belegt dies.

1958 war der *Volkswagen* auf dem amerikanischen Markt mit über 33 000 Stück das meistimportierte ausländische Fahrzeug. Wenige Jahre zuvor hatten selbst Kenner dem nach amerikanischer Anschauung kleinen, häßlichen, deutschen Fahrzeug mit finsterer Vergangenheit nicht die geringste Chance eingeräumt. Doch während sich die amerikanischen Autohersteller vier Jahre nach Ende des Zweiten Weltkriegs zwar wieder mit neuen Modellen aber ohne neue Konzepte bei ihren Kunden zurückmeldeten, gewannen die ›small cars‹ europäischer Hersteller, allen voran der *Volkswagen*, im Verlaufe der fünfziger Jahre langsam aber stetig an Attraktivität – sehr zum Verdruß der amerikanischen Autoindustrie, die ihnen nichts entgegenzusetzen hatte.

Dieser Trend veranlaßte Volkswagen of America im Jahr 1959 zu noch mehr werblichen Anstrengungen, um die Verkaufserfolge zu sichern und zu steigern. Man beauftragte die junge New Yorker Werbeagentur Doyle Dane Bernbach, »die amerikanischen Vorstellungen vom Autofahren zu ändern«, weil man befürchtete, daß der *Volkswagen* seinen vorübergehenden Außenseitererfolg auf Dauer nicht würde halten können, »solange die meisten Amerikaner das Dahingleiten in einem fahrbaren Boudoir mit Autofahren verwechselten«.

1960

Die Kampagne, die Doyle Dane Bernbach in Amerika entwickelten, war in jeder Hinsicht von der Überlegung bestimmt: How to do it different. Es galt eine Einstellungsänderung mit einer instruktiven, intelligenten und humorvollen Werbung zu bewirken, die dazu noch ehrlich und menschlich ist. Dazu beschritt DDB Wege, die in der gesamten Automobilwerbung – wenn nicht der Produktwerbung überhaupt – neue Maßstäbe setzten sollte.

Die Werbung bekannte sich zur Massenhaftigkeit und zur langlebigen Alltäglichkeit des *Volkswagens*. Man betonte nicht – wie viele andere Autowerbungen – die vermeintliche Einmaligkeit des Fahrers, sondern die Einmaligkeit des Autos, das von nichts außer sich selbst zu übertreffen sei. Nicht von unterschiedlichen Modellen und neuen Versionen wurde berichtet, nicht von umfassenden Veränderungen, sondern von kontinuierlichen Verbesserungen – und waren sie auch noch so geringfügig. Es gab halt nur einen *Volkswagen*, eben den besten der Volkswagen: einfach und schlicht, mit eigenwilliger, unverwechselbarer Form, sparsam im Verbrauch, preiswert und vor allem zuverlässig. Jeder Kritik wurde argumentativ begegnet, jede noch so umstrittene Eigenart begründet und als Vorzug herausgestellt. Dabei gaben sich die meist schwarzweißen Bildmotive und die Texte in größtmöglicher Volksverbundenheit. Die aufgeführten Argumente erschienen nicht als die von routinierten Autoverkäufern, sondern als Lebensweisheiten und Lebenserfahrungen der potentiellen Käufer, der Wert des Wagens nicht als Konstrukt von Werbefachleuten, sondern als vom Volk selbst erfahren. Verstärkt wurde dieser Eindruck in der Anzeigenwerbung dadurch, daß man die Kommunikation mit dem Leser in Headlines durch volkstümliche Redensarten und Schlagworte eröffnete und diese im Bildteil der Anzeige nachdrücklich unterstützte.

1966

Amerikanische Themen

1963

Daß der *New Beetle* als Neuauflage des *Käfer*s zunächst für den amerikanischen Markt geplant war und folgerichtig auch dort zuerst eingeführt wurde, hat seinen Grund im speziellen Verhältnis der Amerikaner zum *Käfer*, das ein völlig anderes war und ist als das der Deutschen.

Den Versorgungsengpässen des Zweiten Weltkriegs war in den fünfziger Jahren eine steigende Nachfrage nach Automobilen gefolgt, so daß um 1960, als die europäische Exportoffensive begann, in den USA auf 1 000 Einwohner 342 Autos kamen.

Gegenüber dem *Käfer* hatte man damals große Skepsis. Man empfand ihn eher als preiswertes Kuriosum denn als Auto: »It's not a car, it's a *Volkswagen*«, lautete eine der amüsierten Volksweisheiten. Was sollte man von einem Auto halten, das in seiner Form ungewöhnlich, in seinen Ausmaßen klein, im Innenraum eng und mit wenig Luxus ausgestattet war? Für viele glich der ›bug‹ (Wanze) oder ›beetle‹ (Käfer) – wie er keineswegs nur aus liebevoller Zuneigung verniedlicht wurde – »einem Ungeziefer, einem Maikäfer, einer Wegschnecke; er hatte glotzäugige Scheinwerfer«.

Nachhaltiger Widerstand gegen den *Volkswagen* kam aus politischen Kreisen, insbesondere Angehörigen von Kriegsopfern, darunter viele jüdische Emigranten. Sie alle warnten vor jenem Auto, mit dem die deutsche Herrenrasse als verhaßter Kriegsgegner noch wenige Jahre zuvor die ganze Welt erobern wollte.

Dennoch gelang es in der ersten Hälfte der fünfziger Jahre relativ rasch, Volkswagen of America als amerikanische Tochtergesellschaft zu gründen sowie ein umfangreiches Händler- und Kundendienstnetz aufzubauen.

Als ›small wonder‹, als ulkiger Zweitwagen für die ganze Familie füllte der *Volkswagen* eine Markt- und Parklücke, die die überdimensionalen Straßenkreuzer nicht besetzen konnten. Der steigenden Nachfrage nach ›small cars‹, konnte die amerikanische Autoindustrie zunächst wenig entgegensetzen. Der städtische Mittelstand, preisbewußte Intellektuelle und Menschen, die Sinn für Originalität hatten – nicht zuletzt,

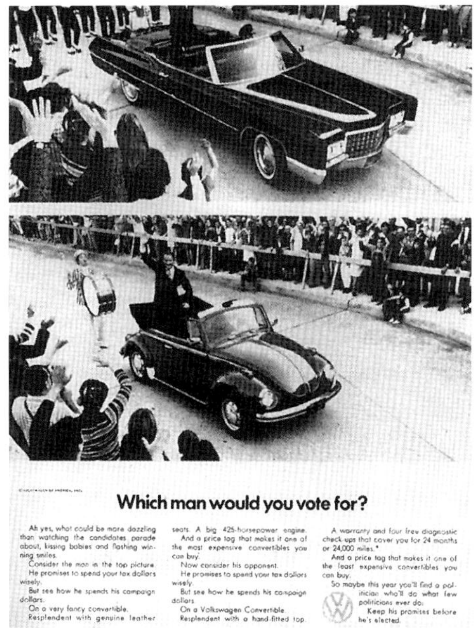

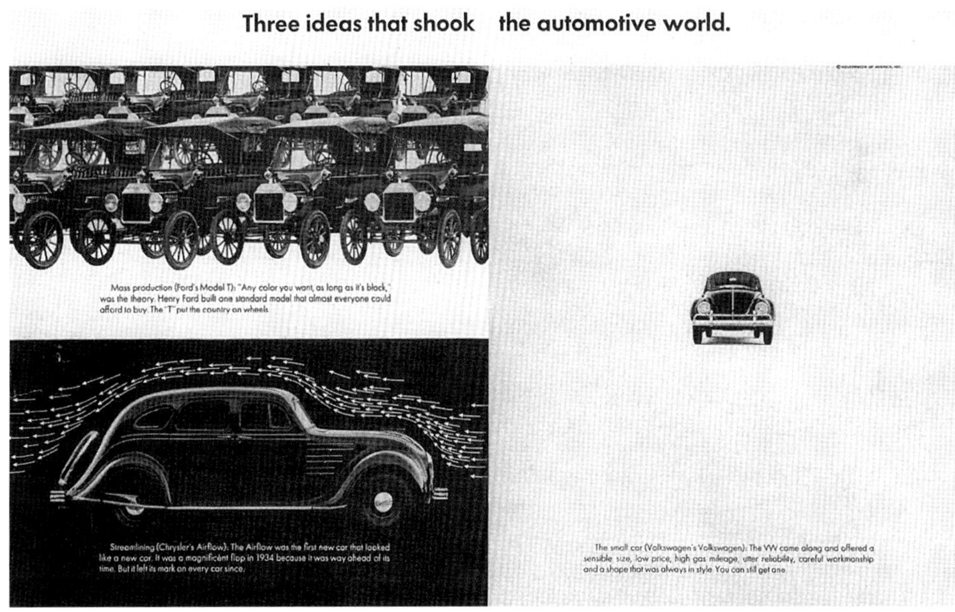

um sich von der automobilen Massengesellschaft zu unterscheiden –, liebäugelten mit ›small cars‹ und waren die Zielgruppe, die die unkonventionelle Werbung von DDB erreichen wollte. Dagegen schien es aussichtslos, solche Amerikaner zu gewinnen, die große, geräumige, chromblitzende Autos als Ausdruck von Freiheit, Unabhängigkeit und persönlicher Leistung empfanden und den Umstieg in einen Kleinwagen als untrügliches Zeichen sozialen Abstiegs werteten.

Auf eben diese spezifischen Merkmale des amerikanischen Bewußtseins, das sich so grundlegend von dem der sich um erste Anfänge der Automobilität mühenden Deutschen unterschied, ging die DDB-Werbung ebenso gezielt wie subtil und hintersinnig ein. Offen sprach man aus, was die Amerikaner über den *Volkswagen* dachten (»Ugly. Slow. Noisy. Expensive«), gestand freimütig ein, daß der Anfang für den *Volkswagen* in Amerika schwer war (»In 1949 we sold 2 *Volkswagen*s in the USA«) und überhaupt viele der amerikanischen Gewohnheiten gegen ihn sprachen. Ein Polizist könne darin ein lächerliches Bild abgeben (»Don't laugh«, Abb. oben). Es sei nicht auf Anhieb zu erkennen, ob die Nachbarn das neueste Modell besäßen (»What year do the Jones drive?«). Außerdem könne man sich mit ihm weder als Avantgardist (»Had the *Volkswagen* fad died out?«, Abb. oben) noch als reicher Mensch ausweisen (»The $ 35 000 *Volkswagen.*«, Abb. S. 52). Doch gleichzeitig wurden auch kollektive amerikanische Gewohnheiten und Erfahrungen in Erinnerung gerufen, um die positiven Eigenschaften des *Volkswagens* hervorzuheben: die rasch wechselnden Moden und den Wertverlust amerikanischer Wagen, die Parkplatznot in den Städten, der Stolz auf amerikanische Automarken, die zweifelhafte Glaubwürdigkeit von Politikern, die Vorliebe für häuslichen Luxus und nicht zuletzt für ein gutes, saftiges Steak.

Where are they now?

Return with us now to those wondrous days of yesteryear.

It's 1949 and automobiles are getting longer, lower and wilder.

Massive bumpers are a big hit. Fins are in. And everyone's promising to "keep in style with the times."

But then, times changed.

Massive bumpers and fins went out. So did every car shown above, except the VW.

You see, back in '49, when all those other guys were worrying about how to improve the way their cars looked, we were worrying about how to improve the way ours worked.

And you know what?

2,200 improvements later, we still worry about the same thing.

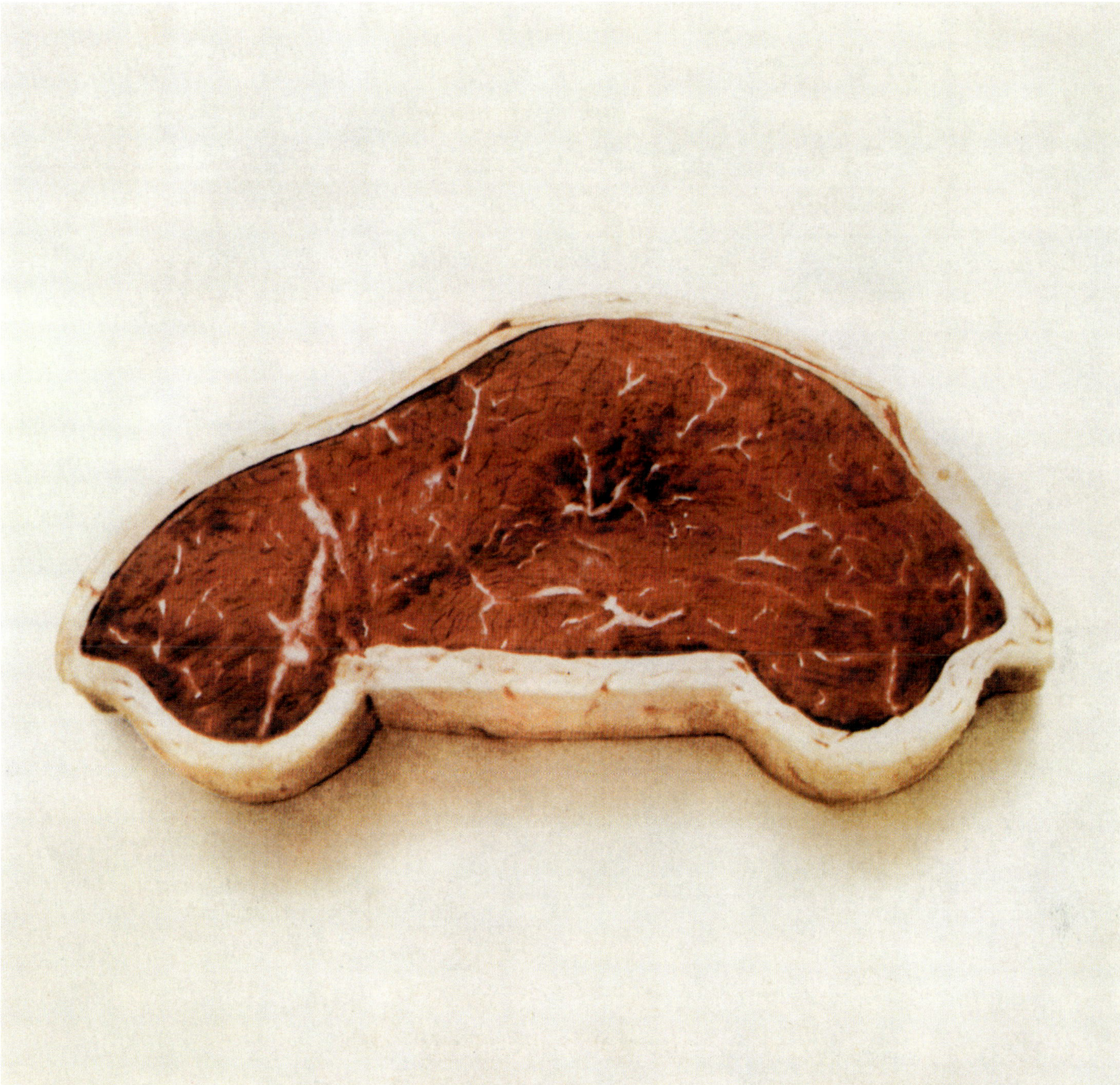

Can you still get prime quality for $1.26 a pound?

A pound of Volkswagen isn't cheap compared to other cars. But what you pay for is the quality. Prime quality.

Just look at what you get for your money:

13 pounds of paint, some of it in places you can't even see. (So you can leave a Volkswagen out overnight and it won't spoil.)

A watertight, airtight, sealed steel bottom that protects against rocks, rain, rust and rot.

Over 1,000 inspections per one Beetle.

1,014 inspectors who are so finicky that they reject parts you could easily ride around with and not even detect there was anything wrong.

Electronic Diagnosis that tells you what's right and wrong with important parts of your car.

A 1600 cc aluminum-magnesium engine that gets 25* miles to a gallon of regular gasoline.

Volkswagen's traditionally high resale value.

Over 22,000 changes and improvements on a car that was well built to begin with.

What with all the care we take in building every single Volkswagen, we'd like to call it a filet mignon of a car. Only one problem. It's too tough.

Few things in life work as well as a Volkswagen.

*DIN 70030

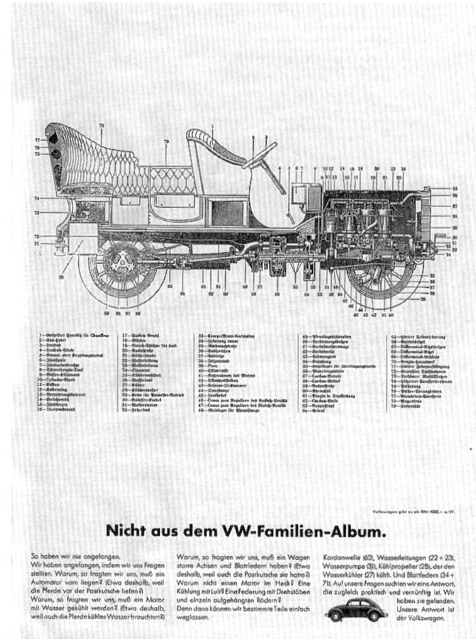

1964

Technik

Der *Volkswagen* unterschied sich von den meisten anderen Autos durch seine unverwechselbare Form und durch sein Konstruktionsprinzip, das auf einem luftgekühlten Heckmotor basierte. Dieses Prinzip hatte ihm ursprünglich, in den dreißiger Jahren, sein Ansehen als preiswertes, robustes Volksauto verschafft, hatte wegen seiner Tauglichkeit für den Militäreinsatz selbst die Kriegsgegner überzeugt und dem *Käfer* schließlich auch nach dem Krieg wieder auf die Beine geholfen.

Obwohl dieses Konstruktionsprinzip der langfristigen technischen Fortentwicklung zum Fluch wurde, gereichte es den Werbestrategen Anfang der sechziger Jahre dennoch zum Segen – bot es doch eine ideale Möglichkeit, dem *Volkswagen* aufgrund seiner technischen Unvergleichbarkeit eine Sonderstellung zu verschaffen. Begründet wurde das eigenwillige Konstruktionsprinzip nicht mit dem vermeintlichen oder tatsächlichen Genie des Konstrukteurs Ferdinand Porsche – dieses hätte nur in ungewollte Nähe zu den nationalsozialistischen Ursprüngen des Autos geführt. Man berief sich vielmehr auf Naturgesetze, auf technische Grundsätze und deren Beachtung durch die menschliche Vernunft. In der Folge sprach man den Adressaten der Werbung so an, als hätte ihm die Grundkonstruktion des *Volkswagen*s selbst einfallen können – wenn er nur in der Lage wäre, einfach und vernünftig genug zu denken (»Our philosophy«, Abb. S. 58).

Dies geschah Ende der fünfziger Jahre, als in Deutschland bereits drei Millionen *Volkswagen* verkauft waren und der amerikanische Markt erst zu seinem ganz großen Erfolg ansetzte. Damals mehrten sich in Deutschland die kritischen Stimmen von Autojournalisten, die den *Volkswagen* für veraltet hielten und nach einem neuen Modell verlangten. So fragte 1959 der *SPIEGEL* in einem bohrenden Interview den Konzernchef Nordhoff: »Warum kein neuer *VW* zur Automobilausstellung 1959?« Man beschrieb den *Volkswagen* als »Homunkulus, eine künstliche Zeugung nach einem gesellschaftlichen Leitbild« (der Nationalsozialisten, d.V.), der, vor 25 Jahren als »Familienwagen für eine politisch moti-

1965

vierte Volksmotorisierung« konzipiert, nicht mehr »der Verkehrstechnik und den automobilistischen Bedürfnissen« der Gegenwart entspräche. Ein modernes Auto brauche einen großen Kofferraum und vier Türen, aber kein funktionsloses Trittbrett, dafür eine Klima-Anlage mit zugfreier Belüftung, eine geruchfreie Heizung, Lenkradschaltung, einen synchronisierten ersten Gang und eine Benzinanzeige. Ein Auto müsse heute über eine bessere Beschleunigung, eine modernere Lenkung und eine windunempfindliche Straßenlage verfügen. Vor allem aber wünschte man sich »eine dem heutigen Geschmack entsprechende gefällige Karosserie, die mehr Innenraum und bessere Sicht gestattet«.

Nordhoff dagegen berief sich auf die anhaltende Popularität und die Verkaufserfolge des *Volkswagens* und wollte sich auf keine neuen Modelle einlassen, »weil die Nachfrage nach diesem Wagen so stark steigend ist, weil keine einzige europäische Automobilfabrik auch nur im entferntesten auf drei Millionen zufriedener Besitzer eines Typs hinweisen kann, weil wir also nicht aus bloßer Lust am Ändern, und weil es etwa ein paar Ewig-Besser-Wissern nötig erscheint, etwas so einmalig Bewährtes und Erfolgreiches fallenlassen wie den heutigen *Volkswagen*«.

Die Werbung ging weder auf die technische Kritik am *Volkswagen* ein, noch verwies sie – wie Nordhoff – auf die Popularität und die beeindruckenden wirtschaftlichen Erfolge des *Volkswagen*s. Dafür stellte sie überaus einfallsreich die unbestreitbaren Vorzüge des eigentlich veralteten Konstruktionsprinzips heraus. Sie beschönigte nicht die anfällige Heizung, sondern lobte die wegen der Luftkühlung große Wintertauglichkeit des Wagens. Sie sprach weder vom Innen- noch vom Kofferaum, sondern betonte die

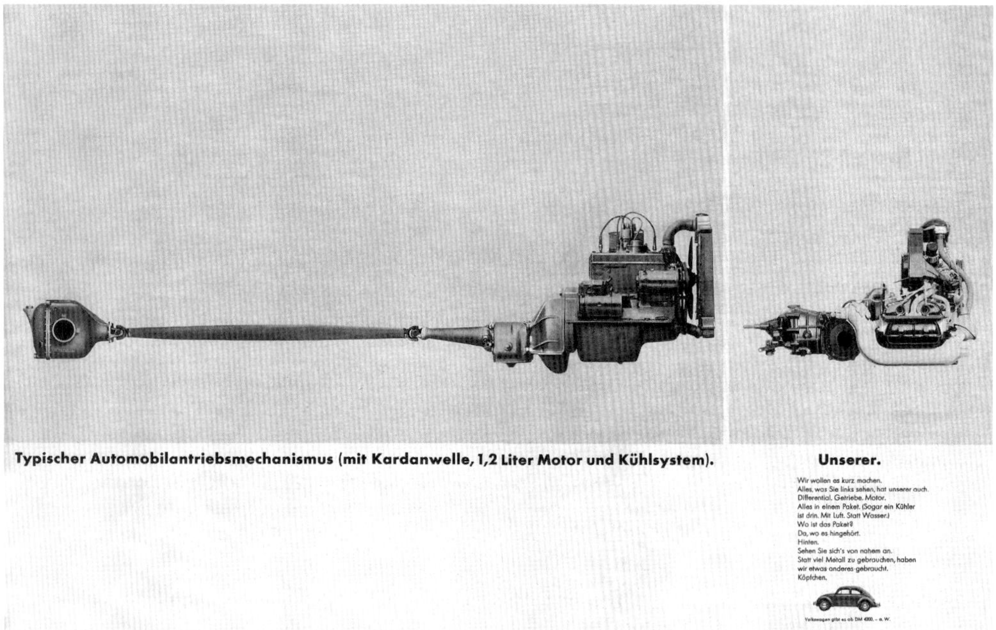

1963

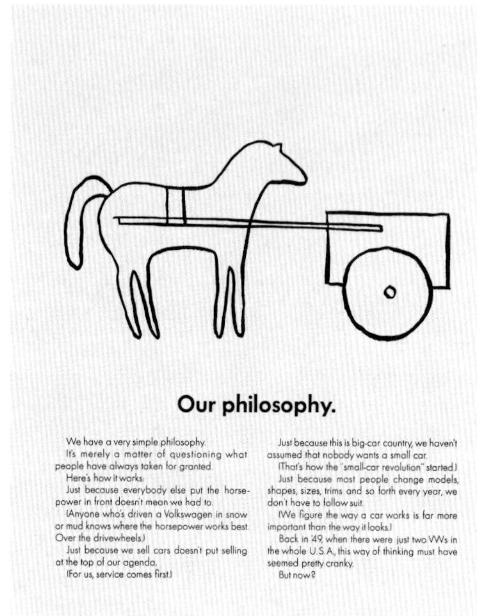

wegen des hinten liegenden Motors große Beinfreiheit von Fahrer und Beifahrer. Nicht von Beschleunigungsrekorden und Höchstgeschwindigkeiten war die Rede, sondern von einem Konstruktionsprinzip, das auch im Rennwagenbau Anwendung findet. Statt komplizierter Technik rühmte man sich der einfachen, wirtschaftlichen und dazu überaus verläßlichen Lösung.

Formkonstanz

Wie konnte man Ende der fünfziger Jahre ein Auto bewerben, dessen Konzept bereits mehr als zwei Jahrzehnte alt war? Wie ließen sich die Vorzüge einer stromlinienförmigen Ganzstahlkarosserie, breiter Trittbretter und aufgewölbter Kotflügel begründen, die zwar im Automobilbau der dreißiger Jahre hockaktuell waren, aber nicht mehr in jenen Tagen, als die moderne amerikanische Pontonkarosserie an Einfluß gewann? Als Ferdinand Porsche ab 1931 sein Volksauto zunächst für Zündapp, dann für NSU und schließlich für das Volksmotorisierungsprogramm der Nationalsozialisten entwarf, hatten andere Bedingungen gegolten als gegen Ende der fünfziger Jahre, als der Automobilmarkt bereits über eine breite Modellpalette an Kleinst- und Kleinwagen verfügte und Automobilmoden nicht länger nur der Mittel- und Oberklasse vorbehalten waren.

So vorteilhaft das Bauprinzip des *Volkswagens* mit seinem Heckmotor und seiner selbsttragenden Karosserie für dessen preiswerte und massenhafte Herstellung war, so sehr stand es der dauerhaften technischen und formalen Veränderbarkeit im Wege, die allein Wettbewerbsfähigkeit in einem dynamischen Automobilmarkt garantierte. Alle Komponenten des *Volkswagens* waren so gut und konsequent aufeinander abgestimmt, daß jede grundlegende Änderung, jede Anpassung an neue Trends des Automobilmarktes das ganze Konzept in Frage gestellt hätten. Je deutlicher dieses gegen Ende der fünfziger Jahre den *Volkswagen*-Konstrukteuren und deren Kritikern wurde, desto bedeutender wurde eine werbliche Argumentation, die aus der Not eine Tugend machte.

Geschickt hielt man die Aufmerksamkeit gegenüber der gleichbleibenden, vertrauten Form des *Volkswagens* dadurch wach, daß die Werbung vergleichsweise kleine technische und formale Korrekturen als schrittweise Annährung an ein perfektes Auto beschrieb. Indem man selbstbewußt behauptete, mit dem *Volkswagen* eine Form gefunden zu haben, die man – wie die des Eies – nicht verbessern könne, erschienen alle Bemühungen um immer

1961

1961

1964

neue Karosserieformen als Eingeständnis modeabhängiger Kurzlebigkeit im Dienste des Profits und zum Schaden des Kunden. Man unternahm keinerlei Anstrengungen, den *Volkswagen* als zeitlos schön, als besonders modisch oder prestigetauglich darzustellen. Dennoch beschrieb man seine Form als perfekt und begründete dieses – in alter Bauhaus-Tradition – damit, daß sie bestmöglich auf die Funktionen abgestellt ist. Gutes Design wurde nicht als Wert an sich gesehen. Es hätte keinen potentiellen *Volkswagen*-Käufer überzeugt, wenn es nicht mit einem rationalen, letztlich pekuniären Argument verknüpft worden wäre. So wurde der *Volkswagen* als wertstabil beschrieben, weil er – dank perfekter Form und robuster Technik – langlebig sei. Veränderungen, so behauptete die Werbung ebenso beharrlich wie variantenreich, nähme man nur vor, damit der *Volkswagen* besser funktioniere, nicht aber um ihn besser aussehen zu lassen.

Denen, die es wider besseres Wissen dennoch nicht lassen konnten, den *Volkswagen* auch unter modischen Gesichtspunkten zu betrachten (und das waren letztlich alle Adressaten der Werbung), gab man in zarter Ironie einen Hinweis: Um einen *Käfer* des Baujahrs 1954 wie einen des Baujahrs 1964 aussehen zu lassen solle man ihn einfach neu lackieren.

The famous Italian designer suggested one change.

Just because the appearance of the Volkswagen doesn't change from year to year, don't think we take it for granted.

Some time ago, we called in a world-famous Italian body designer and we asked him what changes he would recommend in the design of the Volkswagen.

He studied it and studied it. Then he said, "Make the rear window larger."

"That's all?"

"That's all."

We did, starting with the '58 VW.

The Volkswagen is never changed to make it different. Only to make it better.

Changes take place throughout the year. 19 functional improvements have been made in the 1960 VW so far; improvements in handling, in ride, in durability. But your eye wouldn't detect these changes unless we pointed them out. A nice Volkswagen touch is that most of the new parts are interchangeable; they can also be used on previous-year VWs.

We think the Volkswagen approach to automobile design makes sense. It might even turn out to be the most advanced styling idea of all.

Qualität

Dank des wirtschaftlichen Wiederaufbauprogramms der Westalliierten verfügte kein anderer Autohersteller in Deutschland nach dem Krieg so rasch über so große Produktionskapazitäten und ein so dichtes Händler- und Werkstättennetz wie Volkswagen.

Dieser Wettbewerbsvorteil wurde von der Werbung geschickt in den Kanon weiterer angeblicher Qualitätsargumente eingebettet: Wer glaubhaft machen konnte, weder in Form- noch in Technikspielereien zu investieren, der konnte auch behaupten, daß er das Geld seiner Kunden verantwortungsvoll in die Verarbeitungs- und Servicequalität des Produktes steckt. An keiner Stelle suggerierte die Werbung, die Qualität des *Volkswagens* bestünde in erfindungsreicher oder gar komplizierter Technik. Im Gegenteil: Man rühmte sich einer technischen Einfachheit, wie sie schon die Erfinder und Auftraggeber des *Volkswagens* in den dreißiger Jahren als Ziel formuliert hatten. Doch niemand sollte glauben, einfache Technik sei ohne großes technisches Können, ohne langjährige Erfahrung und höchste Qualitätsmaßstäbe des Herstellers zu haben. Deshalb wurde in der Werbung der hohe Personaleinsatz und die hohe Qualifikation der Inspekteure betont (»It takes this many men to inspect this many *Volkswagens*«, Abb. oben oder »It takes a week to make the car. And 3 years to make the mechanic«, Abb. S. 64). Und in dem für die DDB-Werbung typischen Understatement gab man sogar zu, ab und zu Dinge herzustellen, die nicht den eigenen Ansprüchen genügen – jedoch nur, um im gleichen Atemzug zu behaupten: »Sie können einen guten Wagen bauen aus den Teilen, die wir wegwerfen« (Abb. S. 64). Selbst der Übertreibung bezichtigte man sich: kein Test sei zu hart, keine Inspektion und keine Lackierung zu viel, um den besten aller *Volkswagen*, den typischen *Volkswagen* herzustellen.

Und selbstbewußt, wie sich die Werbung gab, hatte man nicht einmal Skrupel, eine der Schwächen des *Volkswagens*, seine nicht leichtgängig schließenden Türen, zum Zeichen einer Stärke zu machen: Weil die Einzelteile des *Volkswagens* so gut zusammenpassen, sei er nicht nur wasserfest, sondern praktisch auch luftdicht. Darauf folgte die Empfehlung, erst das Fenster zu öffnen, bevor man die Tür schließt.

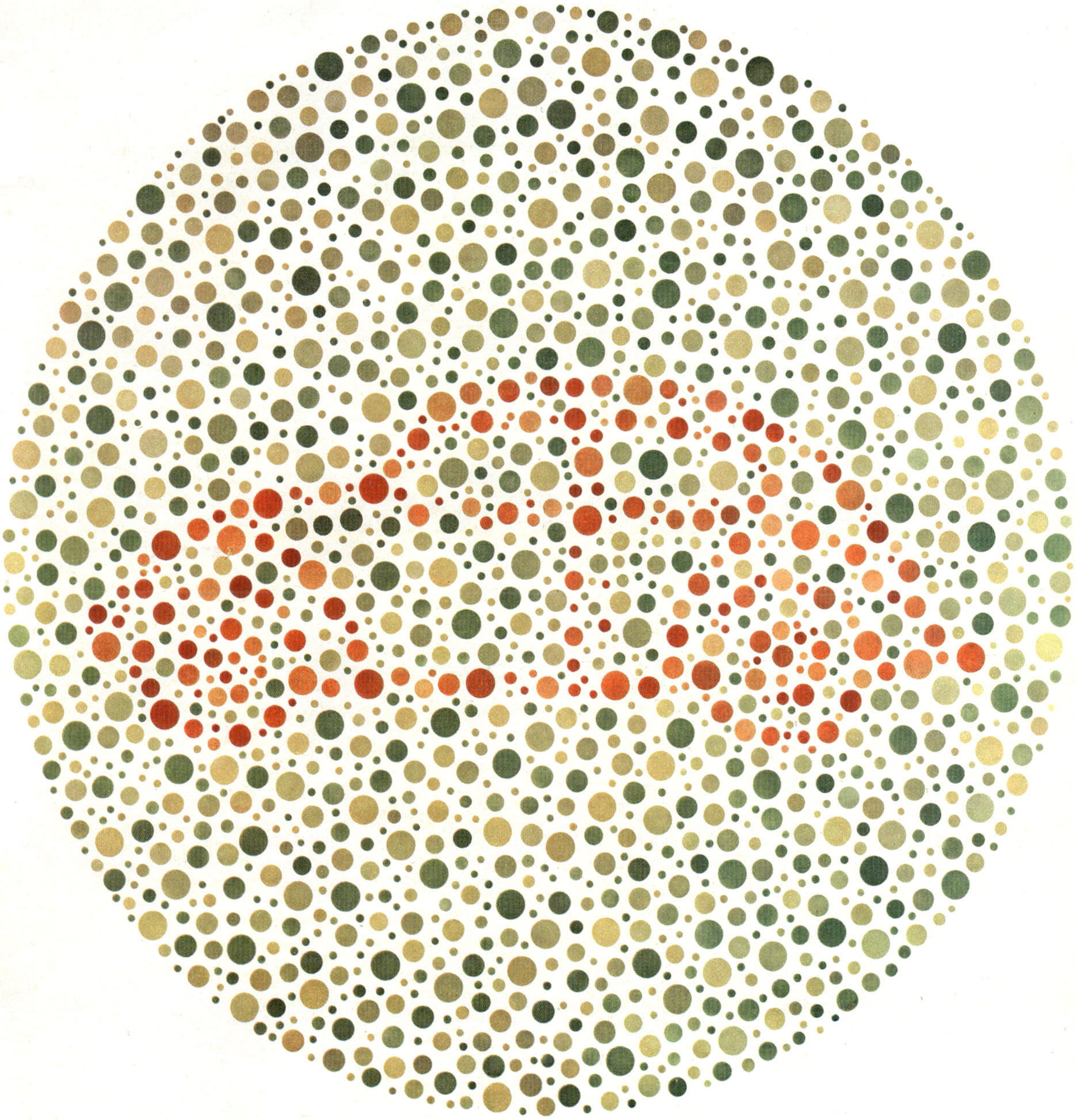

**Wenn Sie den VW nicht sehen,
können Sie kein VW-Inspekteur werden.**

Nicht für jeden ist Grün grün. Nicht für jeden Rot rot.
Wir sehen schwarz für jeden unserer Inspekteure, dessen Augen wir nicht trauen können. Deshalb testen wir sie regelmäßig.
Nicht nur auf Farbtüchtigkeit. Sondern auch auf Sehschärfe und plastisches Sehen. Mit Augentest-Apparaten, die eine Augenweide für jeden Augenarzt sind.
Unsere Inspekteure müssen sehen, was andere übersehen.
Den vergessenen Steppstich im Polster. Den winzigen Kratzer im Chrom. Das berühmte Staubkorn im Lack.
Wir können da kein Auge zudrücken.
Ehe wir also unsere Prüfer einen VW prüfen lassen, prüfen wir sie.
Auf Augen, Herz und Nieren.
Sieht das nicht so aus, als machten wir uns schrecklich viel Mühe?
Augenscheinlich.

1964

1968

1963

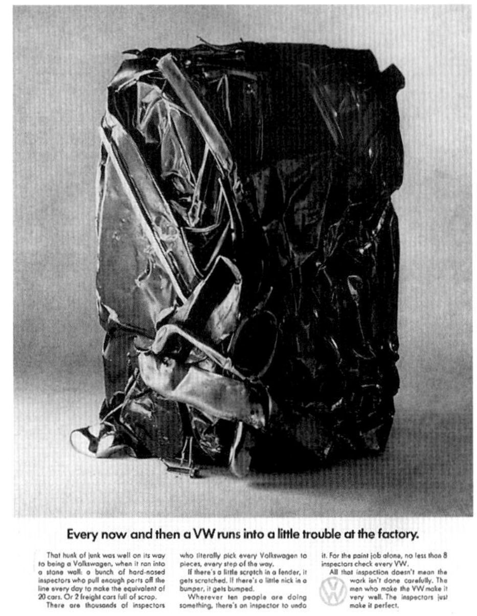

1967

um 1969

1961

1969

Käfer-Image

Zur Frage, seit wann die amerikanischen Kosenamen ›bug‹ und ›beetle‹ in den USA Verbreitung fanden, gibt es nur ungenaue und widersprüchliche Angaben. Es läßt sich auch kaum noch feststellen, wann und warum er bewußt in die Werbung einbezogen und schließlich neben der deutschen auch in andere Sprachen übersetzt worden ist. Fest steht, daß die deutsche Werbung den Begriff ›beetle‹ 1968 – wohl auf Anraten des damaligen VW-Chefs Carl Horst Hahn – übernahm. Aus gutem Grund. Denn *Volkswagen* hatte im Lauf der sechziger Jahre zahlreiche Stufen- und Fließheckmodelle entwickelt, die leicht zu Verwechslungen hätten führen können, wenn man den Ur-*Volkswagen* nicht auf diese Weise unterschieden hätte. Noch wichtiger aber war, daß in jene Zeit des gesellschaftlichen Aufbruchs das Bild des eigenwilligen, friedfertigen und liebenswerten *Käfers* sehr gut paßte. Für die aufbegehrende junge Generation, die nach Liebe statt Krieg, nach Spiel statt Konventionen und nach individuellem Ausdruck statt nach chromblitzenden Statussymbolen verlangte, war das Image von Käfern oder – im Falle der französischen Konkurrenz: Enten – bestens geeignet, um ihre Aufmerksamkeit für die Werbung zu gewinnen.

War der *Volkswagen* zuvor in Deutschland stets das eine vertraute Auto der Massen, so wurde er nun – wie schon in den USA – zum *Käfer* der Individualisten, fähig zu einer Art sozialer Mimikry, die ihm eine neue und noch größere Gesellschaftsfähigkeit verlieh, als er ohnehin schon hatte. Er war nicht länger »eine Klasse für sich«. Man betrachtete ihn nun als klassenlos und individuell.

Mit dem *Käfer*-Image konnte die Werbung noch eigenwilligere Wege beschreiten. Sie konnte Legenden spinnen, beispielsweise behaupten, den Kosenamen von einer jungen, angesichts des *Volkswagens* verzückten Dame in Amerika erhalten zu haben. Die Werbung konnte die *Käfer*-Form von Illustratoren auf wenige Striche reduzieren und verniedlichen lassen, und die komplexen Probleme, die der Konzern mit der immer größer werdenden Konkurrenz hatte, in Bilder und moralische Dimensionen einer rührseligen Kinderwelt übertragen. Das *Käfer*-Image machte den ins Alter gekommenen, doch scheinbar noch immer alterslosen Wagen unangreifbar, denn ein *Käfer* hat kein erkennbares Alter. Er stellt sich keiner Schönheitskonkurrenz und beißt sich tüchtig durch – wie die Mondlandefähre, die die *Volkswagen*-Werbung 1969 nach der geglückten Landung auf einer ihrer Anzeigen anspielungsreich mit der lakonischen Feststellung abbildete: »It's ugly, but it gets you there« (Abb. S. 35).

Storyboard für eine Filmwerbung.

1965

1969

1964

1968

Wirtschaftlichkeit

Schon für die Nationalsozialisten, die ursprünglichen Auftraggeber des *Volkswagens* hatten niedrige Anschaffungs- und Unterhaltungskosten an oberster Stelle der Anforderungskriterien gestanden. Ferdinand Porsche dagegen dachte nicht in erster Linie an die Konstruktion eines billigen Kleinwagens. Er verstand unter einem Volkswagen »ein vollwertiges Gebrauchsfahrzeug, das mit jedem anderen Gebrauchsfahrzeug gleichberechtigt in Wettbewerb treten kann«. Er wollte »keine Kompromißlösung mit Rücksicht auf einen bestimmten Preis«, kein Fahrzeug, das billiger, wohl aber eines, das technisch besser war als die Kleinwagen-Konkurrenz der dreißiger Jahre.

Als der versprochene, aber während des Krieges nie ausgelieferte *Volkswagen* nach dem Krieg endlich erhältlich war, war er zunächst alles andere als ein Volkswagen, denn sein Preis lag weit über den finanziellen Verhältnissen der deutschen Durchschnittsbevölkerung. In ihrem großen Wunsch nach Mobilität mußte sie sich über motorisierte Zweiräder und Kleinstwagen erst zu ihm emporarbeiten. Dennoch behielt der *Volkswagen* den Ruf eines – wenn schon nicht billigen, so doch sparsamen – Fahrzeugs, das seinen Namen verdiente.

Wenn die Werbung Ferdinand Porsche als Erfinder auch geflissentlich verschwieg – eine einzige Ausnahme bildete eine Anzeige der frühen siebziger Jahre – , so spielte sie in ihren Argumentationen doch konsequent die Merkmale seines Konstruktionsprinzips aus. So konnte sie glaubhaft machen, daß die Sparsamkeit und die vielen anderen *Volkswagen*-Tugenden nicht Selbstzweck sind, sondern Aspekte der konsequent und erfolgreich umgesetzten Idee ›Volkswagen‹. Niemand sollte den *Volkswagen* für ein billiges, weil minderwertiges Auto halten. Man sollte vielmehr durch die Reflektion zunächst widersprüchlich erscheinender Aussagen zu einer tieferen Erkenntnis der Idee ›Volkswagen‹ veranlaßt werden: Nur weil der *Volkswagen* technisch so ausgereift und deshalb langlebig ist, konnte er auf allen teuren, billigen Schein verzichten und so zu einem teuren, weil billigen Freund so vieler Menschen werden.

Mit Argumentationen dieser Art, allerdings in unterschiedlicher Erscheinung, überzeugte die *Volkswagen*-Werbung sowohl Amerikaner als auch die wirtschaftlich in völlig anderen Verhältnissen lebenden Europäer. Die Amerikaner wurden auf den niedrigen Anschaffungspreis hingewiesen, der ihnen den Kauf vieler anderer begehrter Luxusartikel erlaubte. Sie wurden daran erinnert, wie billig ein gutes Auto sein kann, wie rasch teurere Modelle an Wert verlieren, und daß nicht ohne Grund in Honduras, wo das Benzin viel Geld kostet, viele *Volkswagen* gefahren werden.

Deutsche dagegen wurden etwas spröder belehrt, daß »das wirtschaftlichste am *Volkswagen* ist, wie lange er wirtschaftlich ist« (Abb. S. 69) und prüfend gefragt: »Verdienen Sie zu viel, um sich einen *Volkswagen* leisten zu können?«.

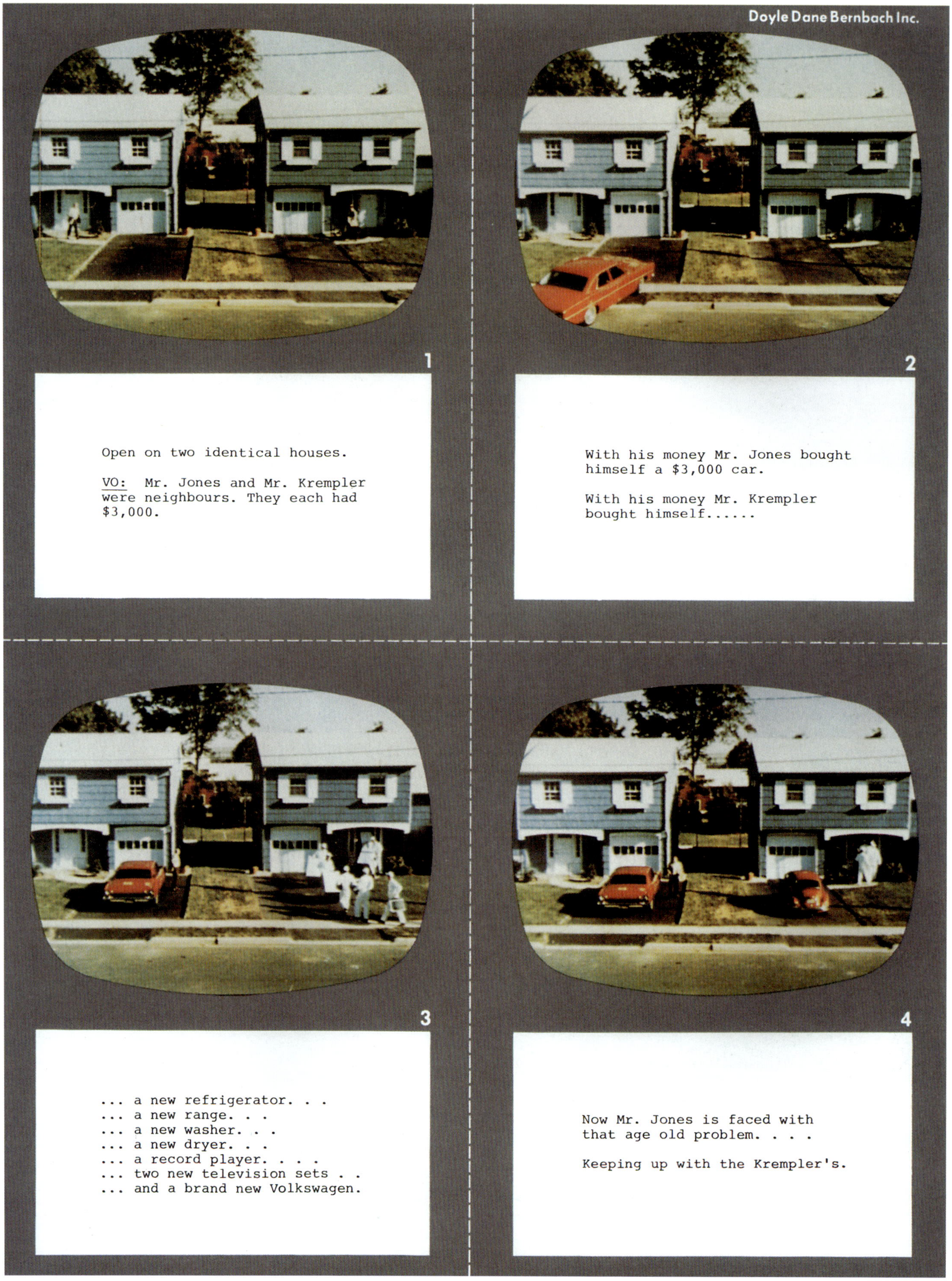

Storyboard für eine Filmwerbung.

Das wirtschaftlichste am Volkswagen ist, wie lange er wirtschaftlich ist.

G. Krause, Gladbeck, fuhr mit ihm 120.000 km (und zurück).

Volkswagen werden alt wie andere Wagen auch. Tatsächlich werden sie viel älter.

Selbst nach 10 Jahren sind die meisten noch ziemlich lebendig. Und der VW bleibt wirtschaftlich, solange er lebt. Einige seiner wirtschaftlichen Merkmale werden sogar noch wichtiger, je länger er lebt.

Reparaturen, zum Beispiel.

Gewöhnlich denkt niemand an Reparaturen in Zusammenhang mit Wirtschaftlichkeit. Weil es gewöhnlich keinen Zusammenhang gibt.

Beim VW sind sogar Reparaturen wirtschaftlich.

Weil er so wenige braucht.

Das, was kaputtgehen könnte, bauten wir so, daß es nicht leicht kaputtgehen kann.

Wir stecken viel Mühe in Dinge, die man nicht sieht. Wie der übergroße Hubraum. Der viel größer ist, als er eigentlich zu sein brauchte, um seine 34 PS zu entwickeln.

Ein großer braucht länger, klein zu werden.

Wir könnten den Motor stärker machen, damit Sie mehr Kilometer pro Stunde schaffen. Aber dann müßte er mehr leisten. Und Sie würden weniger Kilometer pro Wagen schaffen.

Dann gibt es noch Dinge, deren Existenz Sie niemals bemerken. Es sei denn, sie gehen kaputt. Uninteressante Dinge wie die Stäbe der Drehstabfederung. Obwohl sie durch einen Metallmantel schon genügend geschützt sind, schützen wir sie (vielleicht etwas übertrieben) mit einer Extra-Schicht Lack.

Wenn irgend etwas am VW kaputtgehen sollte, dann ist es selten etwas Ernstes. Und nie etwas sehr Teures. Selbst, wenn Ihnen nach vielen Jahren der Motor stehen bleibt (und Sie das für das größte Pech halten) haben Sie Glück gehabt. Ein Austauschmotor kostet rund 600 DM.

Manche Leute brauchen Jahre, ehe sie eine der markantesten Wirtschaftlichkeiten am VW entdecken: Nämlich wenn sie merken, wie viele Kilometer sie mit einem Reifensatz gefahren sind. (Je länger man also braucht, diese Wirtschaftlichkeit zu entdecken, desto wirtschaftlicher ist sie.)

Reifen am VW leben länger, weil die Räder so groß sind.

Unsere großen Räder rollen dieselbe Strecke wie kleinere. Nur mit weniger Umdrehungen. Und je weniger Umdrehungen ein Reifen macht, desto weniger nutzt er sich ab. Seien Sie nicht überrascht, wenn Sie mehr als 90.000 km mit einem Reifensatz fahren. (Aber seien Sie auch nicht platt, wenn es weniger werden. Der Durchschnitt liegt bei 50.000.)

So kann es durchaus sein, daß Sie mit Ihrem VW zehn Jahre hinter sich bringen mit nur einem neuen Satz Reifen.

Ganz interessant ist es auch, wie eindrucksvoll gerade die kleinen Dinge werden, wenn man sie mal mit zehn malnimmt.

(Was der luftgekühlte Motor Ihnen jedes Jahr an Frostschutzmitteln erspart, ist nur erfreulich. Aber zehn mal so viel ist viel.)

Aber das alles soll nicht heißen, daß ein VW nach zehn Jahren auf der Strecke bleibt. (Selbst wenn dem so wäre, wären Sie für Ihr Geld eine gute Strecke weit gekommen.)

Er ist im Gegenteil noch rüstig genug, Ihnen mehr als einen Appel und ein Ei zu bringen, wenn Sie ihn verkaufen. Prüfen Sie seinen Wiederverkaufspreis

Für rund DM 600 kaufte Herr Krause weitere 150.000 km.

in Ihrer Zeitung. Vergleichen Sie ihn dabei mit den Preisen anderer 10 Jahre alter Wagen. (Einschließlich jener, die einmal zweimal mehr gekostet haben als der VW.) Wenn Sie welche finden.

QUICK 67

1965

1963

Ausdauer

Der Slogan »Er läuft und läuft und läuft« ist gewiß der eindringlichste , wirkungsvollste und langlebigste, den die *Volkswagen*-Werbung je erfunden hat. Schlicht und einprägsam formuliert, war er die Antwort auf die Widrigkeiten und Tücken der Automobiltechnik, die alle Autofahrer kollektiv erfahren hatten, solange der Stand der Automobiltechnik noch viele Risiken barg. Nur jenes Auto hatte das Zeug zu einem echten Volksauto, das einfach und robust, steigfähig und »autobahnfest« ist. Diese Forderungen hatten schon die nationsozialistischen Verfechter der Volksmotorisierung in den dreißiger Jahren formuliert. Und die *Volkswagen*-Werbung der sechziger Jahre tat gut daran, diese allseits überzeugenden Tugenden des *Volkswagens* fortzuschreiben. So ließ sich der *Volkswagen* mit der ihm zugesprochenen Ausdauer als Garant gegen alles präsentieren, was Autofahrern die Freuden unbeschwerter Mobilität nimmt: starke Steigungen, eingefrorene Kühlsysteme, Schnee- und Eisglätte, technische Pannen, rasche Materialermüdung, häufige Modellwechsel, hohe Ersatzteil- und Reparaturkosten oder hoher Benzin-

Doyle Dane Bernbach Inc.

1

Open on snow covered
landscape in early morning
darkness.

MVO:

Have you ever wondered

2

how the man who drives the
snowplough drives to the
snowplough?

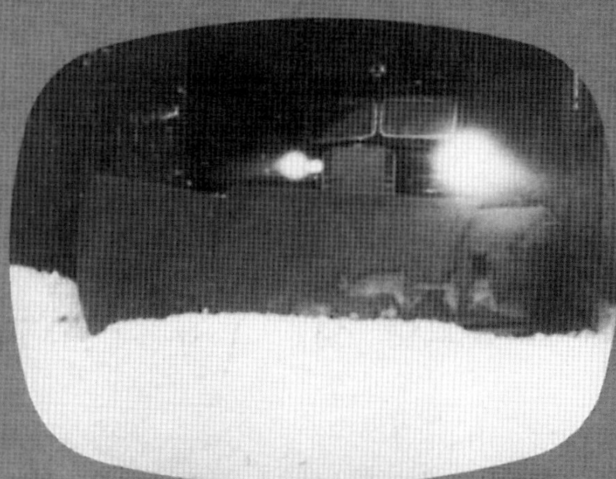

3

This one drives a Volkswagen.

4

So you can stop wondering.

Snowplough

Storyboard für eine Filmwerbung.

1963

1967

verbrauch. Auf das alles, suggerierte die Werbung, war der *Volkswagen* die Antwort. Nur gegen eines, gab sie verschmitzt zu, hatte auch der *Volkswagen* (noch) kein Mittel: gegen die Reifenpanne. Und sie lieferte auch gleich die Erklärung: »Niemand ist vollkommen«. Mit derart selbstbewußten Aussagen konnte die Werbung nur aufwarten, weil sie vor dem Hintergrund ihres durch anhaltend hohe Verkaufszahlen belegten Erfolges nicht mehr durch Versprechen (beispielsweise von Verläßlichkeit und Ausdauer) sondern schon durch Verweise (auf langjährige Erfolge) überzeugte. Deshalb verstanden viele Menschen den Slogan »Er läuft und läuft und läuft« Mitte der sechziger Jahre nicht nur als Hinweis auf die technische Unverwüstlichkeit des Wagens, sondern erst recht als Verweis auf seine Beliebtheit, seinen ungebremsten und für die ganze Gesellschaft segensreichen wirtschaftlichen Erfolg.

Daß der *Volkswagen* bei so viel Tüchtigkeit nicht zugleich auch der Schönste sein kann, gab die Werbung freimütig, wenn auch nicht ohne gespieltes Mitleid zu: »It does all the work, but on Saturday night which goes to the party?« (Abb. S. 73). Aber wer wollte schon den Mangel solcher ästhetischen Qualitäten überbewerten, wenn sich die Werbung sogar auf die Wahl der Frauen berufen konnte, indem sie behauptete: »Der *VW* wird von mehr Frauen gefahren, als jeder andere Wagen. Und da sagt man immer, Frauen verstehen nichts von Autos« (Abb. S. 73).

One hour later, it won't get hungry again.

If you need a car to make food deliveries with, doesn't it make sense to use one that won't eat up much profit?

It did to Mr. Chuck Lew, Chinese restaurateur, White Plains, New York.

His honorable Volkswagen has been delivering everything from wonton soup to leechee nuts for close to two years.

All the while averaging 25 miles to a gallon of gas, using pints of oil instead of quarts, and no water or antifreeze.

Since it can't boil over or freeze under, the egg foo gets wherever it's going while it's still young.

Since we never change the way the car looks, spare parts are as readily available from his Volkswagen dealer as are spare ribs from his restaurant.

And since Mr. Lew charges a 50c delivery fee and uses a car that costs roughly one-fourth of that for the average trip, he'd be crazy to trade it in.

Even for all the tea in China.

Der VW wird von mehr Frauen gefahren als jeder andere Wagen. Und da sagt man immer, Frauen verstehen nichts von Autos.

Frauen interessieren sich nicht für Drehmoment, Hubraum oder Verdichtung. Das heißt aber nicht, daß sie nichts von Autos verstehen.

Sie wissen zum Beispiel ganz genau, welches Auto wirtschaftlich ist. Und welches nicht. (Der VW braucht nur alle 10000 km abgeschmiert zu werden. Ein Kotflügel hinten kostet grundiert DM 28,90. Und der Wiederverkaufswert des Käfers ist ungewöhnlich hoch.)

Sie wissen auch, welches Auto einfach zu fahren ist. (Das haben sie in der Fahrschule gelernt. Auf VW.)

Welches zuverlässig ist. (Der VW läuft und läuft und läuft.)

Und sie wissen, welches Auto langlebig ist. (Daß der VW es ist, sieht man täglich. An den 113611 Stück, die vor 1953 gebaut wurden und heute noch in Deutschland laufen.)

Es mag sein, daß einige Frauen nicht wissen, wo bei ihrem VW der Motor ist.

Aber das zeigen ihnen dann sicher gern die Männer, die immer behaupten, Frauen verstünden nichts von Autos.

1966

©VOLKSWAGEN OF AMERICA, INC.

It does all the work, but on Saturday night which one goes to the party?

Once upon a time there was an ugly little bug. It could go about 27 miles on just one gallon of gas. It could go about 40,000 miles on just one set of tires. And it could park in tiny little crevices no bigger than a bug. It was just right for taking father to the train or the children to school. Or for taking mother to the grocery store, drugstore, dime store and all the other enchanting places that mothers go when everyone else is working.

The ugly little bug was just like one of the family. But alas, it wasn't beautiful.

So for any important occasion the ugly little bug would be replaced. By a big beautiful chariot, drawn by 300 horses!

Then after a time, a curious thing happened. The ugly little bug (which was made very sturdily) never got uglier. But the big beautiful chariot didn't exactly get more beautiful.

In fact, in a few years its beauty began to fade. Until, lo and behold, the ugly little bug didn't look as ugly as the big beautiful chariot!

The moral being: if you want to show you've gotten somewhere, get a big beautiful chariot. But if you simply want to get somewhere, get a bug.

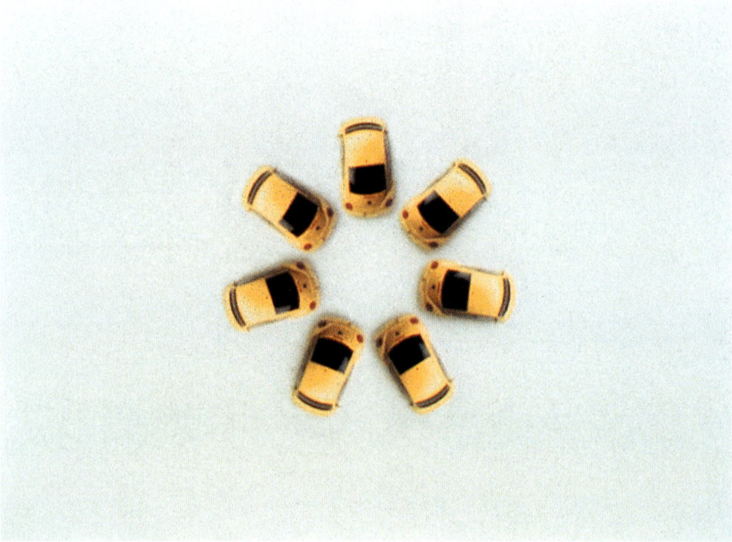

Play it again, Arnold!*

Die Themen der New-Beetle-Werbung

Nils Jockel

* Die Werbeagentur Arnold Communications, Boston hat die Werbekampagne für den New Beetle entwickelt. Für Deutschland liegt die Verantwortung bei der Agentur DDB, Düsseldorf.

Gefühle leben von Erinnerungen, Überzeugungen von Argumenten. Schon darin besteht der Unterschied zwischen den beiden Werbekampagnen, die zum *Käfer* gehörten und zum *New Beetle* gehören. Während die DDB-Kampagne der sechziger Jahre mit unkonventionell vorgetragenen Argumenten für bestimmte Merkmale des *Volkswagens* warb, rührt die Arnold-Kampagne an Gefühle – getreu der Erkenntnis, daß Nostalgie die Wiedergutmachung an Dingen ist, die uns in der Gegenwart befremden. »Und plötzlich ist die Welt wieder rund«, wie die *New-Beetle*-Werbung von heute suggeriert und »das Glas der Welt nicht länger halb leer, sondern wieder halbvoll«.

Der Welt hat es, so vermitteln die neuen Slogans, bis dato an Gegenständen gemangelt, die einfach Spaß machen, die das Herz (immer noch!) am rechten Fleck haben, die die verkaufte Seele zurückbringen und – nach 19 Jahren *käfer*loser Zeit – endlich wieder Interessantes geschehen lassen. So wird aus dem *New Beetle* eine Sache, auf die die Welt gewartet hat wie auf die Wiedergeburt eines kollektiven Schnuffeltiers: »See what happens when we all wish for the same thing«. Und so reihen sich viele kleine *New Beetles* zu einer Love-Parade, jeder von ihnen soviel Anlaß zum Knuddeln wie zum Fahren – und das ganze mit »Less flower. More power«.

Daß die technischen Qualitäten des *New Beetle* stimmen, muß nicht weiter betont werden. Schließlich basieren sie auf denen des über alle Zweifel erhabenen *Golf*. Also ist die Frage nach der Beschleunigung von 0 auf 100 nicht wirklich ernst zu nehmen. Antwort: Ja ! Mehr nicht. Ansonsten genügt der an die Adresse der Esoteriker gerichtete, anspielungsreiche Verweis auf die hervorragenden Leistungen des *Käfers* in seinem vorherigen Leben: »If you were really good in a past life, you come back as something better«.

Für die mit der Kampagne angestimmte lustvolle Lebenshaltung und -einstellung werden Fahrer (soll heißen: Käufer) gesucht – solche, die sich bewegen wollen statt sich bewegen zu lassen, denn »On the road of life there are passengers and there are drivers. Drivers wanted«.

Keine Frage – die Werbeaussagen der *New-Beetle*-Werbung haben mit der legendären DDB-Werbung so wenig gemein wie die luftgeboxte Heckmotortechnik des *Käfers* mit der eines *Golf* im Schafspelz. Und doch gleichen sich die Formen. Beide Kampagnen schreiben in der gleichen Schrift

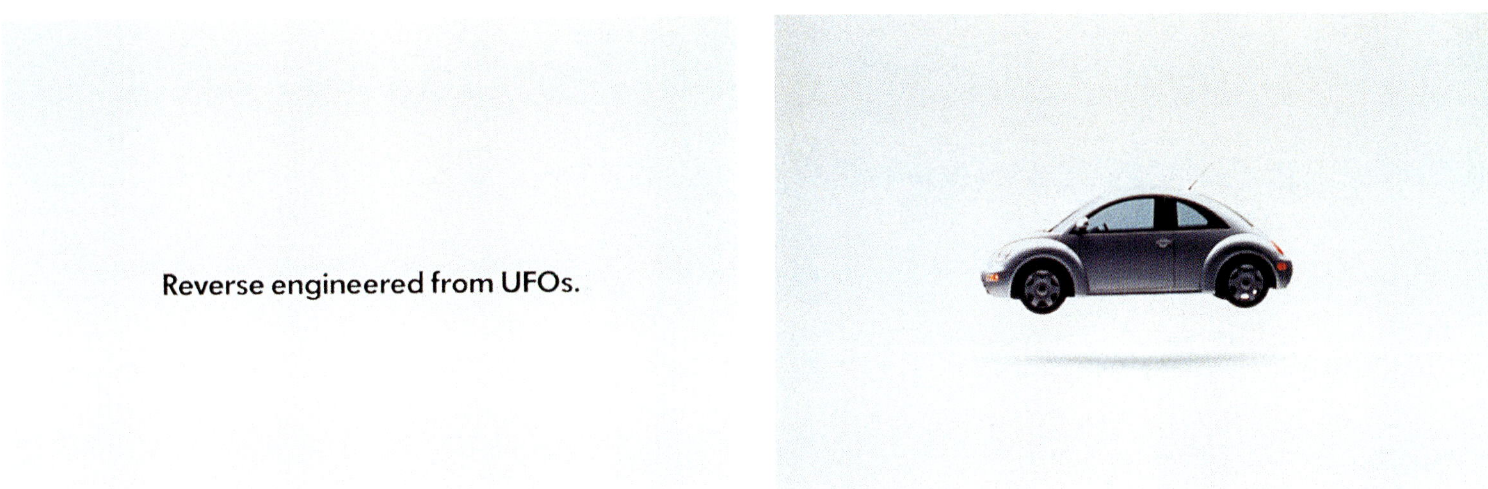

(in der Futura, was sonst?), sie stellen die Autos vor neutrale, helle Hintergründe, zeigen sie gern von ihrer markantesten Seite (im Profil, heute allerdings nur in Farbe) und rücken das kleine aber feine VW-Logo an den unteren rechten Bildrand.

Die neue Werbung verzichtet auf längere Texterläuterungen. Sie werden auch gar nicht gebraucht. Wer verlangt schon nach Argumenten für ein Auto, das – anders als einstmals den *Käfer* – niemand wirklich braucht, an dem aber alle Spaß haben, weil es sie an etwas Verlorengeglaubtes oder tatsächlich Vergangenes erinnert. Für Erinnerungen gelten keine alltäglichen, schon gar keine vernünftigen Regeln. Sie sind bunt auf weißem Grund: Wirklichkeiten im Sonntagsanzug.

Drivers wanted
The engine's in the front
but its heart's in the same place.
Drivers wanted

Man muß den
Volkswagen-
Interessenten
schon jetzt daran
gewöhnen,
daß Extrawürste
in der
Volkswagen-
Küche nicht
gebraten werden.

Neue Kraftfahrer-Zeitung, 31. Mai 1934.

Aus der Farbpalette des New Beetle.

Als ob man ihn lutschen könnte

Der New Beetle auf der Spur des Retrofuturismus

Peter Wippermann

Eigentlich ist es immer so. Den Anfang machen Schlagzeilen von ausverkauften Jahresproduktionen, von enthusiastischen Benutzern aus dem Lager der VIP's, von gewaltigen Märkten: der neue ›kleine‹ *Mercedes*, der *Porsche Boxster*, das Swatch-Auto *Smart* oder auch *Windows '98*. Werbung gehört zum Geschäft – und man darf den Marketingexperten einiges zutrauen, wenn sie neue Produkte am Markt positionieren. Für die Automobilindustrie, die langfristiger als andere Branchen mit ihrer Modellpolitik planen muß, gilt dies umso mehr. Was sich dann wirklich rechnet und aus Sicht sowohl des Kunden als auch des Produzenten zum Erfolg wird, entscheidet der Markt, der Zeitgeist, das Glück, kurz: das alltägliche Chaos unserer modernen Konsumorientierung - warten wir's ab.

Als sich Adolf Hitler, der verhinderte Kunstmaler, und Ferdinand Porsche, der ehrgeizige Ingenieur, im Frühjahr 1934 im Hotel Kaiserhof in Berlin trafen, fertigten sie gemeinsam eine Skizze an, die ein Automobil zeigte: den späteren *Volkswagen*. Damit war kein technischer Schritt getan, sondern der Plan zu einer gewaltigen, beispiellosen PR-Kampagne gefaßt – der vielleicht größten überhaupt. Fünf Jahre vor dem Beginn des Zweiten Weltkrieges hatte man den Startschuß zu einer allgemeinen ›Mobilmachung‹ gegeben, die alles einschloß, was dazu gehörte: Autobahnen, Tankstellen, Raststätten und bis dato unbekannte Reiseziele, die zuvor von Soldaten erobert werden sollten. Als »Pyramiden des Dritten Reichs« wurden die Autobahnen bezeichnet. Keine Idee der Nationalsozialisten hat ihnen mehr Sympathien zugetragen als dieses Versprechen eines kollektiven Individualverkehrs. Die Hamburger Ausstellung *Käfer: der Erfolkswagen* hat einen Einblick in das ausgefeilte Marketingkonzept des *Volkswagens* gegeben. Der *KdF-Wagen* wurde schon lange, bevor es ihn gab, angepriesen und verkauft. Die Deutsche Arbeitsfront erdachte die ›KdF-Wagen-Sparkarte‹, und wer die 1 230 Reichsmark für Anschaffungskosten, Versicherung und Transport zusammen hatte, erwarb das Recht auf Zuteilung. Ausgeliefert wurde dann allerdings ein anderes Auto, der *Kübelwagen*, aber das ist eine andere Geschichte.

Nach dem Krieg, in den fünfziger, sechziger und siebziger Jahren, als noch wesentlich weniger Autos auf bundesrepublikanischen Straßen rollten, wurde aus dem *KdF-Wagen* der *Volkswagen*. Er war so präsent, daß er zum Symbol für das deutsche Wirtschaftswunder avancierte. Von Kultauto und Kultmarke aber keine Spur. Der *Käfer* war etwas, was funktionierte und auf dem Gebrauchtwagenmarkt für viele zum ersten Auto wurde, zum Einstieg in die Erwachsenenwelt. Jeder, der im schlecht zugänglichen, hinter der Rückbank gelegenen Staufach als Kind herumkletterte und von dort den nachfolgenden Verkehr beobachtete, erlebte hier die Horizonterweiterung des Reisens. Unterwegs waren nun alle – und zugleich auch auf der Flucht, wohin und wie war ziemlich egal. In den siebziger Jahren dienten die alten *Käfer* noch für die Ausflüge der Wohngemeinschaften, bis auch diese auf *Porsche* oder Fahrrad umstiegen.

Die Erfolgsgeschichte des *Käfers* als meistverkauftes Auto der Welt war in den frühen siebziger Jahren vorbei. Die Volkswagen AG, um die es damals schlecht stand, weil sie es nicht vermochte, ein Nachfolgemodell zu entwickeln, litt jetzt unter dem *Käfer*, wie sie vordem daran verdient hatte. Der *Käfer* wurde, so paradox das klingt, das Imageproblem der Volkswagen AG.

Wer sich die Werbung aus dieser Zeit anschaut, erkennt, daß genau dieses Problem angesprochen wurde. Nicht das Auto selbst, sondern die massive Werbekampagne, die dieses Auto begleitete und protegierte, schuf den Mythos vom *Käfer*. Für ihn wurde mehr geworben als für jedes andere Auto. Je einfallsloser die Ingenieure, desto aktiver die Ideologen, aus deren Köpfen der *Käfer* ja ursprünglich auch entsprungen war. »Er läuft und läuft und läuft«, »Es gibt Formen, die man nicht verbessern kann«

und »Da weiß man, was man hat« lauteten die Slogans, die viele noch heute auswendig aufsagen können. Die New Yorker Agentur Doyle Dane Bernbach (DDB) kreierte den Kultstatus des *Käfers* auch deshalb, weil er den technischen Vergleich mit den Konkurrenten nicht mehr aushalten konnte. So wurde aus der Not eine Tugend.

In den achtziger Jahren, als die Volkswagen AG ihre Monokultur längst aufgegeben und eine Modellpalette mit neuem Erfolgsgaranten, dem *Golf*, gefunden hatte, wurde das Thema *Käfer* sorgfältig gemieden. Schon weil es erheblicher Arbeit bedurfte, von ihm wegzukommen. Und weil keine Studenten und Intellektuellen, sondern breitere Käuferschichten für die untere und mittlere Wagenklasse zu gewinnen waren. Erhalten blieb das Image, Autos von hohem praktischen Nutzen zu bauen, die sich rasch den Bedürfnissen ihrer Kunden anpaßten. VW produziert wie ehedem Autos für die eigenen Betriebsangehörigen, für Arbeiter und Ingenieure, wobei letztere lieber noch die zur Volkswagen AG gehörende Marke Audi wählen. Noch heute ist es verboten, als Werksangehöriger auf dem Betriebsgelände zu parken, wenn man keinen *Volkswagen* fährt. Wohl niemand aus dieser Klientel sehnte sich nach dem *Käfer* zurück; der ›Wiedergänger‹ *New Beetle* kommt, das verrät schon sein Name, aus einer anderen Welt.

Der Diktator und sein Konstrukteur: Ferdinand Porsche zeigt Adolf Hitler ein Modell des Volkswagens.

Als die Deutsche Mark ein Geringes des amerikanischen Dollars ausmachte, begann der Siegeszug der Marke VW in den USA. Unterstützt von den begabten Werbestrategen, wurden die günstigen Autos – mehr noch als in Deutschland – von jungen Leuten und Frauen als Zweit- und Drittwagen gekauft. Dank der Größe des amerikanischen Marktes fuhren hier bald mehr *Volkswagen* als in Deutschland. Geboren wurde die Idee zum *New Beetle* folgerichtig in den USA, wo der alte *Käfer* den Status eines Freizeitautos hatte.

Im Lande Walt Disneys, der mit Mickey Mouse und Donald Duck Tiere zu handelnden und fühlenden Wesen seiner Comics machte, war der *Käfer* zudem zum geliebten Maskottchen geworden. Disney auch produzierte 1969 den *Käfer*-Film *Love Bug* (*Ein toller Käfer*), der das technisch veraltete Auto zum David gegen Goliath stilisierte. Diese gefühlsmäßige, emotionale Ansprache galt den Kinderzimmern im Lande. Wie tief sie dort wurzelte, verdeutlicht der Erfolg des *New Beetle* in Amerika. Auch die Reiseveranstalter nutzen die Euphorie für den Knuddel-*Käfer* für spezielle Touren: »Durch den Westen Kanadas im *New Beetle*« lautet ein Angebot im neuen Marlboro-Reisen-Katalog *Amerika*.

Im Design-Studio von VW in Kalifornien entwickelt, läßt der *New Beetle* die alten Mythen wieder aufleben. Mythen von Aufbruch und Rebellion. In den USA verstand man es schon immer, in der Tradition Hollywoods große Gefühle auszudrücken. Gefühle, die USA und Deutschland gleichermaßen miteinander verbinden. Im amerikanischen Design-Magazin *ID* heißt es, die in den USA für VW entwickelten Autos seien deutscher als die aus Deutschland: »nicht weil sie Neuigkeiten aus der Neuen Welt in die Alte bringen, sondern weil sie die Alte Welt neu erschaffen, indem sie die amerikanische Distanz nutzen, um in einem unverfälschtem Spiegelbild die Werte und die Entwicklung Europas zu betrachten«. Amerika hält Deutschland die rosa Brille vor Augen und spricht die Generation der Baby-Boomer an, die mit den Mythen von damals aufgewachsen sind. Die Baby-Boomer gehören heute zu den besonders enthusiastischen Kunden des *New Beetle*. Jetzt zwischen vierzig und fünfzig Jahre alt, ist der neue *Volkswagen* ihr viertes oder fünftes Autos; sie zählen zu den gut verdienenden Jahrgängen, die nach entsprechenden Erfahrungen zwischen Verzicht und PS-Protzerei gerne in ihr Kinderzimmer zurückkehren.

Wer den *New Beetle* mit der charakteristischen Blumenvase am Armaturenbrett genau unter die Lupe nimmt, erkennt die Parallelen zu Spielzeug. Getreu dem Kindchenschema von Konrad Lorenz ist alles rund und weich, hat kleine Nasen, Ohren

HH-X 683

KINDHEITSERINNERUNGEN

Baby-Boomer träumen vom ersten Auto.
Bill Gates im New Beetle.

BLUMEN

Cockpit-Vase und ...

SPRACHE

...Personal Digital Assistants von Herbst Lazar Bell

und Münder. Die Polster und Stoffe sind weich und flauschig, die Farben bunt. Es gibt keine Ecken und Kanten, und alles sieht aus, als ob man es lutschen könnte. So ein kleines, liebes Auto tut vor allem eins: Es verdrängt Fragen und Probleme.

Beobachter des Marktes sprechen beim Design des *New Beetle* – angesichts seiner runden, bulligen Form – von Retrofuturismus. Retrofuturistisch gestylte Produkte haben im Tamagotchi ihre idealtypische Form gefunden. Sie gleichen sich buchstäblich wie ein Ei dem anderen. Darunter fallen inzwischen Armbanduhren, Radios, Sportschuhe, Computer und eben auch Autos. Unter ihren fließenden, der Natur abgeschauten Oberflächen sind es High-Tech-Maschinen, die genau das verleugnen, was sie eigentlich sind: hochkomplexe Industrieprodukte, entwickelt in Forschungslaboratorien und gefertigt von Industriecomputern. Technik und funktionelle Zusammenhänge werden versteckt und ausgeblendet. Die nostalgischen Zitate bei allen Schaltern und Hebeln suggerieren Beherrschbarkeit und Simplizität. Digitale Instrumente werden rückübersetzt und durch analoge Anzeigen überblendet. Im Design des *New Beetle* kehren deutlich auch die sechziger und siebziger Jahre wieder – Anklänge an Flower-Power- und Hippiezeit, in denen der *Käfer* für eine Protesthaltung gegenüber einer aggressiven, expansionistischen Konsumgesellschaft stand. Auch mit diesen nostalgischen Verweisen outet sich der *New Beetle* als typisches Produkt der neunziger Jahre. In den Kinos laufen Filme wie *Star-Trek* (*Raumschiff Enterprise*), *Mission Impossible* (*Cobra, bitte übernehmen Sie*) und *Mit Schirm, Charme und Melone* – Filme, die die Fernseh-Serien der sechziger und siebziger Jahre wieder aufleben lassen. Mit noch so schwachsinnigen Figuren von einst läßt es sich offensichtlich besser leben als mit neuen Idolen. Die alten Helden genießen Kultstatus und werden so unkritisch und kindlich bejubelt wie seinerzeit. Die Liste von Retrotrends ließe sich fortsetzen. Angefangen bei der Mode über Cover-Versionen älterer Musikstücke kehrt – in sich immer schneller drehenden Spiralen – alles wieder. Kennzeichen dieser Remakes ist eine eher atmosphärische denn tatsächliche Anlehnung an die Originale. Sie verstehen sich als ›theme parks‹, die eine nostalgische Ästhetik ansteuern, hinter dieser Fassade aber zeitgenössische Sujets behandeln.

Daß Automobilproduzenten in Zeiten gewachsenen Mißtrauens gegenüber einer immer komplexer werdenden Technologie neue Wege gehen und ein variableres Produktdesign entwickeln, ist nicht ungewöhnlich. Erstaunlich und ohne Beispiel aber ist der Trend, massiv am Image vergangener automobilhistorischer Zeiten anzuknüpfen. Noch in den Feuilletons der Tagespresse wurde der Kampf von BMW gegen VW um die Marke Rolls Royce ausgetragen. Es ging, wie sich dann herausstellte, aber nicht um deren Automobile und Fertigungsanlagen, sondern allein um den legendären Ruf, die teuersten und luxuriösesten Autos zu bauen. Mercedes reanimiert die längst begrabene Automobilmarke Maybach. Demnächst wird es wieder Bugatti, Hispano Suiza, Horch, Lamborghini geben – Automobilmarken, die jahrzehntelang vom Markt verschwunden und nur noch Oldtimer-Fans geläufig waren. Der Zusammenschluß von Mercedes Benz und Chrysler setzt die Zeichen für die Zukunft. Ein Konzern wird weltweit verschiedene Marken für verschiedene Stilgruppen schaffen. Für wen und welches Auto mit welchem Markenemblem, darüber entscheidet die Geschichte jeder einzelnen Marke. Allein zu Chrysler gehören schon Dodge, Eagle, Jeep und Plymouth – Firmen, die in den USA ihre eingeschworenen Fans haben. VW wird Luxuskarossen bauen, Mercedes Kleinstwagen – und jeder wird versuchen, den Markt mit seiner Modellpalette zur Gänze abzudecken. Identifikation bei den immer komplexeren Verflechtungen schaffen allein die tief im kollektiven Gedächtnis verankerten Marken der Automobilhistorie. Das VW-Emblem oder der Mercedesstern auf Armbanduhren, Surfbrettern und Trainingshosen bezeichnen ein rational schwer zu fassendes Ganzes, das sich aus der Summe einer Produktpalette zusammensetzt. Imageträger sind Dinge, die sich die Mehrheit gar nicht leisten kann – beispielsweise teure Luxus- und Rennwagen. Wichtiger ist, daß es sie gibt, daß sie in den Medien präsent sind und daß die Kunden im Dschungel des Warenangebots ›ihre‹ Marke profiliert vertreten sehen.

Das Beispiel *New Beetle* zeigt, wie das geht. Mit Blick auf eine Personengruppe, die sich an den alten *Käfer* noch erinnert, wird ein Design nicht nach dem Original, sondern nach den verklärenden Erinnerungen an dasselbe geschaffen: noch runder, noch bunter. Der *New Beetle* gleicht einem Kinderspielzeug und sieht wie ein Baby-*Käfer* aus. So teilt das Auto das Schicksal von Mickey Mouse, Teddybär und Barbiepuppe, deren Kopf

Retrofuturistisch gestylte Produkte gleichen sich wie ein Ei dem anderen.

und Augen immer größer, immer kleinkindlicher wurden: Heraus kam ein Comic-*Käfer*.

Umgekehrt läßt sich sagen: je moderner, ungewohnter ein neues Produkt daherkommt, desto intensiver wird es in den Gewohnheiten und Alltagserfahrungen verankert. Über den Vergleich mit kindlichen Erfahrungen wird eine Angstschwelle überwunden, die den Zugang zu neuen technischen Dingen verstellt. Wir leben in unserer heutigen Produktkultur einen neuen Historismus aus, der auch damals, im wilhelminischen Deutschland, den rasanten industriellen Wandel kaschierte.

Trotz aller Rückverweise ist der *New Beetle* ein hochmodernes, leistungsfähiges Auto. Die Plattform, auf die er montiert ist, dient auch anderen aktuellen Modellen des Volkswagen/Audi-Konzerns. Heckmotor und Luftkühlung, die das alte Design so zu Zeiten des alten *Käfers*. Konzipiert ist der *New Beetle* als Zweit- oder Drittwagen, gedacht für Spritztouren zu zweit. Er steht in der Tradition sportlicher Zweisitzer, mit denen er nicht nur leistungsmäßig (90 PS bzw. 115 PS), sondern auch preislich mithalten kann (34 950 DM). Auch das ist ein Trend der Neunziger: die runden, schwellenden Formen und breiten Reifen stehen für gespannte Kraft. Aus der gleichen VW-Design-Werkstatt in Kalifornien stammt auch das neue *Audi Coupé TT*, mit dem der *New Beetle* übrigens eher verwandt ist als mit dem vielzitierten *Käfer*. Ein Kraftzwerg nach Machart eines *Renault Alpine* oder *Alfa Romeo*: klein, leicht und enorm schnell. Auch er ist rund und bullig und knüpft an das Stromlinien-Design der dreißiger Jahre an. In den Showrooms präsentiert Audi die Studie bevorzugt mit den auch Prominentengattinen wie Piëchs Ehefrau Ursula. Ihnen allen traut man den *New Beetle* zu, weil sie zu einer spezifischen ›Stilgruppe‹ gehören. Sie sind erfolgreich und sie waren es; so wie früher der *Käfer*. Sie starteten als Außenseiter und haben sich gegen eine übermächte Konkurrenz behauptet; haben ›etwas aus sich gemacht‹, wie man so sagt. Heute repräsentieren sie das Establishment, doch in ihrem Erscheinungsbild definieren sie ein spezifisches Understatement, das sich als Bekenntnis zu den Anfängen versteht. Genau darin gleichen sie dem angesteuerten Image des *New Beetle*.

Der ganze problematische Kontext der einhundertjährigen Geschichte des Automobils: vollgestopfte Straßen, Smog, Lärm und Umweltverschmutzung – all das, was wir täglich im Stadt- und Autobahnverkehr erle-

Der New Beetle teilt das Schicksal von Mickey Mouse, Teddybär und Barbiepuppe.

charakteristisch bestimmten, gibt es nicht mehr. Und die alte Regel des Weimarer Bauhauses »form follows function« gilt umgekehrt: »function follows form«. Praktische Bedürfnisse treten hinter dem emotionalen Anspruch zurück. Der *New-Beetle*-Fan drängt sich gern hinter die Klappsitze auf die kurze Rückbank und verzichtet auf große Zulademöglichkeit für den Wochenendeinkauf. Versüßt wird die emotionale Ansprache mit einer Blumenvase und einem technischen Gerät, das klaglos funktioniert und schneller fährt als die *Porsches* *Monoposto*-Rennwagen der Auto-Union, zu der auch Audi damals gehörte. Die zigarrenförmigen Rümpfe mit den vier freistehenden Rädern wurden zu Ikonen des späten Art-Deco und hatten ihre Vorbilder in den Flugzeugen jener Jahre.

Bei der Präsentation des *New Beetle* in Amerika wurden ›ideale‹ Kunden für ihn gesucht: Der Microsoft-Chef Bill Gates, mit dem sich Ferdinand Piëch freudestrahlend photographieren läßt, ferner Sandra Bullock, Cindy Crawford, Fleetwood-Mac-Sänger John McVie, Julia Roberts und gern ben, tritt zugunsten unserer Emotionen zurück, wenn diese nur gezielt angesprochen werden. Ein paar Erinnerungsphotos aus den sechziger Jahren, ein Hauch von Hollywood – schnell ist die kritische Haltung gegenüber der Sache selbst beiseite gewischt und der Instinkt entscheidet: das gehört zu mir. Daran haben weder politische noch moralische Überzeugungen etwas geändert. Der *New Beetle* ist ein perfektes Auto, weil er mehr ist als ein bloß perfekt funktionierendes Fahrzeug.

Modernes
Spielzeug:

iMac von apple.

Autos
und Computer
zum Knuddeln.

Organische
Formen:
Technik,
die lebt.

USB-Kamera von Philips.

be

etlejuice

Photos: Peter Keil.

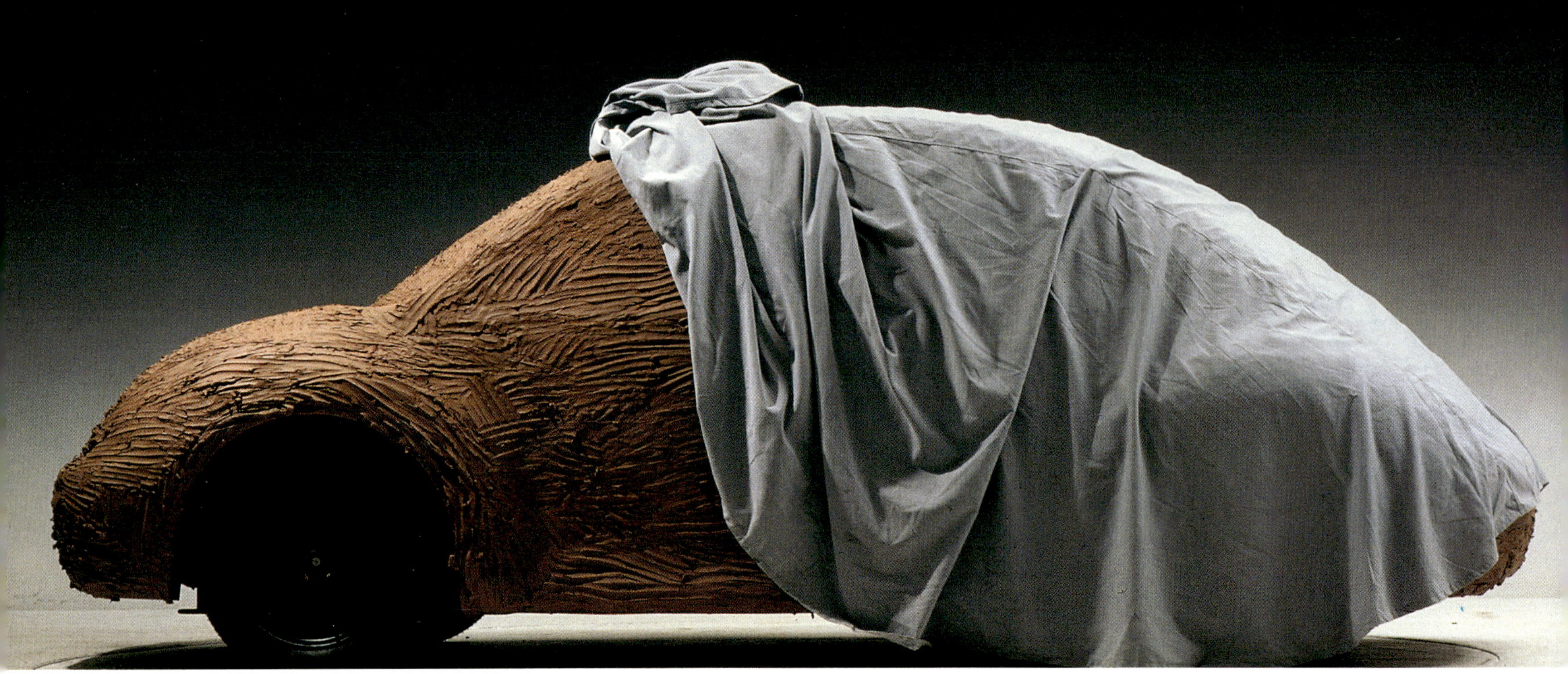

Plastilin-Modell des New Beetle im Maßstab 1:1 (Deutschland).

Kampf um die verlorene Seele*

Die Vor- und Frühgeschichte des New Beetle

Martin C. Pedersen

* Dieser Artikel erschien anläßlich des bevorstehenden US-Debuts des New Beetle im September 1997 in der Zeitschrift Graphis, Nr. 311, Vol. 53.

Die Idee war naheliegend und doch ungeheuerlich. Und wie viele hervorragende Ideen wurde sie beim Lunch geboren.

Die Audi-Designer Jay Mays und Peter Schreyer sprachen über das bedauerliche Schicksal des Schwesterunternehmens Volkswagen. Im Frühjahr 1992 war das Unternehmen, einst Sinnbild für Innovationen in der Automobilbranche, auf dem US-Markt kaum noch existent. Man verkaufte weniger als 50 000 Wagen pro Jahr, ein klägliches Ergebnis. Es kursierten Gerüchte, daß das Stammhaus in Wolfsburg darüber nachdenke, das Handtuch zu werfen und den amerikanischen Markt aufzugeben.

Mays und Schreyer kamen zu dem Schluß, daß die Volkswagen AG ihre Kunden nicht an japanische Autohersteller verloren, sondern sich von den Kunden entfernt hatte. »Wir fragten uns also, woran man in diesem Land denkt, wenn von Volkswagen die Rede ist«, erinnert sich Mays, damals Chef-Designer bei Audi in Simi Valley, Kalifornien. »Sie denken an den *Käfer*. Für uns war diese Assoziation ganz offensichtlich. Dann überlegten wir, warum wir nicht versuchen sollten, die positiven Aspekte des alten *Käfers* in eine moderne Version zu integrieren«.

Das klingt zwar nicht nach einem radikalen Konzept. Aber angesichts der damaligen Firmenkultur von Volkswagen war die Idee, den geliebten *Käfer* wieder aufleben zu lassen, ungeheuerlich. Mays wußte, daß allein der Gedanke an einen neuen *Käfer* auch bei Volkswagen-Designern, die im gleichen Studio arbeiteten, als direkter Angriff auf ein lang gehegtes Credo empfunden werden würde. Dieses Credo lautete: »Der *Käfer* soll nicht wiederkommen«. Seit 1979, als der letzte *Käfer* in den USA verkauft wurde, hatte sich der firmenweite Erlaß zu einem unumstößlichen Grundsatz verhärtet: »Zurückschauen bedeutet Rückzug.«

Nicht nur die Idee war tabu (besonders wenn sie von der Audi-Seite kam): Hätte Mays mit seinem Team darüber nachgedacht,

hätte er riskiert, die VW-Mitarbeiter im Studio auszuschließen. Und damit hätte man die Idee vorzeitig zu Grabe getragen. Deshalb rief Mays nach dem Lunch seinen Assistenten zu sich und schloß die Tür. »Freeman, was hältst Du von einer modernen Version des *Käfers*?« Freeman Thomas war von der Idee begeistert. Das war nicht weiter überraschend, denn Thomas liebt Autos mit der Leidenschaft eines Zwölfjährigen.

Für den Rest des Frühlings arbeiteten Mays, Thomas und Schreyer (der als Gast aus Deutschland gekommen war) in aller Stille an einer Projektdokumentation für Mays direkten Vorgesetzten Hartmut Warkuß, den Design-Chef von Audi. »Ursprünglich wollten wir in einer Garage außerhalb des Firmengeländes daran arbeiten«, erzählt der Modellbauer Dave Morris, einer der ersten, die hinzugezogen wurden. »Es wurde nicht einmal unter den Audi-Leuten darüber gesprochen.« Die Dokumentation enthielt Rohskizzen des Wagens und eine Erläuterung der Idee, wie man ein ›emotionales‹ Auto bauen könnte, das die Volkswagen AG an ihre Wurzeln zurückbringen würde. Mays flog im Juli nach Ingolstadt und traf sich hinter verschlossenen Türen mit Hartmut Warkuß. Den Design-Chef von Audi – einen alten Hasen, der schon seit dreißig Jahren in der Automobilindustrie arbeitet – reizte die Idee. Außerdem amüsierte es ihn, daß ein Trio von abtrünnigen Audi-Designern sich an die heilige Kuh von Volkswagen herangetraut hatte. Er versprach, ein Budget von 300 000 Dollar für grundsätzliche Design-Arbeiten und 1:4-Modelle zur Verfügung zu stellen. »Jay hatte ein sehr gutes Verhältnis zu Hartmut Warkuß«, sagt Freeman Thomas. »Deshalb wurden mit ihm (Warkuß) die Strategie und

Erste Skizzen
zum Concept 1 (Kalifornien).

das Timing für die Bekanntgabe der Idee besprochen. Noch hätte damals die bloße Erwähnung des Wortes *Käfer* vor dem alten VW-Management zum Abschmettern der Idee geführt.«

In Kalifornien hatten sich Mays und Thomas bereits zwei von Audis besten Modellbauern ausgesucht: Richard Woodley und Dave Morris. Das Projekt wurde jetzt *Concept 1* genannt. Unterdessen hatte sich die Firma SHR Perceptual Management, die für das Werbematerial von Audi zuständig ist, eingehend mit Volkswagen befaßt und beschwor nun die Designer, sich für die ausgearbeitete optische Positionierung zu entscheiden. Dabei ging es um eine klare visuelle Botschaft: Der Charakter des Wagens sollte in wenigen Begriffen zum Ausdruck kommen. »Sie lauteten ›einfach‹, ›zuverlässig‹, ›ehrlich‹«, berichtet Carolyn Lantz, Vizedirektorin von SHR. Sie arbeitete mit dem Team des *Concept 1* an dem Präsentationsmaterial, mit dem später die Idee verkauft werden sollte. Die vierte wichtige Eigenschaft – ›originell‹ – wurde von Hartmut Warkuß in einem Telephongespräch mit Jay Mays hinzugefügt. »Von diesem Zeitpunkt an konnten wir die visuelle Sprache auf vier Begriffen aufbauen«, sagt Lantz.

Nachdem Warkuß die notwendigen Mittel bereitgestellt hatte, wurde das gesamte Audi-Team in die Planung des *Concept 1* einbezogen. Man begann an zwei 1:4-Modellen zu arbeiten. Die beiden Versionen waren nicht als Konkurrenz gedacht, man wollte nur so viele Ideen wie möglich umsetzen: Ursprünglich war das Thomas/Morris-Modell eher nostalgisch, während der Entwurf von Mays/Woodley geschmeidigere, strengere Formen hatte. »Wir entschieden ziemlich schnell, wie der Wagen aussehen sollte«, erzählt Mays. »Sie werden sehen, daß der Kreis – Inbegriff des Wortes ›einfach‹ – überall im Design des Autos erkennbar ist.«

Während dieser Phase arbeitete das Audi-Studio an einer Reihe von Audi-Projekten. Deshalb schöpfte niemand bei Volkswagen Verdacht, bis ein Modell in Originalgröße fertig war.

Drei Monate bevor sich Warkuß mit der Entwicklung des *Concept 1* einverstanden erklärte, hatte die Firma bekanntgegeben, daß Ferdinand Piëch, der Chef von Audi, bald dem gesamten VW/Audi-Konzern vorstehen werde. Piëch, 60 Jahre alt, groß, ernst, imposant – man könnte fast sagen einschüchternd – stammt aus einer berühmten Automobil-Familie: Porsche. Die Holding-Gesellschaft seiner Mutter ist Importeur von VW/Audi für Österreich. Piëch selbst besitzt zehn Prozent der Anteile an Porsche, wo er einst Chef der Abteilung Forschung und Entwicklung war. Sein Großvater, Ferdinand Porsche, hatte den Original-*Käfer* entworfen. »VW-Boss hat den *Käfer* im Blut«, lautete die Schlagzeile von *Business Week*, mit der Piëchs Beförderung angekündigt wurde. Was Piëch damals nicht wußte: Daß eine neue Version eben dieses *Käfers* in Vorbereitung war – heimlich gefördert von seinem langjährigen Design-Chef und Vertrauten Hartmut Warkuß.

Die Unterstützung des *Concept 1* durch Warkuß war mehr als eine Ermutigung. Während Piëch seine Position 1993 festigte und die Arbeit an den 1:4-Modellen in Kalifornien still voranging, hörte man in der VW-Gerüchteküche, daß Warkuß Design-Chef des gesamten Unternehmens werden würde. »Man wußte, daß das durchaus möglich war«, sagt Jay Mays, »und ich glaube, Warkuß sah eine Gelegenheit, einige Entwicklungsarbeiten zu starten, falls dies eintreten würde. Seine wohlbegründete Vermutung sollte sich bewahrheiten.« In jenem Frühjahr sagte Warkuß zu Mays, daß im Juli eine vorläufige Entscheidung über den *Käfer* fallen sollte. »Er kam ein paar Mal zu mir, um seine Vorstellungen einzubringen«, erzählt Thomas, »aber das wichtigste Treffen fand

Eine der ersten Skizzen des Concept 1 (Kalifornien).

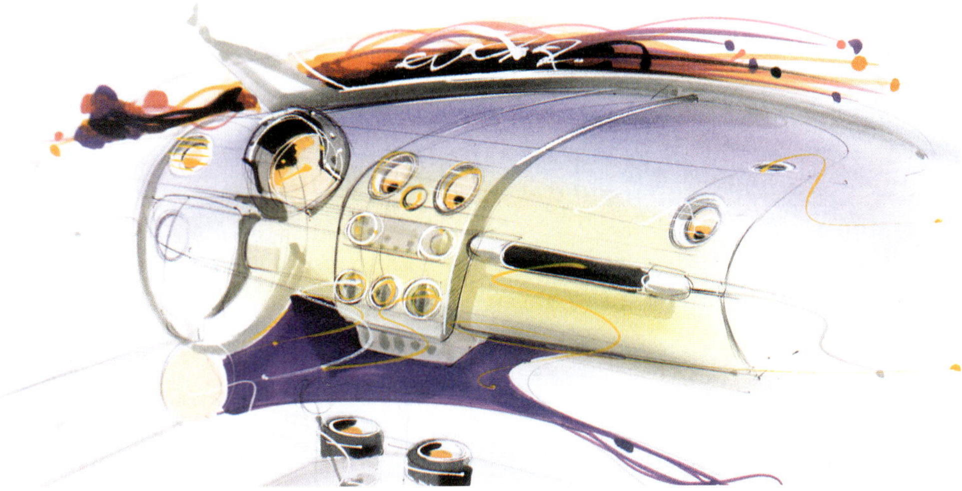

Studie für die Schalttafel des New Beetle (Deutschland).

statt, als wir ihm unsere fertigen Modelle zeigen konnten.« Die beiden 1:4-Versionen waren fertig, außerdem entsprechende Tonmodelle in Originalgröße. Gleichzeitig versuchte man in einer ›emotionalen Präsentation‹ die vier von SHR genannten Schlüsselbegriffe zum Ausdruck zu bringen.

An einem Julimorgen traf Warkuß pünktlich um neun Uhr mit zwei Assistenten in Simi Valley ein. Sie wollten sofort ins Atelier und die fertigen Modelle sehen. Stattdessen führten Mays und Thomas die Besucher ins Konferenzzimmer, löschten das Licht und zeigten eine siebenminütige Dia-Show mit Musik, in der Aufstieg und Niedergang von VW in den USA einerseits und die anhaltende Begeisterung der Bevölkerung für den *Käfer* andererseits dargelegt wurden. Laut Freeman Thomas wurde danach »eine Gruppe sichtlich bewegter Deutscher« ins Atelier geführt. Sie reagierte begeistert auf die Modelle. Warkuß erklärte sich mit allen Aspekten der Präsention einverstanden und ordnete an, bis September eine Version des *Concept 1* in Originalgröße fertigzustellen, um sie Piëch vorführen zu können. »Piëch wußte von dem Projekt, aber er wußte nicht, wie es aussah«, sagt Thomas. Drei Monate später sollte Piëch die endgültige Entscheidung treffen: Entweder würde der neue *Käfer* im Januar 1994 als Entwurf auf der Detroit Motor Show gezeigt werden – oder in Stille im Entwicklungsstadium sterben.

Nach Deutschland zurückgekehrt, legte Warkuß einem VW-Marketing-Leiter Photos der Modelle vor. Dieser zeigte sich sehr aufgeschlossen. In Kalifornien begann daraufhin die Arbeit an der Verbindung beider Versionen. »Im Prinzip kombinierten wir die harten, geometrischen Linien von Jays Version mit dem etwas schrulligen, nostalgischen Charakter der Freeman-Version«, erklärt Dave Morris. Nach einem Tonmodell in Orginalgröße entstand eine Form – und aus dieser schließlich ein transparenter Körper aus Fiberglas.

Warkuß wurde im September zum Design-Chef des gesamten VW/Audi-Konzerns ernannt. Noch im selben Monat verschiffte man den *Concept 1* heimlich nach Wolfs-

Skizze für die Schalttafel des Concept 1 (Kalifornien).

1:1 Full Size Tape Rendering
vom Concept zum New Beetle.

Skizzen zum *Concept 1* (Kalifornien).

Thomas 93

Modell des Concept 1 im Maßstab 1:4.

Modell des Concept 1 im Maßstab 1:4.

burg und brachte ihn im Keller der Walhalla, der Ausstellungshalle von VW, unter. Bei einem inoffziellen Treffen präsentierte der Marketing-Leiter mit Genehmigung von Warkuß eine Dia-Show und die Verkaufstaktik. Piëch prüfte jeden Aspekt des Wagens, wobei er nicht einmal andeutungsweise eine persönliche Vorliebe erkennen ließ. Seine einzige Reaktion war ein strenges, kühles Lächeln, dem ein »in Ordnung« folgte. Piëch verließ den Raum und damit war für Detroit 1994 grünes Licht gegeben.

semappe, Logo und Ausstellungsstand – aufbauend auf den bereits formulierten Werten: einfach, zuverlässig, ehrlich und originell. »Wir wußten, daß der Wagen beim amerikanischen Publikum ankommen mußte. Wenn nicht, würde er sang- und klanglos aufgegeben werden.«

Das leuchtend gelbe Modell des *Concept 1* kam pünktlich auf den Messestand der Motor Show 1994 in Detroit. Die Aufgabe, das Auto der Presse zu präsentieren, fiel Ulrich Seiffert zu, dem langjährigen Leiter der VW-Forschung. Wenn man Mays und

rückt zu bremsen versuchte.« So wurde der niedliche, liebenswerte *Concept 1* schnell eine Medien-Sensation – er kam zusammen mit Jerry Seinfeld auf den Titel des *Automobile Magazine*, erschien in *Vogue*, *USA Today* und Dutzenden anderen gängigen Magazinen. All diese Aufmerksamkeit wurde zu einem Dilemma für Leute der alten Garde wie Ulrich Seiffert, dessen Strategie nach Detroit darin bestand, das Auto einfach zu ignorieren – in der Hoffnung, daß es verschwinden würde. »Die meisten Ausstellungsmodelle verschwin-

Modell des Concept 1 im Maßstab 1:4.

Es blieben zwei Monate, um nicht nur das Äußere auszufeilen, sondern auch das Innere von Grund auf zu entwickeln. Und das erforderte die Zusammenarbeit des gesamten Ateliers in Simi Valley. Aber es gab Widerstände. »Die jüngeren Leute waren offen und interessiert und wollten unbedingt dabei sein«, erinnert sich Dave Morris. »Aber die Dame, die damals die Volkswagen-Seite leitete, ignorierte uns völlig.« Während an dem Ausstellungsmodell gearbeitet wurde, entwickelte das ursprüngliche Team auch das gesamte Marketing-Paket – Video, Broschüre, Pres-

Thomas daran erinnern mußte, warum sie eigentlich ein so großes Geheimnis aus dem Projekt gemacht hatten, so erledigte Seiffert das mit seiner nicht gerade bewegenden Einführung. VW werde dieses Auto nicht produzieren, begann er, man versuche nur, ein paar Emotionen der Vergangenheit zu wecken und der Presse zu zeigen, daß Volkswagen sehr viel am amerikanischen Markt liege. »Er versuchte ständig, die Sache herunterzuspielen«, erzählt Mays, »aber innerhalb von 24 Stunden hatte die Begeisterung für das Auto derartige Ausmaße angenommen, daß er wie ver-

den tatsächlich«, berichtet Mays. »Aber dieses wurde zum Lieblingskind der Öffentlichkeit und der Presse.« Es vergingen allerdings noch sieben Monate (in denen Tausende von Anrufen und Briefen eingingen), bevor das Projekt aus der Abstellkammer ins Stadium der möglichen Produktion vorrückte. Und der interne Widerstand gegen das Auto? »Ich glaube, sie begannen, eine neutrale Haltung einzunehmen«, sagt Freeman Thomas. »Und sie wollten wohl auch ihre Jobs behalten.«

Die Ingenieure und Marketing-Leiter sahen sich das Ausstellungsmodell genauer an (das immer so etwas wie eine Blaupause ist) und begannen, schwierige Fragen zu stellen: Wo wollen wir das Auto herstellen? Wie machen wir es? Welcher Anteil des Originalkonzepts ist wirtschaftlich vertretbar? Zu welchem Preis können wir das Auto verkaufen? Wem werden wir es verkaufen? Auf der Tokyo Motor Show im Oktober 1995 stellte VW ein Modell vor, das das *Wall Street Journal* »eine neuere, ernsthafter aussehende Version des *Concept-1*-Wagens« nannte. Bei diesem Anlaß wurde dann auch verkündet, daß »die Firma neuesten Stand deutscher Automobiltechnik gebaut sein. »Das Auto wurde gerade um so viel vergrößert, etwa dreißig Zentimeter, daß es etwas von seinem Charme verloren hat«, sagt Mays, der wie ein Theaterautor klingt, der über die Streichungen des Regisseurs lamentiert. »Ich begreife die wirtschaftlichen Aspekte und finde, daß sie trotz allem gute Arbeit geleistet haben.«

Volkswagen erlebt zur Zeit einen leichten Aufschwung in den USA, was zum größten Teil auf erhebliche Preisnachlässe und wirkungsvolle Werbung zurückzuführen ist. den Aufschwung der US-Wirtschaft; und, vor allem, vom Preis. VW beabsichtigt, den *New Beetle* nicht wie das Original als billiges, verläßliches Transportmittel zu vermarkten, sondern als sportlichen, jugendlichen Wagen. Der angeblich geplante Listenpreis von 15 000 bis 17 000 Dollar ist nach Meinung von Analysten jedoch zu hoch für dieses Marktsegment.

Jay Mays erwartet die Rückkehr des *Käfers* – den Triumph seines geliebten *Concept 1* – als interessierter, aber distanzierter Beobachter. 1994 übernahm Mays von Warkuß

Der New Beetle

plant, den Wagen in ihrer Fabrik in Mexiko noch vor dem Jahr 2000 herzustellen«.

Natürlich gibt es zwischen einem Ausstellungsmodell und dem später tatsächlich in Massenproduktion hergestellten Auto eine Kluft. Auch der *New Beetle* ist keine Ausnahme. Das gegenüber dem alten *Käfer* etwas größere Produktions-Modell ist im Prinzip ein *VW Golf* – zumindest das Innenleben –, versehen mit vertrauten *Käfer*-Elementen im Stil des 21. Jahrhunderts. Anders als der ursprüngliche *Käfer*, der einen luftgekühlten Heckmotor hatte, wird der neue den Motor vorne haben und nach dem Doch Volkswagen hat größere Ambitionen und sieht den *New Beetle* auch in einem neuen Licht. Jens Neumann, als Vorstandsmitglied von VW für Nordamerika zuständig, äußerte kürzlich im *Wall Street Journal*, daß »der *Käfer* der Kern der VW-Seele« sei, eine Bemerkung, die vor vier Jahren noch undenkbar gewesen wäre.

Der Erfolg des Autos hängt allerdings von einer Anzahl verschiedener Faktoren ab: zum einen von der Qualität der Arbeit, die im Werk in Puebla geleistet wird, einer Anlage, in der es schon viele Probleme gegeben hat; zum anderen vom anhalten- dessen ehemaligen Job in Ingolstadt als Audi-Design-Chef. Schon elf Monate später allerdings verärgerte er seinen Mentor, indem er den Job hinwarf, um nach Hause zurückzukehren und das Design-Studio der Firma SHR in New Bury Park, Kalifornien, mitzubegründen, wo er heute noch arbeitet. Mays engagierte Thomas, Woodley und Morris für ein paar der ersten Projekte bei SHR, bevor Thomas wieder zu VW ging, und zwar als Design-Chef von Volkswagen of America. (»Das ist ein Designer mit einem hochtrabenden Titel«, sagt er.) Noch heute sind beide Designer über-

Frontscheinwerfer, 1:4 Modell Concept 1.

Frontscheinwerfer, 1:4 Modell Concept 1.

Frontscheinwerfer, New Beetle.

zeugt, daß der *New Beetle* ein großer wirtschaftlicher Erfolg sein wird. »Ich glaube, er wird hervorragend laufen«, hofft Mays, der in dem 1994 angemeldeten US-Patent offiziell als ›Erfinder‹ eingetragen ist. »Er ist die Anti-These dessen, was in der Automobilszene passiert, wo Zielgruppen und Marketingleute normalerweise mit Autos aufwarten, die das Resultat des niedrigsten gemeinsamen Nenners sind.«

Vor kurzem sah Freeman Thomas im Entwicklungszentrum in Wolfsburg einen roten *New Beetle* aus der Testproduktion. Und er dachte: »Toll, es gibt tatsächlich nichts Vergleichbares auf der Straße!« Wie war es möglich, daß sich die Idee durchsetzte? Es war vieles zusammengekommen: eine Vorliebe, eine Verbindung bzw. ein Vertrauensverhältnis, verbunden mit der Begeisterung des Publikums für den alten *Käfer*. Und das war der unsichtbare rote Faden, der von Jay Mays und Hartmut Warkuß bis in die VW-Spitze verlief. »Für Piëch war der *New Beetle* wahrscheinlich mehr als nur eine gute Idee«, glaubt Thomas. »Es war vielleicht die Möglichkeit, seinem Großvater eine Reverenz zu erweisen, aber auch ein Mittel, um die Flamme bei VW wieder zu entfachen.«

Heckscheinwerfer, Concept 1 (Skizze).

Heckscheinwerfer, New Beetle (Skizze).

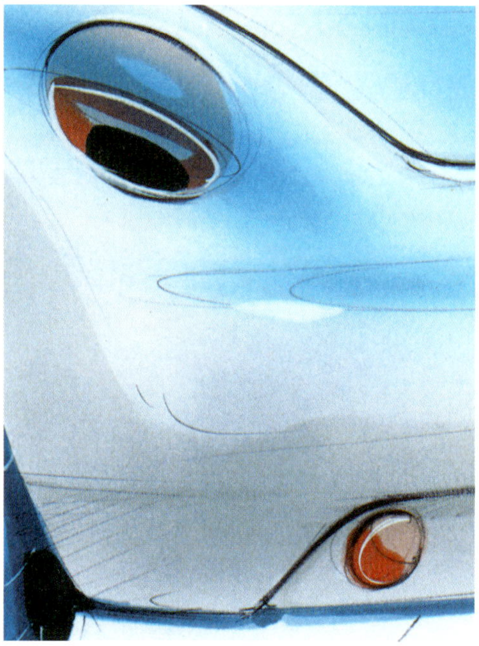

Heckscheinwerfer, New Beetle.

New Beetle

MARKT ERPROBUNG
BERG TEST

Der »steigfähige« KdF-Wagen auf Großglockner-Bewährung, 1936,
der New Beetle auf Werbetour in den österreichischen Alpen.

Photos rechts: Thomas Höffgen.

Eine Legende kehrt zurück. Der *New Beetle* ist nicht mehr aufzuhalten. Die Kinder von Konzernchef Piëch sind von dem Auto begeistert, im mexikanischen VW-Werk in Puebla läuft die Produktion auf Hochtouren, der deutsche Markt boomt und die Amerikaner zeigen sich enthusiasmiert. In den Vereinigten Staaten wird der *New Beetle* für 15 900 Dollar (plus Steuern) offeriert, in Deutschland liegt der Preis bei 34 950 Mark. Mit dem *New Beetle* will VW ein gerade mit den jüngsten Produkten – schnörkellos-nützlicher *Golf*, kühl-wuchtiger *Passat* – offenbartes Defizit an Emotionen im Markenspektrum aufarbeiten und von einem unvergessenen Mythos profitieren. *Beetle* folgt der Plattform- und Produktstrategie des VW-Chefstrategen Piëch. Die gesamte Technik ist baugleich oder doch eng verwandt mit den entsprechenden Teilen des *Golf IV*. Deshalb werden auch die Vorderräder angetrieben, und die beiden von Beginn an zur Wahl stehenden Vierzylindermotoren mit Wasserkühlung (Planer Piëch kann sich deutlich virilere Varianten vorstellen) sitzen quer zur Fahrtrichtung unter der Fronthaube. Der Zwei-Liter-Otto leistet 85 kW (115 PS) und der 1,9-Liter-Diesel mit direkter Kraftstoffeinspritzung kommt auf 66 kW (90 PS). Vorn und hinten findet man Elemente der Radaufhängung des *Golf*, rundum verzögern Gesamteindruck der *käfer*buckeligen Rundlichkeit zu erwecken. Da werden die Blumenvase am Instrumentenbord und die Halteschlaufen an den Dachpfosten zu müden Marginalien, die eher deplaciert sind und deshalb peinlich wirken. Doch man sitzt vorn überaus großzügig. Die beste Kopffreiheit wird allerdings bei voll zurückgeschobenem Sitz knapp hinter den vorderen Kopfstützen geboten: Dort braucht die Freiheit für den Scheitel wirklich keiner. Enger geht es hinten zu. Zwar räumen sich beim Einsteigen die Vordersitze auf gescheite Art aus dem Weg, aber beim Sitzen ist Kopfkontakt mit dem Dachhimmel oder mit der Scheibe in der Heck-

Der Kult ist der Kern

Die Meinung eines Kritikers zum New Beetle

Wolfgang Peters

Und bei näherem Hinsehen wird die *New-Beetle*-Botschaft wahrnehmbar, die viele Deutungen ermöglicht: Hier wird eine Marketing-Idee zum Auto, und das entwickelt sich zum Modeartikel – ein massenhaft produziertes Vehikel als Ausweis der Individualität und als Beleg für Emotionen: Man darf mit dem Auto wieder Gefühle zeigen. Sie haben allerdings nichts mit Arroganz und Aggression zu tun, sondern mit einer verklärten Rückschau und mit der Sehnsucht nach der verlorenen Jugend. Auf Funktion und echten Fortschritt wird bewußt verzichtet. Wirklich optimiert erscheint der *New Beetle* nur im Vergleich mit seinem Vorbild, dem alten *Käfer*.

Doch jenseits von Emotion gibt es durchaus auch über Technik zu berichten. Der *New* Scheibenbremsen, ABS ist ein Extra in Amerika. Leer wiegt der *New Beetle* knapp 1,3 Tonnen, er ist auf eine Zuladung von 450 Kilogramm ausgelegt, und die nach amerikanischen Vorgaben ermittelten Verbrauchswerte nennen 7,6 Liter Diesel oder 8,6 Liter Benzin pro hundert Kilometer.

Auf einem Radstand von 2,51 Meter sitzt eine Karosserie, die mehr Erinnerungen trägt, als sie Insassen transportieren kann: Vor den vorderen Sitzen baut sich der ungewöhnlich formatierte Armaturenträger auf, ein voluminöser Kasten mit einer Hochebene vor der Windschutzscheibe, die so nutzlos und öde herumliegt, wie es Ebenen zu eigen ist. Diese Verbauung, sagen die Designer, sei nötig gewesen, um den gewünschten klappe kaum zu vermeiden. Darunter tut sich eine Nische fürs Gepäck auf – ganze 209 Liter Volumen, hat VW ausgerechnet. Der Luftwiderstandsbeiwert der Karosserie, eine Rechengröße, die als wichtiger Faktor in die Windschnittigkeit eingeht, liegt bei ziemlich gestrigen 0,38.

Wenn gutes Design für ein Produkt zur Voraussetzung hat, dessen inneren Charakter nach außen zu tragen, dann rollt der *New Beetle* in einer Verkleidung dahin, die er sich beim Kostümverleih besorgt hat. Er kommt mit allen Ingredienzien modernen Autobaus, aber er blickt nirgendwo in die Zukunft. Seine Form trägt keine Funktion, sondern will nur Emotionen wecken. Doch die Erinnerung an den *Käfer* nur auf den

Der Vater der Familie: VW Golf

Der Junior fährt vor: VW Lupo

Einsatz der Kreisschablone, auf die Herausbildung von Kotflügeln und auf Fugen in der Haube zu reduzieren, ist unredlich. Der *New Beetle* ist deshalb die Unaufrichtigkeit auf Rädern, das Plagiat einer Form, die nur so sein konnte, wie sie war. Und hier wird sie zu einem geklonten Leben erweckt. Die Frage nach der Ehrlichkeit und Wahrhaftigkeit von Design hat allerdings nichts damit zu tun, daß man die formale Aussage des *New Beetle* nicht goutieren könnte: ein Auto, das von harmloser Stärke ist, wie ein gutmütiges Haustier, das es lieb meint mit Fahrer und Umwelt und dennoch ein Zeugnis dafür ablegt, daß der Besitzer eine bewußte Entscheidung getroffen hat. Nur – eben weil es dieses Original in seiner ganzen Klarheit gab, gerät das Votum für den *New Beetle* zur Entscheidung für Tand und Tinnef. Das Auto wird hier zu modernem Nippes im Salon der Yuppies. Trotz ihrer gemeinsamen Herkunft sind der alte *Käfer* und der *New Beetle* von verschiedenem Stamm. Der Unterschied in der Produktphilosophie offenbart endgültig die scharfe Trennung zwischen Mythos und Aufguß. Der *New Beetle* ist bewußt als modische Erscheinung konzipiert worden. Er kokettiert mit einer Vergangenheit, die nicht die seine ist, und er verspricht jene Individualität, die auch Donald Duck hätte, begegnete man ihm in einer deutschen Kleinstadt. Dagegen entstand der *Käfer* als ernsthaftes Auto. Nur das gestattete die Aura von Witz und Ironie, die sich um ihn herum bildete – ein Humor, der besonders in Amerika getragen wurde vom intelligenten Verzicht auf moderne Technik. Zudem hatte man den alten *Käfer* unter dem Aspekt seiner späteren, massenhaften Verbreitung auf die Räder gestellt. Seine Schöpfer verstanden die Großserie als Chance, die Produktqualität zu verbessern. Und die Form stand für Solidität: Beim *Käfer* kochte nichts über, er lief und lief und lief, und mit ihm fuhr der Mann für den Schneepflug in den frühen Morgenstunden zur Arbeit. Der alte *Käfer* wurde zum Symbol der Nachkriegszeit und des Wirtschaftswunders – und er ist das Original.

Der *New Beetle* jedoch gehört zu einer Generation, die mit den Originalen schon längst nichts mehr anzufangen weiß: Man trägt Kopien am Handgelenk, schwärmt für Menschen, die zu den Stimmen anderer Men-

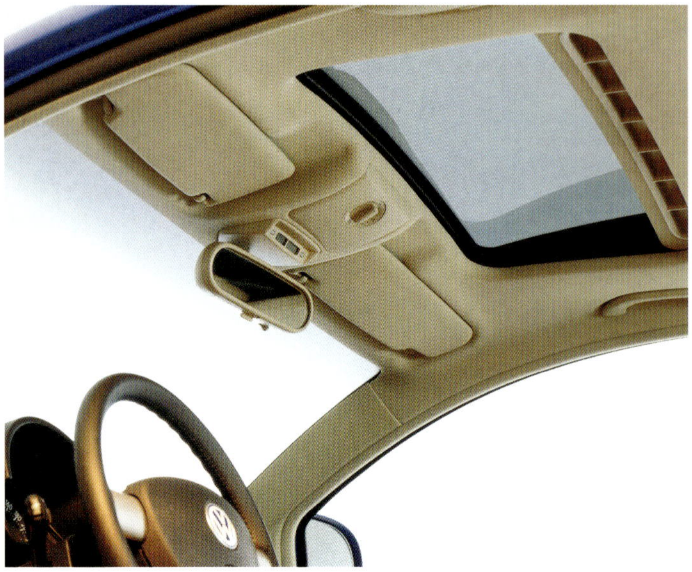

Der Vetter mit dem schnellen Rücken: Audi TT

schen nur noch den Mund bewegen. Kühe sind riesig und lila, die Welt ist ein Videoclip und das ganze Leben ein Spiel. So ist auch der *New Beetle* ein Teil der Unterhaltungsindustrie. Er verkörpert in reinster Form das Design-Entertainment kurzlebiger Aufgeregtheit. Originell ist er nur, weil es das Original gab.

Gleichzeitig steht der *New Beetle* für eine Unternehmensstrategie, die noch nicht erfunden war, als das Original Karriere machte. Der alte *Käfer* war ein Unikat in der Modellpolitik von VW. Heute, in Zeiten weit aufgefächerter Baureihen, geht es um die Familienähnlichkeit verschiedener Modelle – um die künftige Linie eines Konzerns, der mehrere Marken unter einem Dach vereint und nach einer gemeinsamen Formensprache sucht, die man auf der Straße auf den ersten Blick erkennt. Hier gilt der *New Beetle* als Vorreiter. Mit dem bulligen Bug, dem abfallenden Heck und dem weitgehenden Verzicht auf schmückende Ornamentik nimmt er typische Gestaltungselemente des alten *Käfers* auf – und verweist mit den Zitaten schon jetzt auf das Schnittmuster künftiger Modelle des VW-Konzerns: ausgeprägte Rundungen, die von den Radausschnitten und den betont angesetzten Radhäusern bis ins Dach hineinführen, dort in die Andeutung einer Kuppel münden. Der neue Sportwagen *TT* von Audi und das Drei-Liter-Auto *Lupo* folgen bereits diesem gefühsbetonten Erscheinungsbild.

Breit und bestimmend steht der *New Beetle* auf seinen vier Rädern – und im amerikanischen Highway-Alltag wirkt er wie ein bunter Hund aus der Flower-Power-Zeit. Bei VW hatte man anfangs an die Produktion von 100 000 Einheiten pro Jahr gedacht. Jetzt plant man einen deutlich höheren Ausstoß und denkt insgeheim schon über eine Kapazitätserweiterung der Fabrik in Puebla nach. Daß der *New Beetle* nur ein recht schmales Platzangebot für Insassen und Gepäck bereithält, darf kein blockierender Vorwurf sein. Denn es gibt genügend Coupés und Zweisitzer auf dem Markt, die noch weniger Raum bieten. Nur die wollen eben alle nicht an den alten *Käfer* erinnern.

Großzügig sind vorne die Passagiere untergebracht. Das Gepäck findet im New Beetle dort seinen Raum, wo im Käfer der Motor tobte.

Photo rechts: Peter Keil.

WOB VF 39

Laßt alle Hoffnung fahren

Vom Vernunftauto zum automobilen Lustobjekt

Niklas Maak

Am Ende des Krieges schien auch der *Volkswagen* am Ende: Das von Ferdinand Porsche im Auftrag der Nationalsozialisten entwickelte Fahrzeug war ideologisch belastet und schon bei der Wiederaufnahme der Produktion technisch veraltet. Ein Zweitürer mit Heckmotor und Heckantrieb galt im Vergleich zum frontgetriebenen, fünftürigen *Citroën 2CV* als unpraktisch und bei Glatteis und starkem Seitenwind als lebensgefährlich. All das konnte den Erfolg des Wolfsburger Vehikels nicht bremsen. Der *Käfer* war kein überdachtes Motorrad wie *Zündapp Janus*, *BMW Isetta* oder *Goggomobil*, sondern ein vollwertiges Familienauto. Sein legendärer luftgekühlter Motor fror bei Kälte nicht ein, kochte auf steilen Paßstraßen nicht über und wurde zum technischen Äquivalent deutscher Nachkriegstugenden: emsig, sparsam, zuverlässig. Der Kauf eines *Volkswagens* war bis in die sechziger Jahre nicht nur eine ökonomische Entscheidung, sondern auch ein ethisches Statement: Während Opel mit der Modellpalette *Kadett-Rekord-Diplomat* ein Crescendo immer breiterer Chromkühler, dickerer Sitze, längerer Motorhauben bot und damit die automobile Begleitung des sozialen Aufstiegs zum Programm machte, gab es bei VW lange nur ein Modell – den *Volkswagen*. Ebenso gab es nur einen *Porsche*, der zunächst nichts anderes war als ein tiefergelegter *Käfer* für geschwindigkeitssüchtige Besserverdiener. Die soziale Aussage beider Fahrzeuge war klar und dispensierte ihre Fahrer von jedem Verdacht sozialen Parvenütums: Wer *Käfer* fuhr, war ein praktisch denkender, bescheidener Mensch, wer *Porsche* fuhr, war irgendwo ganz oben. Während Opel und Ford ihre Kunden mit den Insignien automobilen Luxus' zu bezahlbaren Preisen köderten, machte Volkswagen auch in der Werbung die kompromißlose Zweckorientierung des unverwüstlich-sparsamen Buckelfahrzeugs zum Programm und verkaufte die Leistungsdefizite des Oldtimers als Ausdruck einer gesellschaftlichen Elite, deren Werte jenseits von materiellen Gütern und Repräsentationsbedürfnissen liegen: »Verdienen Sie zuviel, um sich einen *Volkswagen* leisten zu können«, fragte 1965 eine Volkswagen-Anzeige und teilte mit, daß »eine überraschend große Zahl von Ärzten, Architekten und anderen klugen Leuten« *Volkswagen* fahre, denn: »Ein *VW* bedeutet nicht, daß Sie nicht viel Geld in einen Wagen stecken könnten. Sondern: Sie stecken es nur lieber in ein Sparschwein«.

Ein anderer Werbeslogan brachte den Anspruch des Vernunftautos auf den Punkt: »Dies ist der Wagen für Leute, die sich unterscheiden wollen von Leuten, die sich unterscheiden wollen.«

In den USA, wo Volkswagen seit Beginn der sechziger Jahre mehr Fahrzeuge absetzte als in Deutschland, war die Verkaufsargumentation eine ganz andere: »Der Amerikaner«, erklärte der damalige VW-Chef Heinrich Nordhoff, »liebt Dinge, die einmal etwas ganz anderes sind. Der Wohlhabende wird nicht zögern, ihn als Einkaufswagen für seine Frau und der Reiche ihn als Fahrrad für seinen Jungen zu kaufen.« Der *Käfer*, der in Europa als ernstzunehmendes Familienauto galt, traf in Amerika auf eine grundsätzlich andere soziale Situation: Es war die Zeit des – wie Tom Wolfe es formulierte – »vollblütigen, engtanzenden, leckmich-am-Arsch-wahoo-yahoo-holdrio, jugendlich-beschwingten Herumtollens«, und als passendes Auto dazu galt eine etwa sieben Meter lange Barockorgie aus Wahnsinn, Chrom und tonnenschwerem Blech. Ein *Käfer* sah daneben aus wie ein Spielzeugauto, und er fuhr sich auch so. Weil ihm nachgesagt wurde, sich bei Glatteis oder schneller Fahrt zu überschlagen und auf dem Rücken liegenzubleiben, sollen ihn ausländische Journalisten schon früh auf den gar nicht freundlich gemeinten Namen *Käfer* getauft haben. Außerdem war es mit dem alten *Beetle* wie mit seinen biologischen Artgenossen – je näher man ihn betrachtete, um so unheimlicher wurde er: Die ersten Exemplare hatten GI's nach dem Krieg mit in die USA gebracht. Dort

bestaunte man die Vehikel wie Kriegstrophäen aus den Kolonien: So sah also das Auto aus, das Hitlers Herrenrasse von der Maas bis an die Memel hätte bringen sollen. Doch der Kleinwagen ließ seine Vergangenheit auch hier schnell vergessen: Hausfrauen und Nonkonformisten liebten das unverwüstliche Gefährt, und der Mythenproduzent Walt Disney hauchte dem Vernunftauto als »Love Bug« Leben ein. Schließlich wurde der *Käfer* in den USA zum Kultvehikel für Hippies, die damit der verchromten Tristesse des Alltags entfliehen wollten: Während die Raserei des stets gehetzten Geschäftsmannes im leistungsschwangeren PS-Boliden Ausdruck existentieller Unfreiheit war, machte der schwachbrüstige Motor des *Käfers* den Hippie zum Flaneur des Highways, der fern aller gesellschaftlichen Beschleunigungszwänge einem unverdorbenen Leben entgegenrasselte.

War der *Käfer* in Europa ein zweckdienliches Beförderungsmittel für die Massen, so galt er in den USA als das Auto für die Leute, die sich unterscheiden wollten: der erste Fun-Car der Automobilgeschichte.

Genau daran knüpft der *New Beetle* an. Ein *Golf* mit Diesel-Kat ist heute das, was der *Käfer* weiland war – das Vernunftmobil schlechthin, die Quersumme aus Platzangebot, Sicherheit, Sparsamkeit, ökonomischer und ökologischer Produktmoral. Der *New Beetle* ist etwas ganz anderes. Vom legendären *Käfer* hat er die Rundungen geerbt und die Blumenvase, die die Designer diesmal serienmäßig im Niemandsland des Armaturenbretts plazierten, rechts neben dem Volant – irgendwo zwischen Blinkerhebel, Warnblinkknopf und Lüftungsschlitzen. Früher ein Witz auf Kosten der autofahrenden Hausfrau, ist die Blumenvase heute eine Geste, die aus dem 35 000 Mark teuren Nostalgieauto eine rollende Pop-Ikone des ausgehenden Jahrtausends macht: Ökologie, Romantik und Fahrspaß – alles in einem Auto.

Jede Epoche dieses Jahrhunderts hat mindestens ein Automobil hervorgebracht, das zum blechgewordenen Ausdruck ihrer kulturellen Befindlichkeit avancierte: Der *Citroën DS* war futuristisch wie ein Raumschiff für die fortschrittsgläubige Grande Nation der fünfziger Jahre, der *Jaguar E-Type* war mit seiner monströsen Motorhaube eine phallische Vollgasphantasie der ›roaring sixties‹. Auch die eckigen Autos der siebziger und achtziger Jahre sind zeittypische Ausdrucksformen einer ökologischen und gesellschaftlichen Krise, in deren Folge das Auto nicht mehr als begehrenswertes Lust- und Statusobjekt vergöttert, sondern als Ursache von Umweltzerstörung und Objekt repressiver Männlichkeitsrituale stigmatisiert wurde. Die betont zweckmäßigen Kantenformen waren vielleicht auch eine Reaktion auf diese Entmythologisierung des Autos. Jetzt, zum Ausklang der neunziger Jahre, scheint auch diese Entwicklung ein Ende zu nehmen. Ausdruck einer Remythologisierung des Automobils sind Fahrzeuge wie der *Jaguar XK 8*, der *Alfa Romeo 156* und, allen voran, der *New Beetle*. Alle setzen sie auf Emotionalisierungsstrategien, die zuletzt das Design der späten Sechziger prägten.

Der *New Beetle* ist der vielleicht vollkommenste Ausdruck unserer Zeit: ein höllisches Designgebräu, dem die Widersprüche, Befindlichkeiten und Sehnsüchte des fin de siècle ins Blech gepreßt sind.

Als hedonistisches Designobjekt knüpft er an eine anthropomorphisierende Tradition im Automobilbau an, die ihren Höhepunkt im *Citroën DS* fand, dessen Kürzel ›Déesse‹, also ›Göttin‹, meint. Mit Blechhüften und Chrombrüsten war die körpergleich geschwungene Limousine eine Illusion des perfekten technischen Körpers, eine E.T.A.-Hoffmannsche Junggesellenmaschine, in deren Schoß Mensch und Maschine eins werden.

Der *New Beetle* bedient das Kindchen-Schema; er hat große Augen und einen Gesichtsausdruck, den der vermenschlichende Blick aus Scheinwerfern und Stoßstange zusammenbaut. Zum Sympathiefaktor des Kindlichen gesellt sich in paradoxer Mischung die Aura des Gewaltsam-Mus-

Ein höllisches Designgebräu,

dem die Widersprüche, Befindlichkeiten und Sehnsüchte

des fin de siècle ins Blech gepreßt sind.

Photo: Christian Witkin

kulösen: Die hohe Sitzposition, die bulligen Reifen und die breiten, völlig unfunktionalen Kotflügel erinnern an martialische Geländewagen und geben dem Mittelklasseauto den Touch von Unverwüstlichkeit. Schließlich ist der *New Beetle* ein ›Muscle Car‹: Er hat Kotflügel, die wie makellos durchtrainierte Schenkel aussehen – und, so will es die Autozeitungsprosa, einen »knackigen Po«. Die Erotisierung der Karosserie ist unübersehbar; auch der amerikanische Werbeslogan »Less flower, more power« ist nicht nur eine ironische Hommage an die Generation der arrivierten Blumenkinder, sondern zielt insbesondere auf eine KäuferInnenschicht, deren erotisches Reiz-Reaktionsschema in Fitneß-Studios und Body-Building-Centers geprägt wurde. Die Sexualisierung des Blechkleides entspricht einem allgemeinen Trend: Peugeot bewirbt das *Sportcoupé 406* mit einem nackten weiblichen Torso, dessen Formen der Silhouette des Wagens gleichen – »die Form, die Sinne«, vermerkt der Text lakonisch. Walter de Silva, Chef des Designzentrums von Alfa Romeo, erklärt die Linienführung des *Alfa 166* auf eine Art und Weise, die noch vor zehn Jahren als anachronistisches Machotum gegeißelt worden wäre: »Ich habe dabei an eine klassische Frauenfigur gedacht.«

Die bekennerhafte Resexualisierung des Autos macht auch vor renommierten Frauenzeitschriften nicht halt. »Ich gucke mich gern nach flotten Autos um«, erklärt eine Redakteurin der *Brigitte* im Dossier *Frauen und Autos – die neue Lust am Fahren.* Eine Kollegin wünscht sich als Auto »ein richtig geiles Power-Paket – Angeberei hin, Kohle her«. Statt Ökologie und ›political correctness‹ schreibt man sich heute Fahrspaß und sinnliche Enthemmung auf die Fahnen. Der *New Beetle* bedient mit der Fusion von Potenz, Verspieltheit, Romantik und Sicherheitsdenken paradigmatisch eine Wunschvorstellung, der sonst nur amerikanische Boygroups Rechnung tragen können.

Der *New Beetle* ist kein Wagen fürs Volk, sondern ein Glücksversprechen an die, bei

denen das Design das Bewußtsein bestimmt. »Du hast Deine Seele in den Achtzigern verscheuert?«, fragt die VW-Werbung in den USA: »Jetzt kannst Du sie zurückkaufen.« Und die Leute kaufen, kaufen sich frei von ihrem blumenarmen, vergolften Leben. Sieg der Nostalgie? Wenn eine Epoche nicht mehr ist als die Summe der Formen, die sie hervorbringt – dann ist der Run auf den Retro-*Käfer* wohl das Zeichen einer Zeit, die mit kritischer Rekonstuktion und diversen Revivals ihre Identität in der Vergangenheit sucht.

Schon immer knüpfte sich ans Auto an sich die Hoffnung, mit dem leistungsstarken Wagen eine technische Erfüllung der Romantik zu besitzen: Der Degout vor ausgeleierten Wegen und Gefühlen, das Leid an Entwurzelung und sinnlicher Verarmung des Lebens – all das scheint ein Auto zu heilen. Autos verkörpern ein paradoxes Glück: In der Ferne ist das eigene Gefährt ein tröstliches Stück mitgenommener Heimat, in der Heimat das Versprechen einer anderen Welt. Das Auto hat Sitze wie Wohnzimmersessel und bietet – im Gegensatz zu Haus und Fahrrad – beides in einem: häusliche Atmosphäre im Inneren der Fahrgastzelle und die Möglichkeit, mit Haar an den utopischen Ort, an einen leeren Strand, in das einsame Hotel auf den Klippen, und nimmermehr zurückzukehren.

Im *New Beetle* fährt dabei die Erinnerung an abenteuerliche Jugend, an studentische Eskapaden im ersten gebrauchten *Käfer* mit, der sich im kollektiven Gedächtnis als Vehikel erster automobiler Abenteuer eingeschrieben hat.

Der *New Beetle* ist Ausdruck eines neuen Barock, einer manierierten Lebenshaltung, die ihre Freude an Verbiegungen und überdehnten Formen, an krachenden Widersprüchen, am Monströsen hat. Seine Karosserie zwingt ökologische Produktmoral, Bescheidenheit und Aggression

Remythologisierung des Automobils

Peugeot 406 Coupé.

Alfa Romeo 166.

Jaguar XK 8.

Alfa Romeo 156.

Zur zeitgeistigen ›Neuen Einfachheit‹ paßt der neue *Käfer* allemal: Wer einen *New Beetle* fährt, kann unbeschadet von der Höhe eines moralisch-ökologischen Standpunkts aus gegen protzige Bonzenkarossen wettern, ohne deswegen gleich einen freudlosen Kleinwagen fahren zu müssen. Und natürlich ist der *New Beetle* ein soziales Distinktionsmerkmal wie einst der *Golf GTI*: Damals, als plötzlich jeder Dorfmakler einen *Porsche* fuhr, brauchte die Kulturschickeria neue Statussymbole, und der *GTI* brachte die richtige Mischung aus Bescheidenheit und Snobismus, Massenkultur und Elite mit. Sein legitimer Erbe ist der *New Beetle*.

einem Kickdown aus eben jenem Mief zu fliehen, der sich mit fester Häuslichkeit verbindet. Echte Autofahrer sind getrieben von der Suche nach der glücklichen Ferne: So rast beispielsweise Alain Delon im Film *La Piscine* als Desperado einer ausgehöhlten Luxuswelt im *Maserati Ghibli* einem unbekannten Schicksal entgegen. Oder Claudia Cardinale, die in Fellinis *8 1/2* als ›dea in macchina‹ ihren im Wirrwarr des Lebens verhedderten Adonis befreit. Es folgt eine romantische Flucht im *Porsche*, die einen Augenblick an das Glück der ›Solitude à deux‹ glauben läßt: einmal zu zweit dem Alltag davonzudonnern, mit Nachtwind im in eine Form. Vielleicht wirkt das Design des Wagens nicht zuletzt wegen dieser eigensinnigen Mixtur ein wenig verquollen.

Der Erfolg ist ihm dennoch sicher – es sei denn, es kommen doch noch die achtziger Jahre zurück mit ihren Kanten und ihren *Fiat Pandas*. Die hatten damals ein Rolldach und Sitze, die man bequem zu einem rollenden Doppelbett umbauen konnte. Die Turiner Kiste war zwar nicht sexy, aber immerhin ein rollendes Schlafzimmer mit sternenhimmelweitem Blick – und das war garantiert noch aufregender als der zweifelhafte Eros von Blechhüften und Blumenvasen.

Erinnerungen:

Wirklichkeiten
im Sonntagsgewand.

Das Netzwerk der Fans läßt grüßen!

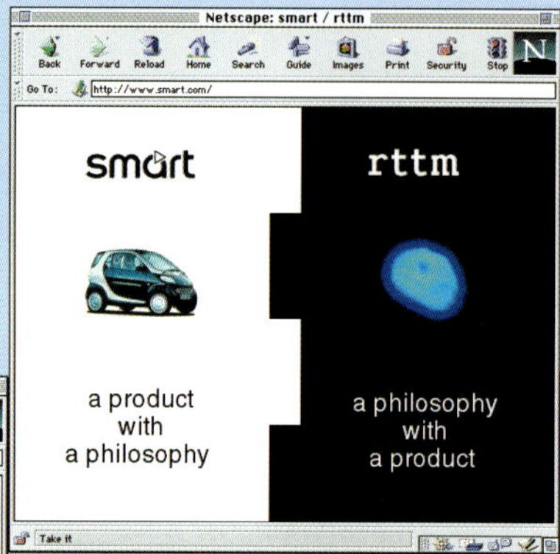

Lange vor Verkaufsstart im Netz.

Der New Beetle als Online-Star.

Emotion contra Information.

Optik für Fans.

Bits, Bytes and Beetles

Der New Beetle im Internet

Christian Pfaff

Wer heute im Internet nach Informationen über den *New Beetle* sucht, sollte sich Zeit nehmen. Zu diesem Thema listet die amerikanische Suchmaschine **www.hotbot.com** derzeit über 50 000 Einträge im Worldwide Web auf.

Eigentlich verwunderlich, denn 1992, als die ersten Design-Studien für den damaligen *Concept 1* vorlagen, wurden Leute, die sich mit dem Internet beschäftigten, noch als kommunikationsgestörte Elektrolurche betrachtet. Modems waren kiloschwere Akustikkoppler und Websites reine Buchstabenwüsten. Kaum jemand dachte, daß sich Internet-Angebote in naher Zukunft als massentauglich durchsetzen könnten.

Mit der Erkenntnis, daß die Neuen Medien zu den Alltagsmedien der Zukunft werden würden, änderte sich die Vorgehensweise der Automobilkonzerne innerhalb kürzester Zeit. Entscheidungsträger, die froh waren, ihren Rechner bei der Vorzimmerdame zu wissen, mußten nun umdenken. Denn aus dem ehemaligen Tummelplatz für Computerfreaks und Studenten wurde zunehmend ein ernstzunehmender Informationspool für ihre Zielgruppen.

Ein Beispiel für diesen Umdenkprozeß ist die Einführung des *New Beetle*, bei der sämtliche Register gezogen wurden, um den bestehenden *Käfer*-Kult auch im Internet weiterzuführen.

Bereits bei seiner Premiere als *Concept 1*, noch während der Detroit Motor Show im Januar 1994, tauchten die ersten offiziellen Bilder im Internet auf – zunächst ganz zaghaft unter der Rubrik ›What's new‹ bei **www.vw.com**, der Unternehmens-Website von Volkswagen in den USA. Doch schon wenig später fand man zahlreiche nichtoffizielle Bilder auf den damals noch spärlichen Seiten der *Volkswagen*-Fans in aller Welt. Mittlerweile gibt es Tausende von Fan-Pages.

Host contacted. Waiting for reply...

Nach den Begeisterungsstürmen der Detroit Motor Show wurde die Volkswagen AG von Fans, Händlern und der Presse förmlich genötigt, den als Design-Studie konzipierten Wagen auch wirklich zu produzieren. Gleichzeitig nutzte man die Gelegenheit, das weltweite Forum der Fans über die Entwicklung des *New Beetle* online auf dem Laufenden zu halten.

Diese Überlegung hatte auch damit zu tun, daß die Konkurrenz über die Entwicklung von Studien und Prototypen immer frühzeitiger via Internet berichtete. Bestes Beispiel hierfür waren die Marketingmaßnahmen zur Entwicklung der neuen A-Klasse von Mercedes-Benz, die schon knapp zwei Jahre vor Einführung des Wagens unter **www.mercedes-benz.de** digital abrufbar waren. Auch die Entwicklung des Swatch-Mobils *Smart* sorgte lange vor seinem ersten Auftauchen im Straßenbild unter **www.smart.com** für Diskussionen.

Mit der Präsentation des weiterentwickelten *New Beetle* im März 1996 auf dem Genfer Automobilsalon wurde – neben der Darstellung in den firmeneigenen Websites – die erste eigenständige *New Beetle*-Website **www.beetle.de** im deutschen Netz freigeschaltet. Im Gegensatz zu reinen Informationsseiten achtete man hier frühzeitig darauf, die Anwender bei der Weiterentwicklung online mit einzubeziehen und ihnen soviel wie möglich vom neuen Wagen zu zeigen. Der galoppierenden technischen Entwicklung im Netz trug man dabei Rechnung. So konnten *New-Beetle*-Begeisterte, sofern sie mit der notwendigen Software ausgestattet waren, online eine virtuelle Besichtigung des neuen Wagens starten und sich digitale Filme von der Detroit Motor Show oder vom Genfer Autosalon herunterladen. Eine Live-Cam ermöglichte zudem allen Daheimgebliebenen einen Blick auf den Messestand. In einer Gallery wurden die User dazu ermuntert, Gestaltungsvorschläge für den *New Beetle* einzureichen. Und ein eigens eingerichtetes Forum ermöglichte die Teilnahme an Diskussionen rund um das neue Mobil. Das Feedback war enorm. Tausende von Gestaltungsvorschlägen wurden online placiert, und über 15 000 E-Mails gingen in den ersten Monaten der Freischaltung ein.

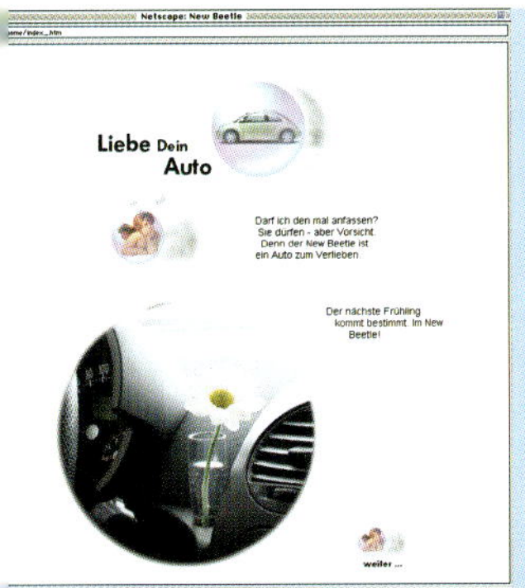

Stets auf den Kult fixiert.

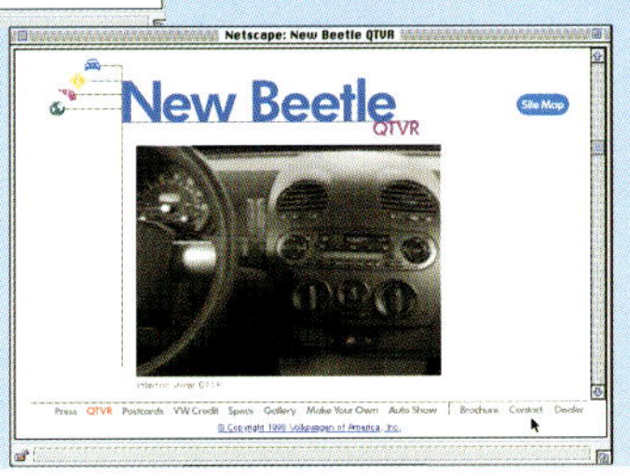

Die virtuelle Rundumsicht.

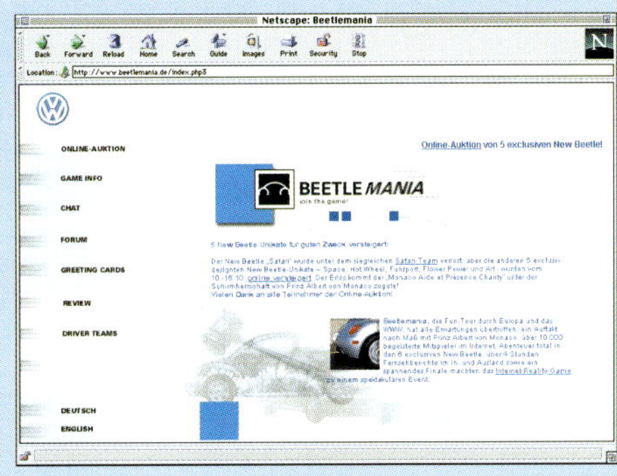

Reale Schnitzeljagd mit Online-Gästen.

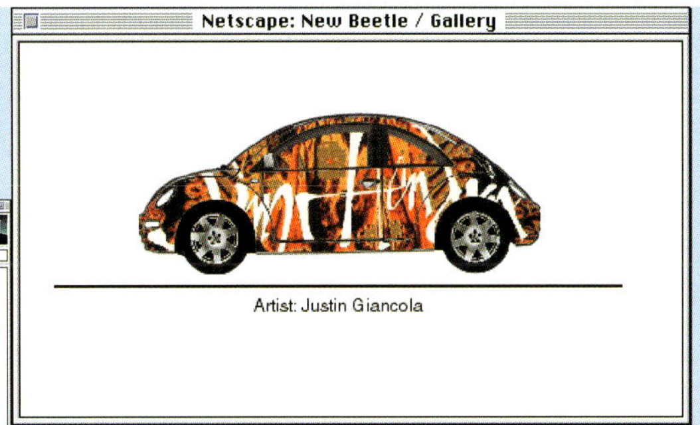

Online-Gestaltungsvorschläge von Surfern.

Beetle around the world ...

Mittlerweile stehen dem Anwender weltweit zahlreiche offizielle *New-Beetle*-Websites zur Auswahl. Nahezu jede ist individuell gestaltet. Bei allen fällt die Abkehr von konventionellen Automobil-Pages auf, die im Sinne klassischer Kataloge Zahlen und Fakten anbieten. Unter **www.newbeetle.com**, der offiziellen Nachfolger-Site der ersten *New Beetle*-Page, sucht man vergeblich nach Hardfacts wie Abmessungen, Verbrauchswerten und Preisen. Im Mittelpunkt steht hier das *New-Beetle*-Feeling, das Erlebnis des Wagens und der Marke. Das Screen-Design – jene Verbindung von ansprechenden Graphiken und Orientierungshilfen für den Anwender – setzt auf die Intuition. Da verschmerzt man längere Ladezeiten und tummelt sich dafür mit Gleichgesinnten im Chat oder schaut in der Gallery von Surfern gestaltete *New-Beetles* an.

Die Design-Vorschläge der Gallery wurden für eine spektakuläre Online-Aktion zum Teil sogar umgesetzt. Unter **www.beetlemania.de** konnte man im September und Oktober 1998 an einer ›digitalen Schnitzeljagd‹ teilnehmen, die die virtuelle Realität und das echte Leben kombinierte. Sechs mit dem Internet verbundene Teams fuhren mit originell gestalteten *New Beetles* von Monaco bis Paris. Der interaktive Clou dabei: Unterstützt von teilnehmenden Internet-Surfern mußten sie auf dem Trip Rätsel lösen, um die Rallye zu gewinnen. Eine Woche lang war die Website Online-Treffpunkt der vernetzten Fahrer und ihrer Cyber-Kumpanen. Zum Abschluß der Tour wurde unter den Teams einer der *New Beetles* verlost, die restlichen versteigert. So bekamen spontane Web-Surfer die Chance, ihren Traum-*Beetle* zu ersteigern.

In England wird auf derartige Community-Features verzichtet. Allerdings zieht die Online-Werbung für den *New Beetle* unter

Surfen mit neuester Technologie.

Erlebniswelten rund um den New Beetle aufbauen.

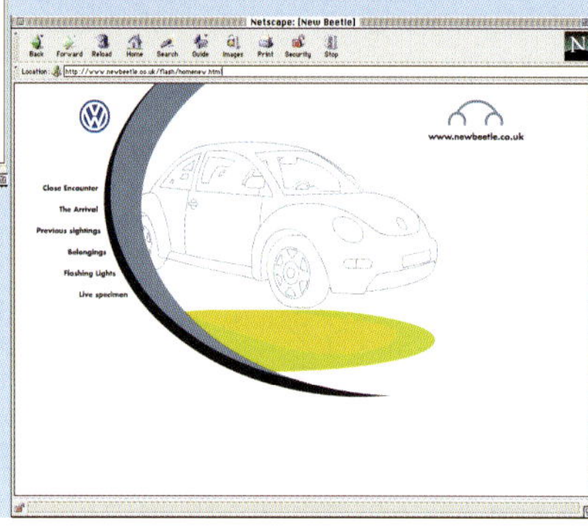

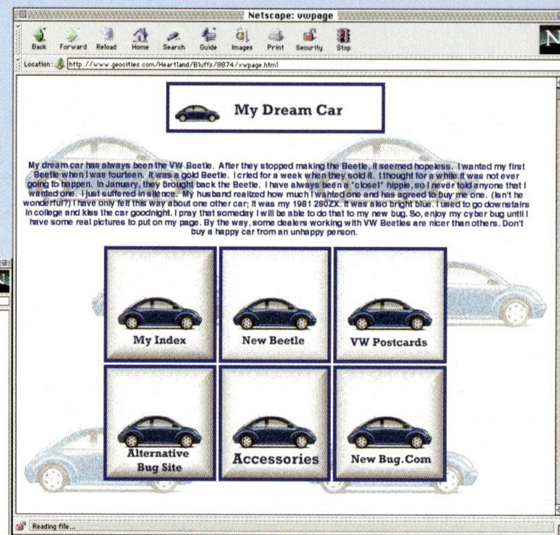

Die Fans organisieren sich.

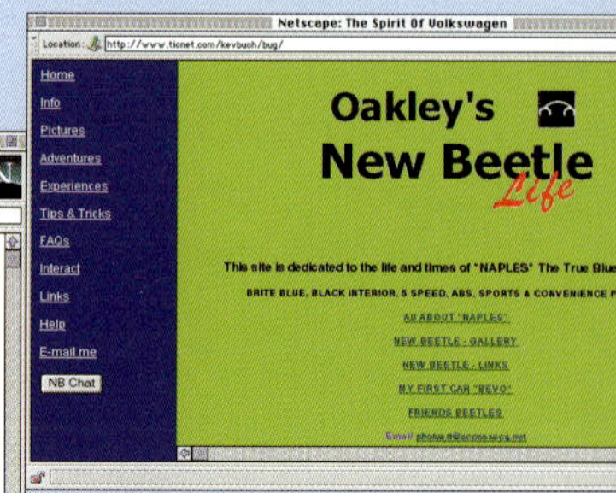

Zum Teil besser als offizielle Angebote.

www.newbeetle.co.uk alle Register. In deren Genuß kommt man allerdings nur, wenn man einen schnellen Rechner und die nötige Zusatzsoftware sein eigen nennt. Mit Flash-Technologie werden Sounds, Animationen, Graphiken und Texte über den Bildschirm gewirbelt. Hier lassen sich alle gängigen Produkt-Infos abrufen – und für den Online-Spaß gibt es das Flashing-Lights-Gewinnspiel.

Auch auf der amerikanischen Website von Volkswagen, **www.vw.com**, erwartet den Surfer unter der Rubrik *New Beetle* eine geballte Ladung an Information: virtuelle Ansichten des Wagens, elektronische Postkarten, Presseberichte, Bilder, Händler-Adressen – und allem voran der Car-Configurator, mit dem man seinen ganz persönlichen *New Beetle* am Bildschirm zusammenstellen kann. Selbstverständlich läuft online der Dollar-Zähler mit, bis der Traum-*Beetle* zusammengestellt ist. Gekauft wird aber auch in Amerika weiterhin beim Händler. Denn sowohl in den USA als auch in Deutschland machen die Vertriebspartner massiv Front gegen den Online-Verkauf. Die berechtigte Angst vor dem Umsatzverlust sorgt besonders in Deutschland für Gegenwehr. Als Marketing-Instrument bleibt das Internet wichtig: Viele Millionen Surfer auf den offiziellen und nichtoffiziellen Pages – das heißt: viele Millionen potentielle Kunden.

It's not a hobby – it's a love affair...

Abseits von den offiziellen Angeboten des Unternehmens hat sich eine riesige Spielwiese von sogenannten freien Angeboten zum *Käfer* entwickelt. Echte Fans, stolze

Eine Aneinanderkettung privater Websites.

Nationale Angebote variieren stark.

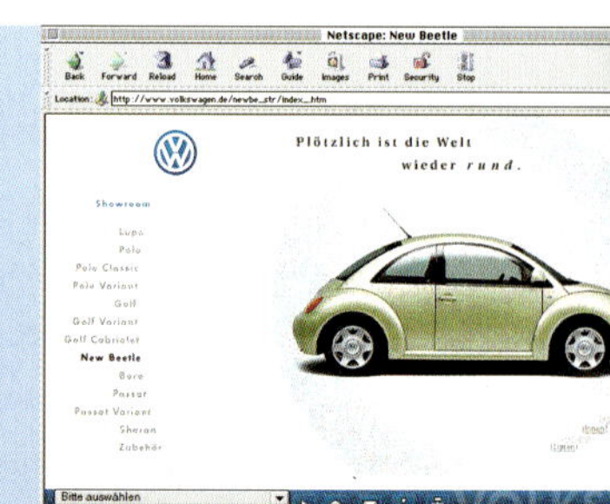

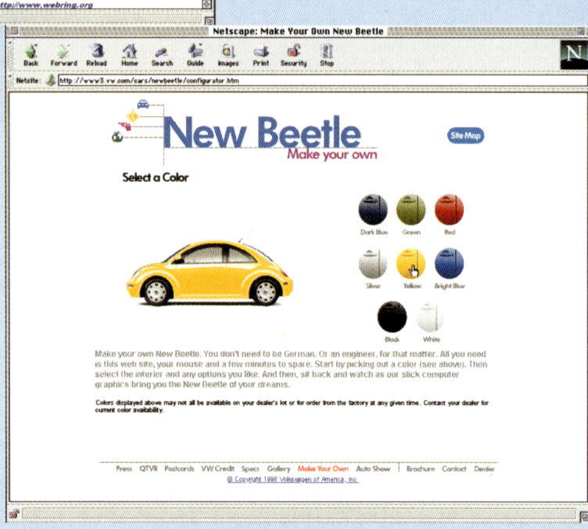

Am Rechner seinen Traumbeetle bauen.

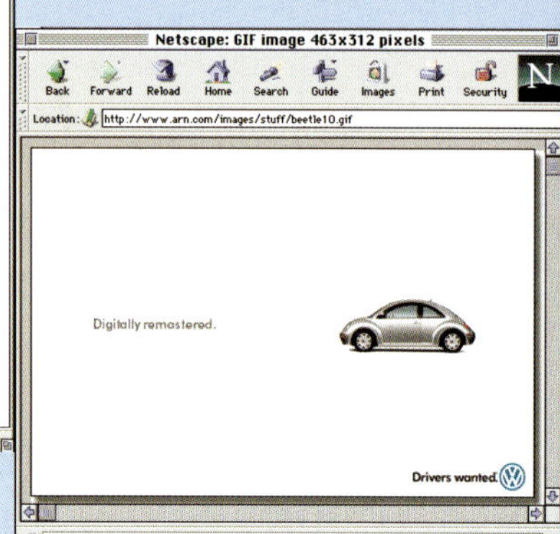

Fans sammeln Anzeigen auf ihren Sites.

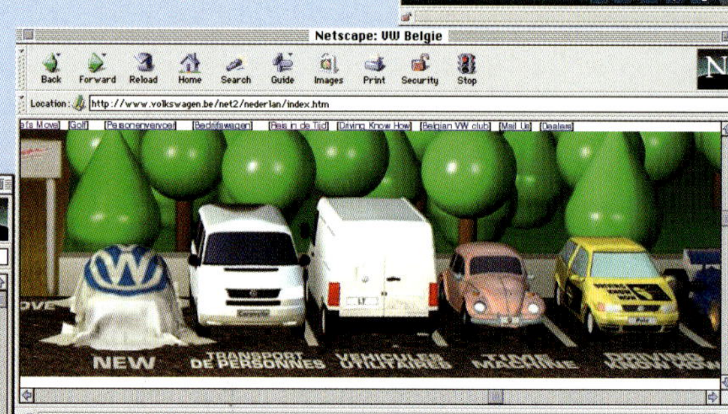

Mehr Entertainment, weniger Facts.

»Schaut mal, jetzt hab' ich auch einen....«

Stolze Erstbesitzer geben sich zu erkennen.

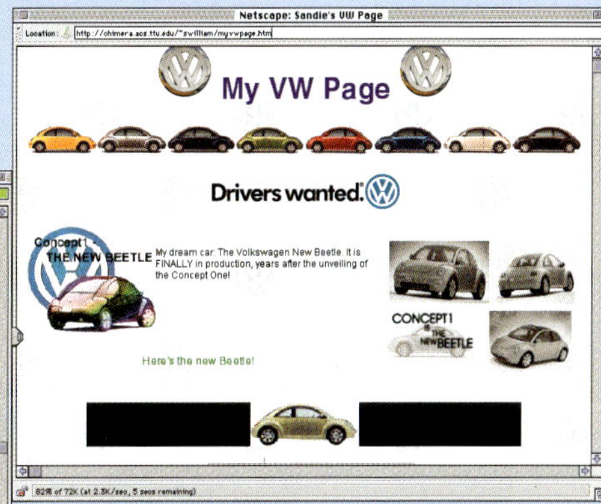

Zusammengeschraubt aus offiziellem Material.

Konkrete Lebenshilfe statt Werbelyrik.

Erstbesitzer, Clubs und *Käfer*-Longtimer haben Homepages gestaltet, die zum Teil von den professionellen Seiten nicht zu unterscheiden sind.

Und: *New Beetle*-Fans organisieren sich. Unter **www.webring.org/cgi-bin/webring?ring=vwnewbeetle&list** findet man einen eigens zur Vernetzung gegründeten Webring – eine Link-Liste mit Adressen von *New-Beetle*-Fans. Der Webring listet derzeit über sechzig organisierte Internet-Seiten auf. Die Seiten selbst bieten meist noch weitere Links zu anderen Fan-Pages.

Hier wird mit echtem Herzblut präsentiert, programmiert und kommuniziert. Oft erhält man sogar mehr und detailliertere Infos zu den Modellen, als es auf den Seiten des Konzerns der Fall ist. Große Fan-Sites – wie zum Beispiel **www.geocities.com/MotorCity/Garage/1977/**, die Seite des Amerikaners Greg Davis, sind Tummelplätze für Interessierte und Info-Börse für eine *Beetle*-Community, die sich nicht in der Werbe-Lyrik der Konzernseiten austauschen möchten. Hier wird eifrig diskutiert, Fahrberichte werden getauscht, Photos gezeigt, sogar Autos angeboten und verkauft.

Peter Schmidt aus New York hat wohl eine der umfangreichsten Fan-Sites der Welt. Hier findet sich nahezu jede Pressenotiz über den *New Beetle*. Obwohl die Adresse **http://broca.aecom.yu.edu/broca/beeti/newbeetle.shtml** kompliziert einzugeben ist, wurde sie vor einem halben Jahr zum *New-Beetle*-Online-Mekka.

Um ihrem Hobby eine breitere Öffentlichkeit zu verschaffen, reservieren sich die Fans selbst populäre Internet-Adressen, die

Mein Rechner, mein Scanner, mein Beetle...

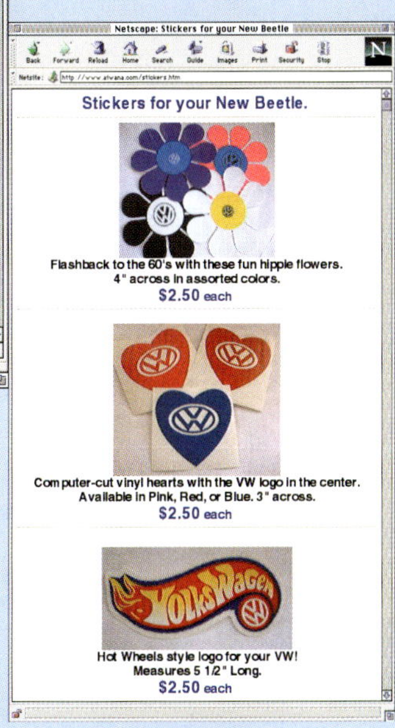

Via Online-Shopping an den Bug-Freak gebracht.

Privatangebote professionell gestaltet.

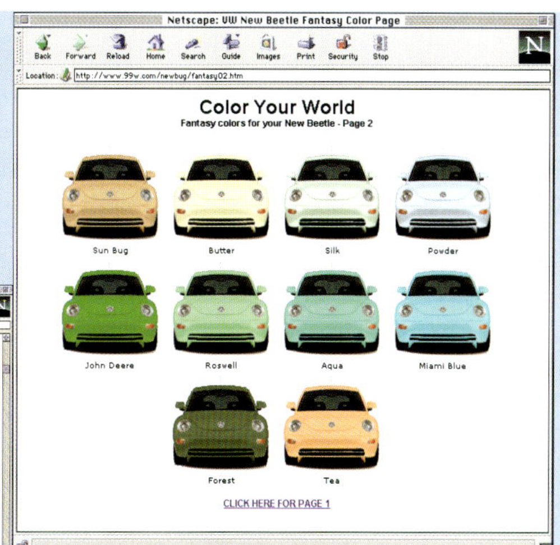

Farbvorschläge von Fans.

noch nicht von VW angekauft wurden. So findet man unter **www.beetlemania.com** eine Fan-Page, die sich zwar vom Konzern distanziert, aber für jeden bekennenden *Käfer*-Fan die Botschaft bereithält, die er hören möchte: »The objective of Beetlemania is to put Beetles into the hands of those who want them. This is not as simple as it seems...« Unter **www.newbug.com** gibt es eine Vielzahl von Fan-Geschichten – inklusive aller Online-Anzeigen, die jemals für den *Käfer* geschaltet wurden.

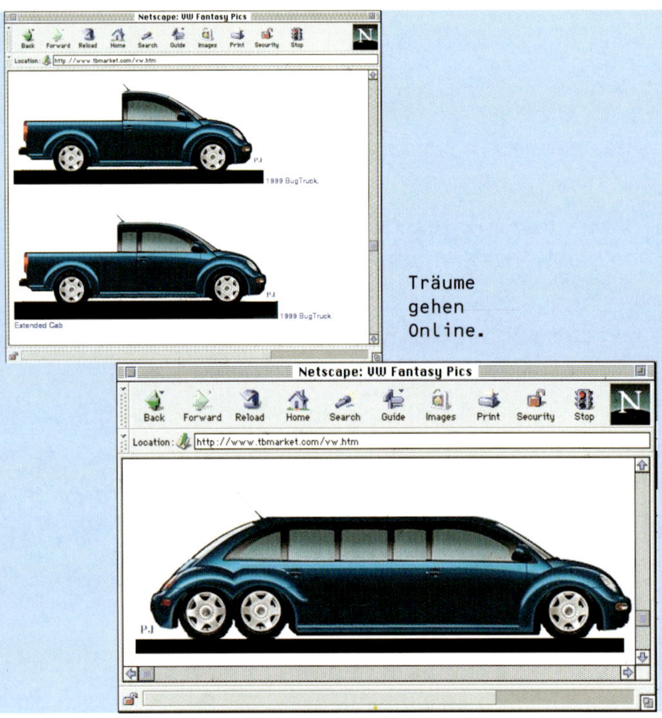

Träume gehen Online.

Ja, ich gehöre dazu.

Die Liste ließe sich beliebig fortsetzen, denn der *New-Beetle*-Hype hat noch längst nicht seine Spitze erreicht.

New Beetle or True Beetle?

Eines steht fest. Derzeit gibt es weitaus mehr Freunde des ›klassischen‹ *Käfers* als *New-Beetle*-Maniacs.

Unter kuriosen Namen wie ›German Air Sucker Society‹, ›Brezelfenstervereinigung‹, ›Bugmeisters‹ oder ›Volkswebbers‹ gibt es unzählige Homepages, die über den *True Beetle* in jeder nur erdenklichen Weise berichten.

Bei den *Käfer*-Freunden bietet das Internet nicht nur eine Plattform, die oftmals mühevoll restaurierten Oldies vorzuführen, sondern auch Platz für die organisierte Lebenshilfe. Ob die Rekonstruktion der Herkunft durch Chassis-Nummern, die Suche nach speziellen Ersatzteilen oder Bewertungstabellen, die den Zustand und Marktwert der *Käfer*-Lieblinge festschreiben – die Online-Verbindung schafft Kontakte, die kein Händler herstellen kann. Ein Blick auf die Homepage des *Käfer*-Clubs Flensburg unter **http://home.comonline.net/~jen/lexikon** stellt das beindruckend unter Beweis. Hier findet sich alles, was die Herzen von *Käfer*-Fans höher schlagen läßt.

Käfer-Clubs haben in Deutschland eine lange Tradition. Der *VW-Käfer*-Team Göppingen e.V., einer der ältesten und größten deutschen *Käfer*-Clubs, bietet unter **www.fto.de/vereine/ktgp/start.htm** Informationen rund um den »*Käfer* und artverwandte luftgekühlte *Volkswagen*«.

Doch nicht bei allen *Käfer*-Freaks kommt der *New Beetle* gut an. Denn dieses neue Auto sei eigentlich kein echter *Käfer*. Auf der Babson-Freepress Homepage **www.babsonfreepress.com/032698/features1.htm** geht ein kritischer Student der Frage nach, weswegen VW diesen Wagen als neuen *Käfer* auf den Markt bringt. Seine Vermutung: Man will die Markenpräsenz des alten *Käfers* strategisch nutzen. Andere Klassik-*Käfer*-Fans werden noch deutlicher. Der Name der Website von Oldmar Alsar aus Kalifornien sagt eigentlich schon alles: **www.fukthenew1.com**.

Classic cars never die...

Daß sich Auto-Fans jeglicher Couleur zu kleinen oder großen, jedenfalls verschworenen Gemeinden verbinden, ist bekannt. So finden auch andere Marken und Modelle heutzutage ihre Online-Fans: der *Mini-Cooper* zum Beispiel, der »englische *Volkswagen*«, der auch schon über vierzig Jahre auf den Straßen der Welt gastiert. Mit an erster Stelle rangieren **www.johncooper.co.uk** und die offizielle *Mini*-Website **www.mini.co.uk**. Parallelen vom *Käfer* zum *Mini* liegen in vielerlei Hinsicht nahe. Eine ist allerdings besonders interessant. Mit dem *New Mini* wurde im letzten Jahr auf der Internationalen Automobil Ausstellung in Frankfurt eine Studie vorgestellt, die analog zum *New Beetle* für Diskussionen sorgte. Das dokumentiert ein Blick auf die zahlreichen Fan-Pages. Auch für den *Mini-Cooper* gibt es einen Webring:

Klare Absage an den New Beetle.

Der »Kollege« ist umstritten.

Das Kultmobil hat seinen festen Platz im Netz.

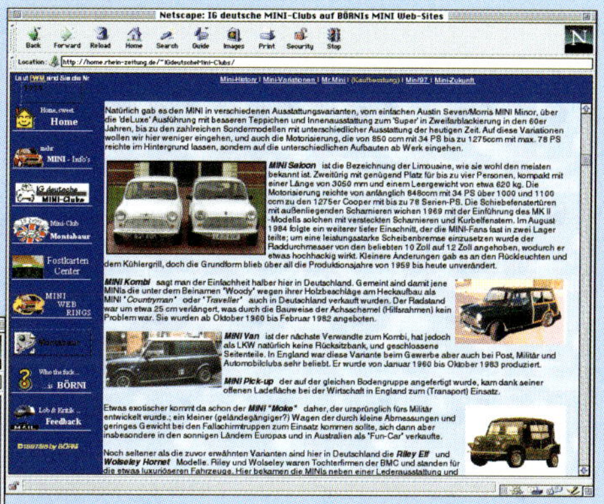

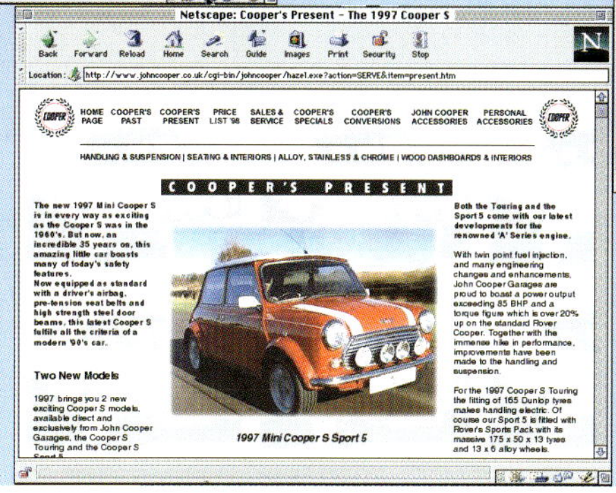

Online mit dabei.

www.webring. org/cgi-bin/webring? ring=minicooper;index Im Vergleich mit den 50 000 Suchergebnissen zum Thema *New Beetle* steht der ›englische *Käfer*‹ allerdings auch weiterhin ziemlich ›mini‹ da.

Als weiteren Weggefährten des *Käfers* kennt man den *Citroën 2CV*, die *Ente*. Ihre Fans bringt die Homepage **www.wirehub.nl/~tqdesign/citworld.htm** unter einen Hut. Auf der Website von *Citroën* selbst, **www.citroen.fr** oder **www.citroen.com**, steht seit der Einstellung der Produktion im Jahr 1990 alles im Zeichen der Zukunft. Der neue *Xsara* ist da, und mit ihm wird die Vergangenheit unsichtbar. Die *Ente* hat nur noch einen Platz in der Historie des Unternehmens. Online bei den Fans hingegen wird schon hoffnungsvoll die *Ente 2000* gehandelt: **www.geocities.com/MotorCity/6686/new2cv.htm**.

Währenddessen wartet die Fangemeinde des *New Beetle*, daß die Bestellungen anlaufen. Welche für Deutschland ganz normale Serienausstattung nie in den USA zum Einsatz kommt, was die verschieden Varianten des *New Beetle* in Deutschland kosten und wie man schneller an seinen *Beetle* kommt, – das erfährt man auf keiner offiziellen Site, aber auf **www.fto.de/vereine/ktgp/beetle.htm**.

Und das Modem verbindet, und verbindet und verbindet …

Fans diskutieren über die Ente 2000.

Im Internet lebt die alte Ente weiter.

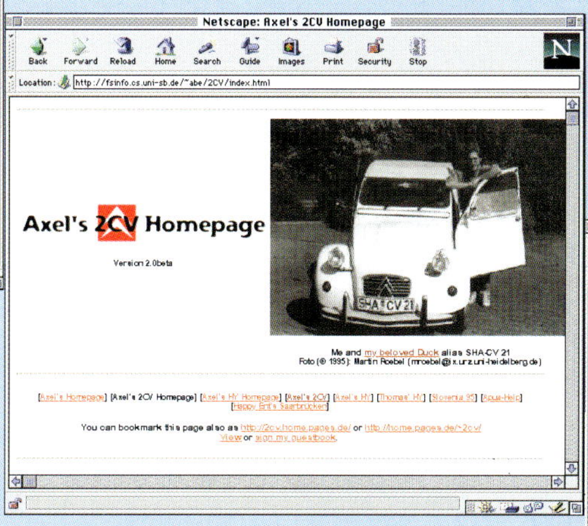

»Infos sammeln, digitalisieren, in's Netz stellen.«

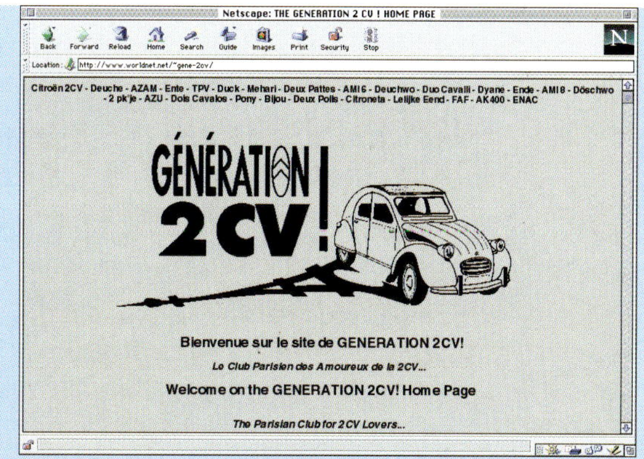

Kultseiten rund um die Ente.

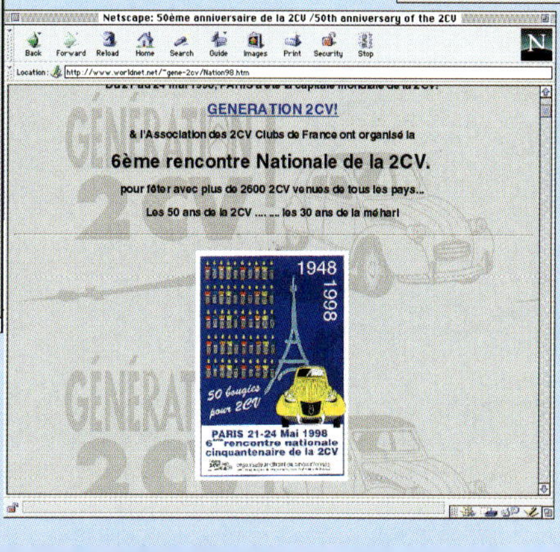

SPIEL

ZEUG

Geburt und wieder Geburt

Käfer-Chronologie

1930
Ferdinand Porsche gründet sein eigenes Konstruktionsbüro in Stuttgart.

1932
Porsche übergibt dem Reichswirtschaftsministerium eine Denkschrift über die Konstruktion eines Kleinwagens. Parallel dazu arbeitet er am *Zündapp Typ 12*, einem Vorläufer des späteren *Volkswagens*.

1933
Porsche entwickelt für NSU den *Typ 32*. Die erste Probefahrt findet am 27. Juli 1934 statt. NSU nimmt wegen zu hoher Produktionskosten Abstand von diesem Vorhaben.

17. Januar 1934
Porsche übergibt der neuen Reichsregierung sein ›Exposé betreffend den Bau eines deutschen Volkswagens‹.

Frühjahr 1934
Auf der Internationalen Automobil-Ausstellung fordert Hitler die Industrie auf, einen Volkswagen zu bauen. Zu dieser Zeit bittet Hitler den Konstrukteur Ferdinand Porsche um ein Treffen im Berliner Hotel Kaiserhof.

9. Mai 1934
Hitler entscheidet sich für den Bau eines vierrädrigen Volkswagens.

1934
Vertrag zwischen Porsche und dem Reichsverband der Deutschen Automobilindustrie (RDA) über die Konstruktion eines Volkswagens und dessen Finanzierung.

9. November 1934
Das Porsche-Team denkt über die Verwendung von Leichtmetall nach, um die Fahrzeugmasse zu reduzieren. Der spätere *Volkswagen* bekommt ein Leichtmetallgehäuse für Motorblock und Getriebeeinheit.

7. Dezember 1934
Der Versuchswagenbau beginnt. Es sollen zunächst drei Fahrzeuge entstehen.

Oktober 1935
Der erste Prototyp fährt aus eigener Kraft in den Straßen von Stuttgart.

24. Februar 1936
Porsche führt in Berlin Vertretern der deutschen Automobilindustrie zwei *Volkswagen*-Prototypen vor.

12. Oktober bis 22. Dezember 1936
Drei Prototypen der *VW3*-Serie werden vom Reichsverband der deutschen Automobilindustrie (RDA) über jeweils 50 000 Kilometer getestet. Zu diesem Zeitpunkt hat der RDA fünf Millionen Reichsmark für die Entwicklung des *Volkswagens* ausgelegt.

6. bis 9. Januar 1937
Schlußuntersuchung der *VW3*-Serie durch den RDA. Der Verband hält die Konstruktion für empfehlenswert.

Februar 1937
Bei Daimler-Benz werden unter Aufsicht der Porsche GmbH dreißig *Volkswagen*, die sogenannte *VW30*-Serie, hergestellt. Die Fahrzeuge werden ingesamt über 2,4 Millionen Versuchskilometer gefahren. Damit wird zum ersten Mal in der Automobilgeschichte ein Fahrzeug so ausgiebigen Tests unterzogen.

21. Februar 1937
Auf der Internationalen Automobil-Ausstellung verkündet Hitler den Bau des Volkswagenwerks.

Mai 1937
Ferdinand Porsche und zwei Vertrauensleute von Adolf Hitler legen auf einer gemeinsamen Schiffsreise die endgültigen Pläne für den Bau des Volkswagenwerks fest.

22. Mai 1937
Die ›Gesellschaft zur Vorbereitung des deutschen Volkswagens‹ (Gezuvor) wird gegründet.

1937
Das Stuttgarter Karosseriewerk Reutter baut ein neues Werk in Zuffenhausen. Hier entstehen im darauffolgenden Jahr vierzig *Volkswagen*-Limousinen in ihrer endgültigen Form im Auftrag der Firma Porsche.

Juni 1937
Porsche unternimmt seine zweite USA-Reise. Er schließt Lieferverträge über Werkzeuge und Maschinen und wirbt deutsch-amerikanische Ingenieure für das *Volkswagen*-Projekt ab. Diese überarbeiten den *Volkswagen* nach fertigungstechnischen Gesichtspunkten und planen den späteren Produktionsablauf.

Juli bis Dezember 1937
Die Wagen der *VW30*-Serie werden zerlegt und überprüft.

24. Februar 1938
Baubeginn des Volkswagenwerks am Mittellandkanal bei Fallersleben. Am gegenüberliegenden Ufer entsteht als Siedlung für die künftigen Autobauer die ›Stadt des KdF-Wagens‹, das spätere Wolfsburg.

26. Mai 1938
Offizielle Grundsteinlegung des Volkswagenwerks am Mittellandkanal mit Präsentation der drei Karosserievarianten: Limousine, Cabrio-Limousine und Cabriolet.

Juli 1938 bis August 1939
Propagandafahrten mit dem *VW38* zu 41 Präsentationen in ganz Deutschland. Hierzu werden auch ausländische Motorjournalisten eingeladen.

3. Juli 1938
Die *New York Times* berichtet in ihrem Artikel *German Car for masses* über den *Volkswagen* und bezeichnet ihn als »shiny little beetle«.

Ende 1938
Das Werk Braunschweig ist als Lehrlingsausbildungswerkstatt fertiggestellt. 800 Auszubildende beginnen ihre Lehre als Kfz-Mechaniker.

1. August 1938
Das Sparsystem wird ins Leben gerufen: »Fünf Mark die Woche mußt Du sparen, willst Du im eigenen Wagen fahren«, lautet der Slogan.
10. bis 12. September 1938
2 400 italienische Arbeiter treffen am Mittellandkanal ein. Sie bauen das Werk mit auf.
6. Oktober 1938
Umbenennung der Gezuvor in ›Volkswagenwerk GmbH‹.
12. Oktober 1938
Reutter in Stuttgart karossiert weitere *VW38*-Limousinen. Weitere fünfzig Wagen werden als *VW39* bis Juli 1939 hergestellt. Sie dienen als Vorführwagen.
Ende 1938
4 000 deutsche, italienische und holländische Arbeiter sind auf der Baustelle des Volkswagenwerks beschäftigt.
9. November bis 21. Dezember 1938
Mitarbeiter von Porsche reisen zur Beschaffung von Spezialmaschinen in die USA. Wegen der Nachrichten über die Kristallnacht kommt es bei ihrer Ankunft zu Protesten gegen Deutschland.
Jahresmitte 1939
Die technische Leitung zieht von Stuttgart an den Mittellandkanal.
1939
Im Jahr der Pressefahrten dreht die UfA Filmaufnahmen vom *Volkswagen*.
April 1940
Obwohl das Volkswagenwerk erst zur Hälfte fertig ist, beginnt die Produktion von Rüstungsgütern und vom *Kübelwagen Typ 82*.
1941
Die ersten serienmäßigen *Volkswagen* werden der Öffentlichkeit vorgestellt. Bis Kriegsende setzen die Autobauer am Mittellandkanal ungefähr 1 200 *Volkswagen*-Karosserien auf zivile und militärische Fahrgestelle.
1944
Seit 1939 ist die Belegschaft um 600 Prozent angestiegen. Sie zählt nun 17 365 Mitarbeiter. Der größte Teil besteht aus ausländischen Zwangsarbeitern und Kriegsgefangenen.
April 1945
Das Volkswagenwerk und die ›Stadt des KdF-Wagens‹ werden von amerikanischen Truppen besetzt.
Mai 1945
Die Produktion im Werk geht weiter. In diesem Monat werden 110 Fahrzeuge gefertigt. Kunde ist die Neunte Amerikanische Armee. Bis Jahresende 1945 werden 1785 *Volkswagen* hergestellt.
25. Mai 1945
Die ›Stadt des KdF-Wagens‹ wird in ›Wolfsburg‹ umbenannt.
Juni 1945
Unter der Federführung von Ivan Hirst, Major der Royal Mechanical and Electrical Engineers (REME), übernehmen die Briten das Volkswagenwerk von den Amerikanern. In Anlehnung an den Firmennamen der Bayerischen Motorenwerke (BMW) firmiert das Volkswagenwerk unter Hirst ein halbes Jahr lang unter der Bezeichnung ›Wolfsburg Motor Works‹ (WMW).
17. September 1945
Die Briten erteilen dem Volkswagenwerk einen Auftrag über die Fertigung von 20 000 *Volkswagen*-Limousinen. Die Fahrzeuge sind für die Control Commission Germany (CCG) bestimmt. Der Verkaufspreis beträgt 4 000 Reichsmark.
13. Februar 1946
Nach einem Beschluß der britischen Militärregierung soll die Arbeit im Werk vor einer eventuellen Demontage zunächst noch fünf Jahre garantiert werden.
April 1946
Der Preis der Standard-Limousine wird auf 5 000 Reichsmark erhöht.
Juli 1946
Der Preis für den *Volkswagen* wird wieder auf 4 000 Reichsmark gesenkt. Der Wagen ist ohnehin nur gegen Bezugsscheine zu erhalten. Der Motorraum wird mit Dämmpappe ausgekleidet.
14. Oktober 1946
Der zehntausendste Nachkriegs-*Volkswagen* läuft vom Band.
22. März 1947
Die Leitung des Volkswagenwerks erwägt den Export des *Volkswagens*.

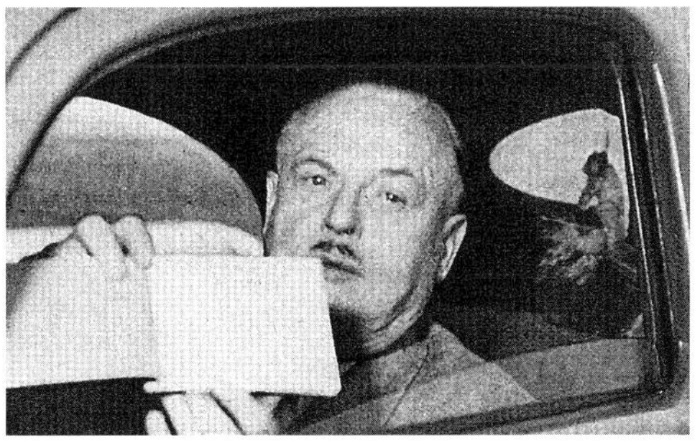

24. Juni 1947
Das Volkswagenwerk will sich an der ersten Industriemesse in Hannover beteiligen.
8. August 1947
Die Gebrüder Ben Pon aus Amersfoort in Holland werden offiziell zum VW-Generalimporteur für ihr Land ernannt. Der Export von *Volkswagen*-Limousinen in die Niederlande beginnt.
5. Dezember 1947
Der hunderttausendste *Volkswagen*-Motor ist produziert.
8. Dezember 1947
Der zwanzigtausendste *Volkswagen* verläßt die Produktionshallen.
1. Januar 1948
Heinrich Nordhoff übernimmt die Leitung der Volkswagenwerk GmbH. Der Preis für die Limousine beträgt 5 800 Reichsmark.
8. Januar 1948
Der erste offiziell in die USA exportierte »shiny little beetle« wird von Rotterdam

nach New York verschifft. Bis 1970 gehen sechzig Prozent der Produktion in die Vereinigten Staaten.

Februar 1948

1 108 *Volkswagen* werden gefertigt, davon gehen 287 in den europäischen Export.

April 1948

Die Schweiz importiert den ersten *Volkswagen*. Auf der Hannover Messe stellt die Volkswagenwerk GmbH Fahrzeuge aus.

Mai 1948

Der fünfundzwanzigtausendste *Volkswagen* läuft vom Band.

Juni 1948

Krankenwagen und Polizei-Streifenwagen auf *Volkswagen*-Fahrgestell werden vorgestellt.

10. Juni 1948

Schweden importiert den *Volkswagen*.

20. Juni 1948

Nach der Währungsreform kann man den *Volkswagen* ohne Bezugsscheine für 4 800 D-Mark kaufen.

Herbst 1948

Porsche und Pininfarina sollen getrennt voneinander den *Volkswagen* neu karossieren. Es bleibt beim bekannten Design.

1. August 1949

Das Export-Modell kommt auf den Markt. Es ist mit einem Chrompaket und hydraulischen Bremsen versehen.

4. März 1950

Der hunderttausendste *Volkswagen* läuft vom Produktionsband.

29. bis 31. März 1951

Wegen der Koreakrise ruht die Produktion.

11. September 1952

Gründung der Volkswagen Canada Ltd. in Toronto als Verkaufsgesellschaft.

23. März 1953

Gründung der Volkswagen do Brasil S.A. in São Bernardo do Campo bei Sao Paulo.

1954

Die Motorleistung des *Volkswagens* wird von 24,5 PS auf 30 PS angehoben.

30. März 1954

Der Film *Aus eigener Kraft* feiert Premiere. Er handelt vom Aufstieg des *Volkswagens* und des Volkswagenwerks.

5. August 1955

Der einmillionste *Volkswagen* läuft in Wolfsburg vom Band. Stadt und Werk feiern aus diesem Anlaß ein internationales Folklorefestival.

27. Oktober 1955

In Englewood Cliffs wird die Volkswagen of America, Inc. gegründet.

1956

Die Volkswagen of South Africa Ltd. in

Uitenhage wird als Montagebetrieb für den *Volkswagen* gegründet.

6. Dezember 1957

Gründung der Volkswagen Australasia Pty. Ltd. mit Sitz in Melbourne, Australien.

1. Juli 1958

Beginn der Aggregateaufbereitung im neuen Werk Kassel.

7. Januar 1959

Heinrich Nordhoff eröffnet das Werk der Volkswagen do Brasil S.A.

11. März 1960

Volkswagen France wird als Vertriebsgesellschaft gegründet.

29. Juni 1960

Die Volkswagenwerk GmbH wird privatisiert und in eine Aktiengesellschaft umgewandelt. Sechzig Prozent werden als Volksaktien gestreut und vierzig Prozent gehen je zur Hälfte an die Bundesrepublik Deutschland und an das Land Niedersachsen. Das Volkswagen-Gesetz sichert weiterhin den Einfluß des Staates auf das Werk.

16. Januar 1962

Italienische Arbeiter werden für die *Volkswagen*-Produktion nach Wolfsburg geholt. Jedes zweite exportierte Auto ist ein *Volkswagen*.

15. Januar 1964

Gründung der Volkswagen de Mexico S.A. de C.V. mit Sitz in Puebla.

1. Dezember 1964

Der *Volkswagen* wird nun auch im neuen Werk Emden produziert.

5. Januar 1965

Die Volkswagen AG kauft die Auto Union auf. Die Fertigungshallen werden für die *Volkswagen*-Produktion genutzt.

1967

Der *Volkswagen* kann erstmals wahlweise

mit halbautomatischem oder vollautomatischem Getriebe geordert werden.

1968

Der *Volkswagen* wird in der Werbung offiziell als ›Käfer‹ bezeichnet.

12. April 1968

Heinrich Nordhoff stirbt im Alter von 69 Jahren.

1970

Der *Käfer 1302* kommt auf den Markt.

17. Februar 1972

Der *Käfer* überholt den Produktionsrekord der legendären *Tin Lizzy* von Ford. 15 007 034 *Käfer* sind produziert.

August 1972

Der *Käfer 1303* mit runder Windschutzscheibe löst den *1302* ab.

1974

Der Golf I kommt auf den Markt.

Juli 1974

Im Stammwerk Wolfsburg stellt man die Produktion des *Käfers* ein. Jetzt wird er nur noch in Emden, Brüssel und in Übersee hergestellt.

19. Januar 1978

In Emden rollt der letzte *Käfer* aus deutscher Produktion vom Band.

15. Mai 1981

In Mexiko läuft der zwanzigmillionste *Käfer* vom Band.

1. Januar 1982

Carl Horst Hahn wird Vorstandsvorsitzender der Volkswagen AG. Der ehemalige Leiter der Volkswagen of America steht für eine enge Verbindung zwischen der deutschen Volkswagen-Mutter und ihrer amerikanischen Tochter.

1983

Der *Golf II* löst den *Golf I* ab.

26. April 1985

Eröffnung des AutoMuseums in Wolfsburg.

12. August 1985

In Emden entlädt ein Schiff 2 400 *Käfer*. Mit dieser Sonderserie ›50 Jahre *Käfer*‹ verabschiedet sich der *Käfer* offiziell vom europäischen Markt.

1991

Der Golf III kommt auf den Markt.

Januar 1991

Volkswagen und Audi eröffnen ein Design-Studio im kalifornischen Simi Valley, einer Hochburg des internationalen Automobil-Designs. Man verspricht sich davon intensivere Trenderkennung und größere Marktnähe.

1992

Der *Käfer* bekommt einen Einspritzmotor mit geregeltem Katalysator und Lambda-Sonde.

Juni 1992

Die Geburtsstunde des *New Beetle* schlägt, als auf der Basis alternativer Antriebsformen eine Design-Studie mit dem Titel *Concept 1* in Angriff genommen wird. In Mexiko läuft der einundzwanzigmillionste *Käfer* vom Band.

September 1992

Eingehende Studien führen zur Erkenntnis, daß der *Käfer*-Mythos ungebrochen fortlebt. Außerdem läßt sich feststellen, daß der *Käfer* als Synonym für Volkswagen gilt.

Mai 1993

Mit einer Präsentation erster Modelle im Maßstab 1:4 gewinnt Hartmut Warkuß, der Initiator des *Concept 1*, den VW-Chef Ferdinand Piëch für das Projekt. Man beschließt, unter strengster Geheimhaltung ein fahrbares Modell zu entwickeln und dieses im Jahr 1994 auf der Detroit Motor Show zu präsentieren.

Juli 1993

Fertigstellung eines ersten Plastilin-Modells des *Concept 1* im Maßstab 1:1.

Januar 1994

Präsentation des *Concept 1* als fahrbares Modell auf der Detroit Motor Show. Ergebnis: Sympathie und Anerkennung beim Publikum. Die nordamerikanischen Händler plädieren dafür, den *Concept 1* in Serie gehen zu lassen.

März 1994

Auf dem Genfer Automobilsalon wird der *Concept 1* als Cabrio vorgestellt. Noch ist seine Karosserie auf einer eigens für ihn konstruierten Plattform aufgebaut. Die wirtschaftliche Produktion und ein Angebot zu marktgerechten Preisen erfordern allerdings eine Plattform, die für mehrere Modelle verwendet werden kann. Deshalb wird der spätere *New Beetle* auf der Basis der sogenannten A4/34x Plattform konzipiert, auf der unter anderem auch der *Audi A3* und der *Golf IV* aufgebaut sind.

November 1994

Dem VW-Vorstand werden erste, noch fahruntaugliche Modelle präsentiert, die einen Eindruck von der äußeren Form und der Innenraumgestaltung des späteren *New Beetle* geben.

1995

Eine Handelskette importiert den *Käfer* in größerer Stückzahl.

21. September 1995

Der sechzigste Geburtstag des *Käfers* wird in Zell am See gefeiert. Die Veteranen fahren über die Großglockner-Hochalpenstraße zur Franz-Joseph-Höhe.

Oktober 1995

Als Zeichen der Entschlossenheit, den *Concept 1* zu realisieren, wird auf der Tokio Motor Show in nahezu serientauglicher Form eine Studie dieses Autos gezeigt. Um einen möglichst großen Werbeeffekt zu erzielen, denkt man darüber nach, den *Concept 1* in Anknüpfung an den *Käfer*-Mythos in *New Beetle* umzutaufen.

November 1995

Mit der Verabschiedung des Daten-Kontroll-Modells wird das Design des künftigen *New Beetle* endgültig festgelegt.

März 1996

Der *Concept 1* wird tatsächlich zum *New Beetle* und feiert auf dem Genfer Automobilsalon seine Europapremiere. Die Volkswagen AG stellt den *New Beetle* im Internet vor.

1997

Der *Käfer* wird in Mexiko in 130 Einheiten täglich hergestellt. *Der Golf IV* kommt auf den Markt.

November 1998

Nachdem der *New Beetle* schon seit dem Frühjahr auf US-amerikanischen Straßen fährt, kommt er nun auch auf den deutschen Markt.

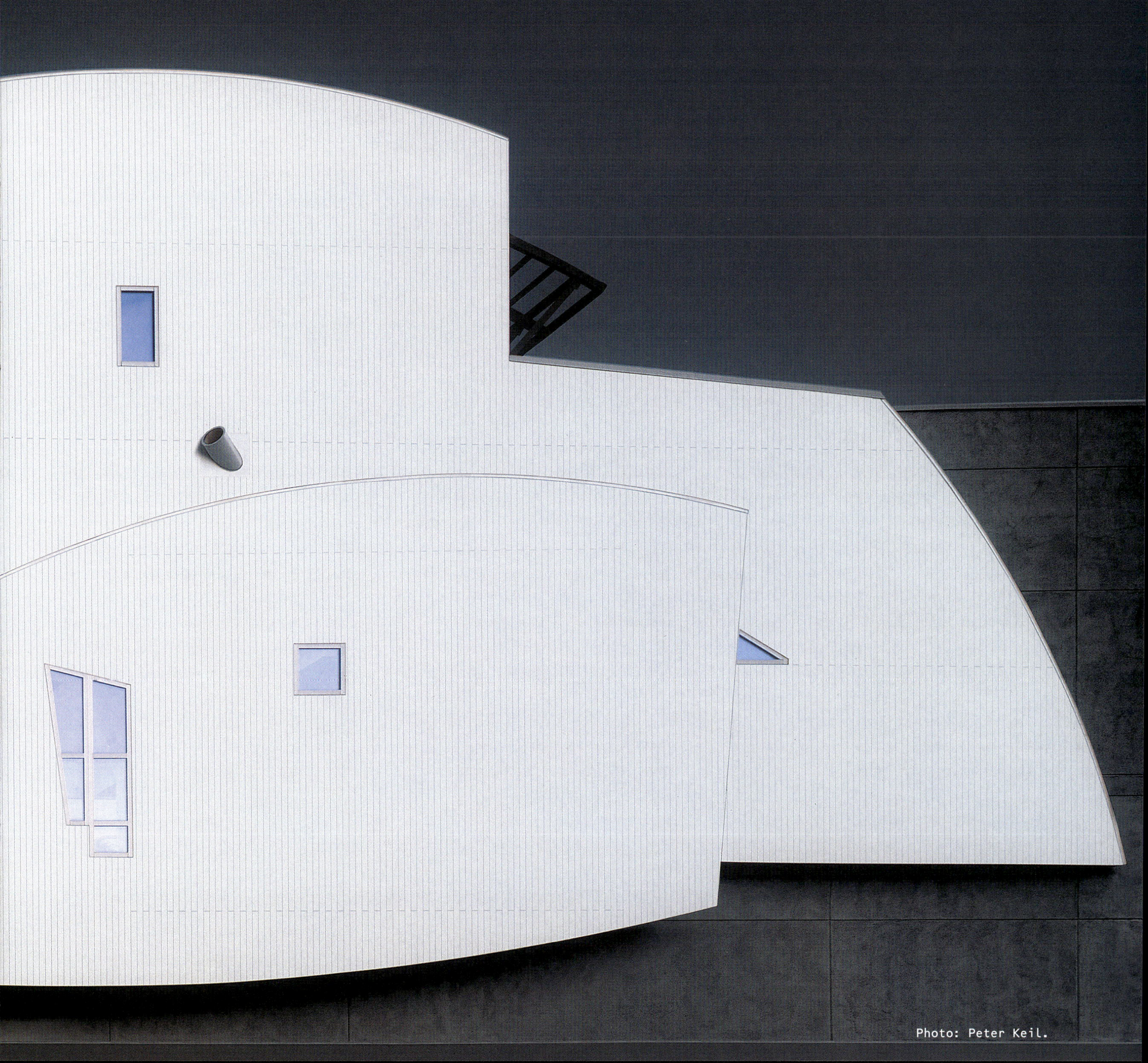

Photo: Peter Keil.

Die Autoren und Herausgeber

Werner Butter, geboren 1932, gelernter Stahlgroßhändler, gelernter Sägenmacher, gelernter Journalist. Ungelernter Werber. Erst Texter, dann Creative Director bei der Agentur Doyle Dane Bernbach (DDB). Ab 1984 Mitinhaber der deutsch-französischen Agentur RSCG, BUTTER; RANG. Seit 1995 Teilhaber der BUTTER: AGENTUR FÜR WERBUNG in Düsseldorf. Obwohl nie im Besitz eines Führerscheins zahllose Anzeigen und TV-Spots für VW, Porsche, Karmann Ghia und Citroën. Etwa hundert Awards im In- und Ausland. Zahlreiche Publikationen in Fachzeitschriften und -büchern. Werner Butter lebt in Düsseldorf.

Nils Jockel, geboren 1951, Studium der Kunsterziehung und Psychologie. Seit 1977 im Museum für Kunst und Gewerbe Hamburg für Ausstellungsdidaktik zuständig. Er organisiert Sonderausstellungen zu aktuellen Themen der Alltagsgeschichte und Produktgestaltung – zum Beispiel: *Die Bugattis* (1983), *Die Autos des Albrecht Graf Goertz* (1992), *Käfer: der Erfolkswagen* (1997), *Automatenwelten* (1998). Autor zahlreicher Museumspublikationen, Fachzeitschriften und Kunstbücher für jugendliche Leser. Seit 1996 auch Kulturverantwortlicher des Hamburger stilwerk Design Center. Nils Jockel lebt in Hamburg.

Werner Lippert, geboren 1950, Studium der Kunstgeschichte. Kunstkritiker und Ausstellungsmacher. Werbetexter, Creativ Director und Gründer einer Werbeagentur. Autor und Herausgeber von Büchern und Katalogen zu Themen zwischen High und Low wie beispielsweise *50 Jahre Werbung in Deutschland* oder *Corporate Collecting*. Mit der Unternehmensberatung Projects Corporate Culture Consultants betreut er – zusammen mit seiner Partnerin Petra Wenzel – das Ausstellungs- und Veranstaltungs-Management des NRW-Forums Kultur und Wirtschaft. Werner Lippert lebt in Düsseldorf.

Niklas Maak, geboren 1972, Studium der Kunstgeschichte, Romanistik und Jurisprudenz. Promotion über die Architekturtheorie Le Corbusiers. Mitarbeiter des *SPIEGEL/kulturspiegel*. Beiträge und Kritiken zur zeitgenössischen Kunst und Architektur. Seit Oktober 1998 Mitarbeiter in der Feuilletonredaktion der *Süddeutschen Zeitung*. Niklas Maak lebt in München und Hamburg.

Martin C. Pedersen, geboren 1954, Studium der Kommunikationswissenschaften. Herausgeber der Zeitschrift *Graphis*, eines internationalen Magazins für visuelle Kommunikation. Buchautor und Dokumentarfilmer. Über die Beschäftigung mit dem Design des *New Beetle* zu einem Fan dieses Autos geworden. Pedersen arbeitet auch als freier Journalist, Essayist und Humorist. Er schreibt unter anderem für das *New York magazine*, für *The Nation*, *New York Newsday* und zahlreiche andere Publikationen. Martin C. Pedersen lebt in New York City.

Wolfgang Peters, geboren 1946, Studium der Zeitungswissenschaften, Neueren Geschichte und Theaterwissenschaften. Zunächst wissenschaftlicher Mitarbeiter der Universität der Bundeswehr in München, ab 1977 freier Mitarbeiter und Redakteur im Lokalteil der *Frankfurter Allgemeinen Zeitung*. Seit 1982 Mitglied der Auto- und Wirtschaftsredaktion der *Frankfurter Allgemeinen Zeitung*. Wolfgang Peters lebt in Frankfurt.

Christian Pfaff, geboren 1965, gelernter Kindergärtner und Papierschöpfer. Er beschäftigt sich seit mehr als 15 Jahren mit Kunst und Kommunikation und ist Multimediaproduzent. Als Netzwerkkünstler realisierte er die ersten Faxkunst-Ausstellungen in Europa, zahlreiche Mail-Art-Kongresse, Gruppen- und Einzelausstellungen. Seit 1992 arbeitet er im Bereich Neue Medien und ist Mitbegründer der Multimedia-Agentur Overnet. Christian Pfaff lebt in Hamburg und im Netz.

Wolfgang Ullrich, geboren 1967, Studium der Philosophie, Kunstgeschichte, Logik/Wissenschaftstheorie und Germanistik. Promotion 1994. Publizistische und beratende Tätigkeit, mehrere Lehraufträge. Seit 1997 Assistent an der Akademie der Bildenden Künste München. Publikationen: *Uta von Naumburg. Eine deutsche Ikone* (1998), Aufsätze über den modernen Naturbegriff, Platz- und Außenraumgestaltung, digitale Photographie, Kunstrezeption in der Moderne u.a. Wolfgang Ullrich lebt in München.

Peter Wippermann, geboren 1949, Lehre als Schriftsetzer. Zunächst Layouter bei der Wochenzeitung *DIE ZEIT*, später Art Director beim Rowohlt Verlag und beim *ZEITmagazin*. Heute Kommunikationsdesigner und Trendforscher. Seit 1993 Professor für Kommunikationsdesign an der Folkwang-Hochschule Essen. Mit Matthias Horx gründete er das Trendbüro Hamburg. Gemeinsame Publikationen: *Trendbuch I*, *Trendbuch II*, *Markenkult-Kultmarken*, *Was ist Trendforschung?* sowie *Anzeigentrends*. Peter Wippermann lebt in Hamburg.

Bildnachweis

Wir danken allen Agenturen, Museen, Pressestellen, Archiven, Photographen, Privatleuten und Sammlungen für die freundliche Überlassung von Abbildungsvorlagen. Inhaber von Urheber- und/ oder Nutzungsrechten, die nicht ermittelt werden konnten, werden gebeten, mit dem Verlag Kontakt aufzunehmen, damit eine Vereinbarung getroffen werden kann.

Alle nicht explizit aufgeführten Abbildungen stammen von der Volkswagen AG oder von Volkswagen of America.

Die vorangestellten Ziffern verweisen auf die Seite im vorliegenden Buch.

2 Ludwig Erhard Stiftung e.V., Bonn
3 Bundesbildstelle, Bonn
4 Maria Thrun, Hamburg
8 Gunter Lebkowski, Berlin
9 Gunter Lebkowski, Berlin
14 (oben) Gunter Lebkowski, Berlin
15 (oben links, 4CV) Ulrich Kubisch, Berlin
15 (oben links, Fiftie) Deutsche Renault AG, Brühl
15 (oben rechts, beide) Rover Deutschland GmbH
15 (unten links) aus: *Stromlinienform*, Katalog zur gleichnamigen Ausstellung im Museum für Gestaltung Zürich, 1992, S.39
15 (unten rechts) aus: Ulrich Kubisch, *Automobile aus Berlin*, 1985, S. 87
16 (oben links) aus: Dan R. Post, *Volkswagen nine lives later 1930-1965*, Arcadia/Kalifornien 1982, S. 102
16 (oben rechts) Ulrich Kubisch, Berlin
17 (unten rechts) Bildarchiv Preußischer Kulturbesitz, Berlin
18 Kamei GmbH & Co. KG, Wiesbaden
21 (links) Museum für Kunst und Gewerbe Hamburg
21 (rechts) NRW Forum Kultur und Wirtschaft, Düsseldorf
22 (oben rechts) © Christo, Photo Charles Wilp, aus: *Ein deutscher Sammler ein deutsches Auto: Peter Ludwig und der Volkswagen*, Katalog zur Ausstellung im Ludwig Forum für Internationale Kunst, Aachen1995, S. 32
23 Sammlung Gottfried Schultz, Ratingen
24 Sammlung Gottfried Schultz, Ratingen
25 Sammlung Gottfried Schultz, Ratingen
26 Sammlung Gottfried Schultz, Ratingen
27 Sammlung Gottfried Schultz, Ratingen
28 Sammlung Gottfried Schultz, Ratingen
29 (oben) Sammlung Gottfried Schultz, Ratingen
29 (unten) aus: *Ein deutscher Sammler ein deutsches Auto: Peter Ludwig und der Volkswagen*, Katalog zur Ausstellung im Ludwig Forum für Internationale Kunst, Aachen1995, S. 79
30 Bavaria Bildagentur GmbH, München
31 Thomas C. Breuer, Heidelberg
32 Werner Butter, Düsseldorf
38 ©1981 Center for Creative Photography, Arizona Board of Regents Collection, Center for Creative Photography, The University of Arizona
48 Gunter Lebkowski, Berlin
83 Raymond Reuters / Sygma, Paris
84 Anzeige aus: I.D. Annual Design Review 1998, S.206
88 aus einer I-Mac Werbung
91 Philips GmbH, Hamburg
92 Peter Keil, Düsseldorf
93 Peter Keil, Düsseldorf
107 Thomas Höffgen, München represented by Elke Froschauer. Diese Seite ist eine Montage aus Einzelbildern, die zum Teil in *max* 11/98 veröffentlicht waren.
111 (oben rechts) Audi, Ingolstadt
113 Peter Keil, Düsseldorf
115 Landesmedienstelle Hamburg
117 Christian Witkin/Art Department. Diese Abbildung wurde bereits in max 11/98 veröffentlicht.
119 (links außen) Peugeot Deutschland GmbH, Saarbrücken
119 (links) Fiat Automobil AG, Frankfurt
119 (rechts) Jaguar Deutschland GmbH, Kronberg i.Ts.
119 (rechts außen) Fiat Automobil AG, Frankfurt
120 Reinhart Köster, Berlin
131 Gunter Lebkowski, Berlin
134 Peter Keil, Düsseldorf
140-143 Reinhart Köster, Berlin

Auswahlbibliographie

Wilhelm Bittorf, *Ein Auto erobert die Welt*, München 1955

Wilhelm Bittorf, *Die Geschichte eines Autos. Eine Biographie des Volkswagenwerks,* Braunschweig 1960

Griffith Borgeson, Terry Shuler und Jerry Sloninger, *Volkswagen Käfer*, Königswinter 1994

Lothar Boschen, *Das große Buch der Volkswagen-Typen*, Stuttgart 1986

Thomas C. Breuer, *Küß' mich Käfer! – in 57 Tagen durch die Neue Welt*, Hannover 1994

Theo Decker, *Super-Käfer*, Heiligenhaus 1992

Theo Decker, *Käfer-Welt*, Heiligenhaus 1996

Hans-Rüdiger Etzold, *Der Käfer. Eine Dokumentation. Band I. Die Modelle von 1945 bis heute mit allen technischen Daten und Details*, 4. Auflage. Zug/Stuttgart 1986

Hans-Rüdiger Etzold, *Der Käfer. Eine Dokumentation. Band II. Die Käfer-Entwicklung von 1934 bis heute, Vom Urmodell zum Weltmeister*, 6. Auflage, Zug/Stuttgart 1995

Hans-Rüdiger Etzold, *Der Käfer. Eine Dokumentation. Band III. Die Vielfalt des Käfers*, 4. Auflage, Zug/Stuttgart 1992

Hans-Rüdiger Etzold, *Der Käfer. Eine Dokumentation. Band IV. Sonderkarosserien, Cabriolet, Karmann-Ghia, Buggy, Auslandsproduktion*, Zug/Stuttgart 1992

Richard von Frankenberg, *Die ungewöhnliche Geschichte des Hauses Porsche*, Stuttgart 1960

Robin Fry, *The VW Beetle*, London 1980

Karl-Heinrich Graeve (Hrsg.), *Der KdF-Wagen von A-Z*, Reprint der Ausgabe von 1942, Stuttgart 1975

Knut Hickethier, Wolf Dieter Lützen und Karin Reiss (Hrsg.), *Das deutsche Auto. Volkswagenwerbung und Volkskultur*, Wißmar 1974

Fritz Holzapfel, *Volkswagenwerk – Demagogie und Wahrheit*, Berlin (Ost) 1962

Wilhelm Hornbostel und Nils Jockel, *Käfer: der Erfolkswagen. Nutzen Alltag Mythos*, Katalog zur Ausstellung im Museum für Kunst und Gewerbe Hamburg (Hamburg, 29. August bis 30. November 1997, München/New York 1997

Kurt Hünninghaus, *Magier des Automobils – Ferdinand Porsche*, München 1962

Thilo Koch, *Volkswagen in Südafrika. Mehr als Autos. Ein Report*, Wolfsburg 1975

Fritz Kölling, *Ein Auto zieht Kreise. Herkunft und Zukunft des Volkswagens*, Reutlingen 1962

Ulrich Kubisch, *Aller Welts Wagen. Die Geschichte eines automobilen Wirtschaftswunders. Von Porsches Volkswagen-Vorläufer zum Käfer-Auslauf-Modell*, Berlin 1986

Bob Levenson, *Bill Bernbach's Book*, New York 1987

Jürgen Lewandowski, Herbert Völker, Marion Zellner, *New Beetle*, Bielefeld 1998

Ein deutscher Sammler – ein deutsches Auto: Peter Ludwig und der Volkswagen. Katalog zur Ausstellung im Ludwig Forum für Internationale Kunst (Aachen, 07. Juli bis 03. September 1995), Aachen 1995

Christian Marquart, *Beetlemania. Der neue Käfer ist da!*, Frankfurt 1998

Ray Miller, *Volkswagen Bug – The peoples´s car*, California 1984

Horst Mönnich, *Die Autostadt,* München 1958

Hans Mommsen und Manfred Grieger, *Das Volkswagenwerk und seine Arbeiter im Dritten Reich*, Düsseldorf 1996

Walter Henry Nelson, *Die Volkswagen-Story*, München 1962

Harry Niemann, *Béla Barényi*, Stuttgart 1994

Klaus Achim Peitzmeier, *Der Beetle. Die Wiederkehr eines Klassikers*, Köln 1998

Ulrich von Pidoll, *Der Volkswagen Käfer. Ein Auto schreibt Geschichte*, Hamburg 1994

Lindsay Porter, *VW Käfer, Cabrios und Transporter. Restaurierung von Motor, Fahrwerk Karosserie, Modellkunde, Technische Daten*, München 1989

Dan R. Post, *Volkswagen nine lives later 1930-1965*, Arcadia California 1982

Arthur Railton, *Der Käfer. Der ungewöhnliche Weg eines ungewöhnlichen Automobils*, Pfäffikon 1985

Paul Reibestahl, *Das Buch vom Volkswagen. Eine aktuelle Plauderei in Wort und Bild über eine geniale Konstruktion*, Braunschweig/Berlin 1951

Nikolaus Reichert und Hans Joachim Klersy, *Der Käfer im Bild*, Stuttgart 1981

Fabien Sabatès, *Der Käfer*, Wien/Genf/New York 1991

Klaus-Jörg Siegfried, *Rüstungsproduktion und Zwangsarbeit im Volkswagenwerk 1939-1945*, Frankfurt am Main/New York 1987

Klaus-Jörg Siegfried, *Das Leben der Zwangsarbeiter im Volkswagenwerk 1939-1945*, Frankfurt am Main/New York 1988

Jerry Sloninger, *Die VW-Story*, Stuttgart 1981

Heinz Todtmann und Alfred Tritschler, *Kleiner Wagen in großer Fahrt. Ein Erlebnisbericht*, Offenburg 1949

Volkswagen AG (Hrsg.), *Das Buch vom Volkswagen 1938-1988*, Wolfsburg 1988

Stefan Woltereck, *Die bestenTips für VW-Fahrer*, Bielefeld/Berlin 1951

Jonathan Wood, *VW Käfer einschließlich Karmann.Ghia*, Schindellegi 1991

Walter Zeichner, *VW Käfer Limousinen 1938-1978. Eine Dokumentation*, Suderburg 1990

Volkswagen-Werbung, Kalenderblatt Juni 1960.

Käfer-Traum...

...und Wirklichkeit

...in einer Spielhalle in Las Vegas, 1998.

New York, 1998.